U0909017

地球之种 2

天赋寓言

The Parable of the Talents

[美] 奥克塔维娅·E.巴特勒 / 著
Octavia E. Butler
耿辉 / 译

天地出版社 | TIANDI PRESS

图书在版编目（CIP）数据

天赋寓言 /（美）奥克塔维娅・E.巴特勒著；耿辉译. —成都：天地出版社，2020.8
（地球之种；2）
ISBN 978-7-5455-5392-5

Ⅰ. ①天… Ⅱ. ①奥… ②耿… Ⅲ. ①幻想小说—美国—现代 Ⅳ. ①I712.45

中国版本图书馆CIP数据核字（2019）第283980号

PARABLE OF THE TALENTS by Octavia E. Butler
Copyright © 1998 by Octavia E. Butler
Simplified Chinese translation copyright © 2020 by Beijing Huaxia Winshare Books Co. , Ltd.
Published by arrangement with Writers House, LLC through Bardon-Chinese Media Agency
ALL RIGHTS RESERVED

著作权登记号　图字：21-2019-592

TIANFU YUYAN
天赋寓言

出品人　杨　政
作　者　[美] 奥克塔维娅・E.巴特勒
译　者　耿　辉
责任编辑　陈文龙 赵雪娇
封面设计　挺有文化
内文排版　思想工社
责任印制　葛红梅

出版发行　天地出版社
（成都市槐树街2号 邮政编码：610014）
（北京市方庄芳群园3区3号 邮政编码：100078）
网　址　http://www.tiandiph.com
电子邮箱　tianditg@163.com
经　销　新华文轩出版传媒股份有限公司

印　刷　北京文昌阁彩色印刷有限责任公司
版　次　2020年8月第1版
印　次　2020年8月第1次印刷
开　本　880mm×1230mm 1/32
印　张　15.25
字　数　354千字
定　价　59.00元
书　号　ISBN 978-7-5455-5392-5

版权所有◆违者必究

咨询电话：(028) 87734639（总编室）
购书热线：(010) 67693207（营销中心）

本版图书凡印刷、装订错误，可及时向我社营销中心调换

献给

艾尔玛·哈里斯和黑泽尔·鲁斯·沃克尔姨母

纪 念

我的母亲
奥克塔维娅・玛格丽特・巴特勒

序言

PREFACE

世界华人科幻协会创始人
南方科技大学教授
吴 岩

1994年美国科幻研究会在芝加哥旁边的帕拉辛召开会议，会议邀请的两个嘉宾中有一个黑人，名字叫奥克塔维娅·E.巴特勒。那时我刚到美国不久，在俄亥俄州的一个大学教书，有机会能到这么大的地方参加这种大会，挺高兴的。我记得当时到会的大人物挺多，其中有弗雷德里克·波尔和他的太太贝蒂，日本的巽孝之和他的太太小谷真理等。但最有意思的还是去听巴特勒演讲。说实在的，那个年代美国还没有大范围的实现民族多元化，科幻小说还是白人的天地，女性介入了不少，但黑人几乎没有。黑人女性能作为会议的嘉宾被邀请，真的是让我感到震撼。我记得她的演讲主要还是围绕女性经验和黑人经验的。她在那样的时间和那样的地点做那样的一次演讲，让我对美国正在发生的变化感到有意思。

奥克塔维娅·E.巴特勒，1947年出生于加州的帕萨迪纳。在她童年时代她的鞋匠父亲就已经去世，她是有色人种，加上个性害羞，还有轻微的阅读障碍，这些状态一叠加，她差不多就已经在人生起跑线上落后于许多常人了。但她没有放弃！母亲在艰苦的状态下抚养了她，还发现了她对阅读的喜好。于是，图书馆成了她常常去的地方。正是在那里，她发现了海因莱茵、克拉克和赫伯特的作品，科幻成为她的终生爱好。但这还不够，她还要自己写作。

做这件事情谈何容易？科幻既不是女人的天地，也不是黑人的天地。巴特勒却用自己的天才和努力证明，她可以给社会思潮一个否定，只要有爱好和天赋。她想好了，只给这三类人写书，就已经获得了读者。哪三类？黑人，女性主义者，科幻迷！不要奢望太多，只要心心相印。

1984年，巴特勒的创作开始丰收，《语音》获得雨果奖，《血孩子》甚至兼收了雨果奖和星云奖。到20世纪80年代末，她已经发表了“莉莉丝的孩子”三部曲，即《破晓》（1987年）、《成年礼》（1988年）和《成熟》（1989年）。三部曲让她收获了更多赞扬。于是，她开始了一个更庞大的六卷本系列寓言的写作。十分可惜的是，到她突然去世，只有两本发表，这就是大家手中的《播种者寓言》（1993年）和《天赋寓言》（1998年）。

《播种者寓言》作为一个庞大系列的开场，充满了令人诧异和恐惧的画面。作品中有一本启示录式的著作，称为《地球之种：生命之书》。这部著作被写成一本宗教的圣经，而这个宗教的信仰，就是“上帝即改变”。为什么会有这样的一个宗教？因为在那个年代（21世纪二十年代），人们发现，虽然人类的足迹已经踏上了火星，但地球上却变得异常混乱。于是，叫喊着要放弃太空的声音甚嚣尘上，而这本圣经，号召人们必须继续致力于扎根星际，因为那里才是人类的归宿。小说的故事发生在公元2024年。此时，最后一个航天员的尸体正从火星被运回地球。地球则正在走向明显的衰败。在美国，政府虽然仍存在，但社会道德沦丧，自由葬送了秩序，主人公必须建立起小社区才能抵抗外部的无恶不作。但社区保护不了他们，孤岛根本不是解决问题的办法。故事的主人公是个女性，她母亲在怀她的时候服用了某种药物，这导致她有一种超共感的能力。有了这种能力，周围人身上的感受会传到她的身上。这样，不但被人欺负是一种痛苦，反抗对方，导致对方恐惧和受伤的痛苦同样也会复制到她的身上。也就是说，如果你对欺负你的人仇恨到了极点，想要放火烧死他，那么你也会感到灼烧的痛苦。崩坏的社会加上这种超共感的存在，你大概知道这个故事会是怎样的了吧？

见到巴特勒之后，我就一直希望并等待着能有一天看到她的作品在中国出版。幸好，短篇小说《血孩子》在2007年被翻译成中文发表在《世界科幻博览》上。我看到之后，马上拿下来当成了科幻课程的教材。故事中的外星人把人类的母亲和男孩子圈养起来，在男孩子身上下蛋繁殖。母亲为了保护孩子，不得不跟外星人住在一起。这样的家庭，这样的物种关系，要多变态有多变态。每每我看这个故事的时候，心中都是紧紧的。我要跟学生说的是，这种作品，看着是温情中有恐怖，恐怖中有温情。为什么会这样？是不是要回到作者作为女性和黑人的双重身份中去寻找？反正我是这么看的。因为唯有体验到这种双重压迫的人，才能对痛苦和恐惧表达得如此淋漓尽致。为此，我还把这些写进了我的《科幻文学论纲》。

有评论说，巴特勒的小说中经常出现的人种学跟今天的分子生物学特别一致。我则认为，她的社会寓言性可能强于科学预言。这不，特朗普竞选打出了“让美国再次伟大”的口号，一下子就让人们想到了这个系列小说中的那个总统候选人，他们提出的差不多是一样的口号。而且，故事中的总统上台后想做的事就是终止太空探索、放弃宗教自由，思想脉络也跟当前的总统如出一辙。难怪这几年好多报刊都说，巴特勒是个有远见的未来学者。

巴特勒的小说对美国和世界科幻界的影响是巨大的。想想看，那时候世界上还没有《饥饿游戏》和《分歧者》，但巴特勒创造的就是这样的主题。巴特勒勇敢闯入白人男性作家的领地，带动了许多女性和黑人作家投入科幻创作，今天，至少有三十位黑人作家活跃在科幻领域，有些人获得了巨大的认可，N.K.杰米辛就是其中之一。在他们的努力下，一种被称为“非洲未来主义”的写作风格正在诞生。我读了这本书后感觉，过去那种把科幻小说中的未来社会分解成乌托邦和反乌托邦（也有人管它叫恶托邦或敌托邦）的做法，也不一定能穷尽未来所有的可能。《播种者寓言》中的这种基于现实却无限崩溃的未来设想，是区别于上面两个类型的第三种类型，因为乌托邦基于人们的美好期待，反乌托邦或者恶托邦、敌托邦基于人们的期待走向了反面，以为是好的，结果却是坏的。这本小说中的未来，却是基于现实，只不过是逐渐走向崩坏的现实，但这点又跟福科的异托邦不同，异托邦是我们周围的飞地，崩坏托邦呢，在时间的前方！

巴特勒的生活随着写作有所改善。1995年她作为麦克阿瑟基金会资助的第一个作家，开始了比较安稳的写作生活。为此，她离开了南加州，离开了小说中反复写过的那个地区。她是那种勤奋的作者，每天起得很早，严肃地对待自己的事业。但好景不长，跟小说中不断出现的各种预见到的死亡一样，在巴特勒五十八岁的时候，有一天她出门摔倒，碰到了头。有人说是因为脑血栓，反正她就这么离开了人世。六部曲没有完成，留下的只是一些充满想象力的片段。

我至今仍然记得1994年那次跟她见面并赠送她《科幻世界》杂志的情景。我记得当时她问我何时能来中国。我说只要她的作品在中国发表了，邀请就会随之到来！

现在，二十五年过去了。她的愿望已经变成遗愿。好在有耿辉兄的认真翻译，我们才得以见到作品的原貌。但是，读者再也见不到巴特勒那高大壮实的身材、充满关切的表情了。斯人已去，创作犹在。故事中人类奔赴太空、扎根宇宙的宏大愿望，那想要放弃狭隘的孤岛心态、走向人类大同的向往，是否能够在我们这一代获得真正的推进？虽然这些都还是未知数，但我觉得“上帝即改变”的说法是没错的，这句话巧妙地把进化论跟神创论结合在一起，讲出了制衡退化的最好方法。

只是，我们还来得及吗？

是为序。

目　录

CONTENTS

2035

序 幕

我们在此——

是能量

是质量

是生命

塑造生命

是上帝

塑造上帝

仔细想想——

我们生来不具使命

但是深藏潜能

《地球之种：生命之书》

劳伦·欧雅·奥拉米纳

他们会奉她为神。

我想如果她能有所了解，就会感到高兴。虽然一再抗议和拒绝，但她总是需要虔诚顺从的追随者——信徒——他们听她的话，相信她对他们所说的一切。她需要大事件来操纵，所有的神灵似乎都需要这些。

她的正式名字是劳伦·欧雅·奥拉米纳·班克尔。对于那些爱她或恨她的人，她只是“奥拉米纳”。

她是我的亲生母亲。

她已经去世。

我曾想去爱她，想去相信我们之间发生的一切都不是她的错。我那样想过，可是事与愿违，我憎恨她、害怕她、需要她，可我从不相信她，从不理解她怎么能变成这样——如此目标明确，但又如此深受误导，为全世界付出，却从不管我，我到现在都不理解。既然她已经去世，我就更不确定以后能否理解。可我必须得试试，因为我需要理解自己，而她是我的一部分。我希望她不是，可她就是。为了理解我是谁，我必须开始理解她是谁。这就是我写作和集结本书的缘由。

我总是通过写作来理顺思路，这是我跟她的共同之处。除了对写作的需求，她还展现出对绘画的渴望。假如她生在一个正常的时代，也许会成为跟我一样的作家，或者画家。

虽然她在一生中把部分画作送人，但我还是收集了几幅。我还有她存留手稿的副本，就连一些她早期的纸质笔记本内容照片都被拷贝到磁盘或晶体中保存。在年轻时她就养成习惯，把食物、金钱和武器藏在令人意想不到的地方或交给信任的人，以便在多年以后可以直接取用。这些藏好的物品多次救了她的性命。信徒们还保存着她的语录、日记、笔记和我父亲的文字。她设法缠着父亲也写了一点。虽然不喜欢，但他写得也挺好。我很高兴母亲缠着他写作，很高兴至少我可以通过文字了解他。我奇怪自己通过文字了解母亲的时候为什么高兴不起来。

我母亲相信，“上帝即改变”[1]。这是她在《地球之种：生命之书》第一卷的第一篇诗文里写的：

你接触的一切
都被你改变
你改变的一切
都在改变你
唯一永恒真理
就是改变
上帝
即改变

我猜，言词无害，隐喻正确，至少她是从某种真理出发的。此时她用记忆、生命和该死的地球之种，最后一次触动我。

[1] 本书主人公劳伦·欧雅·奥拉米纳创立的“地球之种”宗教将“改变”视为“上帝”，即崇拜的真理，所以当劳伦与他人谈论地球之种时说的“上帝”并非基督教和犹太教信仰的上帝。

2030

2

我们把逝者交给果园，交给树林。我们把逝者交给生命。

《地球之种：生命之书》

劳伦·欧雅·奥拉米纳

第一章

黑暗诞生光明

光明也在塑造黑暗

死亡定义生命

生命也在塑造死亡

万物与上帝

共存于世

互相定义

上帝创造万物

万物也在塑造上帝

《地球之种：生命之书》

劳伦·欧雅·奥拉米纳

以下选自泰勒·富兰克林·班克尔的《异界回忆》

我已经读过那段时期的巨变，记者称之为“天启”或者更通俗、残酷的“时代瘟疫”，从2015年到2030年，延续了十五年的混乱。这并不准确，时代瘟疫肆虐得更久，早在2015年之前就已开始，甚至也许始于世纪之交以前，至今还未结束。

我还曾读到，时代瘟疫由凑巧同时发生的气候、经济和社会危机引发。更坦白地说，我们自己拒绝解决这些领域的显著问题才是导致时代瘟疫的原因。我们引发问题，然后作壁上观，眼睁睁看着问题演变成危机。我听说有人否认这点，可我生于20世纪70年代，自身经历足以让我明白问题的真实性。我见证了教育成为富人的特权，不再是文明社会继续存在所必备的基本需求；我见证了惰性和追求便利与利益造成的更大规模、更加危险的环境退化；我见证了越来越多的人不可避免地遭受贫穷、饥饿和疾病。

总的来说，如果第三次世界大战分期兑现，后果就跟时代瘟疫一样。其实，全世界在时代瘟疫期间发生了几场小规模血腥热战，都是愚蠢的行为——劳民伤财。战争发起，表面上是为了抵抗邪恶的外国敌人，实际上常常是因为无能的国家领导者不知道还应该做些什么。这种领导人知道他们能依靠恐惧、怀疑、憎恨和贪婪来唤起人们对战争的爱国主义情怀。

不知为何，美国在这一切中遭受了非军事性重创，虽然没有输掉重要战争，但是也没有经受住时代瘟疫。也许美国只是没有了原来的远见，然后漫无目的地踉跄前行，直到筋疲力尽。

美国现在还有什么，会变成什么样，我一概不知。

泰勒·富兰克林·班克尔是我父亲。从他作品的字里行间可以看出，他是个思维缜密、有点严肃的人，结果却娶了我古怪顽固的母亲，哪怕母亲年轻得几乎可以当父亲的孙女。

我母亲似乎爱他，跟他在一起似乎很幸福。他和我母亲在时代瘟疫期间相遇，当时都是无家可归的流浪者。可父亲是一位五十七岁的医生——家庭医师，母亲是一位十八岁的女孩。时代瘟疫带给他们可怕的共同回忆，两人都目睹各自的社区被毁——父亲在圣地亚哥，母亲在洛杉矶郊区的罗夫莱多，这似乎让他们承受颇多。2027年他们相遇、相爱、结合。阅读父亲写下的一些文字，我觉得他想要照顾这个被他发现的古怪少女。在动荡时代，父亲想保护她的安全，躲避黑帮、毒品、奴役和疾病，当然，能让她倾心父亲也倍感荣幸。他也是人，当然也会厌倦孤独，他们相遇时，父亲的妻子已经去世大约五年。

自然，父亲无法保证母亲的安全，没有人能做到。她在他们相遇前很久就选择了自己的道路，父亲的错误在于把她当作一名少女，其实她已经化身一枚导弹，装有弹头，锁定目标。

以下选自劳伦·欧雅·奥拉米纳的日记

2032年9月26日
星期日

今天是到达纪念日，我们在洪堡郡的山间建立橡子社区五周年了。

在无拘无束的庆祝期间，我刚好做了一个重复的噩梦。那些梦在过去几年已经变得少见——像是有着肮脏伎俩的旧敌人，我了解它们。梦开始时相当温柔轻松……起初就是回到过去的归家之旅，一个跟我挚爱的鬼魂共度时光的机会。

我原来的家从灰烬中复原，尽管多年前我目睹它被烧毁，但是不知为何，我没有感到意外。我甚至曾在废墟中走过，可是它又在这里恢复如初，还住满了人——我成长过程中认识的所有人。他们坐在我家屋前成排的金属折叠椅、木质餐椅和塑料叠凳上，是由逝者和沦落各地的生还者组成的沉默教众。

布道已经开始，正在宣讲的自然是我父亲。他一如往常，穿着教袍，高大魁梧，严肃坦率，仿佛一堵高大的黑色人墙。他的声音不仅能让你听见，还能让你通过肌骨感受，集会房间没有一个角落不被他的声音触及。我们从来没有扩音系统——也从来不需要。我再一次听到和感受他的声音。

不过我父亲失踪多少年了？或者说，被杀多少年了？他肯定是被人杀死的，因为他不是抛弃家庭、社区和教会的那种人。他失踪那段时间，暴力致死比现在更常见。换句话说，活着，几乎不可能。

有一天，他离开家去大学里的办公室。他通过电脑授课，每周只需去学校一次，然而即使每周一次也让他过多地暴露在危险之下。跟往常一样，他留在学校过夜，因为大清早才是上下班的最安全时间。第二天早晨他动身回家，却再没有人看见他。

我们搜寻，甚至花钱让警察搜寻，可是全都徒劳无功。

这件事发生在我家被烧、社区被毁之前的几个月。当时我十七岁，如今我二十三岁，距离那个毁掉的地方数百英里。

可是突然之间，在我的梦里一切又都恢复正常。我待在家里，父亲在布道，继母坐在他身后，有点偏向钢琴的一侧。社区教众坐在他前方一大片不怎么通透的区域——由我家客厅、餐厅和活动室组成，不少人挤进这一大块L形场地来做礼拜，甚至比往常的三四十人还多。这些人安静得不像浸礼会教众——至少不像伴我长大的浸礼会教众。他们在此，但似乎又不在此。他们是影子，是鬼魂。

只有我自己的家人让我感到真实。他们跟大多数人一样已经死去，可他们也活过来了！我弟弟们也在，看起来跟我十四岁左右时一样。基思十一岁，是他们中最大的一个，也是最先惨死的一个。所以我最喜欢的弟弟马库斯当时十岁，是家中容貌最出众的一个。班尼特和格里高里分别是八岁和七岁，相貌相似，仿佛双胞胎。我们都坐在前排，格外靠近继母，好让她能看住我们。我坐在基思和马库斯中间，防止他俩在礼拜上相互拼命。

当父母都没在看的时候，基思伸手越过我砸在马库斯腿上，马库斯虽然年幼弱小，但总是固执不屈，所以他挥拳反击。我抓住他俩的拳头用力捏，因为我比他俩都更大更强壮，双手也更有力。他俩疼得身体扭曲，努力想从我手中抽走拳头。过了一会儿，我松开手。得到教训以后，他俩不再相互骚扰，消停了一两分钟。

在我的梦中，他们的疼痛并没有像我们成长过程中那样伤害到我。在以前，因为我是最大的孩子，所以对他们的行为负有责任。哪怕没法摆脱他们的疼痛，我也得管束好他们。即使用超共感综合征当借口，父亲和继母也一点都不宽容，他们不让我像病人一样。我就是最大的孩子，这是事实，所以我有责任。

尽管如此，我还是常常感受到弟弟们承受的每一次该死的瘀青、刀伤和烧伤。每次我看见他们受伤，我就会承受痛苦，就跟我自己受伤一样。即使他们假装的痛苦，我也同样能感受到。归根结底，超共感综合征是一种妄想性失调，不是心灵感应、魔法或深层次的精神觉悟，只是神经化学引发的错觉，让我感受别人经历的痛苦和快乐。快乐很少，痛苦很多，不管是不是错觉，我都疼得要命。

那我现在为什么怀念?

怀念超共感综合征也够疯狂的，感觉不到它就像是牙痛消失，我应该又惊又喜。然而，我感到害怕，仿佛属于我的一部分不见了。不能感受弟弟们的痛苦就如同听不见他们叫喊，所以我感到害怕。

噩梦开始形成。

毫无征兆地，我弟弟基思消失了，一下子就不见了。多年以前他第一个离开——死去，现在他再次消失。在我旁边他的位置上坐着一个漂亮高挑的女人，她皮肤呈深棕色，身材苗条，乌黑的长发闪闪发光。她穿着一条绿色丝裙，裙子以某种样式复杂的折叠和褶皱从颈到脚裹住她的身体，柔软得仿佛在身上缠绕流淌。我不认识她。

她是我母亲。

父亲给过我一张我生母的照片，她就是照片上的女人。基思九岁时从我房间偷走了照片，我当时十二岁。他用一块塑料旧桌布包好照片，埋在菜园的一排南瓜和一排玉米与豆子之间。后来他声称，照片被水毁掉或被踩坏不是他的错，藏起来只是在开玩笑，他怎么知道照片会坏？基思就是这种人，我把他打得半死，当然自己也疼得要命，可我觉得值得。挨那顿打他从来没有告诉父母。

然而照片还是被毁了，我只剩下对它的回忆。回忆中照片上的人在梦里就坐在我旁边。

我母亲个子很高，比我还高，比大多数人都高。她不可爱，但是漂亮。然而我不像她，而是像我父亲。父亲常说这很可惜，我倒不介意，可是我母亲美得夺人心魄。

我盯着她，她却不转头看我。至少这点跟现实相符，她从没见过我，我出生时她就去世了。在那之前的两年内，她服用当时流行的“聪明药”，那是一种名为帕拉西科的新处方药，能在阿尔茨海默病患者身上产生奇迹，阻止智力功能的退化，让他们充分利用剩余的记忆和思维能力，还能提升正常健康青年的表现，让他们阅读更快、记忆更强，更快更准确地建立联系、进行计算和得出结论。结果帕拉西科在学生中变得跟咖啡一样流行，假如他们要在任何一种高收入的行业中竞争，有着电脑一样的能力绝对是必要的。

我母亲的死可能与用药也有关，我不确定，父亲也不知道。但我确实知道她的药给我留下了不可磨灭的印记——超共感综合征。由于帕拉西科的成瘾特性——几千人死于戒断过程——数千万人跟我一样。

我们被称为“超共感患者”、“超共感者”或者“感觉分享者”。这些称呼还算客气，虽然有这种弱点和高死亡率，但我们的人数还不算少。

我伸手去够母亲，不管她做了什么，我都想了解她。可是她不看我，甚至都不愿意转头。不知为什么，我无法完全够到她。我想从椅子上站起来，可又不能动弹，我的身体不听使唤，只能坐着听我父亲布道。

现在我开始听清他在说什么，在此之前他含混不清的话语只是作为背景存在，可是现在我听见他在讲《马太福音》第二十五章，引述耶稣的原话：

“‘天国又好比一个人要往外国去，就叫了仆人来，把他的家业交给他们，按着各人的才干，给他们银子，一个给了五千，一个给了二千，一个给了一千，就往外国去了。’”[1]

我父亲喜欢寓言——用来教化的故事，通过让人们在脑海里刻画的方式呈现想法和道德规范。他使用在《圣经》里找到的故事，使用从历史中采撷的故事或者民间传说，当然还有他在自己和熟人的生活里看到的故事。他把这些故事编排进周日礼拜、《圣经》讲学班和通过电脑传授的历史课，因为他相信故事跟教学工具一样重要。相比其他内容我学会更加关注寓言，可以引述他正在朗读的内容——天赋寓言。记忆中还有不少《圣经》寓言我可以背诵，也许这就是梦中我能听见和理解那么多的原因。零散的寓言之间，父亲进行说教，可我却听不懂。我能听见他节奏起伏、重复变化、呼喊细语。跟每次一样，我总能听见声音，但分辨不出词语——除非它是寓言的内容。

“‘那领五千的随即拿去做买卖，另外赚了五千；那领二千的也照样另赚了二千；但那领一千的去掘开地，把主人的银子埋藏了。’”

父亲坚信教育、努力工作和个人责任。他会说：“这些才是我们的天赋。上帝把它们赋予我们，会根据我们如何使用天赋来评判我们。”同时，我弟弟们目光呆滞，就连我也忍住没有叹气。

---

[1] 本书中的《圣经》内容采用《和合本》译本。

寓言还在继续，对于买卖做得不错、赚到钱的两个仆人，主人说，“‘好，你这又良善又忠心的仆人，你在不多的事上有忠心，我要把许多事派你管理，可以进来享受你主人的快乐。’”

可是对于把银子埋藏在地下保证安全、什么都没做的仆人，主人说了更严厉的话，“‘你这又恶又懒的仆人……’”说完之后，他命令手下，“‘夺过他这一千来，给那有一万的。因为凡有的，还要加给他，叫他有余；没有的，连他所有的也要夺过来。’”

父亲说这些的时候，母亲消失了，还没等我看到她的正脸，她就已经不见了。

我不明白这是怎么回事，所以感到害怕。我能看见别人也在消失，大多数我挚爱的鬼魂都已不见了……

我父亲也不在讲台，我继母一着急，就用西班牙语大声朝他喊：“不，我们现在可怎么活？他们会闯进来，把我们都杀掉！我们必须得把墙建得更高！”

然后她消失了，弟弟们也消失了。我变成孤身一人——跟五年前的那个晚上一样。房子在我周围变成灰烬和废墟，并没有燃烧、倒塌或者逐渐过渡，而是不知为何，一下子就化成废墟，暴露在夜空之下。我能看见星星、弦月和一道光移动着升上天空，仿佛某种生命的力量在逃逸。在这三者的光照下，我看见移动的大块阴影向我发出威胁。我害怕这些影子却又无法逃脱。围墙还环绕着我们的社区，在我上方若隐若现，比实际的样子更高，高得多……它应该把危险挡在外边，但是在多年前没起作用，如今它再次失效。危险跟我一起被围在墙内，我想要奔跑、逃脱、隐藏，然而我的手脚也开始消失。我听见雷声，看见那道光在空中升得更高、变得更亮。

然后我尖叫、跌倒，身体的很多部位都已消失殆尽，我无法保持直立和平衡，只有下跌、下跌、下跌……

我在橡子社区自己的小屋里醒来，被子缠在身上，还有一半掉到床外。我大声尖叫了吗？不得而知。班克尔在身边时，我似乎从没做过这些噩梦，所以他也不能告诉我喊声有多大。幸好他此刻没在我身边，出诊已经耗去他太多睡眠时间，今晚的病情一定比其他时候更严重。

现在是凌晨三点，可是昨晚天刚黑，某个组织，也许是黑帮，袭击了紧邻我们北边的达夫特瑞家。昨天这个时候，达夫特瑞家还住着二十二个人：老头和他妻子，两个最小的女儿，五个儿子和他们的妻儿。除了两个最年轻的儿媳和逃跑时抱上的三个小孩，所有人都丢了性命。活命的五个人有两个孩子受伤，一个女人居然还犯了心脏病。班克尔以前治疗过她，说她心脏天生有缺陷，从小就应该得到悉心治疗。可她只有二十岁，出生时家庭跟大多数家庭一样，积蓄不多，甚至没有。他们努力工作，让最健壮的孩子在八九岁就开始工作。他们女儿的心脏问题——不是让她苟活就是要她的命——反正治不好。

这回她差点儿没命。班克尔今晚在学校的医务室睡觉——或者更有可能熬夜——照顾她和两个受伤的孩子。由于我有超共感综合征，所以他不能把诊所设在我们的房子里。通常情况下，我会感受到足够多别人的痛苦，他对此很担心，一直想给我些药物，通过让我变得困倦、笨拙和迟钝来阻止我分享别人的感受。

谢谢，还是不用啦！

我独自醒来，浑身汗湿，无法再次入眠。对于噩梦，我已经多少年都没有如此强烈的反应。据我回忆，上一次还是五年前我们刚在这里安顿下来的时候，也是这该死的同一个梦。我猜是因为达夫特瑞家遭到袭击，噩梦才又重现。

那次袭击不该发生，过去几年局势平静。当然还有犯罪——抢劫、闯入，以及为了获得赎金或奴隶交易而进行的绑架。更糟的是，穷人仍然因为债务、流浪、游荡或其他“罪名”被逮捕或签署卖身契。但是像这样闯入一座社区，不偷不抢，杀光烧光，似乎不再流行。我已经至少三年没听说过达夫特瑞家这种遭遇。

就算达夫特瑞家曾经为整个地区提供家庭蒸馏的威士忌和自己种植的大麻，可是在我们到达这里之前很长一段时间他们就一直在干。事实上，他们是这片地区武装最精良的农场家庭，因为他们的业务不仅违法，还获利颇多。以前有人尝试抢劫他们，只有敏捷克制的盗贼曾经得手。直到这次。

我询问了奥布里——身体健康的达夫特瑞家儿媳妇。班克尔正在治疗她的儿子，并已经告诉她，她儿子不会有事。我觉得不管她多难受，我们得查明她都知道些什么。见鬼，从达夫特瑞家沿着伐木道路步行到这里只需一个小时，不管是谁袭击了达夫特瑞家，我们都有可能是他们的下一个目标。

奥布里告诉我袭击者穿着奇怪的衣服。她跟我在学校厅堂交谈，中间的桌子放着一盏冒烟的油灯，我们面对面坐在桌子两侧。奥布里时不时瞄一眼医务室，班克尔正在那里清洁治疗她孩子的擦伤、烧伤和瘀伤。她说袭击者都是男人，穿着束有腰带的黑色长袍——她称之为“黑色礼服”——长及大腿，在此之下他们穿着普通长裤，要么是牛仔裤，要么就是她见军人穿过的迷彩裤。

“他们像军人，”她说，“悄悄溜进来，特别安静。开始射击之前，我们一直没看见他们。然后砰的一声，他们同时撞开所有家门，仿佛爆炸一般，大约二三十甚至更多支枪同时开火。”

这不是黑帮的行事风格，黑帮会零散地开枪，不会一起。然后他们就会试图各自为战，抢在朋友之前抓住最好看的女人，拿走最贵重的物品。

“直到打了我们，朝我们开火，他们才偷盗、放火。”奥布里说，“接着他们拿了我们的燃料，直奔地里烧毁庄稼，然后突袭谷仓和房子。他们胸前都戴着白色大十字架——教堂里戴的那种，但是他们是来杀我们的，连孩子都不放过。他们杀死发现的每个人。我和孩子藏起来，才没被他们杀掉。”说完她又一次看向医务室。

杀死孩子……多么残忍。大多数恶棍——除了最变态的疯子——都会留下孩子供他们强奸，然后卖掉。至于十字架，其实黑帮也会用它当项坠挂在脖子上，但不是那种受害人能接近观察到的。而且黑帮不会都穿着同样的长袍并展示胸前的白色十字架。这是新的组织。

或者是早就存在的。

我让奥布里回到医务室，在孩子旁边睡下，然后才思考那会是个什么组织。班克尔给孩子服用了镇静剂帮他入眠，奥布里也是一样，所以早晨她睡醒之后我才能再问她。但是我不禁好奇，戴着十字架的这伙人，跟我当下最不喜欢的总统候选人——德州参议员安德鲁·斯蒂尔·杰瑞特——有没有联系。他们的行为听起来像是他的手下所为，过去的恶劣行径再次复苏。三K党戴十字架——放火焚烧吗？纳粹也戴类似十字架的挂件，但我认为他们不戴在胸前。异端审判期间和之前的十字军东征时，到处都是十字架。所以如今我们又有了一群人戴着十字架屠杀，杰瑞特的人可能就是幕后黑手。他坚持让国家后退到早期某个“更简单”的时代，现代不适合他，宗教宽容不适合他，当前的国家状态不适合他。他想把我们都带回某个神奇时代，让所有人都信仰同一个上帝，以同样的方式崇拜他，并且明白他们在世间的安全取决于完成同样的宗教仪式和对异端的践踏。这个国家从来没有过上述的时代，可是如今超过半数的国人都不识字，对于他们，历史只是另一个巨大的未知领域罢了。

众所周知，杰瑞特的支持者不时聚众闹事，把人当成女巫放在木桩上烧死。女巫！在2032年！他们眼里的女巫往往是穆斯林、犹太人、印度教徒、佛教徒，或者在国内的某些地方是摩门教徒、耶和华见证会会士、甚至是天主教徒。女巫也可以是无神论者、“邪教徒”或者生活宽裕的怪胎。生活宽裕的怪胎通常没人保护或者有很多值得被盗抢的东西，“邪教徒”是一顶包罗万象的帽子，任何不符合其他大型宗教或杰瑞特眼中的基督徒的人都可以被扣上。杰瑞特的手下还打击驱赶无神论者，真是没有天理。杰瑞特谴责纵火行为，但是言辞特别温和，他的人随意挑选喜欢的听。至于殴打、涂柏油、粘羽毛和毁掉“崇拜魔鬼的异端住宅”，他有更简单的回答：“加入我们！我们的大门向每个国家、每个民族敞开！抛下你罪孽深重的过去，成为我们的一员，帮助我们让美国再次伟大。”他的“胡萝卜加大棒”的政策取得了明显的成功。加入我们，繁荣昌盛，你自己罪恶的固执造成的任何后果，都是你的问题。他的竞选对手——副总统爱德华·杰伊·史密斯称他为“民心鼓动者”“暴徒煽动者”和“伪君子”。当然史密斯说得没错，可是他的形象疲惫苍白，而杰瑞特正相反，高大英俊，留着黑发，清澈深邃的蓝眼睛摄人心魄。跟我父亲一样，他的声音给人以全身心的体验。其实很遗憾地说，杰瑞特跟父亲还有一个共同点，他也曾是一名浸礼会牧师，但是多年前退出浸礼会，创立了自己的“美国基督教”[1]教派。他已经不在美国基督教的教堂或网上定期布道，但仍然被看作美国基督教的头脑。

不可避免的是，不识字的人更倾向于通过外表和声音而不是外在的立场来评价一个人。虽然不应该，但是就连有学识的人都容易关注好看的外表和诱惑性的谎言。显然新兴的网络照片投票给了杰瑞特更多优势。

杰瑞特的支持者视酒精和毒品为撒旦的手段。他的一些更为狂热的追随者也许就是摧毁达夫特瑞家的长袍十字帮。

我们是地球之种，是“那个邪教”“山里的怪人”“向某种改变之神祈祷的疯狂傻瓜”。根据我听到的一些谣言，我们还是“吸纳儿童、崇拜恶魔的山区邪教，你认为他们对孩子干什么”。不用管人尽皆知、遍布全国的黑市上被诱拐或失去双亲的

---

[1] 书中描述的故事发生在未来，即21世纪30年代及以后的几十年间，杰瑞特创立的“美国基督教”并非过去和现在的美国基督教。本书所涉及的“美国基督教”都默认为杰瑞特创立的教派。

孩子，以及被绝望的父母卖掉的孩子，那些都不重要，但某个邪教因为“可疑的目的”接纳孩子的线索足够让某些人失去理智。

这种谣言就连非杰瑞特支持者都会听信，从而让我们受到伤害，我虽然只听过几次，但还是感到害怕。

此时此刻，我倒希望达夫特瑞家的袭击者是某个新兴帮派——纪律严明，令人害怕，但是只追逐利益。我希望……

可我自己都不相信，我确实怀疑杰瑞特的人跟这件事有关。我认为今天得在集会上说一下，趁着达夫特瑞家的遭遇还记忆犹新，大家会主动配合，多加演习，分散隐藏更多现金、食物、武器、记录和贵重物品。我们能打败黑帮，但是我们斗不过杰瑞特，特别是我们斗不过杰瑞特总统。如果整个国家疯狂到选中他，那么杰瑞特总统甚至可以在毫不知情的情况下毁掉我们。

我们现在有五十九人——如果达夫特瑞家的女人和孩子留下，就是六十四人。以这样的人数，我们勉强存活，我猜更多是为了实现我的梦想。

说回“天赋寓言”，我的“天赋”就是地球之种。虽然没有广泛传播，但我把它埋在靠近海岸的这片山区，它可以跟我们的红杉树同步生长。可是我还能做些什么呢？假如我跟杰瑞特一样善于煽动暴民，那么地球之种的运动规模如今也许大得足以成为真正的目标，那样会更好一些吗？

我在各种各样没有根据的结论间切换，至少我希望它们是没有根据的。既对达夫特瑞家的遭遇感到害怕，又对自己人充满希望和忧虑，我心烦意乱，无所适从，也许这些只是我的胡思乱想吧。

第二章

混乱

是上帝最危险的一面

无形、激荡、渴望

塑造混乱

就是塑造上帝

要行动起来

调整改变的速度或方向

更迭改变的范围

重组改变的种子

转化改变的影响

掌握改变

利用改变

适应成长

《地球之种：生命之书》

劳伦·欧雅·奥拉米纳

橡子社区最初的十三个定居者，也就是最初的十三名地球之种成员，自然包括我母亲，以及哈里·巴尔特和扎赫拉·莫斯，后两者也是从母亲家在罗夫莱多的社区逃出的难民。还有特拉维斯·道格拉斯、纳蒂维达·道格拉斯和多米尼克·道格拉斯一家，年轻的他们是我母亲第一批公路皈依者。母亲遇见他们时，这两伙人正徒步穿越加州圣巴巴拉。她喜欢他们的样貌，发现他们的致命弱点——当时多米尼克只有几个月大——说服他们跟哈里、扎赫拉和她一起走上去往北方的漫长之旅，他们都希望在那里觅得更美好的生活。

随后艾莉森·吉尔克里斯特和她姐姐吉莉安·吉尔克里斯特——艾莉和吉尔加入，可是后来吉尔在公路边丧命。大约在同一时间，我的父母相互结识。他们都没有害羞，似乎都愿意跟着感觉走，我父亲加入壮大的队伍。贾斯汀·罗尔在他母亲的尸体旁哭着被发现后，就改名贾斯汀·吉尔克里斯特。当时他大约三岁，后来跟艾莉组成一个新的小家庭。最后到来的是曾经为奴的两个家庭，包括格雷森·莫拉和女儿小豆、埃默里·索利斯和女儿托莉，他们结合在一起，组成感觉分享者的大家庭。

全部成员就是这些：四个孩子、四个男人和五个女人。

他们本该丧命，在时代瘟疫无情肆虐的世界，他们全都活下来也许算得上奇迹。不过，地球之种当然不鼓励相信奇迹。

无疑这群人与世隔绝的地理位置——充分远离城镇和铺好的道路——帮他们避开当时大部分暴力行为，保证了安全。他们定居的土地属于我父亲，他们到达时，那块土地上有一口可靠的水井、毁掉一半的菜园、不少水果树和坚果树，以及成片的橡树、松树和红杉。等团体成员集资买来手推车、种子、小型家畜、手工工具和必需品，几乎就获得了独立。他们隐藏在自己的山冈里，通过生儿育女、收养孤儿和接受贫穷成年人的皈依来壮大队伍。他们从被遗弃的社区和农场尽可能搜集用品，在露天市场买卖，跟左邻右舍交易。他们跟别人交换的一种最有价值的东西就是知识。

地球之种的每一位成员都学习读写，大多数都懂得两门语言——通常是西班牙语和英语，因为这是最有用的两种。加入群体的任何人，大人或小孩，都得立即开始学习这些基本技能并取得一种职业。任何拥有职业的人一直要向别人讲授自身职业。我妈妈坚持要这样做，看起来也确实有道理。如今当十岁小孩都能被送去工作，公立学校也就变得稀有。教育不再免费，可是根据法律它仍然是强制性的。问题在于，跟没有人保护童工一样，也没有人执行这套法律。

在这群人中，我父亲的技术最有价值。到娶我母亲的时候，他已经行医近三十年。受过良好教育、拥有职业技能、非裔，对当地人来说他算得上是凤毛麟角。山区的黑人特别稀少，人们对他感到好奇。为什么去那儿？他本可以在某个历史悠久的小城镇过更体面的生活，那片地区星罗棋布的小镇都乐于有个医生。他称职吗，老实吗，正派吗，可以信任他照顾妻子女儿吗？他们怎么能完全确定他真是医生？对此我父亲显然什么都没写，可我母亲记下了一切。

有一次她说："我在不同集市和偶尔的邻里集会上听到的流言蜚语，班克尔也都听过，他只是耸耸肩就拉倒。他保证我们健康，治疗工作造成的伤害。别人有急救箱和卫星电话网，幸运的话还有轿车或卡车。这些车辆往往陈旧不靠谱，但是有人拥有。他们给不给班克尔打电话是他们的事。

"然后，多亏了某人的不幸，情况有了改善。吉恩·霍利的阑尾发炎，差点破裂，她家是我们东侧的邻居，觉得最好还是冒险让班克尔医治。

"班克尔一救下吉恩，就跟她的家人谈了谈。他对他们直抒胸臆，说等了那么久才找他差点儿让五个小孩子的母亲丧命。他说起话来谦恭平静，但又张力十足，让人感到局促不安。霍利一家接受了他的批评，也接受他成为他们的医生。

"霍利家把他介绍给朋友沙利文家，沙利文家把他介绍给嫁入伽马家的女儿，伽马家又告诉了达夫特瑞家，因为前者是后者女族长达夫特瑞老夫人的娘家。然后我们才开始了解最近的邻居达夫特瑞家。"

说到对人的了解，我此刻比以往更希望能了解自己的父亲，他似乎是一个出众的人。也许了解母亲的这一面——努力、专注，但是非常年轻、散发着人性光芒——对我有好处，我也许会喜欢上这些人。

以下选自劳伦·欧雅·奥拉米纳的日记

2032年9月27日
星期一

我不确定该如何谈谈今天。昨天令人不安的集会和下定决心举办的周年庆典之后，今天本应在拾荒和采摘作物中平静度过。我们有几个人似乎认为，杰瑞特也许就是这个国家所需要的领袖——除了他荒谬的宗教行为。问题是，你没法把杰瑞特同他“荒谬的宗教行为”分开。你介绍杰瑞特，就会说到毒打和火烧，被涂焦油、粘羽毛。这些都是一体的，可能还有更恶劣的。杰瑞特的支持者不仅仅是被他“让美国再次伟大”的言论所蛊惑的一小部分人，他似乎不满于其他某些国家，我们最终可能陷入战争。没有什么能像战争一样，把人民聚到旗帜、国家和领袖周围。

然而我们某些人——特别是佩拉尔塔家和费尔克洛思家——也许很快就要离开我们。

“我只剩四个孩子活着，”拉米罗·佩拉尔塔在昨天的集会上说，“也许像杰瑞特这样的强力领袖执掌大权，他们才有机会活下去。”

拉米罗是个好人，可他迫切需要解决办法，需要秩序和稳定。我能理解。他以前有一个妻子和七个孩子，在一场火灾中失去了妻子和三个孩子。洛杉矶一伙愤怒、害怕和无知的暴徒为了阻止严重的霍乱传播，放火烧毁了他们以为是发源地的那片城区。我牢记着这件事来回应他，“想一想，拉米罗，”我说，“杰瑞特没有解决办法！处私刑、烧教堂、发起战争怎么能帮你的孩子活下去？”

结果拉米罗愤怒地转过头不再跟我面对面。他和艾伦·费尔克洛思在集会房间——一间教室——彼此隔望，都感到害怕，他们看着孩子——艾伦也有四个孩子——不光害怕，还因为自己的畏惧和无能为力而感到羞耻。而且他们也厌倦了，数百万人和他们一样担惊受怕，就是厌倦了各种混乱。他们希望有人采取措施，解决问题，立即出手！

总之，我们的集会风起云涌，周年庆祝时我们也都心神不安。有意思的是，他们害怕爱德华·杰伊·史密斯副总统所谓的无能更甚于杰瑞特显而易见的暴政。

于是今天早晨，我准备用一天时间跟朋友们徒步、思考、采摘。我们仍然会三四人结伴离开橡子社区，因为不管紧邻还是远离道路，山区可能很危险。可是至今近五个月以来，我们出去拾荒没有遇到麻烦。不过我猜这种情况本身就很危险，真让人悲伤。帮派因为不由分说的杀戮而变得危险，和平生活会促生草率和自满而带来危险，迟早也会造成牺牲。

实话实说，尽管达夫特瑞家刚刚遭到袭击，但我们比以往更加志得意满，因为我们要去一个了解的地方。那是一个烧毁后被抛弃的农舍，远离达夫特瑞家，我们发现了一些有用的植物，特别是缓解烧伤和蚊虫叮咬的芦荟，以及大丛大丛的龙舌兰。龙舌兰是色彩斑驳的漂亮植物，蓝绿色的叶子镶着黄白色的边缘。它们是一种大植株的有毒龙舌兰，在已经无人照看的农场前院一直生长繁殖，每一株都有一丛多肉且富含纤维的叶子，向上挺立，在大型植株上，有些叶子长度超过一米。每片叶子的尖端都像匕首的利刃一样，又长又硬，而且叶子带刺的边缘呈锯齿状，强韧得足以割破人类身体，我们就打算这样来使用。

第一次去的时候，我们带走了一些最小的植株，刚长出来的那种。今天我们打算只要手推车装得下，就尽可能多挖一些。在离龙舌兰几公里远的地方有一座坍塌的小屋，我们从它腐朽的储藏间搜刮的东西已经把推车装得半满。我们找到布满灰尘的罐子、煎锅、水桶、旧书、旧杂志、生锈的手工工具、钉子、吊索和电线，它们全都受到水和时间的侵蚀，但大都能被清洁修理或拆下配件，至少还能当成样品模仿制作。我们从所有的工作中学习，已经成为称职的小工具制造者和修理者。因为不断学习，我们已经生存得够体面。我们的顾客渐渐明白，从我们这儿买东西，他们的钱花得值得。

从废弃的园地和农田里拾荒也很有用，我们采集产出草药、水果、蔬菜或者坚果的植物，采集任何我们了解或认为有用的植物，而且对自给自足的沙漠多刺植物总是有特别的需求，它们能承受我们的气候，可以为我们组成带刺的篱笆墙。

一簇又一簇仙人掌，一丛又一丛多刺灌木，我们在山间围绕橡子社区种下一堵活的围墙。它挡不住决绝的坏蛋，没有任何围墙能挡住。如果主人不介意承受些破损，轿车和卡车也能冲进来，不过能用的轿车和卡车在山区珍稀得很，而且大多数燃料也价格昂贵。

要是愿意花点功夫，每个徒步的闯入者也都能进来。但是篱笆会限制和惹恼他们，让他们生气，也许会发出响声。起作用的话，篱笆会促使他人沿着最容易的路线接近我们，在那里我们二十四小时有人站岗。

最好时刻注意来访者。

所以我们打算收走龙舌兰。

要前往的农舍只剩下断壁残垣，它建在俯视田野和园地的矮山包上，本应是我们回家前的最后一站，却差点让我们不能回去。

一辆老旧的灰色家用卡车停在房子的废墟旁，起初我们没看见。仍然屹立的两根烟囱一大一小，仿佛墓碑和墓石，纪念着被烧毁的房子，卡车就藏在较大的烟囱后边。我还对豪尔赫·赵说起烟囱像什么，虽然年轻，但他善于发现别人可能会当成废物而忽视的有用物品，所以我们才带上他。

“什么是墓碑和墓石？”他认真地问。十八岁的他跟我一样从洛杉矶逃离，可是他的经历却大相径庭。高学历的父母抚养教育我的时候，他却在独立谋生。他讲西班牙语和一点回忆起来的韩语，但不会说英语，七岁时母亲死于流感，十二岁时父亲死于地震。地震时，全家一直占据的旧砖房倒塌，所以从十二岁开始，豪尔赫就独自负责养活弟弟妹妹，他想办法照顾他们，还在一位老酒鬼朋友偶尔的帮助下自学了读写西班牙语。他干些通常非法的危险苦工，捡些废旧物品，迫不得已也会偷盗。他带着弟弟妹妹设法跟墨西哥和中美洲难民在贫困社区生存下来，可是没时间学习无关紧要的知识。如今我们教他们读写说英语，因为这能让他们跟更多人交流。我们还教他们历史、耕作、木工和随时碰到的东西——比如墓碑和墓石。

拾荒组合的另外两人是纳蒂维达·道格拉斯和迈克尔·卡多斯。我和豪尔赫都有超共感，迈克尔和纳蒂维达没有。派出的搜寻组合不能让超共感者占多数，否则很危险，因为我们太脆弱，不管谁受伤都会遭受痛苦。不过二对二是挺好的组合，我们四人配合默契。通常不会四人同时粗心大意，但是今天这种情况就出现了。

挡住卡车的壁炉和烟囱，曾经是一间大客厅的端墙，壁炉大到足以烤一整只牛，所以能藏住一辆中型家用卡车。

刚一看见它，里边的人就朝我们开火。

我们照旧带着自动步枪和随身武器，可就连普通家用卡车的装甲和火力，都让我们的武装一无是处。

我们卧倒在地，子弹打在周围，溅起阵阵土石。我们向后匍匐，直到曾经房子所在的山包下方。山顶是唯一的掩护，我们只能躺在坡底藏起整个身体，不敢站立甚至坐起。我们无处可逃，子弹吞噬着前方的泥土，然后又越过山包，倾泻在我们身后。

在我们和卡车之间，没有较近的树木——连大点的灌木都没有。我们处在荒芜的菜园残骸中最窄的一部分，还没有到达龙舌兰生长的地方，现在也过不去了。至少能让我们其中几人藏身的只有进来时经过的华盛顿扇叶葵，可它还是根本挡不住子弹的幼苗。它的树叶向四周伸展，葱郁低垂，像一株大灌木。它在房屋北端，而我们被困在南端，卡车也停在南端，那棵树对我们没用。离我们最近的是几株芦荟、一株仙人球、一小簇丝兰和杂乱生长的一丛丛野草。

这些对我们都没用。要是卡车里的人充分利用他们的武器装备，就连山包都保护不了我们，我们早就没命了。奇怪的是刚来这里时，我们怎么会没有被他们打中。他们只想吓跑我们？我认为不是，射击持续了太久。

最后还是停了下来。

我们静静躺着装死，倾听卡车引擎的低鸣，倾听脚步声和话语，倾听任何表明我们在被追杀——或者袭击者离开——的声音，结果只有风声低吟、树叶婆娑。我躺着考虑房后远处高高的山脊上的松树，在脑海里我能看见它们，不知为何，只有这样我才能阻止自己抬头去看，去确认它们是否跟我想得一样远。曾经的农田杂草丛生，向后方的山上蔓延，再往上就是能够隐蔽和藏身的松树，可它们离得太远，只能让我兴叹。

后来，我们听见一个孩子的哭声。

我们都听见了，几声短促的啜泣，然后便停止了。孩子听起来非常幼小——不是婴儿，但是年幼、疲惫、无助、绝望。

我们四人面面相觑，孩子是我们共同的关注。迈克尔有两个孩子，纳蒂维达有三个，班克尔和我一直想要，还有豪尔赫，我很高兴他还没有让谁怀孕，但是他作为弟弟妹妹的代理父亲，已经六年了。他和我们仨一样知道，有怎样的危险等待着无人保护的孩子。

我抬头飞快地看清卡车及其周边。一辆紧紧锁着的家用武装装甲卡车不该——也不能——让孩子的哭声传出来，刚才的哭声挺正常，不像是被卡车扬声器放大和改变过。

所以肯定有一扇车门开着，还得是大开着。

隔着草丛我看不清什么，也不敢抬头从上边看过去，我只能分辨出阳光映照下的烟囱和它旁边的卡车、它们另一侧田地上的野草、远处的树木和……

有动静?

远处的草丛里有动静，但是在向这边靠近。

纳蒂维达把我拽下来，“你怎么回事？”她用西班牙语小声说。为了让豪尔赫听懂，遇到麻烦时最好说西班牙语。“卡车里的人都是疯子！你想死吗？”

“又有人来，”我说，“不止一个，正在穿过田野。”

“我不管！卧倒！”

纳蒂维达是我最好的朋友，不过跟她在一起有时候就像是把妈妈带在身边。

“也许哭声是要引诱我们出去，”迈克尔说，“以前有人用孩子做诱饵。”他是个多疑的人，对，迈克尔怀疑一切。他和家人跟我们在一起已经两年，我认为他花了六个月才接受我们，才确定我们没打他老婆和双胞胎女儿的坏主意。发现他老婆一个人在居住的残破小屋里生产双胞胎时，我们帮助并接纳了他们，尽管如此，他还是怀疑。他们的小屋旁有一条小溪，所以他们有水，有几口捡来的锅，可只有一把上了年头并且没有子弹的点二二口径运动手枪，以及一把刀。他们几乎要饿死了，只能以松果和野生植物为食，偶尔吃上迈克尔用陷阱捕捉或用石头杀死的小动物。说起来，他老婆法子分娩时他正在外边找吃的。

迈克尔同意加入我们，因为虽然要干零活、乞讨、偷窃和捡破烂，可他害怕妻子和孩子会饿死。我们对他们的要求只是尽自己的职责，干活，保证社区运转，尊重地球之种，不宣传其他信仰体系。可是对于迈克尔，这听起来像是无私奉献，而他不相信无私奉献，一直以为会发现我们贩卖奴隶或强迫卖淫。直到觉察出我们真是在践行信仰，他才开始安心。不论过去还是现在，地球之种对我们至关重要。他认为我们的生活方式通情达理，而我们的目标——地球之种的使命，却古怪疯狂，但我们绝不伤害他的家人。他的家人对他至关重要，一旦接受了我们，他和法子及孩子就安定下来，把橡子社区当成自己的家。

“我觉得哭声不是为了引诱我们出去，”我说，“不过很明显，这里确实有问题。卡车里的人要么来确保杀死我们，要么就应该离开。”

“而且我们不应该听见，”豪尔赫说，“不管孩子哭多大声，我们都不应该听见。”

纳蒂维达发话了，“射击也应该命中我们，”她说，“那种卡车的武器都应该由电脑控制，自动瞄准，只有手动射击才有可能射偏。你也许会忘了把枪支接入电脑，或者如果只想吓唬别人，也许就不开电脑。但是要认真对待就不应该总是射偏。”她父亲教给她的武器知识比我们社区所有人的都多。

“我认为他们不是故意没打中我们，”我说，“感觉不像。”

“我同意，”迈克尔说，“那会是怎么回事？”

“废话！”豪尔赫说，“就是我们要动，那帮混蛋就打死我们呗！”

枪声再次响起，我紧贴地面趴下，一动不动，紧闭双眼。不管我们是否移动，卡车里的白痴都要杀死我们了，而且他们成功的概率极高。

然后我发现，这一次他们没有朝我们射击。

有人在尖叫，卡车上一挺机枪发出节奏固定的嗒嗒声，我听见有人在痛苦地尖叫。我没有动，当有人陷入痛苦时，我唯一避免同样痛苦的方法就是不去观看。

理应明白这个道理的豪尔赫却抬起头。

片刻之后，他屈身在别人的痛苦中扭曲，拍打自己的身体。他没有尖叫，活下来的超共感者早就学会承受痛苦和保持安静，我们尽可能不暴露弱点，有时候忍住不动，不着一点痕迹。然而豪尔赫疼得没法保持不动，他交叉双臂，紧紧按住腹部，我也立即在腹部感到一股迟钝的疼痛。居然有人认为超共感是一种能力或力量——一种值得拥有的特性，这真让我无法理解。

“傻瓜，”说着我按住豪尔赫，直到痛感从我们两人身上散去。我尽量隐藏自己的痛感，避免产生可怕的反馈环路，我听说有的超共感者就能唤起。我们不会死于看见和感知的痛苦，有时候却希望这样，承受太多痛苦和经历太多死亡是有危险的，这都因人而异。五年前我接连经历过三四次死亡，那比任何感受都让我痛苦，后来我昏过去了。醒来时，疼痛早已消失很久，可我还是感到麻木、虚弱、眩晕。小伤小痛的话，忍一忍就过去了。几分钟后我们俩就不疼了，要是经历死亡，我需要好久才会恢复。

感受痛苦的一个好处是，它会有力地减缓我们给别人带去痛苦。我们比大多数人都更憎恨痛苦。

“我没事了，”过了一会儿，豪尔赫说，“那边的几个人……我觉得他们死了，他们肯定死了。”

“反正是都倒下了，”迈克尔看着豪尔赫看过的方向低声说，“我能看见烟囱和卡车另一侧至少有他们的三个人。”他向后蹭了蹭，不再紧张地隔着山包张望，也不会被看见。有时候我试图想象，看见痛苦但是没有感觉会是什么样。我最近复现的梦境最接近于获得那种自由，不是真的感觉自由。不过对迈克尔来说，没有感觉肯定……是正常的。

一切都陷入寂静，卡车没有动，没有了动静。

“他们似乎需要移动的目标。”我说。

“也许他们吸毒了，”纳蒂维达说，“或者干脆就是疯子。豪尔赫，你确定自己没事？”

“确定，我只想赶紧离开这里。”

我摇头说：“我们被困在这儿了，至少天黑前动不了。”

“即使卡车上有最便宜的夜视仪，黑暗也帮不了我们。”迈克尔说。

我想了一下，然后点点头：“没错，可是他们朝我们射击却没打中，甚至两伙人发现他们的藏身之地，卡车也不开动。要我说不是卡车出了故障，就是里边的人有问题。我们在这儿等到天黑，然后逃跑。走运的话，天黑前不会有人从我们身后走过来，找我们麻烦或吸引卡车的注意力。不过不管发生什么，我们都得等。”

“死了三个人，”迈克尔说，“我们也会没命的，也许不用到夜晚。”

我叹口气说：“闭嘴，迈克尔。”

我们在凉爽的秋日中等待，很幸运两天前天气转凉，没有下雨也算走运，真是被武装的疯子困住的完美天气。

卡车一直没动，没有另外的人过来惹麻烦或吸引火力，午餐我们吃了自带的食物，喝了剩余的饮用水。我们判断追踪器肯定以为我们死了，好吧，我们愿意装死到太阳下山，于是继续等待。

然后我们行动了。在黑暗中，我们借着隐蔽向北爬行，希望让大烟囱挡在卡车和我们之间，在我们跑到小烟囱隐藏好之前，让车里的人没时间看见并射杀我们。一旦到达小烟囱，我们希望逃跑时，一直让大小烟囱都挡在我们和无法移动的卡车之间。只要卡车不能动，这个方案就可行，要是它能开动，我们就死定了。就算它不能动，当我们跑过开阔地时，也会短暂地成为活靶子。

“噢，老天在上，老天在上，老天在上，”豪尔赫盯着眼前的开阔地，咬紧了牙关低语。要是他看见卡车打中谁，他也会倒下，我也一样。

“别往四周看，”我提醒他，“即使听见枪声，也要往前看，一直跑。”

可是在我们行动前，又传来了哭声。这次的声音清晰可辨，是一个孩子毫无拘束的啜泣声，而且没有停下。

我们跑起来，哭声也许有助于掩盖我们在崎岖地面发出的任何声音——不过发出的声音不大，我们已经学会保持安静。

豪尔赫先到达小烟囱，我是第二个，然后迈克尔和纳蒂维达一起赶到。迈克尔精瘦矮小，跟看起来一样敏捷，纳蒂维达敦实强壮，表面不显灵巧，却总是快得让人意想不到。

我们都成功到达，没有人开枪。在跑向小烟囱的过程中，我改变了对一些事情的想法。

哭声没有止住，连暂时的停止都没有。隔着小烟囱看向卡车，我发现了光——一大片暗淡的蓝灰色光芒。我看不见人，但是显然我们猜对了，卡车的一扇侧门大开着。

我们都聚在小烟囱旁边，其他人盯着北边的下坡，他们仍打算从那里逃走，星光足够照明。我能看见豪尔赫弯下腰，手扶着膝盖，仿佛要跑一场比赛。

孩子不再啜泣，而是变成哀号，声音疲惫单薄。最好在哭声停止前行动，最好在别人明白我的意图前行动，现在我知道该怎么做。只要我动作迅速，不给他们思考争论的时间，他们就会跟随并支援我。

“我们走。”迈克尔说。

我没管他，而是发觉空气中有股难闻的气味随着晚风起伏，似乎来自卡车。

“快点啊。”迈克尔催促道。

“不。”我说完，等他们仨都回头看我，就在此时，“我想去看看那个孩子，”我说，“还想要那辆卡车。”

然后恰好赶在他们伸手或开口制止之前，我开始行动了。

奔跑。我奔跑着绕过房屋残骸，从现实短暂地切到我的梦境。我正跑过一栋房子的荒凉废墟，它的烟囱那所剩无几的黑色框架，在星空下清晰可见。

一瞬间，我以为看见了模糊的梦中形象，人影站起、移动……

我挥散这种感觉，停在大烟囱旁，然后紧贴着它绕过，心里祈祷卡车上的人别朝我开枪，当然我也感到害怕，但没有因此放慢速度。

蓝灰色光芒此时更亮了，那股气味变成令人恶心的腐烂恶臭，闻起来实在是太熟悉不过。

我俯下身从卡车前方穿过，希望躲开它的摄像头，跟它接近得几乎伸手就能摸到。然后我来到卡车远端，发出光芒的地方，那里肯定开着门。

行进过程中，我几乎绊倒在哭泣的孩子身上，她是个小女孩，大概六七岁，身上脏得令我无法用语言来形容，她坐在地上哭泣，伸手抹掉眼泪，同时也蹭花了脸上的污垢。

就在我稳住自己避免摔倒的时候，她抬头看见了我。她张着嘴，眼睛凝视着我，我绕过她，把平端的步枪伸进卡车内部的蓝灰色光芒中。

对于会看见什么我没有预期：四仰八叉的醉鬼？性爱狂欢？肮脏环境？有人用枪指着我？死亡？

我知道旁边就有人死亡，那种气味确定无疑。

在蓝灰色光芒中我看见的是另一个孩子——一个小女孩——睡在卡车的一台监视器上，她低下头靠着控制台的边缘，还发出轻微的鼾声。蓝灰色光芒来自三台亮着的显示屏，上面都只有粗糙的灰色“雪花”。

卡车里还有三个死人。

我觉得他们都死了，显然他们都受过好几处伤——我认为是枪伤。实际上他们肯定被射中有一段时间了，也许是几天以前，身上的血都已经干涸发黑。

我可以高兴地说，无意识者或死者不会让我得到任何感受，不管他们看起来或闻起来如何，都不会成为我的大麻烦，我已经见过太多。

我登上卡车，把外边哭着的孩子留给别人照顾。我已经能听见纳蒂维达在跟她说话。纳蒂维达喜欢孩子，孩子们似乎一看见她就会信任她。

爬进卡车时，豪尔赫与迈克尔跟在我身后，他们被睡着的孩子和散乱的尸体所惊呆，迈克尔从我身旁经过去检查尸体。他、纳蒂维达、艾莉森·吉尔克里斯特和扎赫拉·巴尔特已经在学习给班克尔帮忙，他们没受过正式的医疗或护理培训，但是班克尔训练——正在培训——他们，而且他们做这份工作认真而又严肃。

迈克尔检查尸体，发现只有一位瘦弱的中年黑人男性死了，他被射中胸部和腹部。另外两人一个是大块头的白人中年妇女，一丝不挂，大腿和小腿上被射中多处；另一个是十五岁左右的白人男孩，穿着衣服，被射中腿部和左肩。他们浑身都是干涸的血迹，尽管如此，迈克尔在女人和男孩身上检查出心跳。

“我们得带他们去找班克尔，”他说，“这种情况我处理不了。”

“噢，糟糕。”豪尔赫呻吟着跑到外面呕吐。我不能怪他，他刚注意到死者眼里、嘴里和伤口里的蛆，另外两个伤者的伤口里也有。我把目光投向别处，这种情况我们都能应对，但是都会不舒服。说实话，我更担心两个伤者或其中一个会不会醒过来。我调整位置，避免看见他们。显然，他们不可能攻击我们，但是如果醒过来，他们会把我拖进痛苦。

背对着迈克尔和他的病人，我唤醒睡着的小女孩。她没有像外边的小女孩那样脏，但也确实需要洗澡。

她抬头斜视着我，虚弱而又困惑，然后发出一小声尖叫，试图从我旁边冲出门外。

我抓住她，抱住她，可她却挣扎、尖叫。我对她说话，低语，尝试安抚，尽一切努力让她摆脱歇斯底里的状态。“没事，亲爱的，没事。别哭，你会没事的，我们会照顾你，别担心，我们会照顾你……”我一边轻轻摇晃她，一边轻声哼唱，仿佛在安慰一个更小的孩子。

死者和伤者显然是她的家人，她和另一个小女孩孤单地跟他们在这里……多久了？她们需要我们能够给予的一切关怀。又挣扎尖叫了很久，她才开始在我的怀抱里寻求安慰，紧抱着我不再试图逃跑。在我的怀抱中她睁大双眼盯着其他人。

豪尔赫不再恶心以后就站在旁边观察监视器。纳蒂维达已经安抚下另一个小女孩，还找到一块干净的布和一些水，帮她洗净脸、手和胳膊。迈克尔离开受伤的女人和男孩，检查卡车的驾驶系统。我们四个人只有他会开车。

“有问题吗？”我问他。

他摇摇头：“没有任何迹象表明有诈，我猜他们本来就担心孩子们会误开动卡车。”

“你能开动？”

“没问题。”

“那就开走它，它是我们的啦。我们回家。”

卡车一切正常，电池电量充足。迈克尔找出并使用夜视仪也没遇到麻烦，它能捕捉到红外线、环境光和雷达设备，这些都是很好的功能，使用起来也都正常。两个小姑娘肯定不知道怎么使用，也不会驾驶。或许她们知道如何操作一切，只是不知道该去哪里。小孩子们究竟能向谁去求助呢？如果她们没有成年亲戚，就连警察都可以非法卖掉她们，或者签订契约合法奴役她们。签约约束穷人，不论年龄大小，如今特别流行。第十三和十四号修正案——废除奴隶制和保证公民权的两项——仍然存在，但是已经被惯例、国会和各州立法机关弱化很多。从最近的最高法院裁决来看，它们已经无足轻重。让穷人签订契约本是要保障他们工作，教他们做生意，让他们有吃有住，远离困境。然而实际上这只是另一种不付出或极少付出就让人工作的方法。小女孩更值钱，因为她们的用途更多，能被迫成为灵巧听话、用完即弃的劳动力。

无疑这两个女孩学会了害怕陌生人，然后，她们的父母哥哥中枪倒下，她们只能自己保卫家庭。在盲目的恐惧中，她们——必须——向我们开枪，射杀那三个陌生人，他们充其量不过是三个流浪者，也许是来拾荒的。离开前，迈克尔和纳蒂维达真的出去查看了他们，我和豪尔赫则负责把推车和里边的收获抬上卡车。

那三个人死了，他们有硬通货和套着枪套的手枪，迈克尔和纳蒂维达搜走这些，我们把他们用石块盖好就离开了。可是对于卡车他们还没有我们危险，要是他们直奔卡车，我们只要锁好门就能把他们挡在外边——他们古旧的九毫米半自动手枪不可能打穿卡车装甲，可是小女孩不了解这些。

我们带她们回到橡子社区，她们洗澡、吃饭，得到放松和休息。班克尔治疗她们的母亲和哥哥，新病人让他不高兴，我们的诊所从没有这么多病人，他让所有的学生和一些志愿者都来帮他，还说不知道能否救下新来的母亲和孩子。他有几样简单的器具和一台复杂的小诊疗仪，都是五年前逃离圣地亚哥的家园时保留的。他有一些药品——止痛药、抗生素和其他让我们保持健康的药物。要是男孩活下来，班克尔不知道他能不能重新走路。

但是班克尔会尽全力治疗他们。两个小女孩由艾莉和阿梅照顾，能被我们找到至少是幸运的，她们跟我们在一起很安全。

最后，我们如今有了多年以来一直需要的东西——一辆卡车。

2032年9月29日
星期三

救助受伤的女人和男孩及达夫特瑞家的伤员让班克尔一直忙碌，昨晚才腾出时间为卡车事件朝我大吼。当然，他没有吼，尽量不朝我吼。真可惜，要是他急躁、大声一点，他的反对也许容易被我接受一些，跟往常一样，他的反对还是安静而强烈。

“不必要的冒险让你收获颇丰，这真让人感到可耻，”昨晚我们躺在床上，他对我说，“你知道自己是个傻瓜，就好像你觉得自己是不死之身。怎么能这样，丫头？以你的年龄，你也该懂事了。”

“我想要那辆家用卡车，”我说，“而且发现我们也许能得到它，也许能帮助一个孩子，我们不断听见她们中的一个在哭。”

他转头看了我几秒又开口：“你看过被判有罪的孩子们戴着项圈和锁链被人领着在路上行走，你看过他们在妓院门口被当成性诱惑展示。你打算告诉我你这么做是因为听见一个小孩在哭？”

“我只是尽力而为，”我说，“如果能做更多，我会不遗余力。你清楚这一点。”

他只是看着我，要不是爱他，这样的时刻我也许不会对他有多少好感。我拉过他的手吻了一下，“我尽力而为，”我说，“也想要那辆卡车。”

“别再这样了，担风险的不只是你，还有你的团队——四个人！”

“空手逃跑的风险至少跟争取卡车的风险一样大。”

他发出厌恶的声音并抽回手，“所以你如今有了一辆破烂的卡车。”他嘀咕着说。

我点点头：“所以我们有了一辆卡车。我们需要它，你知道我们需要。这是个开始。”

“它不值得用任何人的生命去冒险！”

“它也没让任何人丧命！”我坐起来，低头看着他。我需要让他借着窗口射入的暗淡灯光看清我，让他知道，我说的都是真心话。“要是我必须死，”我说，“要是我被陌生人射杀，那应该是在我尽力帮助社区而不是拼命逃跑的时候，这样不对吗？”

他举手为我鼓掌，我知道他在讽刺我：“我就知道你会这么说。好吧，我从不觉得你傻，也许是痴迷，但不傻。既然如此，我给你一个提议。”

他坐起来，我凑到他跟前，拉起毯子围住我俩。我靠在他身上，坐着等他说话。不管他要说什么，我已经表明自己的观点，要是他认为我执迷不悟，我也不在乎。

“我一直在考察这片地区的城镇，”他说，“赛勒维尔、霍尔斯特德、科伊——离公路几公里远，暂时没有一座需要医生，但是其中之一很快就会有需要的那一天。你觉得生活在那样一座城镇里怎么样？”

我吃惊地坐着，一动不动。他是认真的。赛勒维尔？霍尔斯特德？科伊？这些都是非常小的社区，我不确定它们算不算城镇，每座都只有几户人家和商铺，聚在公路——101国道——和大海之间，我们在城镇街头做买卖，但它们都是封闭的社区，居民容忍“外来者”，但不喜欢我们。经过的陌生人——后来被证明是窃贼甚至更糟——把他们焚烧过许多次，他们只相信自己人和久居的农民邻居。班克尔觉得他们会欢迎我们？除了一座名为普拉塔的大型城镇，最近的几乎都由白人组成。普拉塔由白人和拉丁裔组成，还有零星的亚裔。可我们这里应有尽有，黑人、白人、拉丁裔、亚裔，以及任意两者的混血——你觉得在大城市才会遇到的情况。我们收养和生育的孩子觉得各种混搭组合才是正常现象。想象一下吧。

我和班克尔都是黑人，还是忘年恋。他总被认为是我父亲，当他纠正别人时，他们就会朝他挤眼、皱眉或微笑。在橡子社区，假如有人不理解我们，也会接受我们。

“我在这里挺满足，”我说，“土地是你的，社区是我们的。有工作可做，有地球之种的指引，我们正在打造美好生活，橡子社区会发展壮大，我们会保证这一点。可是眼下，那些城镇没有任何一座是我们的。”

“有可能是啊，”他说，“你不明白一名医生对与世隔绝的社区有多重要。”

“噢，我不明白？我知道你对我们来说有多重要。”

他转过头面对我：“比一辆卡车还重要？”

“傻瓜，”我说，“你想听赞美？没问题，就当你在受赞美，包括我在内，你知道自己救过我们多少人吗？”

他似乎思考了一下，“这是一群健康的年轻人，”他说，“除了达夫特瑞家那个女人，就连你最近接纳的人都是健康的，他们只是受伤，没有生病。除了我，”他笑道，“我们没有老年人口。除了卡特里娜的心脏，我们没有慢性疾病，甚至没有异常妊娠和儿童寄生虫。几乎任何一座城镇都比橡子社区更需要医生。”

“他们需要随便哪个医生都行，我们需要你。而且他们都已经有医生了。”

“我说过了，他们不会一直不缺。”

“我不管，”我靠在他身上，“你属于这里，别想离开。”

“现在就只能想想，我在考虑一个属于我们俩的安全地点，我去世后留给你的安全地点。”

我被吓了一跳。

“我是个老头子，丫头，这种事我不开玩笑。”

“班克尔——”

“我不得不考虑，而且希望你也考虑一下。就算为我，考虑一下。”

第三章

上帝即改变

最终会征服一切

不过与此同时

善，缓和改变

爱，减轻恐惧

美妙且有效的

积极的迷恋

可缓解疼痛

能转移愤怒

让我们每个人

按照自己的选择

投入最伟大和激烈的斗争

《地球之种：生命之书》

劳伦·欧雅·奥拉米纳

以下选自泰勒·富兰克林·班克尔的《异界回忆》

我无法知晓奥拉米纳的梦想、奋斗和坚定信仰会有怎样的结果。我不记得自己曾像她那样坚信过什么，她似乎认准了地球之种这套自创的信仰体系——或者如她所述，一系列交织在一起的真理，她只是觉察出来罢了。说到宗教，我总是持怀疑态度。可见我爱上一个宗教狂热者是多么荒谬，不过话说回来，爱情和宗教狂热本来就处在非理性的心理状态。

奥拉米纳相信一位根本不爱她的神灵，事实上，她的神灵是一个过程或者几个过程的组合，他不会清楚地感知奥拉米纳——或者任何事物——的存在，甚至根本感知不到自己。“上帝即改变。”她认真地表达。她的神灵包含某些方面：生物进化、混沌理论、相对论和测不准原理，当然还有热力学第二定律。“上帝即改变，最终会征服一切。”

然而地球之种不是宿命论的信仰体系，“上帝可以被引导、聚焦、加快、减慢、塑造”。一切都在改变，但是任何事物都不需要在方方面面都改变。“上帝无可阻挡，却可塑造”。奇怪吧，这几乎根本就不算宗教，就连地球之种的使命似乎跟宗教都没什么关系。

“我们是地球之种，”奥拉米纳说，“我们是上帝之子，宇宙的任何一部分都是上帝之子，更直接地，我们还是这颗地球的孩子。”最初的使命在字里行间有所体现，一部分人清醒地认识、知道自己是地球之种，接受自己的使命就是尝试离开母星地球，他们生来就跟所有年轻物种一样，做出了最终的必然选择。

奥拉米纳觉得，全人类应该一起努力避免或者至少延长人类——和每个物种——所面对的分化—扩张—灭亡的进化循环，地球之种就是她对此的贡献。

“我们可以获得长期的胜利，自身也会成为很大一批新人类的、新物种的家长，”她说，“或者我们只不过是又一次流产。我们能够而且必须把地球的生命精华——人类、植物、动物——传播到太阳系外的世界。‘地球之种的使命是扎根星际。’”

豪言壮语。

她充满希望、心怀梦想、笔耕不辍、坚定信仰，也许世界会让她活上一段时间，容忍她这个无害的怪胎。我希望世界容忍她，害怕世界夺走她。

在这篇文章中，我父亲精准简练地定义了地球之种，我的定义可能会比他的烦琐。当我母亲还是孩子，被社区围墙保护和禁锢时，她梦到过星星，梦到过飞行，我在她早期著作中读到过飞行之梦。不管是睡是醒，她都会梦见这些。在我看来，她提出地球之种的使命，撰写地球之种的诗文，本身就是在梦想。我们都需要梦想——我们的幻想——来支撑我们度过艰难时代。只要我们不像她一样开始把幻想误认为现实，就没有危害。似乎她也不时地自我怀疑，但从不怀疑梦想，从不怀疑地球之种。跟我父亲一样，我对任何宗教都感受不到那种安全感。考虑到我是怎样被养大，这够奇怪，不过也是事实。

不过我看过别人的宗教狂热——热爱怜悯世人的上帝，害怕怒火中烧的上帝，为了得到报答或避免惩罚而过分地颂扬或绝望地祈求上帝。所有这些都让我感到奇怪，地球之种这类信仰体系——有一个十分冷漠的上帝，非常苛刻，却很少送出慰藉——究竟应该如何唤起忠诚。

地球之种不承诺来世，其天堂是真实存在的——是环绕异星的其他世界。地球之种向信徒承诺，只能通过自己的后代、工作和记忆获得永生。对人类而言，永生只能通过把地球之种撒向外星世界来赢得。它的承诺无关住进宫殿，享用美酒和蜂蜜，或者永远沉浸在某个浩瀚的极乐世界，而是包含辛勤劳动以及全新的可能、问题、挑战和改变。显然这让某些人觉得充满魅力，我母亲就魅力惊人。

有一段地球之种的诗文这样说：

上帝即改变
无法来抗拒
无可去阻挡
无穷亦无尽
无欲亦无求
可欺骗蒙蔽
亦传道授业

是混沌鸿蒙
亦可塑之材
上帝即改变
上帝之存在
既是为塑造
又是被重塑

这是一位可怕的上帝，不可改变、不露面目，却又可以塑造、活力无限，我猜他很快就会假借我母亲的形象。母亲的中间名是欧雅，我好奇作为浸礼会牧师的外祖父，着了什么魔给她起这个名字。他在母亲身上看出了什么？在尼日利亚，欧雅是约鲁巴人的奥瑞莎女神的名字，其实最初的欧雅是尼日尔河女神，一个充满活力和危险的存在，她还是掌管风、火和死亡的女神，那些也都是可以产生巨变的因素。

以下选自劳伦·欧雅·奥拉米纳的日记

2032年10月4日
星期一

克里斯塔今天去世了。

她就叫这个名字：克里斯塔·科斯洛·诺伊尔。她一直没有恢复神智，从我们发现她遭到毒打、强奸、枪击，赤身裸体躺在家用卡车里，她就一直处于深度昏迷状态，我们已经把她和她受伤的儿子一起安排在诊所。达夫特瑞家的五个人已经搬去跟杰夫·金和他的孩子们一起生活，不过看起来最好还是让克里斯塔·诺伊尔和她儿子留在诊所。

扎赫拉和艾莉帮忙把他们清洗干净，然后协助班克尔从他们身上取出五颗子弹——母亲身上两颗，儿子身上三颗。扎赫拉和艾莉跟班克尔一起工作的时间比迈克尔和纳蒂维达都长，当然她们不是医生，但懂得不少，班克尔认为她们现在可以胜任执业护士。

班克尔、四个助手和护理志愿者，尽最大努力照顾诺伊尔一家。克里斯塔手术后，扎赫拉、纳蒂维达、法子·卡多斯、钱纳·瑞恩、特蕾莎·林，轮流守护着她，无微不至地照顾她。班克尔说自己让女人守在她旁边，以免她醒过来害怕，看见陌生男性会让她感到恐慌。

我猜他的判断正确，可怜的女人。

克里斯塔去世的时候至少儿子在身边，他躺在母亲旁边的床上，有时伸手去抚摩。他们之间有一块我们自制的帘幕，只有处理个人身体时才会把他们隔开，克里斯塔去世时他俩之间没有阻隔。男孩名叫丹顿·诺伊尔二世，他愿意人们称他“丹”。我们一回到橡子社区，就焚化了丹顿·诺伊尔一世的尸体，现在又轮到他妻子，我们会为他们举行葬礼，只等丹康复到可以参加。

2032年10月17日
星期日

今天我们为丹顿·诺伊尔一世和他妻子克里斯塔举行了双人葬礼。

在班克尔的治疗下，丹正在康复，腿部和肩膀的伤口在愈合，他也可以走一点路。班克尔说他可以感谢伤口生的蛆，那些恶心的小东西不仅通过吃掉坏死组织来保持伤口清洁，而且本身无害。这个特殊的群体对健康的活性组织没有食欲，只吃腐烂和坏死的部分，然后除非它们被移开，否则就会蜕变飞走。

小姑娘卡希雅和莫西起初被关在屋里，以防她们逃跑。她们无处可去，但是特别害怕和困惑，结果总是试图逃跑。等可以去探望哥哥时，我们又不得不防备她们弄伤他。她们冲向丹，要不是阿梅和艾莉阻止，就会因为放心和宽慰而扑到他身上。阿梅似乎最能说服她们，她们似乎也接受了这两个女人——反之亦然——但是对阿梅似乎有特别的喜爱。

我们的阿梅，她仿佛是一个谜。我教她写字，期待她有一天能把自己的故事告诉我们。她看起来像拉丁裔人，然而不懂西班牙语，她懂英语，但是说的我们通常理解不了，这是她加入我们之前的遭遇所致，有人割去了她的舌头。

我们不知道谁干的，我听说在宗教观念更强的城镇，对女性的压迫越来越极端。一个女人表达看法，抱怨，不服从丈夫，或者在其他方面“有违妇道”和“像个男性”，也许就会被剃光头发、在前额打烙印、割去舌头，更有甚者也许会被石刑或火刑处死。这种事我以前只是听说，阿梅是我见到的第一个亲历者——如果是因为上述原因的话。令我高兴的是，她来找我们时，可怕的伤痛已经痊愈。我们甚至不知道阿梅是不是她的真名，但是她能说“梅”，并让我们知道得那样称呼她。一直都很明确的是，她喜欢孩子，善于跟他们相处。现在来了诺伊尔家的女孩，她似乎也有了一个家。一年的大半时间，她跟艾莉和艾莉的养子贾斯汀住在一间小屋，我猜这下我们要么扩大艾莉的小屋，要么就得建造一座新的。其实我们需要建造两到三间新房，斯科拉里家会住进其中一间，他们跟菲格罗阿家挤着住了很久。接下来是达夫特瑞家，最后是阿梅和诺伊尔家。

丹跟哈里·巴尔特、扎赫拉，以及他们的孩子一起生活，他也恢复到可以自己走动的程度。当初他母亲一去世，就让他最好尽快离开诊所。阿梅已经跟两个女孩共住一室，所以，班克尔为丹寻找别处，巴尔特家自愿接纳了他。而且，阿梅拥有超共感，丹还在经受阵痛。他没有嫌疼，但是阿梅会注意到，因为我在他身旁时就有感觉。巴尔特家没人有超共感，所以他们能照顾伤者，而自己不受苦。

这是忙碌的几周，我们驾驶卡车拾荒数次，以前的收获在数量上都比不了现在：木材、石头、砖块、沙子、水泥、管件、家具和管道，都来自被抛弃的废墟和达夫特瑞家，都是我们所需要的。算上诺伊尔家的孩子，我们有六十七人，增长太快，可是又举步维艰。我们不仅是橡子社区，还是地球之种，仍然只是一个孤立的山地社区，挤在不多的几间小屋里，像在20世纪生活。卡车会提高我们生活的舒适性，可是……还不够，我是说对橡子社区也许够用，对地球之种不够。

不是说我断然了解什么样才算够用，而是我要建立的东西太新太广，不仅不知道如何建立，甚至都不确定建好后会是什么样。我只是跟着感觉走，尽一切所能，用一切所学，再往前迈一步。

为了建立地球之种初期的档案，下面是我目前了解到的诺伊尔家的遭遇。我跟卡希雅和莫西谈过几次，过去三天，丹把记得的遭遇讲给了我。虽然还感到疼痛，但他似乎需要谈谈，而且有我在旁边为他向班克尔抱怨疼痛，并确保在他需要的时候能得到药，他就少些痛苦。独自一人的话，他似乎只愿意躺在那里承受。其实，迫不得已时忍耐似乎也没什么错，可是世界上无法避免的痛苦已经够多，没有必要的时候为什么还要忍受呢？

诺伊尔一家驾车从亚利桑那州的菲尼克斯来到这里，那里的食物和饮水甚至比洛杉矶地区还贵。他们卖掉自己的两栋房子、一些空地、家具和克里斯塔的珠宝，卖掉一切可以换钱的东西，购买和装备了一辆家用旅行卡车，配有装甲和武器，大到足够住下七人。这辆卡车本该把他们带到阿拉斯加并成为他们的家，直到家长找到工作，再购买或租赁好点的住所。如今作为目的地，阿拉斯加比以前更热门。当我离开南加州时，阿拉斯加是大众的梦想——宛如天堂。人们奋力前往，希望那里仍然是文明世界，还有工作、和平、安全养儿育女的空间，他们希望重返20世纪中叶神秘的黄金时代，不期望有黑帮、奴隶和像癌症一样在土地上肆意扩张的贫民窟，不期望遭遇混乱。在那里人人都有大片的土地、温和的气候、便宜的饮水。那里有许多城镇，不管是新是旧，是私有还是自由，都渴望新人的加入。像我说的，那里就是天堂。

如果我从路人那听来的都是真的，设法到达那里的少数人曾花钱乘船或飞机、徒步或驾车跨越数百甚至数千公里，想办法穿过封闭的加拿大边境，来到同样封闭的加拿大-阿拉斯加边境，却发现他们根本不受欢迎。去年，受够了遥远的华盛顿的管制，更受够了大批满怀希望的穷人涌入，阿拉斯加宣布独立，脱离美国，美国内战以来这是头一次。唐纳总统和阿拉斯加州州长——或者说阿拉斯加总统——列昂季耶夫相互咆哮，我还以为也许会再次发生内战。但是唐纳总统这边要忙的事太多。如果安德鲁·斯蒂尔·杰瑞特下月胜选，内战的真正威胁则来自他。

不管怎么样，虽然有风险，但诺伊尔家这类人既抱有希望，又感到绝望，还是毅然前往阿拉斯加。

我们发现卡车的几天前，诺伊尔家还有七口人，他们是克里斯塔和丹顿一世夫妇，七岁和八岁大、如今已经成了孤儿的卡希雅和莫西，十二岁的宝拉，十三岁的妮娜和最大的孩子丹。我第一次看见丹就猜中他十五岁，他是个大块头、娃娃脸的金发男孩。他父亲个头矮小，长着黑发，丹继承了母亲的长相、体型和金发，小姑娘们更像父亲丹顿一世。丹已经接近两米，成为一个年轻的巨人，兼具长兄对妹妹们的责任感，可是在我们发现卡车的三天之前，他跟父亲一样，无法阻止宝拉和妮娜被强奸和拐卖。

诺伊尔家形成习惯，经常在偏僻向阳的地方停车，比如那座烧毁的房屋南侧。他们可以给卡车打扫透气，同时也让孩子们在外边放松，还能大面积展开太阳能板给电池充电。为了省钱他们尽可能多用太阳能，这意味着黑天开车白天充电——这样正合适，因为白天行人都走公路。在加州的公路上步行是违法的，可是人人都这么做。按照现在的惯例，大多数行人在白天走，大多数轿车和卡车在夜里开。只要不会撞毁，汽车不会因为任何事停下，我见过打算劫车的人被撞倒，没有一辆车停下。

但是白天他们停车、休息、充电。

丹顿一世和克里斯塔夫妇没让孩子走远，但也没有安排人专职放哨。他们以为偏僻地点和一般的警惕性可以保护他们。结果他们错了，忙于收拾卡车的时候，几个男人从他们毫无防备的方向——北边——接近，结果没有完全遮住他们的烟囱挡住了他们的视线。有可能是这些人在另一道山梁上发现了卡车，然后绕过来袭击他们。丹是这样认为的。

入侵者绕过山墙，立即向他们全家开枪，他们赶上诺伊尔一家都在卡车外边，射中了丹顿一世、克里斯塔和丹。离卡车最近的莫西跳上车，藏在一箱书和盘子后边。入侵者抓住另外三个女孩，可是最大的女孩妮娜决绝地挣扎，又踢又挠又咬，挣脱后又被捉住，分散了闯入者的注意。卡希雅借着无人看住她的瞬间，从抓她的人手下溜走，夺路逃进卡车。不同于莫西，卡希雅猛地关闭卡车门，又将其全都锁死。

做完这些，她自己都不知道已经彻底安全。入侵者朝卡车装甲和轮胎开枪，虽然打出了痕迹，但是都无法穿透，卡车根本就没有多少损伤。他们甚至在卡车一侧放火，可是也没有任何效果，火就熄灭了。

大约过了几个小时，入侵者就离开了。

两个小女孩说他们打开卡车的监视器向四周观察，找不到入侵者，但是仍然感到害怕。她们又等了一段时间，可是只有她俩在卡车里等待，不知道监视器的盲区——烟囱和墙壁的另一侧——可能在发生什么，也很吓人。没人照顾她们，她们也没人可以求助，最后她俩受不了孤单地待在车里，便打开了离散乱的尸体最近的一扇车门，那是她们的父母和哥哥。

入侵者已经离开，带走了两个姐姐，所以剩下的两个女孩只看到父母和丹。丹已经醒来，坐在地上，抱着母亲枕在他腿上的头部，一边哭，一边抚摩母亲的脸。

入侵者没走时丹在装死，就连一个入侵者踢他，他都没暴露出生命体征，真够坚忍。他听见他们试图闯入卡车、咒骂、大笑、呼喊，听见两个妹妹发出他从未听过的尖叫，听见自己的心跳。他觉得自己要死了，在家人被杀后自己失血而死。

可是他没有。他失去意识又不止一次清醒过来，不知道过去了多久，入侵者还在，后来他们离开了。他开始能听见他们，后来就听不见了。他的妹妹们尖叫、哭泣、呻吟，后来也没了声音。

他动了动，接着疼痛让他喘息、呻吟。他尽力坐起，尝试站起时腿上疼得他尖叫一声又摔倒在地。他的意识因为疼痛、失血和恐惧而模糊，他四处寻找家人，就在他的腿边，他的母亲身上沾满了两个人的血。

他拖着身子爬过去，把母亲的头放在自己腿上。他不知道自己几乎毫无意识地坐了多久，然后他的小妹妹来摇晃他，呼唤他。

他盯着她们，花了很长时间才觉察出她们真的活着出现。在她们身后，卡车也打开了门。然后他明白自己必须得把父母弄进车里，把车开到公路，前往一座有医院或者至少有医生的城镇。他恐怕父亲也许死了，但又无法确定。他知道母亲还活着，能听见她的呼吸，也感觉到她颈部的脉搏。他得找人救她。

他真的设法把他们俩都弄进卡车，那是漫长而费劲的过程，他自己的腿也疼，感觉特别虚弱。他曾长得很快，对自己的成人体格和男人力量感到自豪，现在却感到像婴儿一样虚弱。他一把父母都拖进卡车，就累得没力气爬上驾驶座开车，没法为父母寻求帮助或寻找两个失去的妹妹。他需要去，但又去不了，只得瘫倒在地板上无法动弹。意识消散，一切又都离他而去。

这是熟悉的故事——可怕而又常见。几乎橡子社区的每个人都有个既可怕又常见的故事可以讲述。

今天我们给诺伊尔家的孩子们橡树苗，让他们种植在混合了他们父母骨灰的土壤里。我们以这种方式纪念自己的逝者，不论是最近还是以前离开我们的。这里没有我家人的骨灰，但是五年前大家决定留在这里时，我种树纪念他们，别人也为他们的逝者种树。妮娜·诺伊尔和宝拉·诺伊尔的骨灰当然不在这儿，她们也许没死，但是会跟她们的父母一起在这里受到纪念。丹一弄明白这场仪式的意义，就也要像纪念父母一样种树纪念妮娜和宝拉。

他说："有些夜里我还会在她们的尖叫声和那些混蛋的笑声中醒来，哦，天哪……她们一定死了，但是也许没有，我不清楚。有时候我希望自己死了，哦，天哪。"

我们打电话给邻居和附近城镇的朋友，告诉他们妮娜和宝拉的姓名和外貌——丹告诉我们的，并提出用硬通货——加拿大货币——奖励。我怀疑获得信息的可能性，但是必须得试一试。这不是说我们有多余的硬通货可以随便花，而是因为过得仔细，所以我们节省下来一些。因为有了卡车，我们很快就会有更多钱，不过说实话，即使没有卡车我也会尝试把女孩们赎回来。知道有孩子在路上和城镇里因为别人的快乐而受苦是一回事，知道你认识和喜爱的孩子的姐妹被迫受苦就是另一回事了。不过有了卡车，我们更有理由力所能及地帮助诺伊尔家的孩子。

我们用一张小床当作担架，把诺伊尔抬到葬礼现场。他能站立和行走，班克尔每天让他练习一会儿，但是他还不能长时间站立和端坐。我们把他放在班克尔五年前纪念妹妹及其家人时种下的柔弱小树旁，他们在我们之前生活在这块土地上，在我们到来之前被杀，尸体跟他们的房子一起被烧。我们只发现了烧黑的骨头和几枚戒指，那些就埋在树下边丹躺着参加葬礼的地方。

两个小姑娘在我们的指导下栽种树苗，但是没要我们帮助，都是她们亲手完成。此刻在撒下骨灰的土壤中种树也许没有太多意义，但是她们长大就会明白，父母的遗迹还在这里，树木从中生长，从今开始，这个社区就是她们的家。

我们移动丹的小床，让他能铲土浇水，然后我们让他种下他的两棵树苗，他也一样，没受任何帮助。这个仪式对他来说已经很重要了，是他对父母和妹妹的付出，他就只能做到这些。

种完树，他说了“主祷文”，这是他知道的唯一正式祈祷。诺伊尔一家是名义上的基督徒——天主教的母亲、圣公会的父亲和没进过教堂的孩子们。

丹说服妹妹唱了几首母亲教给他们的波兰歌曲。他们不说波兰语，有点可惜，能学一门新的语言总会让我高兴。除了克里斯塔，他们家其他人都不说波兰语，克里斯塔跟随父母逃离欧洲的战乱和渺茫的前景，从波兰来到美国。看看这个可怜的女人落得什么结果。

女孩们唱了歌，她们这么年幼，嗓音清亮甜美，听起来十分悦耳，她们的母亲肯定是位好老师。等她们唱完，给所有的树苗都浇了水，几位社区成员站出来诵读地球之种的诗文、《圣经》、《公祷书》、薄伽梵歌和约翰·多恩的诗。引述的内容都是朋友和家人纪念和致敬逝者时说的。

然后我说出葬礼和纪念死者的必读内容。

“上帝即改变。”我起头说。

其他人温柔地重复：“上帝即改变，塑造上帝。”我们已经养成不用提醒就重复和响应的习惯。令人伤心的是，这座社区建立时间不长，却举办了多次葬礼，特别是这种仪式成了家常便饭，就在上周我们刚刚为达夫特瑞家举办葬礼、种下树苗、诵读文字。我说：

我们将逝者
交给果园
交给树林
我们将逝者
交给生命

我停下来深吸一口气，继续用缓慢而谨慎的语气说：

死亡
是一场巨变
是生命最彻底的改变
我们致敬挚爱的逝者
随着他们的本质混入土壤
我们也会铭记他们
他们长存我们心中

“我们铭记，”他们轻声说，“他们长存。”

我默默站了一会儿，凝视远处的柿子树、鳄梨树和柑橘树，它们都是班克尔的妹妹和妹夫从南加州带来栽种的，无心地以为离世时会有更凉爽的天气。据班克尔说，他们种下的许多树都死了，但有些随着气候变暖存活下来。邻居家的老人们会抱怨减少的青蛙、雨水以及凉爽天气，但我们来自南加州的人不会介意。在这里，天气好像比我们被迫离开的家园更温和一点，仍然还有水、空间、不算炎热的微弱暑气，以及些许和平；在这里，仍然可以种植果园和树林；在这里，死亡中仍然诞生生命。

两个小姑娘已经回到阿梅身边坐下，阿梅一只胳膊抱着一个黑头发的小孩，三人一起严肃地聆听。

我开始一段新的诗文，几乎是在吟唱：

黑暗诞生光明
光明也在塑造黑暗
死亡定义生命
生命也在塑造死亡
万物与上帝
互为你我
互相定义
上帝创造万物
万物也在塑造上帝

一阵沉默之后，是最后的结束语：

我们以前已经活过
还会获得重生
我们是

细丝

石头

思维

星星

我们被

散播

聚集

塑造

探索

我们会活着

会服务生命

我们会塑造上帝

上帝也会塑造我们

永无休止

生生不息

一些人低声重复最后一句。

扎赫拉用几乎听不见的声音轻柔地引述：

上帝即改变

最终会征服一切

她丈夫哈里搂住她，我看见她眼中闪着泪光，她和哈里也许是这个群体中最忠诚但最不信仰宗教的成员，不过有时候，人们需要宗教胜过一切——即使是扎赫拉和哈里这类人。

第四章

用智慧和远见

去塑造上帝

来造福你的世界

你的人民

你的生活

考虑结果

降低危害

提出问题

寻找答案

学习

传授

《地球之种：生命之书》

劳伦·欧雅·奥拉米纳

以下选自泰勒·富兰克林·班克尔的《异界回忆》

我们海岸边的红杉树正在死亡。

这种所有树木中最高的物种的学名是“北美红杉”，但是很多已经不再常绿，从顶部往下，它们一点点变棕、死亡。

我相信它们的死亡不是由天气热造成的。据我回忆，洛杉矶地区——帕萨迪纳、阿尔塔迪纳、圣马力诺这类地方——就有许多红杉，我小时候看见过。母亲在帕萨迪纳有亲戚，她常带我去串门。远在南方生长的那些红杉长得没有它们的北方亲戚这么高，但是确实能存活。后来气候变迁，我猜它们随着南方的众多树木凋亡了——或者被砍伐后用来造房子，成为流浪者的柴火。

如今我们少些年头的树木已经开始死亡，洪堡郡靠海的这片山区——当地人把这些岸边的山包称为“大山”——在我小时候要更凉爽一些，多雾多雨，是对大多数植物友好的温和气候。我相信差不多在三十年前我买下橡子社区这片土地时，气候就已经在发生改变。在不太遥远的未来，我认为这里和几十年前的南加州海岸不会有多少差别，炎热少雨，大部分时间棕色压倒绿色，现在我们处在转变的过程中，每年还有几场货真价实的秋季和冬季风暴，在春天和初夏还有晨雾降下。

尽管如此，年轻的红杉——只有百年树龄，还不成熟——正在枯萎。位于我们南北方几公里远的古老国家公园和州立公园里，高大的古树仍然挺立，几百公顷零散分布的树林已经被政府开放，卖给有钱人——通常是外国资本——砍伐。土地抢占者也一棵棵地砍伐焚烧了不少，通常也都是用来盖房和做饭。不过大部分受到保护的千年红杉能够抵御病害、火烧和气候变化，仍然屹立不倒。如果人类不去打扰，它们就会继续存在。虽然不属于这个时代，也没有后代，但它们仍然活着，仍然徒劳地向着天空生长。

也许是因为年龄的关系，我父亲似乎有一种可爱的悲观。他在我们的未来几乎看不到光明，根据他的文字，我们作为一个国家的伟大之处，甚至也许是作为人类的伟大之处，都存在于过去。他的最大愿望似乎一直就是保护母亲和后来的我，设法保证我们的安全。

反过来，我母亲是一位有点勉强的乐观主义者。对她、地球之种和人类而言，伟大似乎就在前方，只有她能看见，但那足以怂恿她、诱惑她，一如她诱惑别人。

她努力地诱惑别人，最初是通过接受易受袭击的穷人，然后找到方法让那些人成为地球之种的一部分。不管有着自身星际使命的地球之种看起来是多么荒谬，它也提供直接的回报。这里是真正的社区，至少表面上安全。这里有规矩和例行工作给人带去安定感，以及属于一个团队的情感满足，遇到挑战时，成员们团结起来共同面对。对于家庭而言，这里有地方抚养孩子，教他们别处学不到的基本技能，尽可能保障他们安全，使他们免受外界充满敌意的严酷教训。

我上高中时读到1741年乔纳森·爱德华兹的布道词《落在愤怒的上帝手中的罪人》，前几句话总结了在橡子社区之外的世界，许多孩子可能会被迫受到的教训。爱德华兹说："那将你们悬在地狱火坑上如将一个蜘蛛或其他可憎的虫子悬在烈火上的上帝，恼怒你们，被你们大大地激怒了。他对你们发怒，如同火烧一样。他看你们值不得什么，只配丢在火中。"你们一无是处，上帝恨你们，你们只配得到痛苦和死亡，对于经历过时代瘟疫的孩子来说，这是多么可信的神学啊！难怪他们中的一些人在我母亲的"上帝"那里得到安慰。即使他不爱他们，至少还会给他们一些活着的可能。

要是我母亲只创建了橡子社区这个流浪者和孤儿的避难所……但是没创建地球之种，那我会认为她完全值得敬佩。

以下选自劳伦·欧雅·奥拉米纳的日记

2032年10月24日
星期日

丹的身体好多了，走路还有些跛，但是恢复很快，他今天头一次坐着参加了整场集会。我们不得不在室内举行，雨已经下了两天——一场持续冰冷的好雨。

丹先参加了一场欢迎仪式，然后是他家的卡车引发的讨论。欢迎仪式是为阿德拉·奥尔蒂斯的新生儿哈维尔·贝尔杜戈·奥尔蒂斯举办的。哈维尔是一场残忍的公路轮奸带来的孩子，怀孕的阿德拉七个月前才投奔我们，不知道是否想让我们欢迎这个孩子，甚至不知道自己想不想留下他。后来孩子降生，她说他像自己早已去世的弟弟，她以前很爱弟弟，无法放弃孩子，求我们接受他。所以我们举办了这场仪式。

阿德拉没有别的家人在世，所以我们做了些小礼物。我给她的是一个可以把婴儿背在身后的育儿袋。多亏一直如此践行的纳蒂维达，把孩子背在身后成了橡子社区每个母亲的习惯。

阿德拉选择跟迈克尔和法子站在一起，他俩分立两旁，孩子在阿德拉怀里熟睡，我们顺次经过，每个人都看着哈维尔，轻触他的小手和长满黑发的脑袋表示欢迎。他头发堪比更大的孩子，阿德拉说她弟弟也是一样，她在弟弟婴儿时期帮忙照顾，现在真心觉得上帝又让弟弟回到了她身边。我知道她谈论的上帝跟我的不一样，我不确定这是否重要。如果她跟我们生活，遵守我们的规定，与我们一起快乐、悲伤、庆祝、工作，那就不重要。将来她的儿子说出“上帝”，我相信他所指的是我的上帝。我们的欢迎辞如下：

哈维尔·贝尔杜戈·奥尔蒂斯
作为你的同伴
我们欢迎你
我们是地球之种
你也是地球之种——
众人之一
与众不同
一颗小种子
一个大希望
生命的坚守者
上帝的塑造者
水
火

去雕刻

被塑造

你就是地球之种

你的使命

地球之种的使命

就是扎根星际

说得挺好，但没有好到可以欢迎一个孩子来到世上，加入这个社区，对此说什么都是不够的，然而还是得说，仪式也需要举办。我一边说，大家一边轻柔地唱起来。特拉维斯·道格拉斯和格雷森·莫拉为一些地球之种的诗文配乐，特拉维斯能作曲，格雷森能在内心倾听，然后唱给特拉维斯。

朗诵、乐曲和触碰结束时，卡多斯家接受阿德拉作为他们的姐妹，接受哈维尔作为他们的外甥，阿德拉也接受了他们，三人在社区成员面前发誓，哈维尔这时醒来想要吃奶，阿德拉不得不带他回到座位。时机恰到好处。

我们社区特别多的成员孤身或只带着小孩来投奔我们，尽可能建立不只包含教父母-教子关系的亲情似乎是我最好的选择。在罗夫莱多我以前的家庭社区，常常不存在任何关系，除了偶尔送点礼物，大家不把这当回事。在这里，我希望大家当回事，也跟他们明确表示过。没人必须承担以这种方式加入另一个家庭的责任，但是任何承担那种责任的人都要做出实打实的承诺。家庭关系不仅仅包含新生儿的，还包含父母的。我们的社区还很年轻，我也无法确定这种方式将来是否奏效，但是人们似乎已经接受，我们习惯于相互依靠。

欢迎仪式一结束，我们便进入每周讨论环节。我们的集会，除了婚礼、葬礼、欢迎仪式和节日庆典，就剩下讨论，也就是解决问题的会议，计划、疗伤、学习的时间，以及调整和重塑自我的时间。讨论覆盖任何与地球之种和橡子社区有关的一切，过去、现在与将来，任何人都可以发言。

本月第一次集会期间，我主持了一次回顾与展望的讨论，让我们了解已经做了什么，还必须要做什么，接受任何必要的改变，利用一切机会。我鼓励大家思考我们做的事情如何帮助我们维持有目标的宗教社区。

今天早晨特拉维斯谈了谈如何扩展我们的社区商业，这个主题深得我心。首先他读了一段地球之种的文字——跟任何优秀的文字一样，地球之种的诗文可以用来引起各种各样的讨论。

“文明之于群体一如智慧之于个体，是结合众人智慧、经验和创造性，不断取得群体适应性的手段。”

然后是——

去追寻
也许变化孕育利好的种子
要小心
也许变化开出伤害的花朵
上帝极富可塑性
上帝即改变

“我们有一个必须要利用的机会，”特拉维斯说，“我们有卡车，没有真正的竞争。我检查过卡车，除了看起来不怎么样，它的状态好极了。太阳能板汲取能量的效率很高，如果我们白天给电池充电，应该会节省不少燃料，短途出行甚至只用电池就够了。我们有这片地区最好的车辆，可以进行小规模职业运输，从邻居那儿进货，在城镇销售。假如是我们把商品带到市场，人们会愿意以稍微低点的价格让我们销售他们的产品。而且我们可以跟尤里卡-阿克塔的企业签署商业种植合同，甚至加伯维尔那么远的都可以。”

我们几个人已经断断续续谈过这件事，可今天是我们得到卡车后头一次在集会上讨论。在所有人中，特拉维斯最想冒险跟我们的邻居加强联系。我们可以跟他们签合同购买指定的手工产品、工具和高产的作物。到现在我们已经知道谁擅长什么、谁可靠、谁诚实、谁大部分时间头脑清醒。

特拉维斯和我已经更加频繁地去往尤里卡，而且一直在四处询问，看哪些商贩有意签合同采购我们的特定商品。

特拉维斯清清喉咙，又对大家说，“有了卡车，”他说，“只要在第一辆卡车上取得成功，我们的批发生意就算起步了。然后，不只依靠我们的产品以及跟附近邻居交易产品，我们既可以扩大贸易规模，又可以壮大我们社区和推动这场运动。成为自主的经济体对我们来说很重要，否则我们永远摆脱不了当下这种19世纪的生存状态！”

说得好，但是并不是全部含义都被人接受。我们说“上帝即改变”，可实际上比任何人都害怕改变。我们在集会上讨论改变来平息恐惧、缓和自我、评估结果。

“我们现在挺好，”艾莉说，“为什么要冒更大的风险？在杰瑞特可能当选总统的情况下，我们为什么要当出头鸟？”她已经失去了自己的幼子和姐姐，只有一个养子贾斯汀，她会不惜一切代价保护他。

迈克尔让我感到意外，“我猜我们可以做。”他说。我等着随后的“但是”，迈克尔总有转折：“但是，艾莉对杰瑞特的看法没错。如果他当选，我们最不需要的就是更多曝光。”

“杰瑞特在民意调查中走低，”豪尔赫说，“他的人烧毁教堂，烧死人，把大家吓得要死，他也许赢不了。”

“现在他们究竟在找谁进行民意调查？”迈克尔摇着头问，然后又说，“不管怎么样，我们最好关注一下杰瑞特，无论输赢他都有很多急于寻找替罪羊的追随者。”

哈里开口了，“现在我们已经为人所知，”他说，“附近城镇的人都知道我们，了解我们是谁——或者自以为了解。我想让我的孩子有机会过上好生活，也许这个批发的主意会开启那种可能。”

他旁边的扎赫拉点点头说：“我也支持，我们在这里定居不仅仅是为了土里刨食，住进木屋，我们能过得更好。”

“甚至也许可以改善邻里关系，”特拉维斯说，“如果这里更多人知道我们，明白我们可以信任，杰瑞特这种暴民煽动者或当地类似的人物就会难以给我们制造麻烦。”

我怀疑这种说法最终的真实性——至少在大范围内不可靠。我们会见更多的人，结交更多的朋友，其中一些会很忠诚，剩下的……其实，我们对他们的最大期待就是别来落井下石。那也许是他们能体现的最佳姿态——拒绝加入暴徒。其他人不管我们把他们当不当朋友，如果践踏和抢劫我们是在考验他们的勇气，考验他们对国家、宗教和种族的忠诚，他们都会特别乐意跟暴徒一起把我们踩在脚下，把财产洗劫一空。

话说回来，结交更多真正的朋友不会伤害我们，我们已经交了一些可以信任的朋友——附近的邻居、普拉塔的几个人，还有尤里卡城外最大贫民窟乔治敦的几个人。结交更多好朋友的方法就是在一段时间内多交朋友。

阿德拉·奥尔蒂斯只有十六岁，有着小女孩飞快轻柔的声音，“要是人们以为我们骗他们呢？”她说，“人们总是那样想，你知道，比如你想对他们好点，可他们就认为别人都是骗子和小偷。”

我坐得离她不远，所以回答了她。“人们愿意怎么想就怎么想，”我说，“我们的任务就是通过行动告诉他们我们不是骗子，也不是傻瓜。目前我们落下了好名声，大家知道我们不偷东西，文明友善，紧急情况下还会出手相助。我们的学校只需要不多的硬通货就接纳他们的孩子，而且还很安全。”我耸耸肩，“我们开了好头。”

“你觉得我们要走批发商品这条路？”格雷森问。

我吃惊地望向他，他有时候一整场集会都一言不发，根本不是害羞，但很安静。他和妻子在相遇前都是奴隶，都因为奴隶制的恶果与玩忽职守而失去亲人。现在他俩有两个女儿和两个儿子，尽一切努力守护他们，怀疑任何可能会影响那些孩子的新生事物。

“没错。”我说完停顿了一下，抬头看看特拉维斯，他正站在艾莉建造的高大帅气的橡木讲坛上。然后我继续说：“我相信只要卡车能顶住，我们就能做。你是我们这方面的专家，特拉维斯，你说过卡车状态良好，可是维护费用我们出得起吗？它近期需要什么贵重的新零件吗？”

“等到它需要贵重零件的时候，我们应该已经挣到了更多钱。”他说，“至于现在，连轮胎都挺好，这可真不一般。”他站在讲台上向前俯身，神情严肃而又自信。“我们能做到，”他说，“我们应该从小买卖做起，研究可能性，弄清楚该如何壮大。如果方法得当，一两年内就能再买一辆卡车，我们在发展，需要这么做。”

在我旁边，班克尔叹了口气，“如果不谨慎点，”他说，“我们的规模和成功会把橡子社区变成山中堡垒——这片地区所有人的保护者。我认为那是不明智的。”

我却认为比较明智，但我没有这样说。班克尔还只是把这里看作搬到“真正”城镇——也就是历史悠久的城镇——组成“真正”家庭之前暂时的驻地。我不知道他需要多久才能明白，跟附近有一两百年历史的城镇中可以找到的东西相比，我们在这里构建的也同样真实，至少同样重要。

我预见这样一个时代：我们的聚居地不仅是山中堡垒，而且大多数甚至所有邻居都加入我们。即使他们不能喜欢地球之种的每一个方面，我也希望他们对地球之种的部分喜欢足以帮他们认识到，跟我们在一起好过没有我们。我希望他们成为同盟或社区成员，不仅仅是“朋友”。随着我们吸收他们，我还打算吸收一些将来的零售店、饭店和旅馆的客户，或者说我想要开我们自己的零售店、饭店和旅馆。我当然想在尤里卡、阿克塔及附近一些大城镇开办集会堂——同时也是学校。我希望我们以这种自然自立的方式成长为城镇。

不知道我们能否完全实现，但是必须得去尝试，我认为这才是地球之种真正的开始。

我不知道如何实现，有时这把我吓得要死——总是感到被驱使着去做毫无头绪的事情。但是我边做边学，已经学会在谈论这些事情的时候务必谨慎，即使是对橡子社区的成员。班克尔不是我们中唯一的，只要是没看到别人做过的事情，就觉得我们也不可能做成。而且……尽管班克尔绝不会这么说，我猜他在内心深处相信，更重要的大事只能由地位远高于我们的大人物承担，所以根据定义，我们做的事都是渺小和不重要的。这很奇怪，因为在别的方面，班克尔有着健康向上的自尊心，他没让自我怀疑、家人的怀疑或者朋友的嘲笑阻止他念大学，然后他读了医学院，靠着学术、工作和大额借债才活下来。他起初是个不特别出众但是内心高傲的黑人男孩，最后成了一名医生。

但是在某种意义上，他的成就也正常。我是说，他看有人做到过，班克尔小时候去看过一位儿科黑人女医生。

我打算做的就不那么正常。前人完成过，新的信仰体系被引入，但是没有标准的方法——没有可以倚靠其开展工作的方法。恐怕我要完成的是一项疯狂、困难、危险的事业，最好每次只谈一点点。

迈克尔的妻子法子发言了，“我害怕参与这项新事业，”她说，“但不得不这么做。我们的社区挺好，但是能维持多久？在食物紧缺之前，我们的人口还能增长多久？”

人们在点头，她的勇气超出了自己的期待，她可能在颤抖，但是仍然在做自认为该做的事。

“我们要么壮大要么衰败，”我表示赞同，“毕竟这是地球之种在更大尺度上的表现。”

“我希望不是，”埃默里·莫拉说，“我希望我们躲在这里，不参与其他任何事情。我知道我们不能，可是我希望……能待在这里真是太好了。”在摆脱奴隶身份之前，她的两个小儿子被夺走卖掉，她也拥有超共感，她、格雷森、格雷森的女儿小豆、她的女儿托莉以及她和格雷森的儿子卡洛斯和安东尼奥——都有超共感，没有其他家庭如此多灾多难，也没有其他家庭比他们有更多需要隐藏的理由。

我们又继续讨论了一会儿，特拉维斯听着人们的抗议，接着要么自己回应，要么让别人回应。然后他请求投票表决：我们是否应该扩展业务？结果投赞成票的超过十五人，表决通过。只有艾莉、艾伦·费尔克洛思、拉米罗·佩拉尔塔和拉米罗的大姐皮拉尔投了反对票。奥布里·达夫特瑞不能投票，因为她还不是我们的成员，但她明确表示，如果可以她也反对。

“想想我们家经历了什么。”她说。

当然都记得，可我们不打算进行非法商品交易，比达夫特瑞家离高速公路更远，不能就因为达夫特瑞家遭到袭击就拒绝这次机会。

我们可以拓展业务，特拉维斯会组建一支队伍，他们会跟邻居洽谈——那些没有汽车和卡车的优先——跟城镇里更多的商户洽谈。我们需要知道现在有哪些可能，我们知道可以在街头市场卖得更多，因为有了卡车我们可以去更多市场。所以即使一开始签不到合同，我们也可以销售从邻居那里买到的商品。我们已经开始这么做了。

集会结束后，我们进行了集会日聚餐，分散到学校的两个大房间，吃东西，做室内游戏，交谈，听音乐。在房间前方的讲坛旁边，德洛丽丝·菲格罗阿·卡斯特罗正打算给一群要坐在她脚边的小孩子读一篇故事。她是卢西奥的外甥女，玛尔塔的女儿，她只有十二岁，但是喜欢给更小的孩子阅读。因为她读得很好，而且声音优美，所以孩子们喜欢听。至于成年人和大孩子，我们演了一出埃默里的原创话剧，只有她有这个才华。因为害羞无法演出，但她喜欢创作，喜欢观看演出。卢西奥·菲格罗阿发现自己喜欢舞台演出，喜欢塑造虚构的世界。豪尔赫和其他几个人都不会表演，但是喜欢在话剧中扮演角色，特拉维斯和格雷森根据需要配乐，我们其他人欣赏。所有人都在相互满足。

我吃着炒兔肉、烤土豆、蒸蔬菜辣酱沙拉和一点山羊奶酪，吃的还有松子饼干、橡子面包和甘薯派。集会日的规则就是只吃自己养殖、耕种和准备的食物，有一段时间的集会日过得相当艰难，那提醒我们种植和养殖的还满足不了需求，如今集会日的餐食如此丰盛，说明我们过得挺好。丹来到我身边。

“我能跟你坐会儿吗？”丹问。

我说：“当然可以。”然后我拒绝了其他几个想跟我一起进餐的人。丹的表情让我觉得我们俩该谈一谈，似乎我和新来者最后都得像这样谈谈，比如“地球之种到底是什么，我必须得加入吗”。

就在此时，丹说道：“巴尔特一家说我和妹妹可以留在这里，如果我们不愿意，可以不用加入你们的教会。”

“你们不必加入地球之种，”我说，“欢迎你和妹妹留下来，如果哪一天你们决定加入我们，我也会高兴地欢迎。”

“我们需要做什么——只是留下来？我是说。”

我笑了：“先养好伤，等你能行了就跟我们一起工作。这里人人劳动，不管大人还是小孩。你要帮忙种田、养殖、维护学校和操场、盖房子，在这里盖房子需要大家共同努力。这里还有别的工作——打家具、造工具、去市场卖货或者出去拾荒，你可以根据自己的喜好随便选择。你会念书，以前上过学吗？”

“我爸妈教我。”

我点点头，如今大多数受过教育的穷人或中产阶级要么自己教孩子，要么像我以前的社区那样，在某个人家中成立非正式的学校。只有非常小的城镇还有旧式的公立学校。“你也许会发现，”我说，“自己有些东西可以教给更小的孩子。地球之种的首要任务之一就是学习和传授。”

“这个呢？这种集会？”

“当然，你每周得参加集会。”

“我可以投票？”

“不可以，但是出售农作物的收益有你一份，如果一切顺利，其他业务也是一样。这都是在你加入这里一年以后，除非你决定加入，否则无法参与决策。等你确实加入了，就会有更多的收入分红和投票权。”

“这不是真正的宗教——你们的做法，我指的是。你们这些人不信仰上帝或别的什么。”

我转头面对他：“丹，我们当然有信仰。”

他只是静静地盯着我，显然不相信。

“或许我们的信仰不同于你父母的，但我们确实有。”

“上帝即改变？”

“正是。”

“我连这是什么意思都不知道。”

“它的意思是，改变是一切事物不可避免、无法阻挡、持续存在的真实状态。对我们而言，改变成了最强大的现实，也就是‘上帝’的另一个名字。”

“可是……你们能用这样的‘上帝’做什么？我是说……它甚至不是一个人，它不爱你，不保护你，不了解任何事，有什么意义呢？”

“意义在于，它是真理，”我说，“一条严酷的真理，严酷到有些人接受不了，但是这没有减损它一丝真实性。”我放下食物，起身走向我们的一个书橱。我找到并取下几本《地球之种：生命之书》第一卷中的一本。两年前，我自己出版了这本书的第一卷。书稿完成时，班克尔检查了文字，然后说我可以登记版权并出版，这样可以对知识产权进行自我保护。在当时，这种做法似乎没有必要——相当于在一个疯狂的世界里做一件荒唐的事。后来我渐渐相信他说得没错——为以后考虑，以及出于一个他未提及的眼前的原因。

“有一天情况会恢复正常，”他曾对我说，“就像我们继续向他们交税一样，你应该取得版权。”

情况不会恢复到他所谓的正常，有一天我们会步入某种新常态——持续一段时间。那种新常态能否识别我们上交的税费或取得的版权，我不知道。但是这其中有些更直接的好处。

人们还是会对装订好的正式书籍印象深刻，甚至是感到敬畏。不管是手写还是打印在散页上的诗篇，都不如一本书有抓眼球的效果，即使不识字的人也会被书籍打动。想法似乎是这样，“如果是书里说的，那也许是真的”，甚至，“书里写的肯定是真的”。

我回到丹身旁，翻开书给他读道：

不要崇拜上帝
不可阻挡的上帝
不需要也不想要
你们的崇拜
但是
要承认和关注上帝
向上帝学习
凭远见和智慧
借想象和勤劳
去塑造上帝
必要之时
受上帝支配
适应并坚持
因为你们是上帝之种
因为上帝即改变

我停顿一下说："这就是我们的信仰，丹。这也是我们力争做到的——至少是其中一部分。"

丹皱眉听着："我还是不明白那是什么意思。"

"在学校你会学到更多，我们说教育是通往上帝的最直接途径。这段诗文的意思是向上帝谄媚和乞求是没有用的，眼下知道这些就足够了。了解上帝做什么，学习根据自己的需求去塑造改变，或者至少学会适应改变，以免被改变击垮。这才是有用的。"

"所以你在说祈祷没有用？"

"噢，不。祈祷确实有用，祈祷是非常有效的自我交谈、说服自己、集中精神做事的方式，它会给你一种掌控的感觉，帮你超越心中原有的限制。"

我停下，想到丹试图挽救父母时就做到了这点。"祈祷不总是按照我们的意志起作用，"我说，"但是值得我们付出努力。"

"即使我祈祷时是在向上帝请求帮助？"他问。

"即便如此，"我说，"也只有你自己被影响和激励。你可以把它想象成向你心中的一部分上帝祈祷。"

他考虑了一会儿，然后看着我，似乎有个大问题，但是不知道该怎么问，只好低头看书。

"你怎么知道自己是正确的？"最后他问，"我是说想当总统的那个家伙，杰瑞特，他会把你们当作野蛮人或异端之类的。"

他确实会。"没错，"我说，"他好像就是喜欢那样称呼别人，曾让人觉得所有不喜欢他的人都很邪恶，然后他就能以莫须有的罪名怪罪他们。这要比努力解决问题容易。"

"我爸爸说……"男孩停下来咽了下唾液，"我爸爸说杰瑞特是个白痴。”

“我同意你爸爸的看法。”

“但是你怎么知道你是正确的？”他坚持问道，“你怎么知道地球之种是正确的？谁说它是正确的？”

“你啊，丹。”我让他仔细琢磨了一会儿，然后继续说，“你学习，你思考，你质疑。然后，如果你发现地球之种是正确的就加入我们，帮我们教化别人，像我们帮助你和妹妹一样帮助别人。”又是一次停顿，“花时间读一下这本书，诗文简短直白，但也许表达得还不完整。阅读和琢磨一下，然后你就可以开始问问题了。”

“我一直在阅读，”他说，“不是这本书，而是其他读物，我伤得不能动，只能阅读。巴尔特一家给了我小说类读物。而且……我总觉得自己不应该在这里，生活舒适，食物美好，有书可读。我一直在想自己应该出去寻找妹妹妮娜和宝拉。我是长子，她们又丢了。我已经是家里的支柱，应该去找她们。”

这是他目前说过的最令人担忧的话。我说：“丹，我们不可能知道——”

“是啊，没人知道她们是死是活、是否分开、流落哪里……我明白。我一直在想这些，可她们是我妹妹，爸妈总告诉我要照看好她们。”他摇摇头，“该死，我甚至连卡希雅和莫西都没照顾到。要是她们没有自救，我猜我们就都没命了。”他自我厌恶地推开眼前已经吃了大部分的餐食。可是我们用餐的是一条长凳而不是桌子，没有多少空间够他猛推，所以他的盘子掉在地上摔碎了。

他盯着盘子，眼含泪水——并不是因为打碎了餐具才哭。

我去够他的手。

他一下子缩回了，然后抬头，透过眼中的泪水盯着我。

我再次拉住他的手，也看着他，“我们在附近的城镇有朋友，”我说，“已经通知他们，悬赏寻找女孩或能有助于找到她们的信息。如果有可能，我们会夺回她们，迫不得已，我们会赎回她们。”我叹了口气，“丹，我不能保证什么，但我们尽力而为，而且需要你的帮助，跟我们一起去附近社区的街头市场和商店商铺，帮我们寻找她们。”

他还在盯着我，仿佛我可能会撒谎，仿佛只要瞪得足够狠，他就能在我脸上找出真相：“为什么？为什么你要那么做？”

我犹豫了一下，然后深吸一口气，给他道出原因。“我们都失去过亲人，”我说，“这里的每个人都在火灾、谋杀和袭击中失去过家庭成员。我就失去了父亲、继母和四个弟弟，他们都死了，一个不剩。当我们能够拯救生命……就绝不会袖手旁观，否则我们会受不了。”

他还是盯着我，不过此刻自己也在颤抖。他让我想到水晶制品，随着声音震颤，就要破碎。我把他拉过来抱住，这个大男孩比我还高。我感到他的眼泪打湿我的肩膀，然后又感觉到他用双臂环抱住我，仍然在沉默中颤抖，在绝望中坚持。

第五章

小心

无论和平年代

还是战火纷飞

更多人死于愚蠢的私利

而非其他的顽疾

《地球之种：生命之书》

劳伦·欧雅·奥拉米纳

我从母亲的日记节选中看到，虽然他们的生活近似19世纪的水平，她却在关注更广泛的世界。政治和战争非常重要，科学和技术也很重要，犯罪、吸毒以及不同种族、民族、宗教和阶层间相互容忍的趋势，都挺重要。顺便要说，她的确把这些看作流行趋势——从现实到情感，再到生理等领域的原因导致的人们崇尚或不再喜欢的行为。人类的竞争性和领地性是造成可怕的压迫行为的根源。我们人类似乎总是觉得有人低自己一等——弱小但似乎可以归罪和惩罚的底层同胞——就可以感到宽慰。就像是需要跟相同阶层来合作竞争，需要指望更高阶层提供指引和帮助，我们也需要这种最低阶层。

我母亲总是注意并提到这种事，有时候她把自己的观察结果写成地球之种的诗文。在2032年11月，她有了更重要的原因关注外面的世界。

以下选自劳伦·欧雅·奥拉米纳的日记

2032年11月7日
星期日

藏在橡子社区，我们必须特别努力地获取外界消息——我指的是真正的消息，不是流言蜚语，不是“子弹新闻”——用华而不实的照片和快速、机智、口语化的信息，接连讲述所有我们需要了解的人。一条子弹新闻用二十五到三十个字就足够说明一场战争或一套不同寻常的圣诞彩灯。子弹新闻既便宜，又都是夸张的照片。一些子弹新闻以真正的虚拟现实呈现，允许人们安全地体验飓风、瘟疫、火灾和大规模屠杀，让人感受颇深。

另外，精心制作的新闻光盘和卫星新闻服务的花费更高。格雷森和埃默里，以及另外一两个人说子弹新闻就够用，详细新闻没有用，既然我们无法改变权贵所做的愚蠢、贪婪、恶毒的行为，就应该忽略他们。不管有多少次我们被迫承认无法真正藏身，一些伙伴们还在想办法尝试。

好吧，我们不能隐藏，所以最好注意正在发生的事，知道得更多，就能更好地生存。所以我们订阅了一项不错的电话新闻服务，时不时还购买详细的世界新闻光盘。整个行业让我更渴望小时候免费的新闻广播，可是在这里几乎不存在。我们去到任何一座大些的城镇，就会收听所剩不多的新闻广播。如今我们能收听的更多，因为卡车的收音机能比我们的便携收音机收到更多内容。

今天集会过后，我们收听了一些世界新闻光盘的内容。过去一周，几条最重要的新闻如下所述。

阿拉斯加仍然声称自己是主权独立的国家。班克尔听到这个新闻后耸耸肩，“为什么不能？”他说，“钱都在他们手里。”

由于气候变化，他们确实挣走了大部分的钱。气候还在变化、变暖，应该会在某一天达到新的稳定状态。在那之前我们还会在世界范围内继续经历反复急剧变化的天气。海平面还在上升，还在蚕食低海拔的沿海地区，比如我们北边曾经保护洪堡湾和阿克塔湾的沙丘。中西部和南方的半数庄稼还在因为炎热而枯萎、被洪水淹没或被大风撕碎，所以食品价格仍然高涨。气候变暖还让疟疾和登革热之类的热带疾病在温暖湿润的墨西哥湾和大西洋沿岸南部各州变成日常生活的一部分，但是人们正在适应，比如霍乱和肝炎越来越少，卫生条件差、食物变质和营养不良导致的疾病越来越少。在有水质问题的城市和有沟渠式露天下水道的棚户区，人们会把饮用水先煮沸。菜园和果园越来越多，老式的食物保存技巧也开始复兴。在缺乏现金的地区，人们用物品交换物品或服务。在没钱买燃料或没有电力设备的地区，他们使用手工工具或牲口干活。生活在改善，然而如果政客或商人觉得战争有利于自己，那么一场大战在所难免。

此刻全世界范围内有不少战争在上演。肯尼亚和坦桑尼亚在开战，我还没听说原因；玻利维亚和秘鲁有边界纠纷；巴基斯坦和阿富汗联军跟印度在打一场宗教战争；西班牙的内战在肆虐；希腊和土耳其的战争也是一触即发；埃及和利比亚正在大打出手。如今战争非常普遍。

我猜我们应该感激还没有发生“核战争”。三年前伊朗和伊拉克之间那场战争把所有人都吓坏了。战后，全世界保持了大约三个月的和平。相互憎恨了好几代的对立双方找到和平对话的方法，可是你来我往的侮辱和算计，以及相继被违反的停火协议，让和平对话全都失败了。挑起战争总比取得和平容易得多。

说回到国内新闻，在得克萨斯州的达拉斯，一个犯傻的富家公子在无法无天的大群棚户区贫民中冒险，结果被戴上了最新式的罪犯电子控制设备——也被称为“奴隶项圈”“狗项圈”和“窒息链”。在项圈的“激励”下，他学会了为当地一位皮条客挣钱。我听说新式项圈相当精妙，老式的——通常是皮带式的——只能造成痛苦，它们产生电击，有时候会伤人或致命。新式的不会致命，一次可以戴数月或数年，经常用于惩罚，通过足以致人昏迷的剧烈疼痛震慑来达到防拆或防损坏的目的。我听说有些项圈可以通过激励大脑化学变化——刺激佩戴者产生多巴胺——来让人对满意的行为产生美妙的快感，进行廉价的鼓励。我不知道这是否真实，不过如果是，整件事听起来就有点像是让人拥有超共感——只不过不是感受别人的感受，而是拿着控制器的人想让佩戴者获得的感受。这可以开启奴隶制的全新阶段，一段时间之后，渴望快感、害怕疼痛、总是拼命取悦主人，可能构成一个人的全部人生。我已经听说有的项圈佩戴者自杀，不是因为疼痛，而是因为无法忍受自己已经深陷其中的奴性。

得克萨斯州男孩的父亲花了很多钱，雇用私人警察——只要给钱什么都愿意干的那种——极其细致地梳理贫民窟，最后找到了男孩。就这样，在2032年的得克萨斯州又发现了奴隶制。无辜的人——不是罪犯也不是穷人——因为不道德的目的被强行抓走！怎么会这样？我想看到的是一个没有实行奴隶制的统一国家。

还有一条新闻说，似乎在火星上发现了多细胞有机体，还是活的。它们非常小，体内很特殊，但是外表……有时候看起来像小不点的鼻涕虫。它们生活在特定的极地岩层下至少四米深的地方，不完全是动物，有点像地球上的黏液菌类，跟黏液菌一样，它们经历独立的单细胞阶段，在那期间它们一路吃透岩石，通过分裂繁殖，类似充满防冻液的小小变形虫。当它们吃光临近区域的食物时，就会形成鼻涕虫一样的多细胞体，移向有矿物质可以消化的新地点。跟地球黏液菌一样，鼻涕虫状的它们不进行繁殖，只是产生足够的腐蚀性防冻液，以便能够在岩石中移动到有新鲜食物源的地方。火星生物用两种方式产生土壤。它们食用矿物质，再把这些排出体外，同时释放出类似石墨一样极细微极顺滑的尘土，充当润滑剂。它们在岩石中蠕动时，分泌的腐蚀性黏液分解经过的路径和缝隙，产生更多的尘土。

这些生物是活生生的火星人！可是到目前为止，采集后送到李尔站检查的样本，在离开它们寒冷的岩石家园后不久就死掉了。出于这个和其他一些原因，它们既是伟大的发现，又让人感到特别悲伤。因为这是为美国政府工作的科学家最后的大发现。

唐纳总统已经把我们最后一批火星设施卖给欧洲-日本联合公司，以此来实现他最早的竞选承诺之一。他的想法是所有的非军事太空旅行——不管载不载人——都应该被私有化。“如果完全值得做，”唐纳说，“就应该去追逐利益，而不是给纳税人增加负担。”就好像利益只有直接经济收入似的。我生于2009年，印象中听过有人抱怨：太空计划浪费金钱，甚至是国家衰败的原因之一。

荒谬！太空本身和我们附近的世界有太多知识需要我们学习。如今我们发现了地外生物，却要退出太空探索的队伍。我猜假如火星“黏液菌”能够在某方面发挥作用——也许是矿业或化学——那它们就会被保护起来，朝着更有用的目标培养繁殖；但是假如它们被证明没有特别的用途，便会被留下自己生存，或者有私人企业在它们的生存之路上布下人类觉得合适的任何障碍，它们便没法做到最好了。如果它们不走运到了极点，在某方面对人类事务产生不利影响——比如它们喜欢上联合企业的火星建筑材料的味道——那么能存活下去都得靠撞大运。我不相信地球环境法会保护它们，这些法律甚至无法真正保护地球上的动植物，在火星上谁会去强制执行呢?

然而在某种程度上令我高兴的是，我们的设施得以被卖掉而不是被废弃。卖掉它们不算好，但也算两害权衡取其轻。大多数人都不会介意看到它们被废弃，他们说我们不该在太空浪费时间和金钱，地球上还有这么多人在苦难中挣扎，可我却想知道卖掉火星设施的钱流向了哪里，我没注意到政府在教育和就业方面有新的项目，对于流浪者、病人和吃不饱饭的人也没有官方的救助，贫民窟还跟以前一样庞大肮脏。作为一个国家，我们放弃了原本享有的权利，得到的却连蝇头小利都算不上，算是白白放弃——不过某个地方的某些人现在会更富有一些吧。

可是仔细想想：一种全新的生命形式在火星上被发现，它在新闻光盘上获得报道的时间比离家出走的得克萨斯州男孩还少。作为一个物种，我们越来越孤立，正在滑向毫无目标的负面变化，更糟的是还在变得习惯于此。我们总是以这种愚蠢的方式塑造自己和未来。

继续说新闻。澳大利亚科学家利用人造子宫成功孕育足月婴儿。这个孩子源自体外受精，九个月后他从一系列复杂程控容器的最里面被取出来。一对不经过大规模医疗协助就无法怀孕的夫妻有了跟正常人一样的儿子。

记者已经把子宫容器称为“卵”，一些愚蠢的争论流行起来，比如“孵化人”跟“自然人”是否一样。当然，牧师和神父主张，这种对人类繁殖的干预是错误的。一段时间以内，我猜他们不用太担心。整个过程还处在试验阶段，假如说这种服务被推销给谁的话，就只有富豪才用得起，但是它还没有上市。我猜在眼下的世界里，它能否占领市场都是个问题，因为即使富人能以正常的方式生孩子，也有特别多的贫困女性愿意充当代孕母亲，为更富裕的人孕育后代。假如你是富豪，付出比九个月食宿费多不了多少的代价，就能雇用一名代孕母亲。如果这位女性够聪明，而你也很大方，最后你也许会同意为她的孩子提供食宿和教育，也许给她的丈夫提供一份工作。钱纳·瑞恩的妈妈就是一名代孕母亲，按她所说，她妈妈曾代孕过十三个孩子，没有任何一个跟她妈妈有亲子关系。她妈妈的婚姻没能延续，但是她的两个亲生女儿有机会学习读写、烹饪、园艺和缝纫。当然，在我们的世界里掌握这些还不够，但是她们比大多数穷人学到的东西多。

人类代孕被计算机控制的子宫取代还需很久——几年，甚至几十年。不过这样想想：人造子宫结合克隆技术（有钱人的另一种玩法）将使男人能不依靠女人的基因和妊娠就得到孩子。这种男人仍需要女人的卵子，只不过是去除了其中的遗传信息，但这就足够了。如果该想法流行起来，他们也许愿意使用某种动物的卵细胞。

当然，既然女人自己可以产生卵子，那也完全可以不依靠男人自由生育。我想知道这对人类的未来意味着什么，是一次巨变还是众多选择之一。

我能看出前往太阳系外旅行时人造子宫的用处——利用运输的冷冻胚胎孕育我们的第一批动物，如果女性定居者要进行非生育性工作来保证殖民地运转，人造子宫也可以孕育人类孩子。那样的话，长远来看人造子宫也许对我们——地球之种——有用。可是与此同时，它对人类社会有什么影响，我不知道。

我把最坏的消息留到最后。选举在2032年11月2日星期二举行，杰瑞特胜选。班克尔听到这条新闻时说："愿上帝宽恕我们的灵魂。"我发现自己更担心我们的肉体。竞选前，我告诉自己，人们明白这个道理：不论谁的支持者把异己当成"女巫"活活烧死，看别人不顺眼就焚毁他们的房屋和教堂，这个人都不应该得到选票。

我们都去投票——我们所有年龄达到要求的人——大多数都支持爱德华·杰伊·史密斯副总统。虽然没人想让史密斯那种无能的家伙入主白宫，但是脑子里没数要好过想强迫我们都投靠某个特定的上帝，后者就像是耶稣用鞭子从庙里赶走兑换银钱的人。杰瑞特不止一次使用过这种手段。

在美国基督教教堂讲坛高呼时，杰瑞特曾讲过一些内容，我有他几次布道的光盘拷贝。

“美国基督徒们，曾经，我们的国家统治世界，”他说，“美利坚是上帝的国家，我们是上帝的子民，上帝照看他的追随者。看看如今的我们，我们是谁？成了什么样？变成了多么邪恶、躁动、堕落的各种异教徒？

“我们是基督徒吗？是吗？也许我们的国家可以有点基督徒，再有点佛教徒？一点基督徒和一点印度教徒呢？或者一个国家可以有点基督徒和犹太教徒？一点基督徒加一点伊斯兰教徒呢？或许我们可以是一点基督徒和一点异教徒？”

然后他怒吼：“我们是上帝的子民，否则就污秽不洁！我们是上帝的子民，否则就什么都不是！我们是上帝的子民！上帝的子民！

“噢，我主，我的上帝，我们为什么要抛弃你？

“我们为什么允许自己被撒旦的盟友诱惑和背叛，他们都是邪恶的异教学说的传播者。这些异端不仅错误还很危险，他们像子弹一样具有破坏力，像瘟疫一样容易传染，像毒蛇一样毒害滋生他们的社会。他们抹杀我们，美国基督教的兄弟姐妹，他们在抹杀我们！因为我们被误导后对他们展现慷慨，他们唤起了上帝对我们的义愤。他们是我国天然的毁灭者，是撒旦的倾慕者，他们诱惑我们的孩子，强奸我们的女人，他们贩毒、放贷、偷窃、谋杀！

“面对这一切，我们对他们意味着什么？我们要跟他们共存，继续放任他们把我国拖入地狱？想想吧！我们怎么对付杂草、病毒、寄生虫和癌症？我们必须怎么做才能保护自己和孩子、夺回被盗走的国家？”

卑鄙，真卑鄙。以这些内容布道的杰瑞特当时还是得克萨斯州的资深参议员，他一直没有回答自己提出的这些问题，只是把它们留给听众。可他还说自己反对像焚烧女巫一样烧死异教徒。

他在竞选期间的言论比他的布道少了些煽动性，他必须跟最邪恶的追随者保持距离，但仍然清楚如何煽动暴徒，如何联系贫民，唆使他们对抗另一批贫民。这些胡说八道他自己相信多少，我不知道。有多少内容是因为他懂得分化在征服和统治中的作用才被说出来的？

结果，他现在成功征服了大众，明年1月将宣誓就职，统治国家。然后，我猜我们会看清，自己宣扬的理念他究竟相信多少。

昨天在橡子社区，我们身边发生了一件幸福的事。卢西奥·菲格罗阿、扎赫拉和杰夫·金为我们的图书馆带回一大批图书。其中有些几乎全新，其他的有些陈旧磨损，但是受到很好的保护，没有受到气候和水火的影响。这批书包括直到毕业年级的各科课本、专业词典、一套百科全书——2001年版历史书、入门书和几十本小说。杰夫·金在阿克塔的街头市场碰到这批几乎是免费赠送的图书。

“有人在清理房间，好让亲戚能搬进去，”杰夫告诉我，“书籍的主人已经去世，他被当作家族里的怪人，全家没人像他一样热衷阅读又大又厚的纸质书籍。我认为你不会介意我为学校购买这些书籍。”

“介意？”我说，“当然不会！”

“卢西奥说他不确定我们应该花这笔钱，可是扎赫拉说你做梦都想得到更多的书。我猜她了解你。”

我笑了：“她了解我。我还以为大家都了解呢。”

一共有十五箱书，我们都送到了学校。今天我们翻阅和上架书籍，尽量以此从世界新闻光盘带来的打击中恢复。我们从形形色色的书中选取点滴，相互朗读，大家激动起来，兴趣浓厚，每个人都拿了一两本书回去看。听了新闻，我们都需要读些不怎么压抑的内容。

最后我拿了几本关于绘画的书籍。从七八岁起我就再没画过任何东西。现在，突然之间，我发现自己有兴趣学习绘画，学习好好画画——如果我能够的话。我想学习无关于我们任何困难的新东西。

2032年11月14日
星期日

我怀孕啦！

没有代孕母亲，没有计算机控制的人造子宫，没用药物，班克尔和我使用美好的传统方式——终于怀孕了！

就在美国选出一个疯子当领袖的时候怀孕可不算理智，班克尔和我一看出我们要在橡子社区生存下去，就开始尝试要孩子。他的第一任妻子无法怀孕。在20世纪90年代，他妻子还年轻的时候，出了一场严重的车祸，后果之一就是子宫被切除。班克尔声称自己从不介意，他说世界已经在以最快的速度冲向地狱，把一个孩子带到这个世上太过残忍。他们商量过领养，但是一直没有行动。

这下他就要成为一名父亲，不管曾经态度如何，他几乎跳脚庆祝——当然是在他没有被吓得要死的时候。他又说要去历史悠久的城镇，上次提起还是在我们得到卡车之前。可是现在这个话题又被提起，他态度认真。我明白他想要保护我，觉得他有这样的想法我该高兴，可我希望他换种方式展现保护的本能。

“你自己还是个孩子，”他对我说，“感觉不到害怕。”

我似乎不能因为他这样说就跟他生气。他说完之后又考虑了一下，要是自己不注意，他就会像个男孩一样开始展露笑容。然后他记起自己的恐惧，惊慌失措。可怜的家伙。

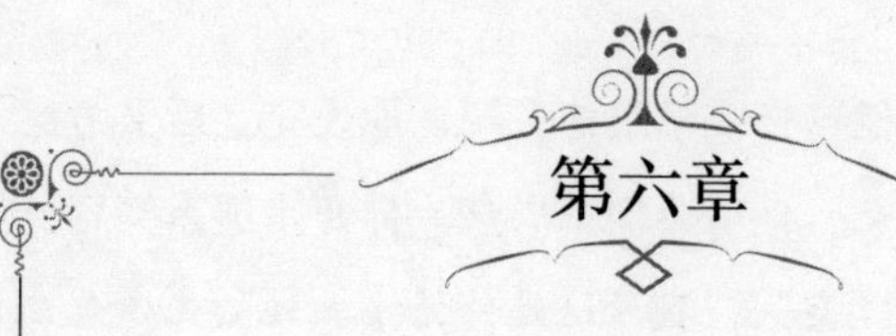

第六章

上帝即改变

隐藏在改变之中

是意外、欣喜

是迷惑、痛苦

是发现、损失

是机遇、成长

一如往常

上帝之存在

是为塑造

是为被塑造

《地球之种：生命之书》

劳伦·欧雅·奥拉米纳

母亲的“上帝即改变”，我猜这是件好事。她的生命发生过重大突然的改变，我认为对此她不比任何人更有准备。不过她的信仰帮她应对改变，甚至在发生改变时利用改变。

我喜欢她跟我父亲对于怀上我的反应。如此不登对的两个人，却有如此正常的反应。她知道自己如果连怀孕都适应不了，就无法迎接其他重大改变。

以下选自劳伦·欧雅·奥拉米纳的日记

2032年12月5日
星期日

美国基督教的发言人宣布，教会在几个州开办流浪者避难所和儿童之家——孤儿院，包括加利福尼亚、俄勒冈和华盛顿。他们说这只是开始，希望及时“向包括阿拉斯加在内的联盟每个州的居民伸出援手”。麦克·卡多斯昨天在加伯维尔街头市场购买的新闻光盘让我得到这个消息。是时候改善美国基督教的形象了，我猜。我只是希望加州的避难所和孤儿院被设立在最需要的地方——南部圣地亚哥、洛杉矶和旧金山，不希望它们出现在这里。组成现在的美国基督教的人很可怕，我无法相信他们打算只做好事帮助别人。

2032年12月17日
星期五

今天我发现了弟弟马库斯。

我知道，这不可能，可我发现了他。他虚弱、害怕、困惑、生气——不过还活着！

虽然五年前在罗夫莱多他已经死去，但我在加州尤里卡又发现了他。

我不知道对此该怎么说，也不知道如何处理。写下来会有帮助，不知为什么，写下来总有帮助。

今天早晨天亮之前，我们五个人开车前往尤里卡，班克尔需要补充药品，我们有几份冬季蔬菜水果要配送到已经开始购买我们产品的小型独立商店。在那之后我们有一项特殊任务。

班克尔不想让我来，如今他比以往更担心我，而且总是劝我去一座历史悠久的城镇。我们可以拥有一栋温馨的小房子，他可以在镇上当医生，我们可以过美好、闲适、古朴的小生活，我也可以忘记过去五年自己努力建立橡子社区作为地球之种的发源地。现在我们有了卡车，出行比过去安全得多，可是我的班克尔却比以往更加担心。

说实话，有些情况还真让人担心。自从达夫特瑞家遇袭以来，我们一直都小心谨慎。可我们还有日子要过，有工作要做。

“所以橡子社区现在就安全吗？”我问班克尔，“留在这儿不出去我就安全了？”

“比你在郡里到处跑安全。”他咕哝着说，不过他了解我，没有揪住不放。至少他会在我身边注意我的安全。

丹也跟我们一起出门，因为我们的特别任务与他有关。回家的路上我们要去见一个人，他通过乔治敦的朋友联系上我们，声称丹的一个妹妹在他手里，他愿意把她卖给我们。当然那个人是皮条客——委婉的身份表达是“一个牧人，专营羊羔和小鸡”，也就是给小孩戴上奴隶项圈，再把他们的身体租给成年人。一想到要跟那种人渣打交道我就感到恶心，可正是他那种行走的垃圾才会奴役妮娜和宝拉。

我让特拉维斯·道格拉斯和纳蒂维达·道格拉斯也跟着我们，坐在副驾驶座位，卡车抛锚的话特拉维斯还可以帮我们修好。不止一次，我信任他们的判断力和战斗力，曾把自己的性命托付给他们俩，觉得跟奴隶贩子交涉时，需要这样的伙伴站在身后。

我们早早把货配送到两家独立市场，跟我们承诺的一样——都是我们地里的产品以及达夫特瑞家大菜园和小果林的收成。达夫特瑞家的卡车和拖拉机在摧毁他们的袭击中被人偷走，住宅、仓库、蒸馏器和田地一起被付之一炬，但是不少果树和园中作物没有被毁。既然达夫特瑞家的五名生还者决定跟我们一起生活——按要求在一年预备期后，作为地球之种成员加入我们——我们就有资格在他们的土地上收获。其中的两名女性在山区有别的亲戚，但是她们俩不怎么喜欢那些人，也不想跟他们一起挤在狭小的房子里生活。他们的确跟我们相处得来，也明白虽然现在的生活空间非常狭小，但是成为正式成员并受到欢迎后，他们会有自己的木屋。

当然，他们可以回去生活在自己的土地上，但是两个女人和三个孩子依靠自己活不下去，即使在像橡子社区这样隐蔽和受到保护的地方也无法独自生活下去。想在公路旁边的达夫特瑞家生活，他们用不了多久就会被奴役或被杀害。任何可以从公路上看到的家庭或农场必定会吸引亡命徒或投机者，如今还包括狂热的教徒。达夫特瑞家此前活下来，是因为他们规模庞大、武装精良、个性强硬，直到一小支决绝的武装队伍来粉碎了这一切。顺便说下，袭击者真是杰瑞特的效忠者——来自尤里卡-阿克塔地区快速崛起的美国基督教教会。他们没有政府赋予的惩戒权，但是相信上帝站在自己一边，相信他们的肃清工作是上帝的任务。不知为何，这种事上不了新闻网，也不会被光盘收录。我认识几个不错的本地消息源主，跟他们交谈时才听说。

班克尔随后购买了他的补给，那些是我们买过的最贵的东西，但也是我们最需要的。我们是一座健康的新兴社区，可是周围的世界不健康。因为营养不良、气候变化、贫穷和无知，很多古老的疾病又卷土重来，其中还有传染病。去年冬天湾区爆发了百日咳，它沿着公路一直向北传播到门多西诺郡的尤凯亚。为什么会在那里停止传播，我不知道。去年夏天还发生了狂犬病疫情，贫民窟有不少人被疯狗或老鼠咬伤，都死于此，几个年轻人还因为假装染上狂犬病吓唬人而被射杀。为了保持健康，不管花多少钱都值得。

在尤里卡的业务结束后，我们去约定的地点见奴隶贩子，就在尤里卡西南方的乔治敦。名为乔治敦的贫民窟从海边山区的公路向内陆延伸，那里是一片人造沙漠，天气干燥时就满是尘土，下雨时就泥泞不堪，几乎没有树木或植物，住满了最穷的穷人，充斥着露天下水道、营养不良、毒品、犯罪和疾病。班克尔说那里曾经是一块美丽的土地，遍布着农田、树木和山丘，那一定是在很久以前了。贫民窟被称为乔治敦是因为看起来最有永久建筑范儿的是一片外表破旧的红木建筑群，它们位于一座平顶山峰之上，在贫民窟任何地方都可以看见。那里有商店、咖啡馆、体育馆、酒吧、旅馆、加油站和一家修理各种工具、枪支和车辆的维修店。整个建筑群都以乔治命名，由姓氏为乔治的大家族掌管。在咖啡馆，乔治家有不少出租的格架邮箱，包裹和纸质文件可以留在里边，还有一大排价格不菲的付费电话，你可以接入几乎任何网络、服务、群组或个人。电话服务把这里变成了信息中心、会面地点和老式西部酒馆的结合体，这里自然而然就成了人们安排洽谈各种业务的地方。埃尔罗伊·乔治和他的儿子们、女婿们、兄弟们、侄子们负责维持秩序。乔治家是一个强大的家族，团结一心，受人尊敬。他们的服务费用虽高，但是明码标价。跟乔治家交易你付什么价码就得到什么回报。让人难过的是，在咖啡馆或这里的其他场所进行的交易也包括奴隶和毒品。乔治家不是奴隶贩子，但是他们以贩毒闻名。我希望不是这样，可事与愿违，但愿他们别像达夫特瑞家一样重蹈覆辙。他们比达夫特瑞家更强大、更稳固、更有政治人脉，可是谁知道呢？如今杰瑞特当选了总统，谁知道会怎么样？

德洛丽丝·拉莫斯·乔治是她们家中的女族长，负责管理商店和咖啡馆，认识所有的人。作为女人，她的强硬和不好相处远近闻名。不过据我所知，她只是比较现实，爱直抒胸臆罢了。我喜欢她，关于诺伊尔的妹妹，我打过招呼的人就有她一个。她听说这件事之后只是摇摇头，“不可能，”她说，“他们怎么没人放哨？有些家长根本就是糊涂。”

“我知道，”我说，“可我必须尽力而为——为了另外三个孩子。”

“好吧，”她耸耸肩，“我会放出话去，不过没用的。”

可是眼下看起来似乎有用了。作为回报，我给德洛丽丝带了一篮脐橙、一篮柠檬和一篮柿子。要是找到一个或两个诺伊尔家的姑娘，我会给她帮忙散播消息的报酬——失主的感谢费。可是不管结果如何，确保她满意似乎是明智的选择。

“真漂亮的水果，”她拿起一个观察，边笑边说。她五十三岁，身体结实，外表显老，但是笑容让她年轻了几岁，“在我这里，要是你不守住一棵果树，再打死几个人表明态度，他们就会扯下所有果实，还会砍了树当柴火。我不会让我的孩子们为了保住树木和作物去杀人，可我真想吃橘子和葡萄之类的水果啊。”

她叫来几个孙子辈的小孩把水果拿回家，我看见孩子们观察水果的眼神，于是警告他们在柿子摸起来变软前不要吃。我切开一个硬柿子，让每个孩子都尝一下，这样他们就知道柿子在成熟之前再好看也不好吃。否则的话，他们会尝试找出哪个成熟好吃，糟蹋不少柿子。就在昨天，我抓住达夫特瑞家的孩子在橡子社区这样干。德洛丽丝只是微笑着观察，只要对她家小辈好，任何人都能成为她一生的朋友——只要他们不惹其他的家人。

“来吧，”她对我说，“你想要沟通的人渣就在咖啡馆里发臭呢。是这个男孩？”她抬头看着丹，似乎头一次注意到他，“是你的妹妹？”她问丹。

丹沉默着点点头，神情严肃。

“我希望她是你要找的女孩。”她说。然后她上下打量我，再次露出笑容说：“如此看来，你终于要组建家庭了。也该到时候了！我第一次是十六岁。”

她看出我怀孕并不意外，虽然刚两个月，外表根本看不出来，可是不知道她为什么会注意到。不管想要表现得多么心不在焉和年老迟钝，她都不会错过很多细节。

我们把纳蒂维达留在家用卡车看守。乔治敦周围有一些非常厉害的窃贼，卡车需要看守。特拉维斯和班克尔跟我和丹进入咖啡馆，但是丹和这两个男人一起坐在远处一侧的桌旁准备支援我，以免我和奴隶贩子之间发生意外。有自知之明的人不会在乔治家的咖啡馆惹麻烦，但是你永远不知道自己什么时候会碰上傻瓜。

德洛丽丝给我们指向一个瘦高且丑陋的黑衣男子，他努力表现得目空一切，特别瞧不起乔治家的咖啡馆，脸上的嘲讽似乎永远都不会改变。

跟我们约定的一样，他一个人坐着，所以我也一个人走过去介绍自己。我不喜欢他沙哑的声音和近于黄色的棕眼睛，他想用目光压倒我。就连他的气味都让我反感，他用了某种须后水或古龙水，散发出浓重得让人恶心的香甜气味。真正的汗味都没有这让人反感。他剃净胡子、留着光头、长着鹰钩鼻子，中性的肤色让他看起来可以是浅肤色的黑人、拉丁裔人或者深色皮肤的白人。除了黑衣黑裤，他还穿一双扎眼的黑皮靴——肯定价格不菲——扎一条宽厚的皮带，我一开始以为上边装饰着珠宝，过了一会儿才认识到那是一条控制带——通过奴隶项圈驱赶或控制的设备——我以前从没见过，但是听说过关于它们的描述。

可恶的混蛋。

“豹哥。”他说。

真能扯，我想。不过我还是报名：“奥拉米纳。”

“女孩在外面跟我的朋友在一起。”

“我们去看看她。”

我们俩走出咖啡馆，身后跟着各自的朋友。两个坐在他右边桌子的家伙随他站起来，好像在一起跳一场滑稽的舞蹈。

外面，几个孩子等在那棵红杉树被砍伐后剩下的大木桩旁边，还有两个家伙看守着他们。让我吃惊的是，孩子们有着孩子的打扮，没有被人装扮得更成熟或者更年幼。男孩们——其中一个不超过十岁——穿着干净的牛仔裤和短袖衬衫，女孩中有三个穿着裙子和短上衣，还有三个穿着短裤和T恤。所有牛仔裤都有点紧，裙子都有点短，但都不比自由的同龄人穿得过分。

这些奴隶都挺干净，看起来小心机警，没有一个显得有病或挨过打，但他们都留意着豹哥，他从咖啡馆一出来他们就看他，然后又看向别处，这样就能暗中观察。不过他们还是不善于此，所以我会不由自主地注意到。我转头看丹，他跟班克尔和特拉维斯随我们出来。丹看着奴隶小孩，目光扫过几个年纪大些的女孩时停留了几秒，然后他摇摇头。

“她们都不是，”他说，“她不在这里！”

“等等。”豹哥说。他敲敲他的皮带，又有四个孩子绕过粗大的树桩过来——两男两女。这几个年龄大些，从十五六岁到十八九岁。他们都是漂亮的孩子，我见过的最漂亮的。我发觉自己盯住了其中一个。

丹在我身后某个地方抱怨：“不，不，还是没有她！你为什么说她在你手里？她不在！”他的声音听上去显出了不到十五岁的孩子气。

我听见班克尔跟他说话，尽量安抚他。可是我盯着一个男孩——算得上年轻男人了——一动不动。这名年轻男子瞪了我一眼然后转开目光。也许他还没有认出我，也许他是在警告我。我没有及时接受警告。

“喜欢他，是吗？”豹哥满心欢喜地说。

该死。

“他是我最好的一个，年轻力壮。不要女孩就带他走吧。”

我强迫自己看向女孩，其中一个确实近似我们关于丹的妹妹的描述：矮小、黑发、漂亮、十二三岁。妮娜在发际线处有一道伤疤，那是她四岁时跟宝拉和丹找到火柴玩火烧的，当时她的头发被点燃。宝拉在面部左侧靠近鼻子的地方有一颗痣——她自称是美人痣。豹哥希望我们买下的女孩跟妮娜一样，确实在发际线处有一道伤疤，甚至跟小莫西·诺伊尔特别相像，有一样的瓜子脸。

“她说她叫妮娜·诺伊尔？”我问豹哥。

他笑了，“不能说话，”他说，“也不能写字，最好的那种女孩。她肯定是在能讲话的时候对某人说了坏话，因为她被我买下之前，就被人割去了舌头。”

我没有做出任何反应，没法不想起来橡子社区里的投奔我们的阿梅，我们仍然不知道割舌头是谁干的，但知道某些美国基督教的人会乐于让所有女性消声。杰瑞特祈祷女人要受到珍视、尊敬和保护，但是为了自己考虑，她必须沉默，服从她的丈夫、父亲、兄弟或者成年儿子的意志，因为他们理解世界，而她不理解。就因为此？女人要么沉默寡言，要么被消去声音？或者简单点解释——这里的某个皮条客就喜欢割去女人的舌头？我不相信是豹哥干的，他的身体语言没有表明他在撒谎或逃避。这也许意味着他是个高超的骗子，可我不这样认为。在我看来他似乎没有撒谎，因为他不在乎，一点都不在乎是谁、为了什么割掉女孩的舌头。我在乎，情不自禁地在乎。这种残害行为我们还要目睹多少？

那位漂亮的年轻男性不安地移动着脚步，因此而发出声音，把我的注意力又吸引到他身上。这不是说我有可能会忘掉他，因为现在我必须得把他买下来。

“他值多少钱？”我问。现在假装不感兴趣已经太晚了，我只能尽力保持正常，用正常的音调进行合理的对话，假装现在发生的事情不是不可能。

“我们现在谈的是买下他吗？”豹哥得意地笑着说。

我转过脸面对他，“我来这儿就是为了购买。”我说。其实迫不得已的话，我会冒着跟乔治家树敌的危险杀死他。我不会让我弟弟留在这人手里。一想到我得把这些孩子中的任何一个留给他就够让人难受了。

“我希望你负担得起，”豹哥说，“刚刚说过，他是我最棒的孩子。”

我这辈子都没怎么讨价还价过，但跟豹哥开始的时候我想起一件事。“看起来他也是年龄最大的一个。”我说。我弟弟马库斯现在几乎二十岁，豹哥的奴隶孩子多大才算超龄呢？

“他十七岁！”豹哥在撒谎。

我笑着也撒了一个谎，“也许五六年前他十七岁，老天在上，伙计，我不瞎！他样子好看，但不是小孩。”让我震惊的是，我早已死去的弟弟活生生站在离我几米远的地方，而我却可以撒谎、微笑、表现得一切正常。

更让我震惊的是，我们讨价还价了一个多小时，对我来说这似乎是正确的事。豹哥没有着急，我从他身上得到提示，有时候他似乎还享受其中。其他的人都坐在周围的地上等待，看起来感到无聊、不解或生气。我的人是不解和生气的那些，特别是丹，他先是难以相信，然后感到鄙夷，最后变得愤怒，但是他效仿另外两个人，保持沉默，坐在那里，盯着地上，面无表情。特拉维斯观察我，然后来回看着我和班克尔，试图弄明白发生了什么，但他不会当着豹哥的面询问。班克尔完全不露声色。随后他们三个会有很多话要跟我说，但是现在没法说。

豹哥确实想摆脱马库斯，也许是因为马库斯的年龄，也许是因为别的，但是我不会认错他那种朦胧的渴望，他说的话跟他的身体语言不符。我觉得作为一个超共感者，我对身体语言格外敏感，大多数时候这是一个劣势，强迫我感觉不想去感觉的东西。疯子跟合格的演员能给我引起不少麻烦，不过这次，我的敏感有所帮助。

我买下了我弟弟，没有交火，没有打斗，甚至都没说多少脏话。最后，豹哥坏笑着拿走我给他的硬通货，从奴隶项圈中释放了马库斯。他本来想让我额外买下项圈和控制器，我当然不想要。肮脏的东西。

“跟你做生意很愉快。”豹哥说。

不，一点都不愉快。“我还想要诺伊尔家的女孩。”我说。

他点点头：“我会擦亮眼睛，那边的年轻女孩，非常符合你们的描述。”

我转向丹：“她有哪点……像你的妹妹吗？”

女孩和丹相互看着。突然又想到不得不离开这里，把孩子们留给他们的皮条客，我就避开了女孩的目光。

“是，她看起来有点像妮娜，”丹含糊地说，“可是有什么用？她不是妮娜，究竟有什么用呢？”

“你能再告诉他一些细节，帮助他看见你妹妹的时候辨认出来吗？”我问。

“我不想他认出她们，”丹转头瞪着豹哥，“我不想他碰她们。我要杀了他！我发誓！”

班克尔把他带到卡车，仍然感到困惑的特拉维斯跟着马库斯。我回到乔治家的咖啡馆感谢德洛丽丝。她没有找到丹的妹妹，可她帮了我一个忙，我无法想象任何人能在这件事上帮到我，她得到的报酬比应得的还多。

至于丹，我不怎么怪他的态度，但是现在打起来可让我们承担不起，我也处于爆发的边缘。抛下其余的孩子，特别是小家伙们，让人感到非常讨厌。要是迫不得已我一直都愿意争夺马库斯，可我也许会让他和别人丧命。我已经让某人丢了性命，也不知道如何阻止豹哥这种人，可我认为让他们的受害者死掉，让他们的人类财产丧失，不是最好的办法。

在卡车里边，我拥抱了弟弟。起初他像一块木头一样没有反应，可是过了一会儿他让我跟他拉开点距离，足足盯着我看了一分钟。他什么都没说，只是摇摇头，然后拥抱了我。又过了一会儿，他把手放在喉咙上，绕着脖子感受该死的项圈所在的位置。然后他就那样蜷缩起来，侧身像个婴儿一样躺下。我坐在他旁边，只要碰他他就会颤抖一下，所以我只是坐在那里。

我告诉大家，“他是我弟弟，”我说，“五年以来……我，我以为……他死掉了。”然后我如鲠在喉，就在他旁边坐着。除了一直观察和开车载我们回家，我不知道他们几个还做了什么。要是他们说过话，我也没有听见。我顾不上他们做什么。

班克尔告诉我，我弟弟一共感染了三种性病，后背上方、肩膀、左臂和左腿外侧覆盖着一片以前烧伤的丑陋疤痕，难怪豹哥想摆脱马库斯。他可能以为骗到我，藏住缺陷没让我发现，也许以前有人就是那样对他。马库斯长得特别漂亮，豹哥也许被说服急于买下他，没有脱光衣服检查，可是马库斯以前经受了严重的烧伤，班克尔说他还中过枪。

班克尔结束检查后，给他吃了安眠药帮他入眠，这似乎是最好的选择。马库斯不反对检查，我离开前安抚他说，班克尔是一名医生，也是我的丈夫。我还问他想吃什么。

他耸耸肩，小声说："不用，我挺好。"

"他根本就不好。"班克尔后来跟我说。但是因为身体伤痛不严重，所以他可以跟我们一起住。我们在厨房给他用帘幕隔出一块空间，那里很暖和，我们摆了一张床、一个橱柜、一个水罐、一个脸盆和一盏台灯。跟社区里每户人家一样，我们有时也接纳别人来住——来访的陌生人、加入我们的新人或者社区内跟别人相处不好的邻居。

我担心马库斯以当前的心理状态会半夜起来逃跑，他梦想逃离豹哥及其同伙有多久了呢？如今，在一个陌生的地方醒来，记不太清如何来到这里……即使他吃了安眠药。为了保险起见，我也出去告诉外边的值班巡逻员——贝丝·费尔克洛思和卢西奥·菲格罗阿——要多加小心。我告诉他们马库斯也许醒来时会糊涂，试图逃跑，如果需要朝单独一个逃离橡子社区的人影射击，他们应该谨慎点。正常情况下，这样的人影应该被当作小偷，也许会被射杀。在来这里的第一年，我们招了不少贼。得到的教训是如果想活下去，就不能对他们心慈手软。

但是马库斯一定不可以被打死。

“你告诉我扎赫拉在罗夫莱多看见你继母和弟弟们被枪击倒，”我们一起躺在床上的时候班克尔对我说，“其实，他挨过打、受过枪伤和烧伤。我无法想象他如何活下来，一定有人照顾他，但那个人不会是你的朋友豹哥。”

“不，不会是豹哥。”我表示同意，“我想知道发生了什么，希望他会告诉我们。我只留下你俩的时候他表现得怎么样？”

“不说话。回应我的要求，也没有感到害羞，但是一句不必要的话都不多说。”

“你确定能治好他的性病？”

“应该不成问题。放任不管的话，其中的任何一种迟早都会要了他的命。不过如果进行治疗，他应该会康复——至少在身体上康复。”

“我最后一次见他，他才十四岁，喜欢踢足球，喜欢阅读历史和外国地理，总是拆东西，有时候还能把它们再组装好。他特别迷恋罗宾·巴尔特——哈里的小妹妹。现在我一点都不了解他，不知道他是谁。”

“你有充足的时间弄明白。还得跟你说一声，我已经告诉他，他要当舅舅了。”

“什么反应？”

“根本没有反应。当时我认为他连自己是谁都不知道，似乎特别愿意让人照顾，不过我有种感觉，他不怎么在乎自己的境遇。我觉得……希望这种情况有所改变，你也许是他最好的解药。”

“他是我最喜欢的弟弟，也是家里最好看的人，现在仍然是我所见过的最漂亮的人。”

“是啊，”班克尔说，“虽然有伤疤，可他是个好看的男孩。我好奇他的长相救了他还是毁了他，也许兼而有之。”

安定的状态似乎从来不能持久。

丹又离家出走了。他躲过岗哨，溜出橡子社区，部分原因是我给夜班巡逻队员不开枪的指令。贝丝·费尔克洛思说她看见某个人——一个男人或男孩，她觉得。

“我觉得那个人影太高，不会是马库斯，”她打电话跟我说，“可我不确定——所以没开枪。”逃跑的人穿着黑衣，脸上和头上蒙着黑布。

我确认马库斯没有逃跑之后才想到丹。

说实话，我把丹抛在了脑后。马库斯占据了我全部心思——把他弄回来，留在身边，了解他的遭遇。我没有关注丹，可他也承受着极度的失望和真正的痛苦。我清楚这一点，把他托付给巴尔特一家，可毕竟他家有两个精力充沛的小孩也需要人看管。

我叫醒扎赫拉去查看丹，到现在，他跟他们共同生活了四个月。他的确是逃跑了，还留下字条说：“我知道你们会觉得我的做法不对，可我必须得找到她们，不能让她们跟豹哥那种人在一起，她们是我妹妹！”在签名后边，他又写道：“在我回来之前照顾好卡希雅和莫西。我会为你们工作，付你们钱。我会带回宝拉和妮娜，她们也会工作。”

丹只有十五岁，看见豹哥及其手下，看见我弟弟，看见乔治敦，那一切都没让他得到任何教训！

不，不是这样。他了解到——或者说终于认识到——全部恶行。我猜他知道了妹妹们如果活着会有怎样的命运，知道她们也许会成为妓女、某个富人的小妾、奴隶农场或工厂的苦工。或者，我猜她们也许落到了某个喜欢割掉女人舌头的变态手里，甚至可能成为某个人的财产，而这个人把她俩当性玩具的同时也会关心照顾她们。后者是最好的可能，最糟的也许是她们活着时充当“专业人员”——服务疯子和虐待狂的妓女，但是活不长久，这也算一种仁慈。她们的命运也可能降临在丹这种高大强健的娃娃脸男孩身上，我奇怪丹对此了解多少。他是个善良、勇敢、愚蠢的男孩，我猜他会为此付出代价。

当然，他也许会回来，也许想通后会回家帮忙照顾卡希雅和莫西。也许我们能通过外界的联络人找到他，我得确保把关于他的消息放出去，就跟我们寻找妮娜和宝拉一样。问题是，如果他执意寻找妹妹，找到他也无济于事。我们不能把他绑回这里，确切地说，我们不会那样做。假如他执意赴死，定会落得那样的下场。该死，他可真傻！

第七章

每个人心中的孩子
都知道天堂
天堂即家园
过去的家园
或者应有的家园

天堂是个人的归属
有属于他的人民
是属于他的世界
了解和被了解
甚至爱和被爱

可是每个孩子
从天堂被抛落——

投入成长和毁灭之渊

投入孤独和新的伙伴

投入巨大持久的改变

《地球之种：生命之书》

劳伦·欧雅·奥拉米纳

2032

以下选自马科斯·杜兰[1]的《勇士》

我小时候从没让任何人知道自己有多害怕未来，其实我看不见未来。我生在围墙社区那么大的一个封闭世界，那里就是我的家。父亲自小也住在那里，并从祖父手中继承了房子。

我的世界就是一个牢笼，我的一个兄弟敢于离开牢笼，从家逃跑，外边的人抓住他，活生生割掉、烧光他身上所有的肉。有时候我会发现自己在想，他用了多久才死掉。

我承认我哥哥不是天使，他既恶劣又不特别聪明，爱我妈妈，也是妈妈最爱的孩子，不过我认为他没在乎过其他任何人。尽管如此，即使他已经跟我们的父亲一样高，死去时却只有十四岁，这让我觉得杀他的凶手比他更坏。作为人类，他们怎么能对同胞那样残忍？我常常想象他们——那些凶手——在等我随社区里带枪的大人短暂地冒险离开牢笼。外面的世界比我哥哥最坏的样子还糟糕一千倍：愚蠢，恶毒，混乱得一切都有可能发生，仿佛一只疯狗，在撕扯自己的同时也要撕扯我。

---

[1] 马科斯·杜兰，即劳伦的弟弟马库斯，后改名为马科斯·杜兰。

然后，我真的被它撕扯了。

唉，没错，它逮到了我。

我可以以牙还牙，可以攫取权力达到目的。可我宁愿解决问题，我的遭遇不应该发生在任何人身上，可是还有千百万人在遭受同样的折磨。我读过历史，情况不总是这样，不是一定会这样继续。搞砸的一切我们都能够弥补。

我的舅舅马克[1]是我见过的最英俊的男人，我觉得自己多半在见到真人之前就爱上了他。有时候我也会害怕他。不知道是什么造就了我们的家庭，据说我的外祖父是一位善良虔诚的浸礼会牧师。他照顾家庭和社区，坚持武装这两者，让它们在武器横行的世界能够保护自己。不过除此之外，他没有远大的抱负，似乎也从没想过自己能够或应该改造世界。然而他的两个孩子成了世界的改造者，这是如何发生的呢？

话说我母亲是超共感者，十五岁就成了小大人，十八岁在整个社区的毁灭中生还。也许这就是她跟马克舅舅一样的使命——用个人风格的秩序结束当面吞噬她无数爱人的混乱。她把混乱视作天经地义，认为它不可避免，但是可以像泥土一样被塑造和引导，正如她在自己的诗篇中所写：

混乱
是上帝最危险的一面
无形、激荡、渴望
塑造混乱

[1] 马克，对马库斯的昵称。

就是塑造上帝
要有所作为

调整改变的速度或方向
更迭改变的范围
重组改变的种子
转化改变的影响
掌握改变
利用改变
适应成长

所以她努力适应和成长。她的母亲在“聪明药”中寻求帮助，结果害了她，也搭上自己的性命，也许她害怕跟自己母亲一样混乱。不管我母亲的理由如何，她觉得自己知道身处的世界出了什么问题，知道改造世界的会是地球之种，地球之种拥有定义、告诫、需求和目标，地球之种拥有使命。

与她相反，我的舅舅马克讨厌混乱，混乱不自然，像魔鬼，并不是他的上帝的一个方面。他讨厌混乱给他造成的后果，需要证明他被迫扮演的角色并非他本人。与任何基督教牧师憎恨罪恶相比，他更憎恨混乱。他的神灵是秩序、稳定、安全、控制。他是一个受伤的人，如果无法确定任何人都不能重蹈他的覆辙，他就不会痊愈，永远不会。

我父亲称我母亲为“狂热者”，我认为这个称号更适合马克舅舅。然而，我觉得马克舅舅更是一个现实主义者，他想把地球变得更好，知道群星能照顾好它们自己。

节选自劳伦·欧雅·奥拉米纳的日记

2032年12月18日
星期六

丹没有回来。我没理由指望他这么快就放弃和回来，但确实希望如此。豪尔赫、戴蒙德·斯科特和格雷森今天要去科伊的街头市场做买卖，我告诉他们留言给我们在科伊的熟人，回来顺路告诉沙利文家，回家最快的路就经过他们家。

马库斯睡了一整夜，没给自己或我们找麻烦。他醒来时，班克尔刚好在厨房里，这真是恰到好处。班克尔带他去了我们一个堆肥式厕所，后来他洗漱完毕，穿好衣服，我才看见他。然后他犹豫试探着，来到我的餐桌旁。

“饿吗？”我问，“坐下吧。”

他盯着我看了几秒，然后说：“我醒来后以为一切都是一场梦。”

我把一块果脯橡子面包放在他面前，那是我们从小就吃的东西，因为我们以前的社区墙内刚好有几棵果实丰硕的加州常绿橡树。我父亲不赞成浪费，所以找到食用橡子的方法，像美国原住民一样，我们也能做到。他和我母亲不仅专心学习橡子的食用方法，还学习仙人掌、棕榈果和其他也许被认为毫无用处的植物的食用方法。对于马库斯和我而言，这些都是家的味道。

马库斯拿起橡子面包，咬了一口，慢慢咀嚼。一开始他看起来挺高兴，然后泪水开始从他脸上流下。我给了他一张纸巾和曾经他最爱喝的早餐饮料——一杯又热又甜的苹果汁，还加入了柠檬汁。在南加州我们用来榨汁的苹果属于不同品种，不过我觉得他分辨不出。他擦擦眼睛，边吃边环顾四周。班克尔进来时，马库斯就盯着他看，然后又专心吃剩下的早餐，就像占有和守护猎物的老鹰一样，蜷在食物上方。接下来一段时间没人说话。

我们都吃饱以后，班克尔看着马库斯说：“我跟你姐姐结婚五年了，在此期间，我们相信你和她其他的家人都死了。”

“我以为她也死了。”马库斯说。

“扎赫拉·巴尔特——就是你认识的那个扎赫拉·莫斯——她说她看见你们都被杀了。”我告诉他。

他皱起眉：“莫斯？巴尔特？”

“在家时我们不太了解扎赫拉。她嫁给理查德·莫斯。后者被杀后，她又嫁给了哈里·巴尔特。”

“老天，”他说，“我从没想过会再听到那些名字，不过确实记得扎赫拉——娇小、漂亮、强硬。”

“她还是那样，跟哈里在这儿生活，有了两个孩子。”

“我想见他们！”

“好啊。”

“还有谁在这儿？”

“很多经历过苦难的人，但从老家来的就没有别人了。这里叫橡子社区。”

“有个小女孩……罗宾，罗宾·巴尔特？”

“哈里的小妹妹，她没有活下来。”

“你还以为我也死了呢。”

“我……看见罗宾的尸体，马克，她已经死了。”

他叹了口气，紧盯着放在大腿上的双手，“我的确死在了2027年，我早就死去，什么都没剩。”

“还有家，”我说，“还有我、班克尔、明年出生的外甥或外甥女。你现在自由了，可以留在橡子社区，为自己开辟新生活。我希望你留下来，但是想怎么做是你的自由，这里没有人被奴隶项圈束缚。”

“你戴过吗？”他问。

“没有，我们有些人曾经是奴隶，但我从没当过奴隶。我相信你是我们之中第一个戴过奴隶项圈的人，希望你谈谈或者记述一下自从老家社区被毁以来的遭遇。”

他似乎考虑了一下，“不，”他说，“不行。”

提得太早了。“好吧，”我说，“但是……你觉得别人有可能活下来吗？科里、班尼特或者格里高里？可能吗？”

“不，”他重复一次，“不，他们死了，我逃出来，他们没有。”

过了一会儿，我们从桌旁站起来。两个人开着卡车从一座海岸小镇霍尔斯特德来到我们这里。跟橡子社区一样，霍尔斯特德远离主要公路，但是三面被太平洋环抱，背靠低矮山冈，肯定是我们这里最偏远闭塞的小镇。

尽管如此，霍尔斯特德有个大问题，那里曾有一座海滩，海滩上的峭壁是霍尔斯特德的起点，沿着峭壁坐落着一些最大最好的海景房。在半岛的一侧是些老房子，宽敞结实的木质建筑；另一侧是较新的房子，建在曾经的海边高尔夫球场上。所有这些……都沿着峭壁而建。我不知道为什么会把家园建在悬崖边沿，可他们就是如此。如今每当我们遇到大雨、地震或上升的海面浸湿更多土地，大块的崖壁就会掉进海里，坐落在其上的房子就会坍塌落下。有时候，半栋房子掉进海里，有时候，好几栋一起掉下去。昨晚就有三栋，霍尔斯特德的人还在从海里打捞受害者。更糟的是，社区医生一直在坠毁的房子里接生，所以整个社区来向班克尔求助。班克尔跟他们的医生关系很好，霍尔斯特德的居民信任班克尔，因为他们的医生也信任他。

“你们的人在想什么？”班克尔问疲惫绝望的来人，与此同时我急忙收拾他会用到的东西。他在往医用背包装东西，我给他的行李箱装进过夜的用品。马库斯来回看着我们俩，然后移到一旁，免得碍事。

“为什么你们还有人住在悬崖上？”班克尔问，听上去他很生气，不必要的痛苦和死亡仍会让他愤怒，“这种事还得发生多少次你们才会想明白？”他又问完后，合上了医用背包，抓过我递给他的过夜用行李箱，“老天在上，快向内陆搬家吧，为了社区的持久努努力。”

“我们正在尽力而为，”一名大块头的红发男子边走向门口边说，他用一只擦伤的脏手从脸上拨开头发，“我们已经搬走了一些，其他人拒绝了。他们以为自己会没事，我们不能强迫他们。”

班克尔摇摇头，然后吻了我，“我可能得离开两三天，”他说，“别担心，别做傻事。不能鲁莽！”然后他就离开了。

我叹了口气，开始收拾早餐桌。

“这么说他真是医生。”马库斯说。

我停下来看着他，“当然了，我们俩也真是夫妻，”我说，“我也真怀孕了。你以为我们跟你撒谎？”

“……没有。我不知道。”他停顿一下，“你不能一下子改变生命里的所有事，就是不能。”

“你可以，”我说，“我们都已经改变，虽然痛苦、可怕，但是你能做到。”

他把手伸向我要拿走的盘子，吃光了里边的橡子面包碎屑，“尝起来像妈妈做的，”他说完抬头看我，“一开始我不相信是你。昨天在天杀的贫民窟我看见你，还以为自己终于疯了。我记得自己在想：‘好了，这下我疯了，什么都不再重要，也许我还会看见妈妈，也许我死了。’可我还能感受到项圈在我脖子上的重量，所以我知道自己没死，只是疯了。”

“然后你认出我，”我说，“又在豹哥看出你认识我之前转开脸。我看见你了。”

他咽了口唾液，点点头。很长时间之后，他闭上眼睛，把脸埋进一只手里，“如果你还想听，”他说，“我就告诉你发生了什么。”

我忍住没有长出一口气：“谢谢。”

“我是说，你也得给我讲讲。比如你怎么会来到这里，怎么会嫁给一个比爸爸还老的男人。”

“他比爸爸年轻一岁，几乎失去其他一切亲人和财物的时候我们发现了彼此。想笑你就笑吧，但是我们真是走运。”

“我没笑。一开始我也遇见了好人，准确说是他们发现了我。”

我坐在他对面等待，一时间，他盯着墙壁，目光虚无，审视过去。

“最后那晚一切都在燃烧，”他说，声音低沉平淡，“枪声此起彼伏……成群涂了颜色的秃头，大多数是孩子，开着他们该死的卡车驶入大门，横冲直撞。他们的人到处都是，以班尼特、格里高里、妈妈和我取乐。一片混乱之中，劳伦，直到快到大门我们才知道你不见了。然后一个蓝脸抓住本，想要抓住他就跑。我个头太小，跟他对打肯定没用，但是我速度很快，追上去逮住他后也许不能把他弄倒，但是妈妈也朝他发起攻击。倒下的时候，他的头部撞在混凝土地面，然后他松开了班尼特。妈妈抓起班尼特，我抓起格里高里。逃跑过程中，格里高里踩在石头上扭伤了脚。

“这次我们成功逃到被撞毁的门外，我不知道我们要去哪里，只是跟着妈妈，我们四处找你。”他停顿一下，“你出什么事了？”

“我看见有些人被枪打死，”我回忆着令人颤抖的经历说，

“我也承受了枪击的痛苦，被死亡摄住。然后，能站起来的时候，我捡到一把枪，是从一个死人手里得到的，恰巧随后我就被一个花脸抓住，我用枪打死了他，同时也体验了他的死亡，由此产生的神志不清让我跟不上你们。也不知过了多少时间，又能够跑起来的时候，我逃出大门，向北走了几个街区，窝在一栋半烧毁的车库里度过了剩下的夜晚。第二天我回去找你们，才发现了哈里和扎赫拉。我们都受了很大打击，扎赫拉告诉我你们都死了。”

马库斯摇摇头：“真希望跟你在一起，那样我们就只会受点‘打击’，我们走错了每一步，刚出大门就遭遇了另一伙到来的花脸。”

他又停了一下：“你知道吗，我后来也遇到过一些，他们大多数都丢了性命，不是死于毒品，就是死于毒品引发的对于火焰的狂热，不过现在还有一些活着的。不管怎么说……几个月前，我跟几个花脸一起被项圈奴役，他们说自己唯一的目标就是杀富济贫，让穷人拿回自己的东西。如果你住在没有倒塌的房子里，特别是房子或社区周围还有围墙，那意味着你是富人。疯狂的是，很多花脸孩子本身就是富人。我遇到的一个女孩，家里比我们整个社区都富有，为了花脸几乎放弃了一切，可是最后，她的朋友却背叛了她。有一天她吸毒后神志不清，就被朋友们卖掉，成了戴项圈的奴隶，因为她还年轻漂亮，她的朋友们需要钱买毒品。然而她却认为自己做了好事，我们没法说服她，都觉得毒品烧坏了她的大脑。”

“她必须坚持信仰，”我说，“要不还剩下什么呢？”

“我猜也是。说回那晚，我们被两伙穷人‘救世主’堵住，”他叹着气说，“他们开枪——大多数人开始都是朝天开枪——挥舞火把……很多的火……我们只能从大门口跑回去。

“一切都疯了，班尼特和格里高利在哭，大家四散奔逃，所有的房子都在燃烧，随后有人射中了我。我在惊惧中被击倒，起初不知道是被什么击中，然后感到难以置信的疼痛。我一定是掉落了格里高里，又只好四处寻找。那时我才明白，自己倒在了人行道上，我感觉有人打我、踩我，还用热钎子刺穿我的右肩和右臂，根本不知道是谁，为什么用枪打我。我们没有枪，我猜他们纯粹为了取乐。

“然后我看见妈妈中枪，说实话，一切发生得太快——先是我，然后是她，我知道是那样。可是在当时……我记得我目睹了一切，深深记在脑海，仿佛我有充足的时间。不过我拼了命要逃离，而且被吓得要死。老天在上，我根本无法给你描述当时的情况有多糟。

“我看见妈妈蹒跚，摔倒，发出吓人的喊声，看见血从她的脖子上涌出，当时我就明白……她……她要死了，必死无疑。

“我想要站起来去她身边，可是就在挣扎中，一个绿脸女人跑过去射穿了她的脑袋。

“我在自己的血泊中脚下一滑，向后摔倒。躺在地上，我看见一个红脸男人朝本的脑袋开了两枪，然后跨过他又朝格里高里射击。我看着他，朝他大吼，他拿着一支自动步枪——老式的AK47，打死班尼特的时候，班尼特正在努力站起来，他的脑袋……就那样……被打碎了。

“可是格里高里倒在人行道上——还在动，但是没起来，被击中的时候子弹肯定是从地面反弹出去，击中了另一个花脸的双腿。他尖叫着跌倒，这让旁边所有的花脸疯狂起来，他们就好像以为我们在朝他们射击，好像同伙受伤是我们造成的。他们抓起我们四个，拖到巴尔特家正在燃烧的房子，把我们扔了进去。

“没错，把我们扔进火海，我是唯一清醒的，也许是唯一还活着的，可我没法阻止他们。不过被他们扔进去后，我设法起身逃出来。恐慌让我失去理智，烟雾和痛苦遮蔽双眼，我仿佛变成了一只动物，只能奔跑。我这条命是捡来的。

“后来，我真希望自己当时死掉，后来我只求一死。”

马库斯停下来沉默了几秒。

“肯定有人帮助你，”我觉得沉默的时间已经足够长，便说，“你才十四岁。”

“我才十四岁。”他随我重复，又经过一段沉默，他才继续讲述，“我觉得自己肯定是摔倒在巴尔特家院里，浑身着火，却没想到在地上打滚，可是火肯定是灭了。我就在恐惧和痛苦中到处乱爬，火自己就灭了。然后我只能躺在那里，不知什么时候晕厥过去。醒来时，我清晰地记得自己在一辆大木板车上，身下是不少烧坏的衣服和一些锅碗瓢盆之类的破烂。我能看见人行道在身下经过——破碎的混凝土，杂草在孔洞和裂缝里生长，能看见走在前边的一对男女的后背，他们俯身向前用绳子拉着板车，然后我又失去知觉。

“一对拾荒者在我们社区的残骸中拾荒的时候，发现我在呻吟——不过我不记得自己发出声音或被发现——把我装在运货车上。他们是一对姓杜兰的中年夫妇，信不信由你。也许是远房亲戚吧，不过这个姓氏挺常见。”

我点点头。根本不是常见姓氏，不过碰巧我认识的唯一的杜兰就是继母，杜兰是她的娘家姓氏。不过，如果这俩人五年前在我弟弟自己无望生还的时候救了他，我也更愿意跟他们攀亲戚。

“他们有个十一岁的女儿，在发现我之前的一年被人拐走了。”马库斯说，“他们一直没找到，不知道她出了什么事。不过我能猜得出，当时卖掉一个漂亮小女孩能赚不少钱，跟现在一样。我听人们说情况在好转，也许吧，可我没注意到。不管怎么样，杜兰夫妇相貌好看，他们的女儿可能真的很漂亮。”

他叹了口气：“那个女孩名叫加利达，他俩说我看起来像她哥哥一样，实际是名叫伊内兹的女人说过。是她坚持拉上我受伤的身体，把我带回家照料到康复。

“令我吃惊的是，被她发现的时候我只有人形。我的脸伤得不太严重——只有几次摔倒造成的出血和瘀青，可是身上其他地方一团糟。

“这些人请不起医生——即使自己生病也是。所以伊内兹亲自给我治疗，努力救我——就像第二个母亲。那个男人以为我会死，他觉得在我身上浪费时间、精力和有价值的资源太愚蠢，但是他爱那个女人，所以就没有阻拦。

“这些人比我们以前贫穷得多，但是他们充分利用有限资源，对我而言那意味着肥皂和水、阿司匹林和芦荟。为什么二十种感染没有要了我的命，我不知道。可我真想死，跟你说，我宁愿打爆自己的脑袋也不愿再经历一遍。”

我摇摇头，除了急救我没受过医疗培训，估计自己也不会轻易掌握。但是我跟班克尔生活了很久，知道烧伤能有多痛苦，“完全没有并发症？”我问。

马库斯摇摇头：“我真不知道，大多数时间我都痛苦得不得了，不知道发生了什么。我怎么能区分并发症和常态的痛苦？”

我又摇摇头，好奇告诉班克尔的时候他会怎么说。肥皂和水，阿司匹林和芦荟，好吧，谦卑一点对他有好处。我对马库斯说：“杜兰夫妇怎么样了？”

“死了，”他低声说，“至少我猜他们死了，有太多人丧命。不过我一直没找到他们的尸体，我试过，真的试过。”

漫长的沉默。

“马库斯？”我按住他的手。

他抽出手扶在脸上，我听见他捂着脸叹气，然后他再次开口：“我们的社区被焚毁后，罗夫莱多市决定整治市容。我和杜兰夫妇都是临时住户，我们和其他五个家庭共同住在一栋灰泥粉刷的大房子里，也就是说我们属于新市长、市政委员会和商业社区想要清除的垃圾。在他们看来，似乎过去几年所有的麻烦都是我们的错——穷人的错，我是说，流浪者的错、临时居民的错。所以他们派出警察部队，驱逐所有不能证明有居住权的人。你得有租金收据、房契或物业费收据之类的证明。起初伪造文件特别盛行，我自己写了一些——不为出售，而是为了帮助杜兰夫妇和他们的朋友。大多数人不能阅读或书写，或者至少不能用英语读写，所以他们需要帮助。我看他们为了一些破玩意儿付出硬通货，就开始写——大多是租金收据。最后，这种方法也不起作用了。双方之中，城市和郡政府拥有我们那里烂掉的房屋，不管有什么文件，警察知道我们不属于那里，就把我们都赶跑——贫穷的临时住户、毒贩、瘾君子、疯子、黑帮、妓女，你能想到的都被赶跑。”

“你们住在哪儿？”我问，“城里哪一部分？”

“谷街，”马库斯说，“老厂房、立体停车场、老房子和商店，都挤满了人。”

“还有满是杂草和垃圾的空地，人们就在那里扔掉不方便处理的尸体。”我接着替他说。

“没错，就是那个地方，杜兰夫妇是穷人，他们一直工作，可有时候甚至都吃不饱——尤其是还要养活我。我康复得差不多了，就跟他们一起工作。我们清洁，修理，卖掉能捡到的任何东西，我们什么工作都干——清洁、组装、建筑、修理，但从来都不长久。跟我们一样的人有很多，工作却没那么多，所以薪水低得可怜，有时候只有食物和水，或者旧衣物和旧鞋之类的。如果他们觉得能糊弄过去，甚至会付你美元，只有他们心里有杆秤时才会支付硬通货，大多数人不会这样。还有，假如他们有点害怕你或你的朋友，也会付出硬通货。

“即使再努力，我们连一栋破旧的小公寓或房子也租不起，住在谷街就是因为负担不起更好的住所。不过即使那样，可能也没有你想的糟。在那里，除了最坏的瘾君子和恶棍，大家相互照顾，每个人都相互认识。早在伪造文件流行之前，我就帮大家阅读和书写，他们也尽可能付我报酬。而且……我帮他们一些人在周日举行礼拜。我们住的房子后边有一间车棚，从三户家庭居住的车库延伸出来，不过当时没人住在车棚下。我们在那儿聚集召开礼拜，我尽最大努力布道、传授。他们让我做，尽管我是个孩子，他们也过来听我讲。我教他们唱歌和能教的一切，他们说我有一种天赋，仿佛受到使命的召唤。其实多亏了爸爸，我才比他们更了解《圣经》，更了解真正的教会。”

他停下来看了我一眼：“我喜欢布道，你知道吗？我跟他们一起祈祷，以任何可能的方式帮助他们。他们的生活特别苦，我能做的不多，但竭尽所能。我从烧伤和枪伤中恢复对他们来说也很重要。我看上去还是一摊血肉的时候，他们有不少人看过我，觉得如果能从那样的伤痛中恢复，上帝一定为我做过打算。

“杜兰夫妇以我为傲，让我改成他们的姓氏。我成了马科斯·杜兰，跟他们在一起的四年，那就是我的身份，现在我也还是。我在那里找到了真正的家。

“然后警察来把我们赶到街上，随后是拆迁队来推倒房屋，炸掉大楼，毁掉我们被迫扔下的一切物品。人们被拖到或驱赶到街上，什么都不让带，换洗衣物、钱财、照片、个人文件……都丢了。一些不懂英语的人甚至没有带上躲在屋里、病重或残疾得没法动弹的亲戚，就被赶到外边。警察从被赶出的人里拖走了一些人，塞进警车。他们没有把所有被带走的人都找回来，我让他们从警察手里找回了七个自己认识的人。

“可是一切都陷入混乱，人们不断回去取他们的东西，警察不断阻止他们——尽量阻止。一些警察乘坐武装运输车，徒步的穿戴着全身装甲、面具、盾牌、自动步枪、毒气弹、皮鞭、大棒，应有尽有。尽管如此，还是有些人想要阻止警察，或者至少要伤害到他们，石块、瓶子，甚至宝贵的罐头都被投向他们。

“然后有人开了三枪，一名警察倒下。我不知道他被打中还是被绊倒，但是枪声响起时他倒下了。就这样，一切都陷入了地狱。

“警察开始射击，人们逃跑，尖叫，有枪的人就还击。我跟杜兰夫妇失散了，交火停止前就开始寻找他们。这次没人打中我，但是我没找到杜兰夫妇，再也没有找到。我努力了好几天，在尸体被运走前尽可能多地翻看，我想尽一切办法，但还是找不到他们。过了一阵子，我知道他们肯定死了，我再次变成孤身一人。”

马库斯静静坐着，目光悬在空中。“我爱他们，”他声音轻柔，充满痛苦，“我喜欢自己成为马科斯·杜兰——小小牧师。人们信任我，尊敬我……那样的生活特别美好。他们大多数都是好人——只是贫穷，理应过得更好。”他摇了摇头。

“我不知道该怎么办，”过了一会儿他继续说，“在谷街那片儿转悠了两个多星期，目睹所有建筑倒塌，砖石瓦砾被运走。我找地方偷吃的，躲避警察，不停地寻找杜兰夫妇。我会说他们死了，而且在某种程度上，也相信他们死了，可就是无法停止寻找。

“然而没有结果，我一个都没找到，”他犹豫了一下，“不，也不完全是那样。我的半吊子贫困教区的一些人回来看还剩下什么，我遇见三户家庭，他们都请求我留下来跟他们在一起，也都有住在其他临时棚户的亲戚，你都无法相信有多拥挤，但他们觉得可以再多住一个人。我什么都没有，但是他们需要我，我应该跟他们离开，很可能会在城外再建一个教区，结婚，养家——完全成为父亲的样子。贫穷，但是还好。假如你有栖身之地又受人尊敬，那么贫穷就不是问题。现在我明白，但是当时没有。

“我十八岁，认为自己该做一个男人，自食其力。我觉得南加州没有我要的东西，如果不是生在富豪之家或特别成功的骗子，在南加州只会一直贫穷。我觉得那意味着得去北方，公路上总有一股向北的人流，我想他们肯定知道些什么，就跟他们谈了下阿拉斯加、加拿大、华盛顿、俄勒冈……我从没打算留在加州。”

“我也是。”我说。

“你一路走过来？”

“嗯，班克尔也是。哈里、扎赫拉……我们很多人都是走来的。”

“没人找你们麻烦？”

“很多人。哈里、扎赫拉和我能活下来就因为我们齐心协力，总有一个人站岗放哨。起初我们有一把枪，一路上聚集了更多人和更多枪，我已经记不清有多少次差点丧命，但还是死了一个人。也许有更容易的途径来到这里，但是我们没有找到。”

“我也没有找到，可你们为什么来这里？我是说，你们为什么不一直走到俄勒冈或别处？”

“班克尔拥有这片土地，”我说，“等我们来到这附近的时候，嗯，他和我想在一起生活，可我也想……我想跟这群人在一起。我在建立一个群体——由仍然保留人性的个人和家庭组成。”

“你在路上走了一段，还想着有谁会保留人性？”

“是的。”

“你带到这里的人，他们建立了这个地方？”

我点点头："我们到达时，除了房屋废墟、班克尔亲人的骨头、一些无人照料的庄稼、树木，以及一口井，这里什么都没有。当时我们只有十三个人，现在有六十六个了——算上你六十七个。"

"你任凭人们来到这里，居住下来？要是他们抢劫、欺骗、屠杀你们呢？要是他们是疯子呢？"

"相信我，马克。"

他的表情变得奇怪。"相信你，我只相信你。"他停顿了一下，"我原以为这里是班克尔的地方，是他带你来到这里。"

"我告诉过你，这是班克尔的土地。"

"可它是你的。"

"这是我们的地方，我塑造它，但它不属于我，我邀请人来自己打造生活，加入我们。"我犹豫了一下，不知道他在多大程度上还像父亲给我们讲授宗教时那样信仰宗教。他小时候似乎总觉得父亲的宗教真实自然，是一种天赋。可是经历了两个家庭的毁灭、亲人的死亡和性奴隶的遭遇之后他还信仰什么呢？他还没讲到最后一部分——宗教给他希望，还是在上帝没法拯救他的时候渐渐弃他而去。当年在罗夫莱多，他举办简单的户外礼拜，但是态度认真。可是现在他的信仰在何处呢？我强迫自己继续："我已经赋予他们一种信仰体系，帮助他们应对如今的世界和未来可能的世界——他们这类人能够塑造的世界。"

"你说你是他们的牧师？"他问。

我点点头："我们不那么称呼，不过没错。"

他看起来感到吃惊，然后发出短暂的一声大笑，"宗教刻在我们的基因里，”他说，“肯定是。否则爸爸对我们的教导就太不成功了。”

“我们的信仰叫地球之种，”我说，“我的真正头衔是‘塑造者’。”

他盯着我看了几秒，什么都没说。他还保持着吃惊的表情，现在又显出迷惑。“地球之种？”最后他说，“老天在上，我听说过你们，你们是那个邪教！”

“有人这么说我们。”

“当时有个政客，我猜他在竞选州议员，获得了胜利，他是杰瑞特的支持者，在阿克塔发表演说时，我也在那里，他列举崇拜魔鬼的邪教，地球之种就是其中之一。我以前从没听说过地球之种，但记得他说这个名字的真实指向是魔鬼，即深藏在地下的种子长大后，像有毒的菌菇向越来越多的人传播邪恶。”

“唉，马克……”

“不是我编造的，他真说过。”

我深吸一口气：“我们不崇拜魔鬼，其实我们什么都不崇拜。我们就是地球之种，人类就是地球之种，我们没有魔鬼。可是我们规模这么小，你提到的政客听说过我们让我感到意外，我希望他没听说过我们。真能信口雌黄！”

他耸耸肩：“政治就是那样，你知道，那些人会说什么。可是你为什么不再信仰基督教？为什么凭空创立新的宗教？”

“我没有凭空创立，从十二岁起我就一直在思考地球之种。它曾经是——现在也是——一系列真理的集合，不是全部的真理，不是仅有的真理，只是一组真实的想法。在家里时我绝无可能谈论，绝不会伤害爸爸。但是他的方式对我不起作用，我也不希望那样，如果能起作用，我会安心很多。可是不行，还是地球之种有用。”

“可你建立了地球之种，或者，假如不是你创造的，也是你在某处读到或听说的。”

这种说法我以前听过很多次，每一个潜在的新成员似乎都会提到，我甚至在手边保留一个简单的教学工具来应对。我站起身，来到书架旁，班克尔给了我一块漂亮的玫瑰石作为书挡，用于我留在家里而不是放在学校图书馆的几本书。

“看看这个，”我说，“再给我讲讲，”我把玫瑰石放在他手里，“假如我要分析这块石头的成分，准确弄清它的组成，那意味着我要凭空造出这块石头吗？”

“这不是个合适的类比，劳伦。石头存在，地球之种在你编造出来之前并不存在。”

“所有地球之种讲述的事实在被我发现和集结之前，都存在于某处。它们存在于历史、科学、哲学、宗教或文学的模式之中。任何一点都不是我编造出来的。”

“你只是把它们集结起来？”

“是的。”

“那么你确实编造出了地球之种，就跟写小说一样，都是编造出来的。你不会为你小说里角色的行为和表现去寻找新的东西，我认为即使你想也找不到。”

“只不过根据定义，小说是虚构作品，别把地球之种当成虚构。你根本不了解地球之种，只听过一个机会主义政客的谎言。”我拿下《地球之种：生命之书》第一卷递给他，“你读过之后再来跟我谈。”

“你写的？”

“是的。”

“你信仰这个？”

“我相信它。不相信的东西，我不会对人们讲授它们的真实性。”

“当年在罗夫莱多，我记得你一直写作，基思常常溜进你房间读你的日记。至少他说他读过。”

对此我考虑了一下，“我认为他没读过我的日记，”我说，“也就是说我知道自己总把他赶出房间，也赶过你很多次。可是我认为假如基思读过我的日记，他不会不用它来对付我。此外，除非被迫，基思从不阅读。”

“确实，”他停下来，低头盯着桌面，“想到我现在比他离开时的年龄还大，就感到奇怪。每当我想到他，他似乎仍然比我更年长和高大，该死的混蛋。”他摇摇头，“我觉得我特别恨他，你懂的，他总是给每个人制造麻烦，打我们几个——除了你，他害怕你是因为你高大强壮得多。还有妈妈……她给基思的爱比给我们的加起来还多。”

“没那么糟，马克。”

他抬头看我，眼神冷酷：“就是那么糟。她不是你母亲，所以你也许没有跟我一样的感觉，可实际情况比那还要糟糕。”

“我感觉到了，到最后她和我最相互需要的时候，我根本不确定她爱不爱我。可她又那么害怕和绝望……原谅她，马克，她生活在一个地狱般的地方，还有四个孩子要照顾，如果这让她比正常情况少些理性……还是原谅她吧。”

我们陷入漫长的沉默，他盯着翻开第一页的书：

你接触的一切
都被你改变
你改变的一切
都在改变你
唯一永恒真理
就是改变
上帝
即改变

我不确定他是否先读了这几句话，他似乎像盲人一样盯着，视而不见，一脸茫然。然后他小声说，“噢，天哪。”听起来像是一句祈祷。他合上书，闭上眼，“我不确定想要读你的书，劳伦。”说完他睁开眼睛看着我，“你还没问我怎么沦落到豹哥那里。”

“我想知道。”我承认。

“很简单。我走在公路的第一个晚上，三个家伙——大块头——袭击了我。我没多少钱，这惹恼了他们——你知道，就好像我应该有钱，好让他们值得花时间抢劫我。如果没钱，那就是我欺骗了他们，他们有权为此惩罚我。”

他又盯着桌子，我想象他当时面对三个大汉所处的情形。他总是身体柔弱，魅力大得都有些不太合适——曾经的漂亮男孩如今成了英俊青年。昨晚我们把他从卡车送进屋里，我看见社区里的女孩和女人盯着他看。如果他留下，她们会对他趋之若鹜。

现在他强壮了一些，给人一种瘦削结实的力量感，可即使现在，也没有强壮到能抵挡三个袭击者。在公路上的那晚，他身边没有朋友相互照应。

过了一会儿，他再次说话，不过仍然盯着桌子，“他们不只是揍我一顿、把我强奸、再把我放走，”他说，“他们留着我，这样就能一遍又一遍折磨我。等他们厌烦了，就把我卖给一个皮条客。不是豹哥，他排在后边。第一个家伙叫佐罗，这种人似乎都有愚蠢的名字。总之，佐罗是第一个给我戴项圈的人。戴上项圈，人们就不用费劲揍我——除非他们有这个想法。有些人会因为暴打无法还手的人而兴奋。嗯……你知道关于项圈最痛苦的是什么吗，劳伦？他们能用项圈天天折磨你，该死的每一天。你绝不会留下伤痕把身上弄得一团糟，以致卖不上价，而且你绝不会死于项圈！或者说大多数人不会死于它。有些人走运，项圈引发心脏病或中风，他们就死了。可是我们其他人无论如何都还活着。要是我们想别的办法去死，去自杀，他们能阻止我们。拿着控制单元的家伙能够像妈妈以前弹钢琴那样玩弄人，你受到那样的折磨就会做任何事——任何事！——来让他们放过你几分钟。在路上，你经过一具尸体——某个走不动的贫困老人或遭到强奸后被人杀死的妇女，你从尸体旁边走过，就会无比希望死在地上的是自己。”

他叹了口气，又摇摇头。“就是那种感觉，真的。在佐罗和豹哥之间，我还有个主人，不过他也是个烂人，为了取乐和获利而奴役折磨别人就不可能不是烂人。要是价格合理，一个皮条客会卖掉他的母亲或女儿。要是以后有机会，我向上帝发誓，劳伦，我会把他们三个都绑在木桩上烧死，就像杰瑞特的手下在猎巫行动中的做法一样。”过了一会儿，他补充道，“我曾经看过一次火刑。萨金特——我的第二个主人，烧死了一个想要在他睡觉时杀他的女人。女人很漂亮，萨金特和他的同伙为了得到她杀死了她全家，然后还没等她学会规则，萨金特就跟她睡在一起。

“规则如下：你戴了项圈就不能逃跑，远离控制单元一定距离，项圈就会收紧掐住你，目的就是让你特别痛苦，无法继续逃跑。要是尝试逃跑，你就会昏倒，我们称之为“被掐住”。触摸控制单元，项圈会掐住你，奴隶用不了控制单元，上面有指纹锁。假如试图使用控制单元的手指不对或者是死人的，它会掐住你不松开，直到活人的正确指纹把它关掉才行，否则你会被掐死。皮条客受人威胁的话，有时候就会让最年老色衰的性奴替自己出战或保护自己。其实，当他们都戴着项圈，他所有的性奴都会为他而战，不管他们有多恨他。他们会奋勇搏斗，甚至可能不在乎自己是否会死。

“当然，假如你试图割开、烧坏或以其他方式损坏项圈，它也会掐死你。

“说回那个漂亮女孩，她想要为家人报仇，但完全不知道萨金特手下其他性奴为什么要阻止她。另一名性奴求她别杀萨金特，并尝试给她解释，可是她就不听。后来萨金特在她动手时醒过来。第二天他聚齐自己所有奴隶，把女孩脱光绑在木桩上，让我们都去捡柴火堆在她周围，只露出她的脑袋，然后萨金特逼我们观看……观看他烧死女孩。”

我突然觉得，马库斯就是救萨金特的“另一个性奴”。也许他就是，我不会问。即使真不是他，也许在某种层面上他也摆脱不了关系。我弟弟说，奴隶项圈迫使你背叛同类、自由和自己，这就是他的遭遇。项圈把他变成了什么？他现在是谁，变成了什么人？没人能承受他的遭遇而一点都不改变。难怪第一篇地球之种的诗文直击他的内心。

我带马库斯去看扎赫拉和哈里。他们都在震惊中拥抱了他，特别是扎赫拉，不停地盯着他、触摸他，当初扎赫拉目睹马库斯遭枪击后被抛进火海。马库斯也盯着他俩，我曾见过饿得半死的人盯着无法乞讨、购买或偷窃的食物，眼神跟马库斯的一模一样。

2032年12月19日
星期日

“叫我马科斯。”我弟弟对我说，当时我正给他展示我们的学校／图书馆／集会堂，他就要参加他的第一次集会，但是我提早带他来学校，让他多看看我们建了些什么。他似乎对我们的建筑和搜集、购买、交换来的书籍印象深刻，但是他给我一种心不在焉的感觉，结果还说了出来。

“五年多以来我一直都是马科斯·杜兰，”他说，“真不知道如何再成为马库斯·奥拉米纳。”

我不知道如何回答，只好说：“你……是因为不想让别人知道我是你姐姐吗？”

他看起来吓坏了，“不，劳伦，不是那样。”他停下来，想了一下，“更像是马库斯·奥拉米纳是我儿时的名字，我不再是那个孩子，永远也回不去了。”

我点点头，“好吧。”然后说，“因为班克尔，几乎这里所有人都叫我奥拉米纳，所以也许你不叫也好，少些混淆。”

“你丈夫用娘家姓称呼你？”

“他不喜欢我的名字，所以就不用它。也算公平，因为我也不喜欢他的名字。对了，他叫泰勒，我也不用这称呼。”

我弟弟耸耸肩：“我猜那是你们的事。就叫我马科斯[1]吧。”

我也耸耸肩，“好吧。”我说。

2032年12月22日
星期三

班克尔回到家，说霍尔斯特德的医生死了，那里的居民——市长和镇议会——请他搬过去担任他们的全职医生。

---

[1] 自此之后，劳伦一直叫马科斯的昵称“马克”。

他想去，这件事对我和孩子及他自己都好，所以他想去那里超过对任何事的渴望。他说，也许这样的机会不会再有，他年事已高，得想想未来，我也得想想孩子，看在上帝的分儿上也该现实一点，别再做梦。

我没有传达出这段话的全部含义，还都是老一套，大部分他以前都说过，我也早就厌烦得不得了。然而这次更甚，更吓人，班克尔的认真态度甚于以往，因为他已经拿到了邀约——真正的邀约。他态度认真还因为我们俩孕育的小小新生命正在我体内生长。我没有过晨吐，也没有扎赫拉怀孕时出现的浮肿、不适和情绪化。尽管如此，我每时每刻都会感到女儿在我体内。班克尔检查后说这是个女儿。在缓和一些的情形下，我们为她的名字争吵——继承班克尔母亲的名字贝丽尔，或者从我的角度，除贝丽尔外任何名字都行，不然太老套了。

然而有时候，我们的孩子在我体内生长发育所带来的轻松、快乐和爱意，都在班克尔身上消耗掉了。他说我不成熟、自私、目光短浅，对地球之种的信仰既不理性也不现实，似乎这些就是他在我身上看到的全部。

合作就是给予、获取、学习、教授，尽可能降低危害和增加收益。合作是互利共生，合作即生命。

无法或不该抗拒或避免的任何存在、任何过程，一定要想办法与之合作，相互搭档，与多样化的群体合作。

与生命合作，与家园、世界合作，与上帝合作。只有合作我们才能茁壮成长、发展变化，只有合作我们才能活。

《地球之种：生命之书》

劳伦·欧雅·奥拉米纳

第八章

使命

统一我们

聚焦梦想

引导计划

强化努力

使命

定义我们

塑造我们

用伟大成就我们

《地球之种：生命之书》

劳伦·欧雅·奥拉米纳

我不完全确定自己为什么花这么多时间了解母亲在我诞生之前的生活。也许因为看起来那是她最具人性和最正常的一段生命。我想知道她作为年轻妻子、准妈妈、朋友和姐姐，偶尔担任当地牧师角色时，是怎样一个人。

她应该按照我父亲的要求，离开橡子社区前往霍尔斯特德吗？当然应该！如果她同意，我们一家三口会设法在杰瑞特造成的动荡中过上正常舒适的生活吗？我相信我们会的。我父亲说她天真幼稚、不切实际、自私自利、目光短浅，特别是目光短浅！如果说地球之种有什么罪过，目光短浅、缺乏远见绝对是其中最严重的。可她恰恰就目光短浅，为了一个观念牺牲我们。如果说她不知道自己在干什么，可她又无比关注新闻、时事和趋势，理应清楚自己的做法。少女时代，她见证我外祖父觉察不到的错误——依赖围墙、枪支、宗教信仰和重现美好旧时光的希望。可是除此之外她还有什么呢？如果说将来某个太阳系外的世界上有她的好时光，那只会让她的憧憬成为镜花水月。真可怜。

以下选自劳伦·欧雅·奥拉米纳的日记

2033年1月16日
星期日

跟当地大多数市镇一样，霍尔斯特德的人也养宠物狗。

我了解这点，但是我在遥远的南方长大，那里人和狗玩不到一起，反而相互以对方为食。野狗成群结队，我们庆幸围墙也能把它们挡在外边。一些富豪用恶狗守护他们的家产，只有那种人买得起肉喂狗。要是有块肉，我们其他人会愉快地自己吃掉。

即使现在每次看见人狗和平共处，我还是会惊讶。可是本地城镇和家庭农场的居民虽然不富裕，却也有足够的食物喂狗——即使狗不工作，只是张嘴露出獠牙，整天躺着。孩子和它们玩耍，过去几天，我不止一次强压住从利齿旁拽走孩子再打跑它们的冲动。

有趣的是，我发现狗同样不喜欢我，我们总是相互躲着对方。与我相反，班克尔喜欢狗。他挠它们的耳朵，对它们讲话，它们也喜欢他。还是个南方男孩的时候，班克尔曾养过两三只大型犬当宠物。很难相信有人在圣地亚哥或洛杉矶养狗，即使是在三四十年前。

为了让班克尔高兴，我跟他一起去寒冷多风的霍尔斯特德待了几天。我告诉他不会改变主意，可他还是想让我去看看。最近我没怎么让他高兴，所以就同意了。那个地方让他喜爱，是他的理想之地：历史悠久但也很现代，与外界隔绝，而他很熟悉。那里有舒适的大房子——三四间卧室的那种，因为有山冈中沿着山脊林立的风力发电机，大部分时间都有充足的电力，管道系统也很新，我们橡子社区如今也有了一些，但是一直以来都很困扰我们。除了不断塌陷的海岸线，霍尔斯特德已经最大可能地得到了保护，那里约有二百五十人，这个数字包括最近的农户家庭。

因为有一户人家要移居别处——去西伯利亚安家——所以镇上承诺把空出的房子给我和班克尔。那个家庭的丈夫带着两个年龄大些的儿子已经出发，去给女人、小孩和长辈准备落脚的地方。霍尔斯特德虽是班克尔眼中有人保护的乐土，可对于要搬走的坎农一家来说，却只是他们因为无法生活下去而想再一次离开的破败“故土”。他们都是好人，却等不及要离开美国，他们说就是没法再继续生活，杰瑞特的当选是压垮他们的最后一根稻草。

不过对我而言，霍尔斯特德之旅是一次美好的经历。我出去走得不如怀孕之前多——不去拾荒，不怎么做买卖。班克尔总唠叨让我留在家“好好表现”，大部分时间我都听从。

我已经忘了住在现代化的大房子里是什么感觉，就连寒冷和刮风都没有那么糟，甚至还有点让我喜欢。房子虽然咯吱咯吱直响，但是电加热器和壁炉里的火让屋里暖和。房子远离海岸边的悬崖，很多年——甚至永远——都不会有陷落的危险。

第一天，我走到悬崖边，站着欣赏太平洋。每次沿公路去尤里卡-阿克塔地区或更北边的时候，我们都能看见海洋。在那边，大片的沙滩已经被冲走，洪堡和阿克塔湾海岸线也严重受损，这都拜持续上升的海平面和偶尔来袭的猛烈风暴所赐。

不过尽管如此，海洋的景色依然美丽，我站在强风之中，远眺白浪，享受海水那种纯粹的广阔之感。班克尔从后边几乎走到我身边，我才听见，这说明我很有安全感，在橡子社区的家中需要更警觉一些。

班克尔用一只手臂抱住我，风抽打着他的胡须。他笑着说："很美，是吗？"

我点点头："我好奇就算是西伯利亚平原比以前温暖，习惯在这里生活的人怎么会喜欢住在那片广阔的土地上？"

他笑了，"我小时候，俄罗斯——当时的称呼是苏联——把他们的罪犯流放到西伯利亚，如果当时有人说美国人会放弃自己的家园和公民身份，去西伯利亚开拓新生活，别人会把他当疯子绑起来。"

"我猜处境好的时候就不去了解是人类的一个特征。"我说。

他侧头看了我一眼，"嗯，是啊，"他说，"我天天都在见证。"

我笑了，也用一只胳膊搂住他。我们一起走回坎农家的房子，吃了一顿烤鱼、炖土豆、甘蓝和烤苹果。坎农家坐落在一大片土地上，而且跟我和班克尔一样，他们的大部分食物都是自家出产，自己无法养殖的购自当地农民和渔民。他们还参加了一个蒸发制盐的合作社，产品也是自用和销售。但不同于我们的是，他们不怎么吃野生的食物或调料——不吃橡子、仙人掌果实、薄荷、石兰，甚至连松子都不吃。西伯利亚肯定会有新的食物，他们会学着吃吗，还是坚持自己种植或购买，只吃乏味但熟悉的食物呢？

“有时候，一想到要离开这栋房子，我就受不了，”西娅·坎农趁我们坐下来吃饭时说，“可是离开后孩子的机会更大一些，在这里他们能有什么呢？”

我怀孕的身材还没怎么显现，而且衣着宽松，大多数人注意不到。不过我的确觉得有七个孩子的西娅·坎农会看出来，也许她只是沉浸在自己的担忧之中。她是个四十几岁的金发女人，丰满漂亮，表情疲惫，似乎总是有些心不在焉，仿佛脑袋里想着很多事。

当晚我在班克尔身边醒来，听到海和风的声音，只要你不必待在外边，它们就很动听。在橡子社区，天气不好的时候值班可不是开玩笑的。

“镇长告诉我霍尔斯特德愿意雇用你替换掉他们的一名老师，”班克尔说，他的嘴贴着我的耳朵，手放在我腹部他喜欢的地方，“他们有一名快六十岁的老师，还有一名七十九岁的老师。年纪大的几年来一直想退休。我告诉他们你在橡子社区几乎凭一己之力建立了学校，他们差一点欢呼起来。”

“你告诉他们我只有高中文凭、读过不少书、只在父亲电脑上旁听过课程吗?”

“我说了，他们不在乎。要是你能帮他们的孩子学习并通过高中同等学力考试，他们就会认为你胜任。顺便得说，他们实际不能向你支付多少硬通货，但是愿意让你在我死后继续住这栋房子，在园子里种植作物。”

我挨着他动了动，但是忍住了没说什么，我讨厌听见他总是谈论死亡。

“除了那位上了年纪的老师，”他继续说，“这里的人都没有教师资格。有大学学历的老年人不想以教书作为第二或第三职业。只要给这些孩子的脑袋里灌输阅读、写作、数学、历史和科学，大家就会高兴。在橡子社区你都能克服困难，在这里闭着眼睛都能做好。”

“我闭上眼睛就会觉得，”我说，“这听起来好像是地狱生活的写照。”

他把手从我腹部挪开。

“这个地方很美好，”我说，“你为孩子和我努力争取，也让我很爱你。可是这里只有生存，我不能放弃橡子社区和地球之种，不能来这里给不怎么需要我的孩子搞什么教育。”

“你自己的孩子需要你来这里。”

“我知道。”

他没有再说什么，只是翻身背对着我。过了一会儿我睡着了，不知道他睡没睡。

后来回到家，我们没怎么说话。班克尔很生气，无法原谅我。他还没有彻底拒绝霍尔斯特德，这令我感到困扰。我爱他，也相信他爱我，可我禁不住觉得他可以离开我在霍尔斯特德定居。他是个独立的男人，而且真的觉得自己的选择正确。他说我既顽固又孩子气。

还要说一下，马克跟他看法相同，倒不是我们俩有谁问过马克。可他仍然跟我们住在一起，至少会禁不住听到一些争论。他本可以避免掺和进来，但我认为他都没有考虑这一点。

“你怎么回事？”今早就在集会之前，他问我，“为什么要在这个垃圾堆一样的地方生孩子？想想吧，你可以生活在真正的城镇，住进真正的房子。”

我一下子就特别生气，要么一言不发，要么就得朝他尖叫，除此之外我别无选择。只有他最应该理解我，不应该这么说。我们带着在这个“垃圾堆”里赚的钱，从这个“垃圾堆”出发，找到他，解救他。要不是我们和我们这堆“垃圾”，他仍然是一名奴隶和男妓！

“来参加集会。”我用极低的声音说完便离开他走出房间。

他跟随我参加集会，但是一直没有道歉。我认为他永远也不会意识到自己的措辞有多恶劣。

集会过后，格雷森来到我身旁说：“我听说你要离开。”

虽然觉得不应该，但这还是让我感到吃惊。班克尔和我没有相互怒吼，没有像菲格罗阿家和费尔克洛思家一样宣扬自己的麻烦，不过大家显然都清楚我们之间出了问题。然后就是马克，他也许会跟人说——就是为了彰显自己的重要地位，他确实非常需要展现出重要性，重新获得自己的男子汉气概。

“我不离开。”我对格雷森说。

他皱起眉头：“你确定？我听说你要搬到霍尔斯特德。”

“我不离开。”

他深吸一口气又呼出来：“好，这里没有你很可能会变成地狱。”说完他转身离开。格雷森就是这样，刚加入我们的时候，我认为他也许是个刺头，或者不会久留。结果他反而非常值得信赖——只要你别指望太多交谈或外露的友情。要是你对格雷森和他的家庭忠诚，他也会忠诚于你。

后来在晚饭之后，扎赫拉把我拉出一个朗诵现场。三名大孩子正在表演自己的作品或喜欢的著作。我正在欣赏格雷森的继女托莉·莫拉阅读一首自己写的喜剧诗歌。橡子社区的笑声越多越好。我也在描绘托莉，她高挑瘦削、棱角分明，相对于漂亮，她更算得上英俊。我发现绘画跟我其他的放松方式都不同，在绘画的同时，我被唤起一种新的感觉——一种全新的感觉。我开始感知颜色和纹理、线条和形状、光线和阴影，达到了全新的清晰程度。我进入那些神游一样的专注状态，却画出相当糟糕的作品。我的朋友们虽然在笑话我，但也说我越画越好，越画越有辨识度。几周前扎赫拉告诉我，一幅我画的哈里的画像看起来差不多有人形了。

不过这一次扎赫拉来找我不是谈画画。

“听说你要离开！”我们一来到没人能听见对话的地方她就朝我嘶吼，看起来既生气又痛苦。我们四周到处都有人在享受自己的集会日，阿梅在教莫西·诺伊尔用树皮编制小篮子，几个成年人和大孩子不顾寒冷在踢足球，马克和豪尔赫在不同的队里，痛快地在场上来回奔跑，收集着不应得的那份瘀青。同样喜欢足球的特拉维斯说过："我觉得那两个家伙为了得分可以杀死对方。"

真希望马克把这股劲头只用在足球赛里。

当然，因为已经回答过格雷森，扎赫拉的疑问没有让我吃惊。"小扎，我不离开。"我说。

跟格雷森一样，她一开始也不相信我："我听说你要离开，你弟弟说……劳伦，跟我说实话！"

"班克尔想让我搬到霍尔斯特德，"我说，"这你清楚。我不想去，觉得这里有值得我留下的东西，它是属于我们的。"

"我听说他们给你们提供了一栋海边的房子？"

"能看见海景，但是不特别近。在霍尔斯特德你不会愿意离海很近的。"

"可我指的是一栋真正的房子，一栋像罗夫莱多那里的房子。"

"那是。"

"然后你拒绝他们了？"

"没错。"

"你彻底疯了。"

这句话惊到了我："你想说你希望我去，小扎？"

"别傻了，只有你跟我亲如姐妹，你清楚得很，我不希望你去。可是……你应该去。"

"我不去。"

“要是我有这样的机会就去。”

我盯着她。

“可能的话我会去更好的地方。我有两个孩子，在这里他们能去哪儿？你的小宝贝儿能去哪儿？”

“从霍尔斯特德他们能去哪儿？那里像罗夫莱多一样，有一堵更好的墙。你觉得那里为什么有人打算移居俄罗斯或阿拉斯加，而别人只想尽量坚守那一小片20世纪的遗迹一直到死？他们没有人尝试建立些什么去替代我们失去的东西，也没有人推动我们实现更美好的追求。”

“你指地球之种这种……使命？”

“是的。”

“那还不够。”

“那是个开端，是一种努力构建明天的方法，不会让我们重蹈覆辙。”

“你停止过祈祷吗？”

“我错了吗？”

她耸耸肩：“你知道我不像你一样虔诚。此外，即使你去了霍尔斯特德，我们还会在这里，地球之种还是地球之种。”

会吗？也许吧。可是地球之种是一次年轻的运动，我不能只给它留下个“也许”就离开。即使要离开即将降生的孩子我也不会离开地球之种。有一天我希望人们离开这里去讲授地球之种，我希望他们讲授的仍然被认作地球之种。

“我不会去，”我说，“小扎，我觉得你在撒谎，认为你也不会离开。你知道在橡子社区，有麻烦我们会跟你一起面对。你知道如果你和哈里出了什么意外，我们会照顾你的孩子。还有谁会这么做？”她在洛杉矶的某些穷街陋巷长大，懂得忠诚，懂得依靠朋友和让朋友依靠自己。

她看着我，然后移开目光，“这里挺好，”她凝视着我们西边的山冈说，“比刚到达这里时我能想象到的要好。可你知道它比不上罗夫莱多。看在你孩子的分儿上，你得离开。”

“看在我孩子的分儿上，我要留下。”

她和我再次四目相对：“你确定？想想未来。”

“我确定。你十分清楚我在考虑未来。”

她沉默了一会儿，然后叹口气说，“好，”又是一阵沉默，“你说的没错，我不想离开，也不想你离开。也许因为我跟你一样，是个大傻瓜。我不知道，不过……我们这里确实有些美好的东西。橡子社区和地球之种，它们都美好得没法让人放手。”她咧嘴一笑，“班克尔接受得了吗？”

“接受不了。”

“是啊。他试图给你任何正常女人想要的东西，你却不想要。可怜的家伙。”

她笑着离开，我朝着朗诵现场和我的画板往回走，这时豪尔赫来到我跟前，他刚踢完足球，身上又湿又脏，旁边跟着的是他女朋友戴蒙德·斯科特，娇小的黑人女孩，发型跟往常一样一丝不苟。还没等豪尔赫开口，我就在他的表情中看出他要问什么。

“你真要离开吗？”

2033年1月20日
星期四

杰瑞特今日就职。

我们听了他的演说——简短、激昂，多次提到“美利坚，美利坚，承蒙上帝恩宠”“上帝保佑美国”“普天之下，一个美国，不可分割”，还有爱国主义、法律、秩序和神圣荣耀，到处都是挥舞的国旗和《圣经》，人手必备。他的布道——因为他的确在布道——出自《以赛亚书》第一章：“你们的土地已经荒凉。你们的城邑被火焚毁。你们的田地，在你们眼前为外邦人所侵吞，既被外邦人倾覆，就成为荒凉。”

接下来是：“耶和华说，你们来，我们彼此辩论。你们的罪虽像朱红，必变成雪白，虽红如丹颜，必白如羊毛。你们若甘心听从，必吃地上的美物。若不听从，反倒悖逆，必被刀剑吞灭。这是耶和华亲口说的。”

然后他说起和平、重建、恢复，“强大的美国基督教，”他说，“需要强大的美国基督徒战士来统一、重建和守护。”他就是在把“必须在所有美国基督徒同胞间相互展现的慷慨与关爱”同“我们必须对叛徒和罪人、我们中间的破坏分子实施的毁灭性打击”相提并论。

我会把这称为“恫吓演说”，如今都是怎么了？

2033年2月6日
星期日

昨天马克告诉班克尔，他打算在集会日进行自己的礼拜仪式。他说他要在我们的常规集会前讲话。似乎他在回忆跟杜兰夫妇在罗夫莱多度过的时光，回忆他的车棚教堂，想要重新获得自己当时的身份。

班克尔让他找我，“别越界惹麻烦，”班克尔告诉他，“你姐姐一直对你不错，把你的打算告诉她。”

“她不能阻止我！”我弟弟说。

“别犯错，”班克尔对他说，“有点良心，别背着她。”

所以当天晚些时候，马克找到我时，我正跟钱纳·瑞恩坐着分类整理图书。这方面的工作我们一直没有做完，而它需要完成。作为教学的一部分内容，我们所有的孩子都开展学习项目，每个孩子每年至少参加一个团体项目和一个个人项目。大多数孩子发现这两个不相关的项目以意想不到的方式相互影响，这帮助孩子们开始了解世界如何运转，各种事物如何相互作用和影响。

孩子们开始自学，然后互相学习，他们开始学习如何学习。在导师的帮助下，他们每人选择历史、科学、数学、艺术或其他任何科目的某个方向，充分学习，直到可以教授给别人，然后他们就开课讲那项内容。为了把这项工作做好，他们得能找出我们这里有什么信息可用，有什么他们需要去网络上查找。因为我们还不富裕，所以自己的图书馆提供的内容越多越好。

尽管如此，编撰书目仍然是一项枯燥乏味的工作。马克来打断的时候，我甚至有点高兴，于是跟他来到外边交谈。

“我想回到自己真正的兴趣所在。”他说。我们一起坐在一张很酷的长凳上，那是艾莉的手艺。她发现自己特别喜欢造家具，于是刻苦学习，劲头丝毫不比学做班克尔的助手时差。

“什么事？”我问马克，希望能满足他的需求。没人比我更希望他找到自己的兴趣，投身于自己喜欢的工作。

“我想建立自己的教会，”他说，“在其中布道。我不是在征求你的许可，只是让你知道。杰瑞特主政，无论如何你们都需要我这种人，这样就可以说你们不是崇拜撒旦的邪教。”

我叹了一口气，突然之间只能感受到疲倦和担忧，就像是撒了气的气球。可我只是说：“假如杰瑞特注意到我们，想把我们当作崇拜撒旦的邪教，你的布道也不会阻止他。你愿意在集会上讲话吗？”

这让他感到吃惊：“你是说你们举行礼拜的时候？”

“是的。”

“我不会谈论地球之种，我想要布道。”

“那就布道。”

“有什么要求？”

“你参加过我们的礼拜，应该知道。自选主题，想说什么都行，但是随后有提问和讨论。”

“我没打算授课，只想布道。”

“在我们这里不行，马克。发言就得面对质疑和讨论，你需要做好准备。而且，不管怎么称呼，一次成功的布道就是你要讲授的课程。”

“可是……如果我随后接受提问，你不会试图阻止我在集会上布道？”

“当然不会。”

“那我同意。”

“马克，这可不是开玩笑。”

“知道，我也没觉得是玩笑。”

“我是说，我们对待讨论跟你对待布道一样认真，有些人也许会以你不喜欢的方式质询和分析。”

“好啊，我能应付。”

不，我认为他不能，但长痛不如短痛。我弟弟已经准备好一次布道，一直在业余时间练习。既然原定于今天上午在集会上讲话，我可以把机会让给他，让他这就进行布道。

他没留余地，而是直接引用《圣经》的内容与我们对峙，挑战我们——首先又是《以赛亚书》，“草必枯干，花必凋残，唯有我们神的话，必永远立定”。接下来引用《玛拉基书》，“因我耶和华是不改变的”。最后引用《希伯来书》，“耶稣·基督，昨日今日一直到永远是一样的。你们不要被那诸般怪异的教训勾引了去”。

马克清楚自己没有父亲的动人声音，就熟练地运用掌握的技巧，当然，特别好看的外表对他也有帮助。可是当他对上帝的恒久不变进行布道时，豪尔赫发话了。一如往常，豪尔赫坐在戴蒙德旁边，他曾告诉我打算跟戴蒙德结婚，可是戴蒙德总以一种豪尔赫完全不喜欢的方式看我弟弟。总之，马克跟豪尔赫都年轻好胜，存在竞争。

“尽管不是所有事物在所有方面都必然改变，”豪尔赫说，“但我们相信一切事物都在改变。为什么你相信上帝不会改变？”

我弟弟笑道：“可是就连你们都相信，你们的上帝不变。你们的上帝推动改变，但他保持不变。”

这让我吃惊，马克不应该犯下这种可以避免的错误，他有大把时间阅读、谈论和听取地球之种，可是不知为何，他误解了。

特拉维斯第一个指出错误，“上帝即改变，”他说，“上帝不推动什么，一点都不。”

扎赫拉居然也提出意见说：“我们的上帝不是男性，改变没有性别。马克，你对我们的了解甚至还不足以提出批评。”

还没等扎赫拉说完，豪尔赫开始重复他的问题：“为什么你认为你们的上帝不改变？你怎么证明？”

“我有种信念，那就是正确的。”马克说，“信仰基于证据，必须也同样基于信念。”

“可是肯定有某种验证标准，”豪尔赫说，“你必须得有办法知道，信仰什么时候可以理解，什么时候没有道理。”

“检验标准当然就是《圣经》。当《圣经》告诉我们一些道理——在这个案例中，它告诉我们好几次——我们就能相信。《圣经》的正确性是可以坚信的。”

卢西奥最大的外甥安东尼奥·科尔特斯插进来，“听着，”他说，“《圣经》里说，上帝做了一些事情，事情有了结果，他做出反应，他创造，生气，毁灭……”

“可是他，他本身，没有改变。”我弟弟说。

“噢，得了吧，”托莉显然很厌恶地喊道，“采取行动就是改变。他会从动到不动，从平静到愤怒——他变得很生气。而且——”

“在《创世记》中，”托莉异父异母的妹妹小豆说，“他让一些自己喜欢的男人跟他们的姐妹或女儿生孩子，然后在《利未记》和《申命记》中，他说任何人那么做都应该被处死。”

“没错，”豪尔赫说，“我上周刚刚读到那部分。《圣经》先是赞同某个说法，翻过几页之后，又阐述——或体现出——完全不同的观点，你这样把前边的内容忘掉可不行。”

“每一次有神灵被新的人类群体接受，那个神灵就发生了改变。”哈里说。

“我认为，”玛塔·菲格罗阿·卡斯特罗用她最温柔的声音说，“马克，你读的那段经文是说，上帝一直都是上帝，总是支持我们，总是以那样的方式让我们依靠。当然，它意味着上帝和上帝的语录永不消亡。”

“没错，《圣经》基本上是隐喻。”戴蒙德也用非常轻柔的声音说，“我记得母亲试图完全按字面意思理解，可那就意味着她得忽略一些内容，扭曲另外的一切。”戴蒙德旁边的豪尔赫笑起来。

讨论又进行了一阵，然后另外一些人开始可怜马克，让他结束讨论。他们从没打算羞辱马克，好吧，豪尔赫也许有这想法，可是就连他也很有礼貌。要是马克做过功课，情况会好很多，他的听众也会感到更有意思、更投入。他也许会从费尔克洛思或佩拉尔塔家赢得一个支持者，我曾对此感到担忧。

实际上，我让他今天发言是因为我抓住他没准备好的机会。我希望自己没这么做，希望他想做点别的什么——其他任何事——来重获自尊、重塑自我。我曾试着用我们这里的几项工作来吸引他。他不懒惰，努力做好分内之事，可是不喜欢做农活、养动物、做买卖、上课、拾荒或做木工。他试着修理捡来的工具，可是就连简单的事情都有很多东西要学，他对此感到烦躁，还差一点毁掉一把本该由他磨锋利的重型剪刀。他试着把几乎磨平的刀口打薄，把刀刃磨锋利，特拉维斯责备了他，他一点儿也不冤。

“如果你不知道怎么做，就问一问。”特拉维斯喊道，“没人指望你什么都知道，所以要问！要是你不怕麻烦地学到一些基本技巧，这活儿挺容易做。跟我干一会儿，别想着用自己的歪门邪道。”

可我弟弟需要用他的“歪门邪道”来树立旗帜，这样他才有资格说了算，才能让所有人尊敬他。这才是他最需要的，而他打算立即就拥有。

可是现在，他没有感到重要和自豪，反而觉得愤怒和丢脸。

我得让他体会这些感觉，不能让他开始分裂橡子社区。更重要的——无比重要的——是我不能让他开始分裂地球之种。

第九章

跟别人和解

跟自己和解

用宽容和同情

塑造上帝

减小危害

补强弱点

珍视纯真

忠于使命

原谅敌人

原谅自己

《地球之种：生命之书》

劳伦·欧雅·奥拉米纳

我母亲在日记里坦承不知道自己在干什么，而且这令她非常沮丧。她本意是要把地球之种打造成全国性运动，但又不知道该如何实现，她似乎还不太明确地计划，某天能派出地球之种传教士，利用橡子社区作为这些传教士的学校。有机会的话她也许就要这么做，甚至也许会有效果，其他的邪教就是这样发展的。传教也许会增加她的崇拜者，收获更多的认可。

可她不想要简单的认可，而是希望人们相信。她有一个想要传授的真理，和一个想要认真执行并终将实现的外太空使命。从对待马克舅舅的方式来看，对于整件事她显然有非常强的领地意识。我不清楚马克舅舅是否知道，母亲设圈套害他失败，在母亲的人面前留下不好的第一印象。如此简单微妙的事情，马克舅舅还以为母亲会做得更明显和复杂呢。

除非确定自己能赢，否则她不会跟人斗争。不确定的时候她就想办法避免斗争或者顺从对手，直到他们自己跌倒或到了一个可以被她绊倒的位置。我猜这就是聪明吧——或者说奸诈，取决于你的出发点。

她从所有人和事上学习。我觉得要是我在出生时死掉，她会设法从我的夭折中学到些对地球之种有用的东西。

以下选自劳伦·欧雅·奥拉米纳的日记

2033年2月19日
星期六

我无比强烈地感觉会有战争爆发。

杰瑞特总统还在激起对阿拉斯加——或者他所谓的“逃跑的第四十九州”——的恶意。阿拉斯加总统列昂季耶夫和议会被他刻画成真正的敌人，原话是“那帮叛徒为了私利想从合众国偷走广阔富饶的一部分，想把阿拉斯加的一切当作他们的私有财产。我们能任凭他们夺走阿拉斯加吗？我们能任凭他们欺骗我们、劫掠我们、摧毁国家、把神圣的宪法当作废纸吗？‘若一家自相纷争，那家就站立不住。’我们怎能忘记？耶稣·基督在两千年前说的，亚伯拉罕·林肯总统在1858年改述过。林肯说得不对吗？我们敢于发问吗？敢于想象吗？基督说得不对吗？我们的主不对吗？”

他特别善于提出卑劣的反问句，特别善于鼓动青年——不包括女青年，只有男性——去“承担你对国家和个人的职责，证明你是值得被称为‘优秀的美国基督徒战士’的男人。既然国家无比需要你，那你就为国家服务。”他们就通过参军来实现这一切，我从未听过哪位总统这样讲话，但是我读到过其他国家的总统或领导人准备打仗的时候会这样讲话。杰瑞特没提到征兵，班克尔说也许接下来就会开始。几天前班克尔去了萨克拉门托，他说不少人觉得“也该教训阿拉斯加的那帮叛国者一顿了”。

把人推向自我毁灭的深渊不应该这么容易。

“谁说的？”他从包里取出医疗补给的时候我问他。大多数补给被他放在我们的小屋里，除非诊所里需要，这样才可以减少吸引孩子或窃贼的可能。“我指的是，跟你交谈的大多数人都那么说，还是少数？”

“大多数男人，”他说，“有些是年轻人，有些年纪大些、理应明白好歹的人。我认为大多数年轻人想要开战，战争激动人心，一个男孩能证明自己已经成为男人——如果他活下来的话。有人给他一把枪，训练他朝人射击。他会成为一支强力部队的强力一员，直到真正面对，他才有可能考虑到还击、轰炸或尝试其他办法杀死他的敌人。”

我想到橡子社区的单身男青年——豪尔赫·赵、埃斯特班·佩拉尔塔和安东尼奥·菲格罗阿，甚至是我弟弟马克——然后摇摇头，“你以前想过参战吗？”我问。

“从没想过，”班克尔回答，“我想要成为医生，对此怀有崇高的理想。相信我，对于20世纪末的黑人男青年来说，那是个令人望而却步的挑战——比学会杀戮困难得多。20世纪90年代在医学院上学的时候，我从没有怀揣过那样的理想——得同时学会救死扶伤和杀人自卫。”

2033年2月28日
星期一

马克昨天在集会上发言，这已经是第三次了。每次他都多了解一些地球之种，并更努力地尝试让我们相信，我们的信仰是胡扯。马克似乎已经觉得，杰瑞特带给这个国家的统一、信仰和希望使他成了一名潜在的救世主，而不是我们都害怕的恶棍。马克告诉我们，这个国家必须回归上帝，否则就会垮台。

“地球之种的使命，”他昨天说，“是不切实际的虚无。国家在贫穷、奴役、混乱和作恶中流血死亡。当下需要我们进行自我救赎，而不是把注意力转向太阳系外世界的虚幻探索上。”

特拉维斯试着解释说：“对于我们在地球上被迫要学习的内容、我们在鼓励下要变成什么样的人，使命具有重要意义。对于我们在地球上要通过地球之种取得的统一和目标，使命具有重要意义。未来我们遍布群星之际，在某种程度上使命让人类达到成年和永生。”

我弟弟笑了，“如果要在外太空寻找永生，”他说，“那你们就被误导了。你们已经拥有永生的灵魂，那种灵魂在哪儿度过永世取决于你们。想想巴别塔！你们可能追随地球之种，构建通往群星之路，陷入崩溃与混乱，最后跌入地狱！或者你们可以追随上帝的旨意，在上帝真正的天堂中获得安全和幸福，获得永生。”

扎赫拉虽然有自己的信仰，但还是抢在我之前发言。“马克，”她说，“如果拥有永生的灵魂，你不觉得即使前往群星我们也会带着吗？”

“为什么你觉得，”迈克尔说，“死后上天堂容易相信，活着时就可以进入天堂却难以相信呢？追随地球之种的使命是挺困难，困难重重，那才是挑战。可是如果我们想去实现，有一天就会成功。那不是不可能。”

之前他来橡子社区生活不久，我就跟他说过同样的话。当时他怀着苦涩的轻蔑态度说使命毫无意义。他说自己只想挣足够的钱，照顾家人的吃穿住，等实现了那些，也许有时间考虑科幻小说的情节。

他还真的考虑了。

2033年3月6日
星期日

马克走了。

他昨天跟佩拉尔塔一家一起离开了，他们被马克成功说服，也不再回来。佩拉尔塔一家总觉得我们应该更信仰基督教、更爱国。他们说安德鲁·杰瑞特是我们选出的领袖——拉米罗·佩拉尔塔和他女儿皮拉尔·佩拉尔塔曾投票选他——和上帝的牧师，所以值得我们尊敬。埃斯特班·佩拉尔塔要去参军，他相信——他全家都相信——支持杰瑞特像“英雄”一样努力复兴和再次统一国家，是我们爱国者的责任，是每个人的责任。他们不相信杰瑞特是法西斯主义者，不相信焚烧教堂、猎巫运动和其他暴行是杰瑞特所为。“他的一些追随者年轻好事，”拉米罗·佩拉尔塔说，“杰瑞特会让他们穿上军装，学习军纪。杰瑞特跟我一样痛恨一切混乱，所以我才投他一票。现在他要纠正错误了！”

杰瑞特宣誓就职以来确实没发生过焚烧殴打事件——或者我没有听说，新闻我还是一直在关注的。不知道这意味着什么，但我不相信这意味着一切正常。我认为佩拉尔塔一家也不相信，他们只是害怕，所以要逃离任何潜在的是非之地。假如杰瑞特真要镇压不符合他宗教理念的人民，他们就不想待在橡子社区。

倒是我弟弟以前瞧不起杰瑞特，如今却说杰瑞特正是美国所需要的。恐怕我成了他开始鄙夷的人，他把集会日布道的失败怪在我头上，没争取到支持者。但佩拉尔塔一家喜欢他，还有点赞同他，皮拉尔·佩拉尔塔多半还爱上了他。可是就连他们也没有把他看作牧师，而是把他看作一个漂亮男孩，实际上橡子社区的大多数人都这样看他。他认为这是我造成的，相信并且坚持认为我指使大家在三次集会上攻击和羞辱他。他露出一个疲惫、烦躁、坦率的笑容说：“我原谅你。如果我有任何领地需要保护，也许会做出跟你一样的行为。”

我觉得是那个笑容让我过多地袒露心声。“实际上，”我对他说，“你被赋予特权。如果你是别人，早就会因为宣扬另一种信仰体系而被驱逐了。我让你布道是因为你经历太多折磨，我知道布道对你意义重大，还因为你是我弟弟。”如果可以，我会收回这些话。他会从中听出怜悯，听出傲慢。

他盯着我很长时间，我目睹他变得愤怒——非常愤怒。然后他似乎又抛开愤怒，拒绝对它做出反应。他耸了耸肩。

“想想你参加过的集会，”我对他说，“挑出哪怕一次没有质问、怀疑和争论的。我们就是这样，我警告过你。任何人都可以因为他们选择传授或倡导的主题被质疑。我告诉过你我们对此是认真的。讨论我们学到的内容至少跟讲座、演示或经验一样多。”

“算了吧，”他说，“都已经结束了，我不怪你，真的。我不应该在这里试身手，我会为自己在别处开辟场所。”

他早就被惹怒，然而仍然没有表达愤慨。他不肯显露，不肯谈论，可是愤怒像热量一样从他身上散发。或许是奴隶项圈教会了他——一种可怕的自我控制，抑或不是。我弟弟一直都是个喜怒不形于色的人，他知道如何让人无法触及。

我叹了口气，在可以负担的范围内尽可能多给他钱，以及一支步枪、一把手枪和二者的弹药。他还不是非常善于使用任何枪支射击，但了解基本操作，而我不能让他出去后再落到豹哥那种人手里。佩拉尔塔一家跟我们在一起生活了两年，所以从跟我们一起做的工作中得到了金钱和财产，但是马克没有。我们开车把他和佩拉尔塔一家送到尤里卡，他们在那儿也许会找到住房和工作，或者至少在他们决定怎么办之前，可以找到临时居所。

“我以为你了解我，”就在他离开我们之前，我对弟弟说，“我不会做你指责我的那些行为。”

他耸耸肩，“没关系，不用一直担心。”他笑了一下便离开了。

对此我不知有何感受。已经有太多人来到这里，留下来，或者想要留下来，却因为某些原因无法如愿。一年前我不得不驱逐一名窃贼，他哭着恳求留下。我们已经抓住他从班克尔的医疗补给中偷盗药品，所以他必须得走，但是他哭了。

离开的时候，就连佩拉尔塔一家看起来都阴郁而害怕。他们是父亲拉米罗、十八岁的皮拉尔、十七岁的埃斯特班和只有两岁的伊娃，后者在公路休息站出生时要了她母亲的命。他们在橡子社区之外没有其他健在的亲戚朋友能在有麻烦的时候帮他们一把，而且埃斯特班很快就会离开他们去参军。所以他们看起来忧心忡忡是有理由的。

马克一离开我们也会陷入同样的处境，更糟的是他孤身一人，可他还是笑了 。

我不知道是否会再见到他，只是感觉他已经死掉……再一次死掉了。

2033年3月17日
星期四

丹昨晚设法回到我们身边。

他回来了，真让人不可思议。我认为他离开的时间比跟我们在一起的时间都久，我们尝试找他——看在他妹妹的分儿上，也看在他的分儿上。可是除非你像得克萨斯州那个家伙一样，有钱雇用一小支私人警察队伍，在如今的混乱局势下找人简直就是大海捞针，我找到马克是一次偶然。不管怎么样，丹靠自己回到家里。可怜的孩子。

昨晚很寒冷，除了第一组值夜班的人，我们都已经上床睡觉。

值班的是格雷森和扎赫拉。

是扎赫拉发现了入侵者，后来她向我描述，她看见两个人磕磕绊绊地奔跑，似乎偶尔还相互搀扶。要不是跑起来摇摇晃晃，扎赫拉至少会鸣枪警告。可是在暴露自己之前，她想看看是谁或什么在后边追逐他俩。

扎赫拉一边扫视他们身后的山冈，一边在手机上发出我们的紧急信号。

有五个人在追赶跌跌撞撞的逃亡者——或者说，她用夜视镜看见了五个，还在寻找更多。

五人中的一个大叫起来，然后跌倒。扎赫拉发现他一定是误撞进我们的荆棘围栏。在黑暗中，我们某些荆棘丛看起来没那么骇人，要是不去触碰，它们看上去还挺可爱，甚至有一些很快就会被花朵覆盖，但是它们会刮坏衣服和皮肉。

伤者的四个同伙慢下来，似乎在犹豫，然后再次加速，伤者一瘸一拐地跟在后边。

扎赫拉把步枪设成自动模式，短暂地扫射前边两名逃亡者的道路。他们俩立刻停下，钻进荆棘丛和仙人掌之间。一个追赶者开始朝扎赫拉的大致方向射击，有人发出痛苦的叫喊和大声的咒骂，然后所有五人都在开枪。在橡子社区这边，我们能听见枪声，即使没有电话，我们也知道交火发生在扎赫拉的瞭望站。

扎赫拉和哈里是我最久的朋友，我是他们的“改变姐妹”和他们孩子塔比亚和拉塞尔的“改变阿姨”。所以，班克尔让我待在家里的时候我没理会他。我记得自己想到，如果这又是一起类似达夫特瑞家遭到的突袭，待在屋里就等于引火上身。

可是这次听起来不像是达夫特瑞家的遭遇，因为声音不够大，袭击者不够多，听起来像是我们已经多年未遭遇过的小团伙袭击。

班克尔和我一起溜到屋外，奔向卡车。在跑过的大部分道路上，先是我们自己的小屋，然后是学校建筑，给我们提供了掩护。我猜这就是班克尔没有极力逼我留在屋里的原因。我们不可能被看见，更别说被击中了。我们一直把卡车停在学校南侧的固定地点，位于社区的中间，它受到大家的保护，白天我们可以展开太阳能板给电池充电。

哈里跟我和班克尔一同赶到停车处，他打开一扇侧门，我们三人都挤了进去。

我和哈里已经适应了卡车的电脑。在以前的南方生活中，我们都曾使用过父母的电脑。跟我们不一样，橡子社区大多数成年人以前从来都没摸过，甚至没见过电脑，还有人害怕它们。到现在，虽然我们在传授知识，但能够完全掌握卡车武器、机动性和探测系统的人仍然不多。

我们开启所有设备，班克尔开车载我们前往扎赫拉当前的瞭望站。我们一边前进，一边使用红外观测仪定位每名闯入者。班克尔是个出色稳妥的司机，对卡车的装甲也有信心，他似乎完全不担心有人朝我们射击。说实话，闯入者在卡车身上浪费弹药挺好，这让扎赫拉得到一些喘息。

然后我们观察了一下四周，发现一名闯入者离扎赫拉太近——而且还在爬得更近。他本来可以尝试逃跑，可是他没有，他们都没有，我们确认了目标的确都是入侵者，不是自己人，然后给卡车做出标记，让它朝他们开火。除了通过红外设备、背景光线或雷达获得的夜视能力，卡车还有非常好的听觉和一种被错误命名的嗅觉。后者是以光谱分析为基础的远距离化学分析功能，并非真正的嗅觉，可以用于发出或反射某种电磁辐射——光线——的任何物体。

卡车还有很多存储空间，已经尽可能记录了我们每个人的声音、手印、脚印、虹膜、体音和我们不同姿势的大体形态，依此来帮助它识别我们，避免误伤。

卡车开始射击时，我把前方的监控留给哈里。我不需要看见任何让我失去活动能力的情形，卡车也不需要我的任何帮助。一来到袭击者和扎赫拉之间，我就在后方监控屏幕上查看扎赫拉。她还活着，还守在瞭望站。她压低大部分身体，躲在用来隐蔽她的石栏后边。远处，格雷森也守在自己的瞭望站，他没有参战。他的职责是坚守岗位，把守另一条最有可能进入橡子社区的通道。我们花了一段时间才学会避免被人声东击西。

离扎赫拉最近的闯入者已经丧命，根据卡车的监控数据，他已经不再通过呼吸来改变身体附近的空气成分，而且他也不再动弹。等卡车一停止射击，它的运动检测就跟声音检测一样灵敏，结合这两者，我们能探测呼吸和心跳——发现它们的停止。我们曾骗卡车——让它把一个假扮的死人误认为真正的尸体——却从没有成功。这点让人安心。

“好了，”哈里从屏幕上抬起目光说，“小扎怎么样？”

“还活着，”我告诉他，“所有的枪手都被打倒了吗？”

“全部五个人都倒下而且死了，”他深吸一口气，“班克尔，我们去接扎赫拉。”

“有人告诉格雷森危险解除吗？”我问。

“我告诉他了。”班克尔答，“你们知道我值下一班，再过一小时我接扎赫拉的岗。”

“今晚接下来的时间，”我说，“不管谁值班，都应该在卡车里站岗。不管这些家伙是谁，他们也许会有朋友。”

班克尔点点头。

他尽量靠近扎赫拉的瞭望站停车，我们又都观察四周一番，然后哈里打开车门。还没等我们呼唤扎赫拉，她就从掩体中冲过来，跳进卡车。她的脸和脖子的左侧在流血，这让我措手不及，我一下子就感到自己的脸和脖子在疼，但是出于习惯，设法没有表现出来。哈里抓住扎赫拉，呼喊班克尔。

“我没事，”扎赫拉说，“只是被他们击落的碎石打中，石块溅得到处都是。”

我过去替下班克尔，他到后边检查扎赫拉。如今我也是非常称职的驾驶员，所以开车送他们回家。“扎赫拉剩下的时间由我来替，”我说，“你的那一班岗也一样，班克尔。我觉得你会忙起来。”

“在卡车上值班！”班克尔的指令就好像我刚刚没有做出同样的建议一样。

“当然了。”

“那些枪手们追逐的两个人怎么样了？”扎赫拉问。

我们都看向她。

“他们跌跌撞撞跑向橡子社区，”扎赫拉说，“不能跑太远。我没朝他们开枪，他们已经受伤了。”

我们这才知道还有两个逃亡者。扎赫拉觉得他俩都受伤了，而且都是男人。可是我们还没发现他们，当然也没有向着橡子社区的方向寻找更多入侵者，我甚至都没开后视屏搜寻，我可真傻。

现在我们在橡子社区四处搜索，发现了通常的生命迹象——房子里传出的不少热量和一些声音。人们显然在观察，不过在大半夜，没收到我们危险解除的信号，他们不会冲出来。大孩子们会照看小孩子们，成人们关注着我们，没有人发出亮光或是走动到可能被看见的地方，唯一的较大的声音是道格拉斯家婴儿的哭声，就连这都突然间停住。

如果这是一次演习，那么结果是成功的。

可是两个逃亡者在哪儿？他们在隐藏吗，逃进学校或者住户家，蹲在一棵树后？

他们有武器吗？

“我认为他们没有枪。”扎赫拉在我问她的时候回答。

然后我发现了他们，或者说发现了异样。我驶向那里——班克尔和我居住的小屋。

“从卡车上看到他们还活着，”我说，“没怎么动。小扎说得对，他们没有枪，但是还活着。”

逃亡者是丹和一个年轻女孩。我一看女孩——和丹一样高，但是瘦削、漂亮、黑发，有跟莫西一样的细尖下巴——就知道她肯定是丹的妹妹，结果正是妮娜·诺伊尔。

兄妹俩被拳头和别的什么打得鲜血淋漓，班克尔说他们好像受过鞭笞。

“我猜，”他怀着强烈的痛苦说，“无法使用奴隶项圈的人也许得诉诸古老的折磨方法。”

兄妹俩的手腕、脚踝和脖子上都有捆绑的痕迹，而且，班克尔说他们遭受过很多性虐待。女孩告诉班克尔他们被迫“接客挣钱”。丹挨的打比妮娜多，用班克尔的话说，都有“常见感染和组织损伤”。妮娜说她曾怀孕，但是在囚禁期间的一个晚上流产了。她不知道发生了什么，但是另一个奴隶告诉了她。其实我觉得她不怀孕才更让人意外。为了她自己，我倒觉得流产是件好事。

丹不知如何找到并解救了她，还在抓捕者一直追到我们山谷里的情况下把她带回家，一个十五岁的孩子是如何做到这一切的呢?

最后，这会让他付出怎样的代价?付出代价值得吗?

2033年3月18日
星期五

“这样没法活了。”上午班克尔从照料丹和妮娜的工作中回来说。他坐在桌旁，头伏在胳膊上。

按照答应过的，我已经替他值班，让他腾出时间尽量挽救丹和妮娜，艾莉和阿梅帮忙。这么长时间以来，她们俩一直在照顾卡希雅和莫西，几乎跟诺伊尔姐妹成了一家人。

班克尔大部分时间都跟两位伤者在一起，发现自己再一次为了拯救丹的生命而努力。这个男孩呼吸停止了两次，班克尔都把他抢救回来，可是，曾经强壮健康的年轻身体在过去一年遭受了难以想象的虐待，最后还是没有挺住。

“他的心脏就那么衰竭了，”班克尔说，“要是我有更先进的设备，也许……真该死，奥拉米纳，你还不明白我为什么要带你一起离开这里吗？”

“他真的死了？”我压低了声音，不敢相信——也不愿相信这个结果。

“他死了，真令人发指！一个年轻男孩就这样死了。”

“他妹妹呢？”

“挨打没有哥哥严重，我相信她会没事的。”

会吗，在经历这一切之后？对此我表示怀疑。班克尔和我无言地坐了一会儿，各自怀揣心事。即使自己丢了性命也要救回妹妹，这对丹来说意味着什么？他以前想过这种结果吗？在某种程度上还算行，足以被他接受？

“另一个妹妹宝拉呢？”我问，“她发生了什么？”

班克尔叹了口气：“死了，他们在北上经过特立尼达时遇到麻烦，两个人试图偷走宝拉，被发现后，她的主人和盗贼开枪对战，她被夹在中间，妮娜说她的主人还咒骂宝拉挡在中间碍事和丢了性命。他们把她的尸体留在海边的岩石间。妮娜说全家去年第一次看见时，宝拉就喜欢上了大海。她说她希望潮水涨上来冲走宝拉的尸体。”

我摇摇头，班克尔起身来到床上躺下。

“不过丹做到了。”我更像是在自言自语，而不是在对他说，“他找到妹妹并把她带回家。虽然不可能，但他做到了！”

“胡扯。”班克尔说完转脸面向了墙壁。

此刻长日已尽。

我们已经打扫山腰上的战场，在有些地方撒上胡椒粉，以防没有散去的血腥味会吸引野狗的注意。

我们集中尸体，在他们身上搜索一遍，然后等到天黑，把尸体用木柴围住，浇上柴油，点燃焚烧。我们的做法很严密，烟尘在夜晚更不易被察觉——减少了对拾荒者和好奇之人的吸引。

我讨厌这样做——焚烧尸体。当然，死的不管是自己人还是外人，都必须得焚烧掉，可是我很讨厌。

我们把丹的尸体跟袭击者的分开处理，我亲自点燃了他的柴堆。艾莉选取并阅读了诗文，我们会举行完整的葬礼，那要等妮娜恢复到可以参加。不过就此时而言，我觉得艾莉的选择很好。

像风
像水
像火
像生命
上帝既创造又毁灭
既苛求又屈服
既塑造又被塑造
上帝是无限潜能
上帝即改变

其他的死者——入侵者——是四男一女，都是二十几岁或三十出头，虽然已经又脏又破，但是原本的衣着和武器不错，相当富有。他们兜里揣着不少加拿大货币，是奴隶主、毒贩、窃贼，还是来贫民窟取乐的富家子弟？就连妮娜都无法确定。她和丹逃离原来囚禁他们的坏蛋，沿着公路往橡子社区行进时，这伙人发现他们并追了过来。

入侵者没有带身份信息，甚至没带可更换的衣裳。这意味着他们在附近有住处或某种基地。考虑到这一点，我们连他们的衣服也一并烧掉。那些衣服比我们的好很多——更新、更时尚、更昂贵。要是我们穿出去，也许就会在一座街头市场被认出来。还有一件事，入侵者中的两人穿着绣有白色十字架的黑色运动衫——刺绣，不是印刷。这些不是奥布里·达夫特瑞提到的长袍，却是引人注意的仿制品。入侵者是一群恶棍，认为模仿杰瑞特的手下是一种时尚。

跟我们的一样，入侵者的武器是性能优良、保养及时并且具有激光指示器的自动步枪，一支德国造，一支美国造，另外三只是俄罗斯造。它们都被法律禁止，但还是跟水果一样常见。我们把这几支枪都藏在散布于山间的逃生据点，仅仅根据需要把他们的一部分现金留下来使用，其余的大部分也都藏到据点。他们的钱又皱又旧，无法辨认，而且还特别多——每人身上带的比我们几个人外出带的都多，这说明他们要么是富豪，要么从事非法的暴利活动，抑或二者兼而有之。

不过如今他们不存在了，这个世界上总有人消失，就连出来找乐子或赚大钱的富人也不例外，这种事时有发生。

第十章

我们每人都能

建成空中楼阁

只要说服自己

前人已经达成

《地球之种：生命之书》

劳伦·欧雅·奥拉米纳

橡子社区的生活包含很多辛苦的体力劳动。撞进社区的大多数人选择留下并加入地球之种，充分说明了21世纪30年代的世界形势。佩拉尔塔一家在那种情况下离开，一定需要很大的勇气。他们离开的原因也许比我母亲给出的多，但是我没有找到有关他们的更多证据。或许佩拉尔塔一家的的确确不认同橡子社区其他居民的宗教和政治觉悟，或许他们也害怕国内的政治发展形势。他们有理由害怕。

话说回来，马克舅舅离开一点都没让我惊讶，橡子社区真没有他的容身之地。他是“奥拉米纳的弟弟”，或者用我母亲的话说，一个漂亮男孩。他可以在随后建造的小木屋里结婚和组建家庭，却容忍不了那种生活。毕竟，他跟我母亲一样，是个拯救者，但又不像母亲，他只对地球感兴趣。跟佩拉尔塔一家一样，他在宗教和政治上不认同橡子社区，离开橡子社区很可能也是同样明智的选择。

我感觉母亲没怎么在意怀孕，这不是说她痛恨这件事，没有迹象表明如此。她只是忽视，我预计在7月出生。自从跟追逐丹和妮娜的匪徒枪战到我出生这段时间，她拼命工作，扩大橡子社区的批发和零售业务。她的工作卓有成效，到我出生时，整个社区正在讨论购买第二辆卡车。最后他们买到卡车，因为只有一辆让大多数人紧张。特拉维斯和他的助手保证旧卡车运行良好，因为是自己维修，所以也不用花太多钱。可是一场严重的车祸就会让整个社区失去业务——至少失去新兴业务。

有两辆卡车作为一个车队的起始，我母亲期待着她眼中美好而且相当安全的未来。她开始更少考虑橡子社区，更多考虑地球之种——传播给成群的新人。她在日记里不止一次写过，她希望利用传教去改变附近城镇居民的信仰，构建全新的地球之种社区——橡子社区的克隆体。我觉得她特别喜欢这个想法，甚至像一个女孩给她以后想要的孩子起名一样，提出了一些克隆社区的名称。被她用来命名的东西有榛果、松树、石楠、向日葵、杏树……“它们应该是小型社区，”她说，“不超过几百人，绝不能多过一千。人数超过一千的社区应该进行分割，‘孵化’一个新社区。”

她相信在小型社区里，人们相互之间更负责任，严重的品行不端更加难以逃脱大家的谴责。如果低头不见抬头见的每个人都认识你和你的家人，知道你在做什么生意，恶行就更难实施。

除了信仰地球之种，我母亲不是个不切实际的人。我认为这是橡子社区的居民如此信任她的原因。她务实、坦率、公平、正直，喜欢大家，喜欢跟他们工作，是个高于平均水准的社区领导者。然而在此之下，所有一切从来都是关于地球之种，还有一种渴望、一种迷恋，远比人们认识到的更加强烈。拥有聪明才智和雄心壮志的人，如果产生异乎寻常的迷恋，可能会很危险。当这种人出现，他们会不可避免地制造混乱。

在《地球之种：生命之书》第一卷中，我母亲说：

“天才在本质上结合了变通、坚韧和积极的迷恋。没有坚韧，就只剩下三分钟热血；没有变通，也许会陷入毁灭性的疯狂；没有积极的迷恋，就什么也不剩。”

以下选自劳伦·欧雅·奥拉米纳的日记

2033年7月22日
星期五

7月20日，我跨入二十四岁，更重要的是，我女儿拉金·贝丽尔·伊费·奥拉米纳·班克尔在那天降生。

我们给她起了这么长的名字，可怜的小家伙。“拉金”跟“劳伦”和我父亲的名字“劳伦斯”一样，都起源于“桂冠”。古希腊人习惯把用桂树叶编成的圆环给胜利者戴在头上。让人喜爱的是，“拉金”这个名字还近似“百灵鸟”的发音，后者是一种鸣禽，我和班克尔虽然都没听过，但我们读过的书上说，它们的叫声特别美妙。在女儿出生前，我们就打算叫她“拉金”，她在我和我父亲生日这天出生，这可真是个可爱的联系，三代人都在7月20日出生可不仅仅是个巧合，这几乎成了一项传统。

“贝丽尔”是班克尔母亲的名字，几个月来，我和班克尔为此一直拌嘴。我已经知道它会出现在我们女儿的名字里，只要不是在第一位，就还可以忍受。它还有非常美好的指代含义，表示一种非常硬的矿石——绿宝石，可以透明，亦可不透明，造型和抛光恰到好处的话会有了不起的美学潜质。翡翠就是一种绿宝石。

“伊费”是我们选择跟我俩姓氏相匹配的约鲁巴人名字——因为他父亲和我祖父在20世纪60年代都选择了约鲁巴姓氏。“伊费”是班克尔建议的，我不记得这个名字。我们俩列出记忆中所有的约鲁巴姓名，班克尔一说出“伊费”，我们俩都觉得挺合适。班克尔说它的含义是“爱”。

当然她还是“奥拉米纳”和“班克尔”。一个小女孩的名字这么长，等她长大，无疑会选择其中一些，放弃另一些。

孩子健康漂亮，我比自己想象的还要爱她。我仍然又疼又累，但是不要紧。她体重三点五千克，胃口大好，声音洪亮。

此刻班克尔抱她坐着，她还在睡觉——班克尔一边抱，一边低头看，还一边在漂亮华丽的木头摇椅上摇晃着她。这张摇椅是格雷森付钱请艾莉特为他制作的。格雷森喜欢建造大家伙——小屋、仓库等各类建筑。他设计并组织建造，一心扑在上面。只要是在建造什么，他就是个幸福的男人。学校就是他的工作成果，他简直没法更加为之骄傲。可是格雷森把小物品——特别是家具——的设计制造工作留给了艾莉。艾莉不仅阅读捡来的书籍，还拆解捡来的家具，了解如何制造，自己学会了打家具的手艺。如今她在街头市场出售自制的椅子、桌子、橱柜、箱子、玩具、工具和装饰品，以此挣了不少钱。她的儿子贾斯汀才九岁，但是已经在传承她的手艺，在学习中享受，这让艾莉感到非常高兴。

阿梅和诺伊尔家的姑娘们也开始学习，不过阿梅更感兴趣的是用草叶、树根、树皮和其他纤维编制席子、篮子和袋子。

几年前，班克尔接生格雷森的第一个儿子以后，格雷森付钱让艾莉给“医生”打一张精美的摇椅。起初格雷森和班克尔相处不怎么好——都怪格雷森，他自己也明白。格雷森假装瞧不起班克尔——说他是“怕老婆的老头”——其实是班克尔的年龄、学历和尊严让格雷森感受到威胁。格雷森妻子怀上他们第一个儿子之前，这两个男人几乎不说话。班克尔在埃默里怀孕和难产期间照顾她，约瑟夫是臀位分娩生下来的。后来格雷森在沉默寡言中送来那张漂亮的橡木摇椅，作为他和解的礼物。此刻班克尔坐在上边摇晃，一边看一边抚摩女儿熟睡的脸庞，似乎不太相信那是真的，然而又好像那比世界上的一切都更真实、更重要。

他似乎从阿德拉·奥尔蒂斯那儿得到提示，说拉金看起来特别像他妹妹婴儿时的模样。我们刚来到这里时发现的骨头就是他妹妹的，有她的骨头，还有她丈夫和孩子的。他们去世后，班克尔肯定觉得跟未来、肉体的不朽、基因切断了联系。他没有其他亲戚，如今倒有了女儿，我不确定过去几天他注意到时间的流逝没有，他只是一直在笑。

2033年7月24日
星期日

今天我们欢迎拉金的加入——加入橡子社区和地球之种。

迄今为止，我已经欢迎过所有新来的孩子和成年投奔者，我没有每次都主持周日集会，但是欢迎过每个新人。此刻，大家都期待着欢迎仪式，期待我去做这件事。不过这次我们请特拉维斯主持，当然，我们请求哈里和扎赫拉跟我们站在一起。班克尔和我已经是他们的“改变兄弟”和“改变姐妹”，是他们孩子的“改变叔叔”和“改变阿姨”，这次也轮到他们来承担这些角色。我们每个人都准备好做对方孩子的父母，巴尔特一家是我结识最久的朋友，我信任他们，但是希望相互的承诺永远不会有需要兑现的那一天。

不知为何，让我们更接近一个真正社区的是，如今这里很多人都有了孩子……现在我也有了孩子。

拉金·贝丽尔·伊费·奥拉米纳·班克尔。

我们，你的亲人。

欢迎你……

2033年7月30日
星期六

“我认为你不能真正理解我的感受。”班克尔昨晚坐在桌旁，一边准备吃我给他热的饭菜，一边对我说。他刚刚值过晚班，坐在山顶用双筒望远镜观察是否有匪帮过来摧毁他的家庭。他比以往更认真对待我们的全天候岗哨，但是对我们每个人来说，站岗仍是无聊的工作。我没指望他回家时能有好心情，但是新近成为父亲给他带来的兴奋感仍然能保证他的情绪不会太糟。

“你等拉金多吵醒他几次。”扎赫拉警告我。

显然她猜对了。

班克尔坐在桌边叹了口气，“遇见你之前，”他说，“有时候我感觉自己已经死了。”他看了看我，又看了看躺在婴儿床上、喝足奶但还没有尿湿的拉金，“我觉得你拯救了我，”他说，“希望你也让我拯救你。”

又来了。霍尔斯特德的人又找了一名医生，但他们不喜欢他。有人怀疑他不是真正的医生，班克尔觉得他也许受过一些医疗培训，但是没有达到医学博士水平或根本就不是医学博士。他只有三十五岁，如今几乎所有年轻——五十岁以下——的医师都在私人和外国人拥有的城镇和巨型农场工作，在那里他们的薪资足够让家人过上好生活，公司的警察会保证他们的安全不受劫匪和绝望的穷人威胁。还在找地方挂牌营业的三十五岁医学博士必然有问题。

班克尔说他觉得病人和伤者由纳蒂维达和迈克尔治疗，都比交给霍尔斯特德的新“医生”巴布科克更稳妥。班克尔提醒过霍尔斯特德的朋友，他们也表示仍然欢迎班克尔去，他们不怀疑他的医术，更希望他去当他们的医生，他也仍然希望带我一起跟他们生活，以此来拯救我于水深火热。

“橡子社区里的成员以各种各样的方式相互拯救，”我对他说，“橡子社区就是家。”

他又看了我一眼，然后开始吃饭。时间已晚，我已经带着拉金跟扎赫拉、哈里和他们的孩子一起吃过，可是现在我又坐在他旁边，喝着温暖的蜂蜜薄荷茶，享受这份祥和。在我们捡来的旧柴炉里，火就要燃尽，但是铸铁炉身仍然温热，而且7月的夜晚也不冷。夜里我们只用三盏小油灯照明，没有必要浪费电能，摇曳的火光更显温柔。

我凝视着阴影，享受着家人团聚跟宁静祥和，心满意足得甚至有些昏昏欲睡，直到班克尔再次开口讲话。

“你知道，”他说，“我花了好久才信任你，你看起来是那么年轻——那么脆弱和理想主义，却又那么危险和世故。”

“什么？”我问。

“实话实说，你是个彻头彻尾的矛盾体，现在仍然是。我以为你会摆脱这种状态，结果却是我变得习惯——几乎习惯。”

经过六年，我们确实相互了解。我不仅经常能听见他表达的心声，也能理解他藏在心底的想法。“我也爱你。”说完这话我也没怎么笑。

他也没笑出来，只是向前俯身，把手臂放在桌上，平和但严肃地说：“跟我谈谈，丫头。告诉我你跟这些人在橡子社区究竟想干什么？别说什么神学，给我讲讲详细计划和你希望达成的实际目标。”

“你知道啊。”我表示抗议。

“我不确定自己知道，也不确定你知道。跟我讲讲。”

随后我明白他在重新评估自身形势。他仍然相信我们应该离开橡子社区，认为只有在历史悠久的大型富裕城镇，我们才安全。“说服我留下。”他其实在说。

我深吸一口气，声音沉重，“我希望保持现在的形态，”我说，“希望我们继续发展，变得更强更富有，教育我们自己和孩子，改善我们的社区。这些就是现在和不远的将来我们应该去做的事。随着发展，我希望送我们最优秀和最聪明的孩子去上大学和职业学校，这样他们就能帮助我们，从长远来看，还会帮助国家和世界，为使命做好准备。与此同时，我想派出善于传教的信徒——以家族形式派他们去非地球之种社区，建立地球之种聚义堂。

“他们授课、出诊，塑造新的地球之种社区，在现存的城镇，让身边的人专注于使命。我希望建立类似橡子社区的地球之种社区，成员来自公路、贫民窟或任何地方，有些人不想离开家园，希望以卫理公会教徒和佛教徒的身份加入地球之种。另外有些人希望加入就近的社区，一个地域性的情感和智慧团体。”我停下来又深吸一口气。不知为何，我从来不敢对任何一个人如此深入叙述我的计划，只是一直在自己琢磨和描写，在集会上对大家零零碎碎地谈起，但是从没有对他们集中讲授，也许这样做不对。问题在于，长久以来我们一直关注眼下的生存、严重问题的解决、业务的开展和为临近未来所做的准备，我担心太多远大的计划会把人吓跑。最糟的是，我担心这会显得荒唐，像我这种人追求渴望完成的事业确实荒唐。我知道，一直都知道，但从没因此停下脚步。“我们是一个开端，”我边想边说，“仿佛地球之种还只是像拉金一样的婴儿——‘一颗小种子’，此刻的我们非常容易被毁掉，这令我感到害怕，所以我们得发展壮大，让自己变得不那么柔弱。”

“如果你去霍尔斯特德，”他开始说话，“如果你搬到那里——”

“如果我去霍尔斯特德，这里的种子也许会死掉。”我停下来，皱起眉，然后说，“宝贝儿，我现在不太可能离开橡子社区，就像我不可能离开拉金。”

这话似乎让他有点发蒙。我不知道为什么，毕竟已经谈了很多。他摇摇头，坐着盯了我几秒钟：“杰瑞特总统呢？”

“他怎么了？”

“他很危险，成为总统会带来影响，甚至对我们也是。我可以肯定。”

“对他来说我们什么都不是，微不足道——”

“想想达夫特瑞家。”

达夫特瑞家是我最不愿意想起的，马克提起的那位州参议员也是，都确有其事，也许对我们都是威胁，可我能拿他们怎么办呢？我怎么能让他们制造的恐惧阻止我们呢？“这个国家有二百五十多年的历史，”我说，“以前也有过糟糕的领导者，国家也都挺过来了。我们得监视杰瑞特的一举一动，必要时做出改变，适应，也许得比以前低调一阵。但是我们一直在适应改变，以后也会。上帝即改变，如果不得不说‘杰瑞特万岁’或者‘上帝保佑美国基督教’，那我们也会说。他只是暂时的。”

“我们也是，跟他生活在一个时代不会特别容易。”

我靠向他：“不管是谁在坐热椭圆办公室的椅子，迫不得已的话我们会不择手段。我们有什么选择？即使跑到霍尔斯特德躲起来，我们也仍然会是杰瑞特的目标，身边还没有好朋友帮助我们，在必要的时候帮我们说谎，为我们冒险。在霍尔斯特德，我们将是陌生人，容易被挑出来责怪和伤害。如果极端主义帮派甚至是某种类型的警察，问起我们或者指控我们施展巫术之类的活动，霍尔斯特德会觉得我们造成的麻烦远大于创造的价值。如果情况变糟，我希望有朋友在身边。在橡子社区，如果不能拯救一切，我们至少能共同努力相互拯救，以前我们就做到过。”

“这完全不像我们以前面对过的问题，”班克尔耷拉着肩膀，叹口气说，“我认为这个国家以前没有像杰瑞特这么糟糕的总统，或者他以后也许会坏出新高度，记住这一点。既然成了母亲，就得放弃一些地球之种思维，考虑一下自己的孩子。我希望你每次要做出重大决定的时候看着拉金，为她考虑。”

“我不由自主会那么做，”我说，“这无关重大决定，而是关于她和她的未来。”我喝下了最后一口茶，“你知道，”我说，“长久以来让我害怕——真正让我害怕——的是，想到使命太宏大、太复杂，远离我当下的生活或者我独自能够创造的一切，甚至远离一切看似可能的前景。我记得父亲曾经说过，他觉得就连被我们废弃的小得可怜的太空计划，都是愚蠢的错误，浪费了大量金钱。”

“他说得对。”班克尔说。

“他说得不对！”我激动地低语，过了一会儿才继续说，“我们需要到群星去，班克尔，我们需要一个目标！作为不断成长、意志坚定的种族，我们需要使命赋予我们的前景。我们需要在使命的帮助下变成成熟的种族！如果不想成为经过进化和异化后灭绝的温顺恐龙，我们就需要群星，所以地球之种的使命是扎根星际。我知道你现在不想听我读诗，可是那首……是我们的重中之重——我指的是，人类的重中之重。没有了难度较大的长期目标作为引领，我们就会内耗，就会自我毁灭。我们经历了凶残的疯狂行径，度过了混乱的灾难时期。”我停了一下，然后让自己讲出了从未说给任何人的内容，他有权了解：“以前我把使命告诉别人，大多数人都会发笑，我感到害怕，担心自己无法实现，无法说服别人并帮助他们看清真相。后来，等橡子社区的成员开始接受地球之种除了使命之外的一切，我更加担心。人们似乎愿意相信各种愚蠢的内容——魔法、超自然现象、巫术……但我无法让他们相信真实的事物，以及用自己的双手就可以实现的事业。如今……如今这里大部分人都接受了使命，他们相信我、追随我……要说我没有变得更加担心，鬼才相信。”

“你从没说过这些。”班克尔用双手握住我的手。

“我能说什么呢？说我相信地球之种但怀疑自己的能力？说我一直都害怕？”我叹了口气，“这才是信仰的力量，我猜。它迟早会进入每个信仰体系。在我们的案例中，就是坚定信仰和埋头苦干，坚定信仰和让无数人埋头苦干。我认识到这一切但仍然害怕。”

“你以为任何人都指望你知晓一切？”

我笑道：“他们当然指望。他们不相信我知道一切，如果我知道，他们也不会很喜欢我。可是不知为何，他们就是有那样的期待。逻辑不会影响那种感觉。”

“的确不会，我猜逻辑也不会对努力创建一种新的宗教然后对它产生怀疑有影响。”

“我的疑虑是个人的，”我说，“你清楚这点。我怀疑自己，并非地球之种。我怀疑自己无法让地球之种摆脱普通邪教的名声。”我摇摇头，“有这种可能。地球之种是正确的——是一系列真理的集合，但是不存在哪条法则说它必定成功。我们总是有可能搞砸它，我总是有可能搞砸它。要取得成功还有很多事要做。”

班克尔还握着我的手，我任凭自己继续谈论，大声说出自己的想法：“有时候我想知道自己会不会成功。我也许看不到地球之种以应有的方式发展，来不及离开地球或见证别人离开地球，甚至也许无法真正专注于使命，就老去、离开了。有太多微不足道的宗教团体像蚯蚓一样蠕动、进食、诞生、分化、没有目标。”

“我看不到你大部分努力的结果就会去世。”班克尔说。

我颤抖了一下，看着他说：“什么？”

“我觉得你听清楚了，丫头。”

他开始这样讲话时，我从来都不知道该如何回应。这令我感到害怕，就因为被他说中了。

“听着，”他说，“你真觉得能用一生——你自己的一生，丫头！——为了一项……也许无法见证它实现的……事业，去奋斗和冒险？甚至可能危及你的孩子？你应该这么做吗？”我能感觉到他在克制，竭尽全力在不冒犯我的情况下劝阻我。

他放开我的手，然后拖着摇椅绕过桌子来到我旁边，用一只手臂搂住我，“梦想挺美好，丫头，但也就仅限于此，你跟我一样清楚。你是个聪明人，明白现实跟幻想之间的区别。”

我靠在他身上：“不只是美好的梦想，宝贝儿，那是正确的方向和真正的出路！它宏大而又困难，需要很久才能实现。从金钱方面来看，毫无获利的可能，所以需要我们人类可以召集的所有坚定的宗教信仰来实现。它不同于人类曾经达成的任何目标。如果我不能拥有这个梦想，不能帮助实现它……”我吃惊地感觉到自己就要哭了，“不能提供它所需的推动力，不能活着见证成功……”我停下来咽了口唾液，“如果我不能活着见证它成功，那么也许拉金可以！”我发现这些话语几乎说不出口，也不是刚刚想到自己也许不会活着见证使命的达成，可是它感觉就像是新冒出来的新想法。现在拉金成了使命的一部分，这感觉既新鲜又真实，而且正确，让我在内心深处为之疯狂，让我的思维围绕它迸发。我感觉不知道做什么好，突然之间，我想站在拉金的摇篮旁，看着她，抱着她。可我没有动，只是靠在班克尔身上，不安地颤抖。

过了一会儿，班克尔说：“欢迎长大成人，丫头。”

然后我真的哭了，坐在那里流下泪水。我抑制不住，虽然没有发出声音，但还是被班克尔看见了，然后他抱住我。起初我感到害怕，讨厌自己。我不曾这样，不曾伏在别人身上哭泣，我从来都不是那种人。我试图从班克尔的怀抱脱身，可是被他抱住不放。他实在太壮了，我自己也高大健壮，可他就那样用双臂搂住我，让我没法在不伤害他的情况下挣脱。过了一会儿，我想好了自己要怎么样。既然我必须在某个人的肩上哭泣，那么他宽大的肩膀就是最好的选择。

哭过一阵，我停下来，泪水干涸，我也筋疲力尽，准备起身去睡觉。我用餐巾擦脸，然后看着他说：“我好奇这是不是某种产后症状。”

“有这个可能。”他笑着说。

“没关系，”我对他说，“我说的每个字都是认真的。”

他点点头：“我猜你自己也明白。”

“那我们去睡吧。”

“等等，听我说，奥拉米纳。”

我坐住没动，听他说话。

“假如我们留在这里，假如我同意你、拉金和我留下来，这里可不能继续成为贫民窟的窝棚。”

“它从来就不是啊！”

他伸出手：“我女儿不可以为了生存，在别人家的废墟和垃圾堆中成长。这里要发展成为一座城镇——一座21世纪的城镇，抚养孩子的好地方——有希望存在下去并取得成功的地方。不管能不能完成其他伟业，我们都要全力以赴打造城镇！”

“橡子社区就像一颗橡子，”我抚摸着他的脸庞和胡子说，“它会成长的。”

他就要笑出来，然后又变得严肃：“要是接受这个决定，我就全力以赴！如果经过几次困难时期你改变了主意……”

“我常常改变主意吗，宝贝？我是那样的人吗？”

他严厉地盯着我，一言不发，内心在权衡。

“我帮你建这栋房子，”我暗指他名字的字面含义——帮我建一栋房子，“我帮你建这栋房子，这下有多得多的工作要干了。”

第十一章

用智慧和远见
选择你的领导者
受懦夫领导
等于被懦夫惧怕的一切控制
受蠢货领导
等于被操纵蠢货的投机者指挥
受窃贼领导
等于主动让人偷走你的至宝
受骗子领导
等于邀请别人对你撒谎
受暴君领导
等于把自己和至爱亲朋卖身为奴

《地球之种：生命之书》

劳伦·欧雅·奥拉米纳

我不确定该如何描写父母和我生命中下一阶段的经历。不记得那段时光值得庆幸，当时我只有两个月大。

整整那一段岁月都非常奇怪、非常糟糕、非常混乱。要是我母亲同意到霍尔斯特德过安宁正常的生活，那样的遭遇就不会发生，或者，至少不会发生在我们身上。

以下选自劳伦·欧雅·奥拉米纳的日记

2033年9月26日
星期一

他们并非一路开枪攻打进来，似乎他们不打算杀死我们，暂时还不打算。自从达夫特瑞家遇袭以来，他们就改变了策略。他们的领导者开始掌权，就算没有变得……合法，至少也更老练了一些。呼啸而来、见人杀人、烧毁一切如今对他们来说也太过粗野，或者那样也许只是少了些乐趣。

我写字记录，不知道还能够写多久，因为他们还没有夺走我们的一切。我们失去了自由、两辆卡车、土地、生意和家园，这些都被他们夺走了。可是不知为何，我还有纸张、钢笔和铅笔。囚禁我们的暴徒都不看重这些东西，所以没人把它们从我手中拿走。他们会除掉我们，这点意图早就昭然若揭。他们会拆散我们、重塑我们、教我们如何才算热爱他们的国家和敬畏他们的上帝。

我们存放食物、武器、现金、衣物和记录的秘密据点还没有被发现。至少我不相信它们已经被发现，还没有人听说这样的消息。

我们被关在学校的两个房间里，书籍还在书架上放着，学生做的各种研究项目也还在。我们的几部电话和五台新的教学电脑已经不见，它们都能被当作硬通货，也是跟外界交流的一种手段。我们被禁止跟外界交流，那会妨碍我们接受再教育。

我必须记录下这一切，虽然不愿意，但必须要记录。而且我必须把记录藏好，以便有一天地球之种知道自己从怎样的浩劫中幸存。

没错，我们会活下去。我还不知道怎么活下去，但是怎么办的问题一直存在。不过说实话，我们会活下去。

事情的经过如下所述。

上周二下午快过去时，我在给费尔克洛思家的两个孩子画素描，并跟他们谈论想做什么样的学校研究项目。他们刚刚在历史必修课中了解到第二次世界大战，想制作当时的战舰、潜艇和飞机的模型。他们想写关于大战役的报告，查找更多关于在广岛和长崎投放原子弹的内容。他们对战争中激烈的爆炸性事件着迷，但是不知道自己选择了一个多么宏大的主题，或者说除了最基本的梗概，他们不清楚战争因何而起。我已经决定，一边跟他们俩交谈并缩小选择范围，一边给他们画素描。

费尔克洛思家一直很贫穷，投奔我们之前住在一座贫民窟。艾伦·费尔克洛思有男孩们婴儿时期的小照片，已经折得皱皱巴巴，但是没有近期的。虽然不愿意承认，但是他请我给两个男孩画像着实让我高兴。对于自己的画，我已经变得骄傲，画作终于近乎优秀，就连哈里、扎赫拉和艾莉都这么说过，他们仨曾在我学画初期取笑我最多。

两个男孩和我在学校后边享受着温暖舒适的天气，拉金躺在我旁边，不顾男孩们的喧嚣，独自在摇篮中安眠，她已经习惯噪声。男孩分别是十一岁和十二岁，身材显小，总是很吵闹，不可能一次安静上两三分钟。他们先是偷看拉金，接着没了兴趣，又开始相互叫喊，然后对我喊些武器、战役、深水炸弹、航空母舰、希特勒、丘吉尔、东条英机、伦敦、伏尔加格勒、东京等词汇。世界大战这种可怕和沉重的事情，能让祖父母都没赶上那个时代的两个没到青春期的男孩觉得精彩和兴奋。这可真有意思，不过他们的爷爷奶奶确实在伦敦出生和长大。

我飞快地描绘他们，一边倾听他们热衷的内容，一边做些建议。刚一画完，蛆车就到来了。

蛆车介于坦克和卡车之间，因其丑陋的外形而得名。它是巨大的轮胎驱动车辆，具有武装和装甲，可以在任何地形行驶。私人警察和军队使用它们，有钱人把它们当作私家车驾驶。蛆车几乎可以去任何地方，可以越过、绕过或直接穿过几乎任何障碍。霍尔斯特德就有一辆，他们不时开着接送班克尔。有几座小镇都为他们的警察配备了一两辆，用于山区的搜索和营救，可是这家伙简直是油老虎——开起来很费钱。

那个星期五，七辆蛆车爬出山冈，碾过社区的荆棘栅栏，冲向我们。我们的值班员没有发出警告，没有任何预警。看见它们冲过来的时候我想的是：卢西奥·菲格罗阿和法子·卡多斯在哪儿？为什么他们没有警告我们？他们没出事吧？

七辆蛆车！如果我们能拿出所有枪支集中射击，他们的火力也是我们的三四倍，只有我们卡车的火力才有一丝可能挡住一辆蛆车。

七辆该死的蛆车！

“回家！”我对两个男孩说，“告诉你们父亲和姐妹赶紧逃走。这不是演习，是动真格的！悄悄地逃走！快逃！”

两个男孩都跑起来。

我从兜里掏出手机，发出紧急疏散通知。我们进行过演习，班克尔起的名字随后广泛流传。我把这种练习形容为“融入山间”。现在我们要来真的了，必须是真的，没人会乘着七辆武装装甲蛆车来访问我们。

我以最快的速度抓起拉金，跑向山冈，并努力让学校建筑保持在我们俩和最近的蛆车之间。它们缓缓驶向我们的过程中可能排出的是军事队形，可以在轧死我们和枪击我们中随意选择，唯一有可能不被它们杀死的办法就是消失在山里，可是我们做得到吗？假如我们保持不动，蛆车的传感设备会发现我们；假如我们逃跑，石头、树木和荆棘丛挡不住蛆车射向我们的火力。然而除了逃跑我们还能怎么办呢？只要没有人从蛆车里出来，我们就连射击的目标都没有。

班克尔在哪儿？我不知道。其实我们有会合地点，会找到对方，目的就是不浪费时间跑来跑去寻找亲人。除了婴儿和幼童，每个人都通过练习得知，逃跑指令就意味着“立即出逃”！

我们会跑向各个方向，不会相互跟随或组成一队，不让敌人当成容易打击的大目标，还会尽可能利用树木和地势来挡住敌人。

可是敌人无处不在的时候我们该怎么办？

随后，全部七辆蛆车一同开火，我过了一会儿才发现他们射出的不是子弹，或许我们不会很快就被杀死。他们发射的是毒气弹。我不停奔跑，希望别人也跟我一样在逃跑。不管是什么毒气，肯定对我们没有好处。

我穿过作为我们墓地的年轻橡树林，奔向一片山洼。我希望在那里一边躲避袭击一边轻松翻越第一座山头。

然后一颗毒气弹就落在我身前，还没等着地就开始喷出毒气。

我的双腿开始支撑不住，虽然在跑，可很快感到自己开始倒下，我只能尽量不倒在孩子身上，而是让她摔在我身上。我听见拉金开始哭泣——发出纤弱的呜咽，不同于她本来的哭声。我相信自己没有哭出来，也知道自己一直没有失去意识。他们发射的是一种可怕的毒气，我还不知道它的名字。虽然丧失了大部分行动能力，但是我还保持清醒，能够听和看，能够知道穿着制服的人抬走或拖走我的同伴，把他们像浮木一样集中到一起。

有人来到我身边，弯腰从我手中夺走拉金。我无法转头看他对拉金做了什么，也无法挣扎、保护或恳求，我甚至无法尖叫。

有人向我奔过来，拽着脚把我从地上拖走，下山前往学校。我穿着牛仔裤和一件轻薄的棉衬衫，能感觉到后背磨过石头和杂草，能感受到压力——碰撞和重击。虽然当时没有疼痛，但是我知道随后肯定会有的。所有的成年人和大孩子都被抬到或拖到学校，我能看见好几个人无力地倒在俘获者放下他们的地方，但是没看见婴儿和幼童。

我没看见我的拉金。

外边一度响起枪声，来自学校的南侧，不是很远，听起来像是我们那辆旧卡车的武器，也许我们有人跑到卡车上，像班克尔、哈里和我去救丹和妮娜那样使用卡车。我们的旧卡车连一辆蛆车都打不过，后来我听见一声爆炸，接下去就只剩下寂静。

发生了什么？牵涉到孩子了吗？不了解情况让我备受煎熬，全然的无助感甚至更糟。我可以呼吸，可以抽动一下手脚，可以眨眼，但做不出其他动作。

过了一会儿，我发出一声微弱的呻吟。

又过了一会儿，一个穿着同样制服——黑裤子和胸前有个白十字架的束腰黑上衣——的男人来对我们每个人操作着什么。等他来到我身边，我才看明白。他解开我衬衫的三粒纽扣，抬起我的头，把一个奴隶项圈扣在了我的脖子上。

就这么简单，他们攻占了橡子社区，现在又把它的名字改为基督营。在一个多小时的时间里，我们这些俘虏只能抽动、眨眼或呻吟，他们有充足的时间给我们所有人戴上项圈。

格雷森·莫拉没有被戴上项圈。在生命的早期，他一直是个奴隶，从没被戴过项圈，但是童年和青壮年时期一直是别人的财产，受到的待遇比不上主人养的牛。他们夺走格雷森的妻子，把她卖给一个看上她的有钱人。按照格雷森的说法，他妻子身材娇小，非常漂亮，卖了个好价钱。她的新主人把她当作随时做爱的性奴隶，后来不知是不是出于偶然把她弄死了。格雷森听到这个消息后带着他的女儿小豆逃出来。他从没告诉我们具体的经过，我一直认为他杀死了一名或几名奴隶主，偷走他们的财产后离开的。如果是我也会这么做。

可是这次他没逃出去，但也不会再成为奴隶。

后来我才知道他设法赶到卡车上，把自己锁起来，朝几辆蛆车开火。可这只给它们造成了一些划痕，然后蛆车开始朝他还击，把卡车的装甲炸得粉碎。他驾驶卡车冲向一辆蛆车，猛撞上去，造成了爆炸。其实本不应该这样，卡车尽量做到安全，想让它爆炸得付出专门的努力——除非爆炸的是蛆车，我不确定，但是了解格雷森，所以怀疑他动了手脚才引发爆炸。我相信他是主动选择死亡。

结果他死了。

我无法相信这一切都是真的，我是说……肯定有另外的方式来描写这些经过——至少要开始表达整个事件的疯狂和极度的痛苦。橡子社区总是充满揭示人性丑陋的故事，我们没有一个成年人不曾经历过。可是我们聚集在一起，生活在一起，互相帮助，生存，发展，这些都已经做到！我们为自己建立了美好家园，正在勤劳谋生，结果戴着十字架的人来给我们戴上奴隶项圈。

我的孩子在哪儿？拉金在哪儿？

趁我们还不能动弹，他们把女人和较大的女孩同男人和较大的男孩分开。他们把男性留在学校里较大的房间，把我们女性拖进一间小屋。当时我没考虑到，但是这样做很奇怪，因为社区的女人比男人更多。我们被扔在地板上，身体相互交叠，没人负责。房间的窗户开着，我记得自己觉得奇怪的是，没人去操心把窗户堵死甚至是关上。

唯一的好事是我被半抬半拖着的时候得以看到了班克尔，我认为他没看到我。他躺在地上，直直地盯着上方，一只擦伤流血的手放在胸前。我看见他在眨眼，真切地看到，所以我知道他还活着。真希望他逃离这里，不过他比别人更有可能想办法帮助我们。另外，抓住我们的人会怎么对待他这个年龄的老头呢？他们会在乎他上了年纪吗？不，从他的样子来看，显然他也跟我一样被拖了一路。他们不在乎。

他们会在乎我的拉金还只是个婴儿吗？

她在哪儿？她在哪儿？

每次有人接近，我就感到害怕。所有来抓捕我们的人都是年轻男性，我还看见两三个家伙浑身是血、怒气冲冲，当时还不了解这是格雷森造成的。我什么都不了解，一心想着拉金、班克尔、我的人和脖子上这该死的项圈。

随着太阳落山，我的身体开始疼痛——被拖动时在地上擦伤的后背、双手和胳膊开始疼痛。我还感到头昏脑涨，脑袋里产生剧烈的阵痛，这也许是毒气造成的。

我试着活动身体的时候天已经黑了。很长一段时间里，我只能稍微翻翻身，屋里有人呻吟，有人开始哭泣，有人喘气、窒息并开始咳嗽，有人一遍遍地说“哦，糟糕”，我听出来是艾莉的声音。

“艾莉？”我说。虽然发音含糊，我自己听起来都像是喝醉酒一样，可是她听见了。

“奥拉米纳？”

“是我。”

“听着，他们把你拖到这里之前，你见没见过贾斯汀？”

“没有，抱歉。你看见拉金没有？”

“没有，抱歉。”

“他们也抢走了我的孩子，”阿德拉·奥尔蒂斯用沙哑低沉的声音说，“他们抢走了他，我不知道他在哪儿。”她开始哭泣。

我也想哭，因为方方面面都让我感到痛苦，所以想躺在地上哭泣。我感到特别虚弱笨拙，除了哭泣什么都做不了。可我还是坐起来，撞到别人后又向她道歉。在眩晕中坐了好一会儿，我才找回感觉说：“还有谁在这儿？挨个儿报名。”

“法子，”声音就从我左侧传来，“他们掳走了黛博拉和梅丽莎，”她继续说，“我带着梅丽莎，迈克尔带着黛博拉，我们逃跑，我还以为会成功，然后吸入了该死的毒气。我们倒下去，有人过来从我们怀里拽走两个女孩。除了夺走孩子的手臂，我什么都看不见。”

“我的孩子也是一样。”埃默里说，“我的孩子……”她哭起来，几乎语无伦次，“我的小伙子们，我儿子，他们又夺走了我儿子，又一次。”她曾有过两个幼子被人卖掉，自己也曾是债奴——因为家庭债务被契约合法约束的人员，债务不断积累，因为她工作的农业综合企业不支付现金，而是用公司代用币发很少的工资，然后在食宿上过度收费，好让工人陷入不断增长的债务之中。公司拆散家庭，从父母身边夺走并卖掉小孩，或让夫妻分离都是违法行为，违反地方和联邦法律，所以不应该发生，就像我们的遭遇不应该发生一样。

我想到埃默里的大女儿和继女，“托莉和小豆呢？”我说，“她们在这儿吗？托莉？小豆？”

起初没人回答，然后我想起妮娜和宝拉，我不愿想起她们，但是托莉十四岁，小豆十五岁——早已不是小孩子，如果她们不在这儿，那会在哪里？

然后一个非常小的声音说：“我在这儿，别压我。”

“我正用力从你身上起来呢，”一个更强硬的声音说，“这里没地方，我几乎都动不了。”

托莉和小豆跟我们其他人一样都还活着，我闭上眼睛充满感激地深吸一口气，“妮娜？”我问。

她打算回答，然后咳嗽了几声，“我在，”最后她说，“可我妹妹们……我不知道她们遭遇了什么。”

“莫西？”我喊道，“卡希雅？”

没有回答。

“阿梅？”

还是没有回答，她不能说话，但是会发出声音让我们知道她在这里。

“阿梅带着卡希雅和莫西，”艾莉说，“她强健敏捷，也许带着她们逃脱了。她把她们视为己出。”

我叹了口气问：“奥布里·达夫特瑞？”

“在，”她说，“但我找不到佐伊和孩子们，佐伊带着全部三个孩子。”

佐伊还有心脏病，我想，即使没人想杀她，她也许已经死了。不知道还能做什么，我只好继续点名：“玛塔·菲格罗阿？”

“在，”她低声说，“我在这儿，孤身一人，我哥……孩子……都不见了。”

“戴蒙德·斯科特？克里斯蒂娜·赵？”

“我在这儿。”两个声音同时用英语和西班牙语说。克里斯蒂娜的英语已经不错了，但是在压力下，她又说回了西班牙语。

“比阿特丽斯·斯科拉里？凯瑟琳·斯科拉里？”

“我们也在。”凯瑟琳·斯科拉里说。她听起来好像一直在哭，“文森特死了，”她说，“他摔在一块石头上，撞到了头部，我听见他们说他死了。”文森特是她的丈夫和比阿特丽斯的哥哥，因为加入我们之前的一场事故，只剩下一条胳膊，也许他吸入毒气后比我们大多数人都容易失去平衡，可是尽管如此……

“他也许没死。”我说。

“他死了，我们看见他……”又传来哭泣的声音。我不知道该对她们说什么，只想着拉金大概也死了。班克尔呢？我不愿考虑死亡，根本就不怎么想思考。

“钱纳·瑞恩？”我说。

“我在。老天在上，真希望我不在这里。”

“贝丝·费尔克洛思？杰西卡·费尔克洛思？”

开始没有声音，然后传来几乎听不见的低语：“我们在这儿，两人都在。”

“纳蒂维达？”我说，“扎赫拉？”

“在，”纳蒂维达用西班牙语说，“要是他们伤害我的孩子们，我会割开他们的喉咙，把他们全杀掉，我不在乎他们对我做什么。”说完她开始哭泣。纳蒂维达很坚强，但是为了孩子，她可以付出生命。她曾有丈夫和三个孩子，现在却没有一个在身边。

“我们所有人的孩子都不见了，”我说，“我们得查出他们被关在哪里，谁在看守以及……将会遭遇什么。”我动了动，想要更舒服一点，可是这不可能，“我的拉金此刻该吃奶了，就是现在。我们得弄清楚自己能怎么办。”

“他们给我们戴了奴隶项圈，”玛塔·菲格罗阿几乎是呻吟着说，“弄走了我们的孩子和男人，给我们戴上项圈！这还有什么不清楚的吗？”

“我们必须尽量多了解，”我回答，“他们本可以把我们全部消灭，却没有那么做。他们把我们同男人和小孩分开，但是我们还活着。我们得想办法把孩子们找回来，尽一切努力，我们必须这么干！”我觉得自己正变得歇斯底里，就要哭出来和叫出来，身体绷得紧紧的。我的乳房特别胀痛，渗出的奶打湿了胸前的衬衫。

很长一段时间都没有人说话，然后之前一直没开口的特蕾莎·林说：“那扇窗开着，我能看见星星。”

“他们给你戴项圈了吗？”我听见自己在问，声音低沉而温柔，几乎接近正常。

“什么？这个又宽又扁的东西？他们给我戴了，我不在乎。那扇窗户开着，我要出去。”她开始从大家身上爬向窗户，有人被压后疼得叫起来，好几个声音在骂她。

“大家都趴下，”我说，“把脸朝下！”

我看不见谁听从了我，只希望所有超共感者都按我说的做。我不确定去爬窗户时，项圈如何惩罚特蕾莎。项圈也许是假的，也许根本不起作用，也许会阻碍呼吸，也许会让她倒在地上，经受严重的痛苦。

特蕾莎是个苗条的女人，像个小男孩一样敏捷灵巧。她钻出窗户时，我及时抬头看见她跳出去，就好像以为落脚的地方是软土或水面一样。

然后她开始尖叫个不停，艾莉站起来走向窗户，探出头去看她，接着又打算爬出去帮她。碰到窗户的一瞬间，艾莉也开始尖叫，然后摔回我们的囚室。她蜷缩着，用一侧身体靠住我，呻吟了好几声——都是痛苦沉重的呻吟。我转开脸，自己的腰部也被她的疼痛撕扯。幸好特蕾莎跳下窗户后我就看不见她了，但是我也体会到了她的一丝痛苦。

外边，特蕾莎还在尖叫。

“周围没人，”艾莉仍然喘着粗气说，“她就躺在地上，扭曲着身体尖叫，连出来看她的人都没有。”

特蕾莎躺了一整夜，我们无法帮她。从任何人在恐惧和痛苦中都会发出的高声叫喊开始，她的嗓音恶化成可怕沙哑的呻吟。她没有昏迷——或者说昏迷过，但她不断重新醒来，发出可怕的叫声。

靠近门窗都意味着痛苦，即使你没打算出去，只要在那儿就会感到疼痛，非常疼痛。戴蒙德自愿在地板上四处爬动，让项圈告诉自己哪里是禁区，她从别人身上爬过时遭到抱怨，但是我让她们将就一下，戴蒙德也表示了歉意，然后就没有人抱怨了。我们仍然保有人性，仍然保持文明，我不知道这会持续多久。

“这里有人！”她几乎尖叫着说，“有人死在这儿了！”

噢，不，不要。

“是谁？”我问。

“我不知道，她没有体温，虽然还没凉透，但是……我确定她死了。”

我随着戴蒙德的声音发现了她的身影——黑暗中一个更暗的身影。戴蒙德从已经确认的尸体旁飞速离开，躲得比别人都远。

那是谁？

然后我朝尸体爬去，尽量小心，尽量不弄疼任何人。我有一种感觉，唤起一段记忆，害怕自己认识她。

尸体挺直上身坐在角落，背靠着墙，身材小巧，像个孩子。那是一具黑人女性的尸体——黑人的头发、鼻子、嘴，但是身材那样娇小……

“扎赫拉？”

之前我呼唤她的时候，她没有应答。她是个大胆直率的娇小女人，不会在遭遇这一切后一言不发，甚至可能会抢在可怜的特雷莎之前跳出窗户……如果她还活着的话。

她死了，尸体还没变硬，但是很快就会。她正在变冷，没有呼吸，我把她的两只小手握住，触碰到哈里拼命挣钱买给她的戒指。虽然跟我一个年纪，但是他——哈里——是个老派男人，他想让妻子戴上他的戒指，这样就没有人误会。当初在我们罗夫莱多的社区，扎赫拉是最漂亮的女人，但已经嫁给另一个男人，跟哈里没有可能了。不过那个男人死掉之后，哈里看到机会，填补了她感情的空缺。扎赫拉跟哈里相差很多，一个黑人，一个白人，一个矮，一个高，一个街头贫民，一个中产阶级。扎赫拉比哈里大三四岁，不过这些都没关系，他俩设法成就了一段美满的婚姻。

如今扎赫拉却死了。

她的孩子在哪儿？这个突然的想法让我感到恐惧。我在她身上摸索着寻找伤口，发现了擦伤和干涸的血迹，但是她没有贯通伤，头骨也没有特别软的地方。她曾跟我们其他人一起被弄进屋里，很有可能当时还活着。要是她死了，抓我们的人不会发现？我们都被扔进这间屋里，在同一段时间被戴上项圈，囚禁在此。

在那之后没人进来。

那么也许是用在我们身上的毒气造成的。那有可能是她的死因吗？她是整个社区身材最矮小的成年人，甚至比妮娜、小豆和托莉都小。有可能是她的小身材吸入了相对较多的毒气，结果才丧命吗?

如果是这样，那对我们的孩子来说意味着什么呢?

时间不知不觉流逝，我坐在朋友的尸体旁，不能说话也不能思考。我哭泣，在悲伤、恐惧和愤怒中哭泣。后来有人告诉我，我根本就没出声，但是在内心深处，我哭了。在内心深处，我跟特雷莎一起尖叫，一直在哭，不曾停下。

过了一阵，我倒在地上，仍然在哭，但是仍然没有发出声音，我能听见周围人的呻吟、哭泣、咒骂、交谈，但是她们的话对我没有意义，也有可能她们说的是外语。现在我只想去死，我努力构建的一切都已经不复存在，不是被盗取就是被毁掉，所以我也想离开人世。我的孩子死了，一定是。要是能自杀，我会乐于那么做，当时就会那么做。醒过来时我看见阳光射入窗户，刚刚是睡着了，我怎么能睡着?

我枕着某人的大腿醒来，纳蒂维达的大腿，她靠着扎赫拉尸体旁边的墙壁坐着，把我的头从地上抬起，放在大腿上。我坐起来，一边眨眼，一边四处观察。纳蒂维达自己也已经睡着，可是我的动作惊醒了她。她看看我，又看看扎赫拉的尸体，然后又看看我，仿佛眼中的世界才刚刚变清晰，而且每一秒都在让她更加心痛。她眼含泪水，我抱了她很久，然后吻了她的脸颊。

屋里挤满了女人和女孩儿。我数了下，包括我有十九个人……不包括扎赫拉和特蕾莎。每个人都脏兮兮的，伤痕累累，以各种可能的姿势倒在地上，有的人单独趴着，有的人结成一对或几个一起，头枕着腿部和肩膀。

我的乳房胀痛，甚至我还感到恶心，需要上厕所，我想要孩子和丈夫，想要回家。旁边的扎赫拉已经冰冷僵硬，她闭着眼睛，面容平静而美丽，只是颜色发灰。

我起身跨过开始醒来的人们，想去一个墙角，知道那里需要维修。几个月前的一次小规模地震造成那个角落的墙壁和地板有些分离，虽然不太明显，但是蚂蚁从那里爬进屋里，洒在那里的水也都流到外面。格雷森答应要修好它，但是一直没有腾出时间。

我请那里的人离开——告诉她们我要干什么以及原因。她们点点头，没找麻烦，不只我一人想小便，我蹲在那里解决了问题，然后别人也照我的样子解决。

“特蕾莎还在外边？”我问离窗户最近的戴蒙德。

戴蒙德点点头，“她没醒过来——也许死了。”她的声音没有一丝情绪。

“我饿坏了。”小豆说。

“别说饿不饿，”托莉说，“要是我能喝口水就好了。”

“嘘，”我对她们说，“别谈论了，否则只会让你感觉更糟。今早有人看见关押我们的人没有？”

“他们在修围栏，”戴蒙德说，“你不用离窗户太近就能看见他们。虽然给我们戴了项圈，但他们还要修围栏。”

我看了看，发现他们在我们的几栋房子后，用两辆蛆车沿着上坡安装铁丝。我观察期间，蛆车在捣毁我们的墓地，撞倒了几棵我们纪念逝者的小树。蛆车的名字很形象，它们就像昆虫的幼虫，编织着让人窒息的巨茧。

也就是说我们的奴役者要占有我们的土地，之前我没有想到，他们不仅出来偷盗、焚烧、奴役和杀戮。暴徒以前仅限于此，在罗夫莱多的社区、圣地亚哥班克尔的社区和其他各地都这么做。可是这些人却留下来修一条围栏，为什么?

“听着。”我说。

屋里大多数人没注意我，她们都在关注自身的痛苦和外边的蛆车。

“听着！”我用更加急迫的声音说，“有些事我们得谈谈。”

大多数人都转头看我，妮娜和埃默里仍然盯着窗外。

“听着，”我又说了一遍，虽然想喊，但是没敢，“抓住我们的人迟早会过来，到时候我们需要做好准备——尽量做好准备。”我停下来深吸一口气，看见她们这时都在看我，都在关注。

“我们需要尽量假装顺从他们，”我继续说，“需要服从和观察他们，了解他们是谁、想要什么和弱点在哪儿。”

大家看着我，好像不是觉得我疯了，就是认为我们的奴役者也许有弱点是个带来希望的好消息。

“他们告诉我们的任何事都有可能是谎言，”我说，“以后也很可能是。所以不管谁有机会，都应该监视、偷听并跟别人分享信息。如果能了解他们，汇集信息，我们就能逃离或杀死他们。还要了解项圈，任何小事也许都会有帮助，最重要的，也是最根本的，要打探孩子的信息。”

“他们会强奸我们，”阿德拉几乎幽咽地说，“你知道他们会的。”她很清楚——因为已经遭受过很多次，她、妮娜、艾莉和埃默里都是。我们余下的人还算幸运，但也仅限于目前。现在我们的运气已经用光，得想办法应对这个问题。

“我不知道，”我说，“他们早就可以强奸我们了，结果是还没有。不过……我猜你说得对，男人对陌生女人有绝对的强权时就会强奸她，何况我们还戴着项圈。”我瞥了一眼特蕾莎在恐慌中跳出的窗户，“如果有人实施强奸，我们也无能为力。”我又停了一下，“我认为……我们可以劝说、祈求、痛哭、让他们可怜或骗他们相信我们有病，如果不行你就得自己承受了。”我停下来，体会着一种愚蠢和无力的感觉，我不应该给她们这样的建议，我从没遭遇过强奸，没有任何资格指导她们。可我还是对她们说。“一定要挺住！”我说，“别抛弃你们的生命，别落得特蕾莎的下场。尽可能从这些人身上多了解信息，再带回来告诉我们，即使是他们说过或做过的愚蠢丑恶的事情，都有可能是重要的，他们谎称的承诺也许隐藏着真相。如果我们收集所听所见，保持团结，共同努力，相互支持，那么我们重获自由或杀死他们的日子就会到来，甚至这两个目标能同时达到！”

在一阵漫长的沉默中，她们只是盯着我，然后有人——妮娜——开始哭泣，“我本该是个自由人，”她边哭边说，“这一切本来结束了，我哥赔上性命才把我送到这里。”

突然之间我感到耻辱至极，只想倒在地板上，因为自己的无能和胀痛的乳房紧紧缩成一团，不停尖叫。然而我不能，不能用更悲惨的方式让我的人失望。

她们都是我的人——我的追随者，她们曾经信任我，如今成了阶下囚。我无能为力，除了给她们耻辱的建议并尽量打气，我无能为力。“上帝即改变，”我听见自己说，“我们的奴役者现在占优势，但是如果我们正确处理就会打败他们，否则就是……

死路一条。”

“我一直没吃上药，”比阿特丽斯·斯科拉里在一片沉静中说，“也许我会死。”过去几年里她患上了高血压，班克尔让她按时吃药。妮娜还在哭，但是已经靠在了艾莉身上，艾莉轻轻摇晃着她，当她还是个小孩子。艾莉自己也在哭，但是没出一声。比阿特丽斯看着我，好像我能给她变出药物一样。

“他们一开始跟我们对话，我们就会让他们优先提供，”我告诉比阿特丽斯，“但最需要的是让他们去救特蕾莎——如果还不晚的话。”可是他们之前肯定看见了特蕾莎，听见了她的叫声，也许他们根本不在乎，因为知道她逃不了，也许他们想用她杀鸡儆猴，“我们会询问你的药物和我们的孩子，比阿特丽斯，”我继续说，“然后……然后他们也许会让我们……处理扎赫拉。”

我们一直等到午后，饥饿、口渴、害怕、悲惨、担心孩子、思念我们的男人。根本没人注意到我们，我们看见入侵者进出我们的房屋，修好围栏，吃我们的食物，但是我们只能远远地看着，就连躺在外边窗下的特蕾莎都没人管。

更年轻的女孩们哭泣、吵闹、抱怨，其他人大部分时间都无声地坐着，我们都经历过这样那样的苦难，劫后余生让我们都明白哭泣、抱怨和争吵什么用都没有。最后我们可能会忘记这一点，但是现在还没有。

大概两三点的时候，有人推开我们狱室的门，一个有胡子的大块头堵住门口，我们都盯着他。他穿着常见的制服——有白色十字架的黑色上衣和黑色裤子，至少有两米高。他低头盯着我们，就好像我们在散发臭味——这点没错——就好像这是我们的错。

“你，你，”他指着我和艾莉说，“出来抬起这具尸体。”

出于本能，艾莉的脸上显现出固执的表情，但是我们都站起来。“她也死了。”我指着扎赫拉说。

我完全没看见他的手有动作，但他肯定动了什么。一阵突如其来的痛苦令我尖叫、抽搐、摔倒在地上。我好像遭到火烧，然后又没了感觉。先是产生灼痛，然后痛感消失。

那个男人等到我能抬头看他，等到我抬起头看他。

“没人跟你说话你就不能说话，”他说，“吩咐你做什么你就做什么，把嘴巴闭严！”

我什么都没说，就是费力地点了点头。我只是忽然觉得自己应该这样做。

艾莉向我走过来，要帮我起来。她已经把手伸向我，然后就痛苦地弯下腰。她的痛苦反映在我身上，也灼烧着我。我一动不动，紧咬牙关，拼命避免展现出自己额外的弱点——我的超共感。如果我被俘的时间足够久，他们就会发现，我清楚这一点。但是现在他们不会发现，暂时不会。

男人似乎没有特别关注我，他注视着我们俩，表面上耐心地等待着，直到艾莉迷惑而又生气地抬起头。

“你只能按照吩咐去做，没吩咐的事不能做。”他说，“相互之间不得触碰，不管你们曾经习惯了怎样的污秽，现在都结束了。你们是时候该学会表现得像一个正派的基督妇女了——如果你们有脑子学习的话。”

看来就是如此了，我们是爱情自由的肮脏邪教，他们来纠正我们、教育我们。

我相信我和艾莉被选中是因为我们在女人里体型最大。我们按照命令，先后把扎赫拉和特蕾莎抬到用来种植油料作物荷荷巴的一块土地。在那里他们给我们锹和镐并命令我们在荷荷巴之间挖坑——长长的深坑。我们没有吃喝，每当我们比监工要求的速度更慢，就只会遭受一阵痛苦。地面条件很差——坚硬多石，这也正是我们在此种植荷荷巴的原因。那种植物很顽强，不需要很多照顾，结果我们中的一些人倒成了不需要太多照顾的死人。我觉得自己干不完——挖不了该死的坑。似乎很长一段时间以来，一切都让我感到难受、害怕和担心。过了一阵，占据我思绪的就只剩下饮水、疼痛和我孩子的下落，其他的一切都已经被我忘记。

我在挖扎赫拉的坟墓，然而心里想的甚至都不是这个，我只想着把坑挖完。她是我最好的朋友和“改变姐妹”，我挖坑的时候她就没有遮盖地躺在坑旁边等待，这没什么影响，我没法把精力集中在尸体上。

其他女人被领出学校，被迫看我们挖坑。我发现这种情况是因为突然向我们移动的无声人群吸引了我的注意。我抬起头，看见三个穿着十字架黑衫的男人带领着女人们走向我们。过了一会儿，我发觉男人们也走出来。他们跟别人隔开，似乎有些人也在挖坑。

我呆住了，盯着他们，寻找班克尔……寻找哈里。

突然的疼痛迫使我发出一声呻吟，我一下子跪在了自己挖的坑里。

“干活！”我的奴隶监工说，“你们这些异端也该学着干点活了。”

我没看见男人们在埋葬谁，只看见特拉维斯没穿上衣，挥镐刨着坚硬的土地，卢西奥·菲格罗阿和特德·费尔克洛思在挖另外两个坑，所以他们那边死了三个。他们那边谁死了？这些混蛋杀了我们哪些人？

班克尔在哪儿？

我没发现他，只能短暂地瞄一眼。把土铲出坑外时，我设法一次又一次偷看。在那群男人中，我发现了迈克尔、豪尔赫、杰夫·金。然后痛苦再次袭来，这回我没倒下，而是撑住铁锹，向后靠在了自己正在挖的坑壁上。

“挖！”我上方的混蛋说，“快挖！”

要是我昏过去他会怎么办？他会触发项圈直到我像特蕾莎一样死去？他享受这些行为吗？伤害我的时候他没有笑，尽管我没有表现出任何反抗的迹象，可他还是持续不断地折磨我。

服从不会让你受到保护，如果我们任何一个人想要活下去，就必须得尽快逃离他们。

我们站在坟墓四周时，有胡子的大块头奴役者跟三十几个同伙围住我们。我们被逼从每座坟墓旁经过，低头看看死者。哈里就这样看到扎赫拉的尸体，今年才开始喜欢上特蕾莎·林的卢西奥·菲格罗阿就这样看到他心上人的尸体，我就这样了解到文森特·斯科拉里的死亡——正如他妻子和妹妹所料。格雷森·莫拉也死了——血迹斑斑，身体残破，了无生气。我也是以这样的方式获悉班克尔的死亡。

现场陷入一片混乱，埃默里和她的两个女儿看见格雷森残破的尸体就开始尖叫，纳蒂维达和特拉维斯相互跑向对方的怀抱，卢西奥·菲格罗阿跪在特蕾莎的坟墓旁，他的妹妹玛塔在安慰他，斯科拉里家的两个女人想要跳进坟墓里抚摸和亲吻文森特，想要跟他告别。我们都因为说话、尖叫、哭泣、咒骂和质问而受到项圈电击。

我挥镐想要杀死胡子监工，结果被项圈击昏，如果能够成功，付出任何痛苦的代价都值得。

第十二章

小心
无知会自我保护
无知促生怀疑
怀疑造成恐惧
若是荒谬和盲目
恐惧让人胆怯
若是自大和封闭
恐惧随即涌现
盲目、封闭
怀疑、害怕
无知自我保护
得到保护的无知
还会蔓延

《地球之种：生命之书》

劳伦·欧雅·奥拉米纳

我怀念橡子社区。当然，我没有在那里生活的记忆，但是我父母短暂而又幸福的婚姻生活就是在橡子社区过上的。我就是在那里孕育，出生，受到他俩的关爱。我本可能和本应该在那里长大——因为我母亲曾坚持留在那里。尽管父亲做好了打算，母亲构筑了梦想，可那里还是更像是19世纪的农庄，而不是达成使命的跳板，然而我不会介意，它不会跟我长大的地方一样糟糕。

从杰瑞特的十字军——他们这样自称——到来开始，我的生命就偏离橡子社区和我的母亲，我们日后还会相见倒成了唯一的意外。

关于毒气的情况我母亲猜对了。它本来是被用作平息暴乱、制服大量暴力人群的。不同于杀人致残的毒气和催泪、窒息或引发恶心的毒气，用在我们身上的本应该更温和。它被形容得更温和，是一种致人丧失行动能力的毒气，通常情况下，起效迅速，不造成痛苦，没有严重的后果，不过偶尔会引起儿童或体型小的成人死亡。因此，解毒剂被开发出来用在小体型的人身上，帮助他们解除毒性：解毒剂给到我和橡子社区其他的小孩，出于某种原因，没有给到扎赫拉·巴尔特。虽然她体型较小，但显然是一个成人。也许十字军认为年龄比体型更重要。他们之中没有医生，没有任何一种医疗工作者。他们是上帝的子民，来把真正的信仰带给邪教异端。我猜如果一些异端死于毒气，那也没什么大不了的。

以下选自劳伦·欧雅·奥拉米纳的日记

2033年11月24日
星期四

感恩节。

应该感激还活着吗？我不确定。

今天就像周日——好过周日。我们得到了更多食物和更多休息，晨祷一结束，就没人再折腾我们。我感激于此，他们头一次没有监视我们。他们的说法是，不想在节日看守或“教育”我们，这意味着今天我可以记日记。大多数日子里，等到他们不再折腾我们，天色已经黑得无法书写，我们也没有了力气。结束了户外的工作，我们在看守下被迫记住和背诵《圣经》篇章，一直到没法思考和睁不开眼睛。写字和听见自己诵读其他内容的声音让我感激，比如“又对女人说，我必多多增加你怀胎的苦楚，你生产儿女必多受苦楚。你必恋慕你丈夫，你丈夫必管辖你”。

我们在“老师”面前不允许相互交谈，也不允许不出声和休息。

现在我必须想办法写一写过去几周，讲出我们的遭遇——就按照理智和正常的方式讲述。我会这么做，就算不为别的，也要理清散乱的思绪。我真的需要写一写……班克尔。

我们所有的幼童都不见了，从最小的拉金到最大的费尔克洛思家的两个男孩，一个不剩，都失踪了。

我们已被告知，孩子们从邪恶的我们中被救走，被送到“善良的基督家庭”。如果不抛下异端并证明自己获得信任，可以接近儿童基督徒，我们就再也见不到他们。出于爱与仁慈，我们的奴役者——我们被要求称他们每个人为“老师”——供养我们的孩子。在这个世界上，他们已经在把我们的孩子培养成善良有用的美国公民，帮助他们死后升入天堂。现在我们——成年人和大孩子们——必须接受教导走上同样的道路，必须接受再教育，必须接纳耶稣·基督作为我们的救世主，接纳杰瑞特的十字军作为我们的“老师”，接纳杰瑞特作为复兴美国的天选之子，接纳美国基督教教会作为我们的教会。只有那时我们才是值得抚养孩子的基督教爱国者。

我们没有与此抗争，我们的奴役者命令我们跪下、祈祷、歌唱、声明，我们全都照做。我已通过自己的行为向别人明确表示我们应该服从。为什么有人要冒受折磨和死亡的风险去抵抗呢?那会有什么用呢?我们会对这些凶手、绑匪、窃贼和奴隶贩子撒谎，拣他们想听的说，按他们的要求做。总有一天他们会疏忽大意，设备会出现故障。我们找到某个弱点或发现某个盲点，然后我们会杀死他们。

然而即使我们服从，十字军也肯定有自己的娱乐，他们“仁慈善良”地用项圈折磨我们。“跟地狱之火相比这不算什么，”他们告诉我们，“你们吸取教训，否则就会永世遭受这种折磨！”要是他们相信自己所说，怎么还能折磨我们？

他们吃我们的食物，给我们吃残羹剩饭——不是用碗盛的食物残渣，就是清水炖我们菜园的萝卜土豆。他们住我们的房子，睡我们的床，而我们睡在学校的地板上，男人一个房间，女人一个房间，双方不允许交流。

似乎我们也都没有体面地结婚，没有牧师或美国基督教教会证婚，因此我们一直生活在罪孽中——“像狗一样交配！”我听一名十字军战士这样说过，上周也是他把戴蒙德拖到小屋里强奸。戴蒙德说他告诉自己没有关系，他是上帝的子民，她应该感到荣耀。后来戴蒙德一直在哭泣和呕吐，还说如果怀孕就去自杀。

目前我们只有一个人那么做——自杀，她就是埃默里。她要为丧生的丈夫和被拐的两个小儿子报仇，引诱了一名十字军战士——住进她家小屋的那名。埃默里让他相信自己愿意陪他睡觉，然后在夜里用刀割断了他的喉咙，又以同样的方式杀死了睡在她女儿房间的十字军战士。做完这些，她躺在第一个死者的床边割腕自杀。第二天早晨他们三人的尸体被发现，跟格雷森一样，埃默里也算实打实地报了仇。

我希望她为了自己和女儿们选择活下来，我知道她情绪低落，曾试着劝她隐忍，晚上被关在一起时我们都会交谈，交换信息，相互鼓励。不过事实是，如果埃默里迫不得已，她选择了最佳的方式死亡。她让我们知道，奴役者可以被我们杀死，项圈也不会阻止我们，要不是埃默里被项圈限制在那间小屋，她也许会杀死更多的奴役者。

可是为什么她的项圈没有阻止她？根据马克对我讲述的被俘经历，项圈保护控制单元的持有者。我们戴的是不同类型的项圈吗？也许是，我们不清楚，在夜里收集和分享的信息都不涉及不同种类的项圈。我们了解到所有的项圈都以某种方式联系在一起，形成一个项圈网络，可能都受奴役者佩戴的腰带控制，可是腰带本身受一个主控单元协调供电或以某种方式操纵。有两辆蛆车一直停在这里，戴蒙德相信其中一辆车上放着主控单元。等待被那个人再次强奸时听他说起的一些内容，让戴蒙德确信上述推断的真实性。

受枪支、锁头和蛆车装甲保护的主控单元我们暂时得不到，必须多了解。不过我突然想到，强奸埃默里的家伙没有受到腰带保护的原因很简单：他没有随身佩戴。睡觉时谁还会佩戴呢？埃默里杀死的两个人都摘下去了，为什么不呢？埃默里是个瘦小的女人，不管有没有项圈，一个正常体型的男人不会怀疑自己控制不了埃默里。

埃默里杀了他俩之后，会尝试用腰带控制单元释放自己，逃离这里，尝试释放我们或者继续复仇。她会试一下，我敢肯定。而且不是因为指纹不对就是因为缺少另外的必备钥匙，她没有成功。知道这点很重要，不过更重要的是：她尝试操作控制单元，很显然给自己造成了痛苦，但是没有引起警报。也许就没有警报，这个情报在以后某一天可能会非常有用。

女人都因为埃默里的行为遭受电击，男人们也被迫观看。

我们被驱赶出学校，被迫跪在地上祈祷，同时接受电击，喊出我们的罪恶，祈求原谅，按要求背诵《圣经》篇章。我一直以为他们会失手杀死某个人，这是一场虐待和羞辱的狂欢，持续了几个小时，我们的“老师”轮流吼出对我们的憎恨，还称之为爱。结束时我已经完全说不出话，浑身酸痛，一顿真正的毒打也不会让我比这还难受。如果有人格外注意我，他们就会看出我是超共感者。我失去控制，什么都隐藏不住。

我记得自己只求一死，还记得在怀疑，最后他们是否会逼我们都采取埃默里的方法，让我们每个人都拉上他们几个人一同赴死。

新人被带来跟我们一起生活——来自贫民窟和附近城镇的男男女女。他们中的大多数似乎只是普通的穷人，有些类似达夫特瑞一家，生产和销售毒品以及自制的啤酒、葡萄酒和威士忌。我们的邻居沙利文一家和伽马一家也被围捕后送来这里。他们的一些孩子曾经来我们这儿上学，但是没有跟我们一起被俘，自从被俘以来我就没有见过他们任何人。现在他们为什么被抓又被送到这里？似乎没人知道。

新来的女人被塞进我们的房间或学校的第三个空房间——我们曾经的诊所。新来的男人跟我们原来的男人一起住最大的房间。

我需要写一写班克尔。

我本打算一开始就写，虽然需要，但不想写，就是因为我心痛无比。

十字军在逼我们扩建监狱和我们的小屋，后者现在成了他们的住房。跟以前一样，我们在地里劳作，喂牲口，扫畜栏，翻堆肥，种草药，收冬季水果、蔬菜和草药，清理山上的灌木丛。他们指望我们养活自己和他们，当然，他们吃得比我们好，毕竟你清楚，我们欠他们的永远也还不清，因为他们在教我们放弃罪恶的生活方式。他们不断谈到教我们辛勤劳动的意义，说我们不再是强占者、寄生虫和窃贼。我遭到不止一次电击，就因为说这块土地属于我和我丈夫，我们一直在交税，没从任何人手里窃取。

他们烧掉了我们的书和文件。

他们把能找到的关于我们过去的一切都烧掉，说那些都是亵渎上帝的垃圾。搬运和堆叠我们喜爱的很多东西，他们逼我们做了大多数这类工作，自己却手扶腰带看着我们。所有纸质和光盘上的书籍，小孩子们收集的所有矿物、种子、树叶、照片……大孩子们完成的所有报告、模型、雕刻和绘画，特拉维斯和格雷森创作的所有音乐，埃默里编写的所有话剧，他们能找到的我的少量日记，包括结婚证书、税务收据和班克尔的地契在内的所有法律文件……我们的“老师”把这一切洒上煤油点着，然后用耙子翻开搅动，直到燃尽。

实际上，他们烧掉的只是我们法律文件的副本。我不确定有什么影响，但这都是事实。从得到第一辆卡车起，我们就把原件放在了尤里卡的一个银行保管箱——这是班克尔的主意。我们把另外的拷贝文件跟一些书籍、其他的记录、常规武器、食物、现金和衣物放在各个据点，我一直在扫描班克尔的文章和我的日记，并把拷贝光盘也藏进据点。没有明确的原因，以我的日记来说，那一直都是令我有点惭愧的嗜好——浪费金钱拷贝我自己的记录，但我记得自己开始扫描的时候感觉好多了，现在真希望自己也扫描了埃默里的戏剧以及特拉维斯和格雷森的音乐。就我所知，至少据点目前还安全。

我在我们的监狱也藏了纸张、钢笔和铅笔，艾莉和纳蒂维达帮我松动了窗户附近的几块地板。使用仅有的锋利石头和几根钉子作工具，我们在一大根支撑地板的木质龙骨上挖出空洞，做成暗格。龙骨本身比较细，要是有人发现松动的地板，藏在龙骨上的东西也容易被发现。我们希望没有“老师”会朝着黑暗里窥视，查看龙骨上有没有藏东西。纳蒂维达把她的婚戒也放在那里，艾莉放了一些贾斯汀的画作，法子放了一块光滑的绿色鹅卵石，那是她和迈克尔出去一起拾荒时找到的——当时他们还能在一起。

有趣的是，我们挖进横梁却没受到项圈的惩罚，艾莉觉得我们也许能松动更多地板，从学校地下爬出去。可是等我们让最纤瘦的托莉尝试下去时，脚一碰到地面，她就开始痛苦地扭动，然后身体抽搐，我们不得不把她拽出来。

所以我们又了解了一个情况，虽然是个不好的事实，但我们需要了解。

失去了那么多，被夺走和毁掉了那么多。如果说我们没找到逃走的通道，至少发现了隐藏小东西的方法。我发现自己有时在想，如果拉金和班克尔在身边，或者如果能看见拉金，知道她还活着而且过得不错，我就能更容易承受这一切。真希望我能看一看她……

我不知道这些所谓的十字军的行为是否披着法律的外衣，自给自足、不惹是非的守法公民被他们窃取土地和自由，对此我很难相信。我不相信杰瑞特颁布过如此扭曲的宪法来使这种行为合法化，至少现在还没有。那么一群义警怎么能有胆量建立一座“改造营”，并用项圈非法奴役人们呢？我们被关起来已经一个月，然而没人发现，就连我们的朋友和客户似乎都没觉察。伽马家和沙利文家并非富豪或权贵，但他们在这片山区生活了数代，就没人来询问他们的情况吗？

也许有人来问，谁回答了疑问呢？以普通守法爱国者形象示人的十字军？我觉得不用怀疑他们有这样的身份。他们还撒了什么谎？拥有七辆蛆车、养活至少几十人、拥有数不清的昂贵项圈的任何团体一定有选择散播特定谎言的能力。我们在外界的朋友也许已经听信了十字军的谎言；抑或知道不该多问，否则就会有麻烦，所以只是被吓得不敢发声；或者我们只是没有权势够大的朋友。我们是无名之辈，这非但没有保护我们，反而成了我们的弱点。

我们橡子社区的人被告知是因为邪教异端才被袭击和奴役，可是伽马家和沙利文家不是异教徒。我曾问过两家的女人为什么遭到袭击，可她们也不知道。

伽马家和沙利文家跟我们一样拥有自己的土地。不同于达夫特瑞家，他们两家从没种植大麻或销售酒精饮料，只是在自己的土地上劳动或接受镇上的任何能找到的工作。他们辛勤劳动，行为检点，可最后又有什么用？我们和他们的所有劳动成果、班克尔对不复存在的法律的关注、我对拉金和地球之种的所有希望……我都不知道会怎样。我们会逃出这里！我们会想办法逃走！可是然后呢？我听说我们的一些“老师”来自尤里卡、阿克塔和附近小城镇上美国基督教教会的重要家庭。这块土地如今属于我，班克尔怀着对法律和秩序的信任立了遗嘱，我已经读过，我们存在这里的副本自然已经被毁，但是原件和其他副本仍然存在。这块土地属于我，可是现在我如何才能夺回来呢？我们怎么才能重建曾经拥有的一切？从“老师”手中重获自由之时，我们至少会杀死他们几个人，我认为这无法避免。如果迫不得已，如果有这种能力，他们也会通过屠杀来阻止逃亡。他们强奸、电击、不顾我们死活的行为都说明他们不珍惜我们的生命。家人们知道他们的行为吗？警察知道吗？这些“老师”中就有警察或警察的亲属吗？

很多人一定知道有什么事情在发生，我们的每个“老师”至少跟我们待一周，然后离开一周。他们告诉别人自己去哪儿了吗？至少感受到一些异样的人在这片地区一定到处都是。所以一旦重获自由，我看不出我们还怎么能待在这里，有太多人会痛恨我们，不是因为在逃亡中我们杀了他们的男人，就是因为不能为自己、家人和朋友对我们犯下的错误原谅我们。

地球之种还活着，我们有足够多的人了解和相信地球之种，让它得以在我们心中继续存在。地球之种还活着，还会活下去。可是杰瑞特的十字军扼杀了橡子社区。橡子社区已死。

我一直说需要写一写班克尔，却一直回避。看见他的尸体被扔进卢西奥·菲格罗阿被迫挖的坑里，我随后几天成了行尸走肉。他们没有为他念自己的祈祷文，当然也拒绝让我们为他举行葬礼。

十字军入侵当天我看到他还活着，我清楚自己看到了。发生过什么？他身体健康，也不是莽撞的人，不会激怒武装分子杀了他。我们被禁止跟我们的男人说话，但是我必须要查明经过。我不断尝试，最后找到机会跟哈里聊了一下。我曾希望交谈的对象是哈里，这样就能跟他说说扎赫拉。

工作时我设法跟他在地里碰面，旁边只有橡子社区的自己人，我们正在收获——通常是在雨里——绿叶蔬菜、洋葱、土豆、胡萝卜、南瓜，当然都是橡子社区原来种植和照料的作物。我们还应该收获橡子——本该已经完成——但是他们不允许。我们中的一些人被逼去砍伐成熟的常绿橡树和松树，以及我们种下的树苗。这些树不仅纪念我们的死者，提供大量蛋白质，还为我们保持房屋附近山坡的土壤。不知道为什么，我们的“老师”认为我们崇拜树木，所以除非能结出“老师”爱吃的水果和干果，否则附近的树一定要被砍掉。结果就很可笑，橘树、柠檬树、柚子树、柿子树、梨树、核桃树和鳄梨树都没问题，其他的都成了邪恶的诱惑。

劳作时我跟哈里相互接近了几次，哈里把经过一点一滴地告诉了我。

“他们使用了项圈，你知道吗？”他说，“第一天，他们等到我们都清醒过来，然后进屋，其中一个人说，‘我们不希望你们犯错，希望你们明白项圈有什么用。’然后他们从豪尔赫开始，他一边尖叫一边像鱼钩上的虫子一样扭曲身体，接下来受折磨的是艾伦·费尔克洛思和迈克尔，然后是班克尔。

“班克尔清醒着，但是不怎么精神，他只是坐在地板上，双手抱头，盯着地面。当时他们已经搬走所有家具，堆在原来卡车所在的位置，所以我们只能倒在地面上。他们用项圈折磨他时，他一声不发，只是侧身翻倒，痉挛一样不停抽搐。他一直没有尖叫或说一句话，但是比别人抽搐得更厉害，然后他就死了，仅此而已。迈克尔说项圈引发了严重的心衰。”

哈里很久都没有再说话，也许他说了，只是我没听见。我不顾一切地哭起来，虽然可以保持安静，但是眼泪止不住地流。然后再次相互经过的时候，我听见他低声说：“抱歉，劳伦。老天在上，太遗憾了。他是个好人。”

班克尔接生了哈里的两个孩子，橡子社区的每个新生儿，包括他自己的女儿，都是他接生的。尽管不相信地球之种和橡子社区，他还是留下来努力工作，让一切成为可能，而且比其他任何人做得都多。死在不了解、不在乎甚至没打算杀他的人手中是多么愚蠢和枉然，他们只是不知道如何使用手里的强力武器，因为没考虑体型大小而不小心毒死扎赫拉，因为没考虑班克尔的年龄而不小心把他电击到心衰。肯定是因为他的年龄，他以前没有心脏病，是个强壮健康的男人，本应该活着见证女儿的成长，也许以后还会有个儿子或女儿。

我强忍着没有倒在成排的作物间哭泣和哀怨，甚至还挺直身体，设法不吸引“老师”的注意。

过了一会儿我跟他说了扎赫拉，“我真的认为是她的体型太小，”我最后说，“也许这些人不十分了解他们的武器，或者也许根本不在乎，也许两种原因都有。他们没有任何帮助她的举动。”

又是一阵漫长的沉默，我们继续干活儿，哈里控制住自己。等他再次开口，声音已变得平稳。

“奥拉米纳，我们得杀了这群人渣！”

他几乎从没叫过我奥拉米纳，自打襁褓里我们就相互认识，除了在比较重要的集会日仪式上，他都叫我劳伦。我欢迎他的头一个孩子加入橡子社区和地球之种时，他头一次叫我奥拉米纳。对他而言，我的姓氏仿佛是一个头衔。

“首先我们得摆脱这些项圈，”我说，“然后得查明孩子们发生了什么。如果……如果他们还活着，我们得找到他们在哪儿。”

“你觉得他们还活着吗？”

“不知道，”我深吸一口气，“我几乎愿意付出一切，去弄清我的拉金在哪儿，过得是否还好。”我再次停顿，“这些人几乎在每件事上都撒谎，但是某个地方肯定有记录，我们得努力寻找，收集信息，查找弱点，观察，等待，尽一切努力活下去！”

一名“老师”朝我们走来，不是发现我们在工作中低声交谈，就是随便过来检查。我让哈里从我身边经过，我们的几次交谈就这样结束。

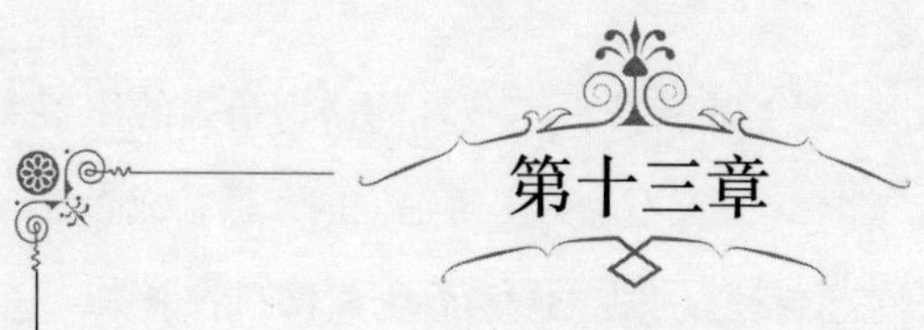

第十三章

没有前景

就迷失方向

迷失方向

也许会忘记目标

忘掉目标

就只会感情用事

只感情用事

就会毁灭……毁灭

《地球之种：生命之书》

劳伦·欧雅·奥拉米纳

我从橡子社区被送到劳改营，那里曾经是德尔诺特郡一座古老的最高安全等级监狱，就在洪堡郡北方，曾经叫鹈鹕湾州立监狱，如今成了鹈鹕湾基督教劳改营。虽然已经记不起那里，但我很高兴能这样说，不过在那里生活过的成年人和大孩子曾告诉我，尽管已经不再被称为“监狱”，那里还是蔓延着痛苦。因为监狱的建筑结构，它比橡子社区更容易隔离囚犯，不仅是跟社会隔离，还有相互之间的隔离。那里还提供了足够的房间建立完全跟异端囚犯隔离的幼儿园，以防止孩子受他们荼毒。我在鹈鹕湾幼儿园被照顾了几个月，知道这个事实是因为我在那里被记录了指纹、脚印和基因，这些数据被存在新月城的美国基督教教会，本应该只由劳改营的当权者和我的收养者查阅，他们要防止我被异教徒亲生父母收养。我还在鹈鹕湾有了新名字：艾莎·维尔，它源自梦幻面具流行节目中的角色。

梦幻面具——还被称为“头盔”“梦之书”或简称为“面具”——当时刚刚兴起，正开始取代某些虚拟现实内容，即使早期版本也挺便宜——类似滑雪面罩的设备，有罩在眼睛上的大目镜，戴上以后都不像是人类。但是面具让公众获得计算机模拟和引导的梦境，而且大家很喜欢。梦幻面具涉及老式测谎仪、奴隶项圈和一种效率惊人的潜意识视听暗示技术。尽管外观缺乏美感，但是梦幻面具重量轻，质地软，佩戴舒适。每一个面具都能为佩戴者提供全系列冒险内容，用户可以在众多角色中选择其一作为自己的形象，通过完全真实的感觉经历他们角色的虚拟人生，把自己沉浸在其他更简单、更幸福的生活中。穷困者可以享受虚幻的富有，丑陋者可以变美丽，残疾者可以变健康，胆小者可以变大胆……

杰瑞特的手下担心这种新的娱乐方式会让“自制力弱的人”上瘾，为了避免他们的谴责，梦幻面具国际公司开发了大量宗教节目——特别呈现美国基督教角色，其中之一就是艾莎·维尔。

她高挑漂亮，是一个类似泰山的美国基督教黑人女性，到各处从反基督教的异端教区和贫民窟的皮条客手里拯救人们。我猜有人认为，用这样的正面角色给我命名也许可以扼杀我内心向往异端的遗传倾向。所以我跟这名字捆绑在一起，当然还有不少女性也是一样。当时的虚构作品不流行强大的女性角色，杰瑞特总统和他的美国基督教追随者相信，国家衰落的一个方面就在于，女性对“男性事务”的干涉。我看过他这样表达的录像，大量男女观众疯狂地欢呼和鼓掌。实际上，我发现艾莎·维尔的角色本来要被设计成名为艾伦·维尔的男性，但是梦幻面具的一位高管说服他的同事，应该创造一系列以坚强温柔的美国基督教女性为主角的节目。他判断正确，女性角色的需求庞大，尽管都跟艾莎·维尔的故事一样愚蠢，但观众喜欢。以“艾莎”“维尔”和“艾莎·维尔”给女孩命名的人出奇的多。

作为麦迪逊·亚历山大和凯丝·盖斯特·亚历山大的女儿，我最终被叫作艾莎·维尔·亚历山大。他们是西雅图美国基督教会的黑人中产阶级成员，在阿拉斯加–加拿大战争期间因为西雅图遭到导弹袭击，所以他们搬到凯丝的母亲莱拉·盖斯特生活的新月城，并在此期间收养了我。讽刺的是，莱拉·盖斯特也曾经从洛杉矶逃难离开，但她是比我母亲更富有的难民。新月城是一座在红杉树林中快速发展的大型城市，离鹈鹕湾很近，所以莱拉自愿到鹈鹕湾幼儿园工作，正是莱拉把我和凯丝撮合到一起。凯丝本来不怎么想要我，因为我是个阴郁的大个黑皮肤婴儿，她不喜欢我的外表。“她是个表情冰冷严肃的小家伙，”后来我听见她对朋友说，“像石头一样普通，我为她感到担忧，担忧要是我不收养她，就没人会要她。”

凯丝和莱拉相信，为来自贫民窟和邪教的众多孤儿提供家庭，是仁慈的美国基督徒的责任。如果一个人不能成为艾莎·维尔并去拯救各种各样的人，他至少可以拯救一两个不幸的孩子，按照正确的方式抚养他们。

莱拉让她女儿认识我五个月后，亚历山大夫妇收养了我。我没有完全成为他们的女儿，但他们打算尽自己的义务——好好抚养我，保护我不受亲生父母的邪恶指引。

以下选自劳伦·欧雅·奥拉米纳的日记

2033年12月4日
星期日

他们开始让我们在周日礼拜后有更多自己的时间。我猜他们是厌倦了用自己的周日来通过电击逼迫我们背诵《圣经》章节。五六个小时的礼拜活动和一餐水煮蔬菜之后，我们被告知在自己的住处休息并感谢上帝的仁慈。

他们不允许我们做任何事，在他们看来，除了学习《圣经》之外，就只剩下“工作”和对第四戒的违背。我们得静坐、静默、修补衣服或鞋子——自从差不多平均每人两套的衣服被他们没收以来，我们都变得衣衫褴褛。除了阅读《圣经》、祈祷和睡觉，我们如果做别的而被抓住就会遭到电击。

当然，我们自己待着的时候就可以随意活动。我们低声交谈，分享信息，尽可能清洁和修补自己的东西。我会写作。只有在周日我们才能在白天做这些事情。

我们不得使用电灯或油灯，所以只有通过窗户获得照明。不休息的日子，我们天没亮就起床，天黑了才被关起来睡觉，简直就是机器——或者牲畜。

我们获得的仅有的便利就是一个用来上厕所的铁桶和配有廉价塑料虹吸泵的20升塑料饮用水桶。我们每人都有一个用来吃饭喝水的塑料碗，这些碗呈现出亮丽的蓝色、红色、黄色、橙色和绿色，跟我们格格不入，是囚室里唯一一种彩色物品——造就出愉悦欢快的假象，一走进来你就会首先看见它们。玛丽·沙利文称它们是我们的狗食盘，我们讨厌它们，还得使用它们。能有什么选择呢？我们仅有的“合法”个人财产就是碗、衣服、每人一条的毯子和劳改营发放的纸质钦定版《圣经》。

周日幸运到他们不管我们的时候，我就取出纸笔，用《圣经》垫着写作。

我的文字可以提醒自己，我是一个人，上帝即改变，我要逃离这里。也许不合理的是，我感觉写下的文字仍然能带来慰藉。

别人寻找别的慰藉。玛丽和艾莉把毯子接在一起，到了深夜就一起做爱，相互抚慰。她们睡觉的地方就在我旁边，所以我能听见她们的动静。不只有她们这一对做爱，但是到现在只有她俩没换伴侣。

“我们让你反感吗？”一天早晨玛丽低声问我，还带着标志性的率真。我们被叫醒得比平常晚些，刚好能在不太充足的光线中看见彼此，我看见玛丽坐在沉睡的艾莉旁边。

我惊讶地看着玛丽，她身材高挑——几乎快赶上我了——瘦成皮包骨，但是传神的面容看起来很有意思。她给人的印象是就好像做了不少辛苦的体力工作，但是一直吃不饱。“你爱我的朋友吗？”我问她。

她眨眨眼，向后一靠，似乎就要告诉我别管闲事或滚一边去。可是过了一会儿她用沙哑的声音说：“我当然爱她！”

尽管不知道她能否看见，我还是挤出一个笑容，并点点头，“那就善待彼此，”我说，“要是有麻烦，你和你的姐妹跟我们一起面对，跟地球之种一起面对。”在囚犯中，我们是最强大的一派，沙利文家和伽马家还是倾向于加入我们，但是还没有商量过什么。好吧，刚刚我提出了建议，至少是跟玛丽·沙利文。

过了一会儿，她面无笑容地点点头。她不是个经常会笑的女人。

我担心有人会挑刺，举报艾莉和玛丽。不过截至目前，尽管“老师”们不断鼓励我们相互举报罪行，但是没人因为任何事举报谁。麻烦时有发生，贫民窟的女人们为了争夺食物和私人物品而打架，我们其他人会阻止她们，以免动静闹大——大到“老师”过来询问情况，追究责任。

有一个年轻的贫民窟女人，名叫克里斯通·布莱尔，她看起来是天生的恶霸，不是打人就是推人，拿别人的食品或小物件，通过撒谎挑起争端来给自己找乐子（“你知道她怎么说你吗？我听见了！她说……”）。她抢别人的东西，对自己的行为不藏着掖着。她不想要别人惨兮兮的东西，有时候会大张旗鼓地弄坏它们，想让别的女人明白她可以随心所欲，她们阻止不了她，她有权力而别人没有。

我们教导过她别惹地球之种的女人，别动我们的东西。我们团结起来向她证明，我们可以让她本来就很悲惨的生活变得更加不幸。我们偶然发现只需要把她按倒在地，拽一下项圈，她就会受到惩罚。我和其他超共感者要是傻到看着她受苦，就也会一起受到“惩罚”，但是不会留下伤痕。如果我们用她的衣服绑上她，再堵住她的嘴，然后只要偶尔拽一下她的项圈，就能让她度过噩梦般的一晚。这样惩罚她一次之后，她就不再惹我们，而是去折磨别的女人。折磨人是她特别的慰藉。

我们对她感到担忧，她比我们大多数人都更疯狂，也是个麻烦，但是她比我们更恨“老师”，不会向他们求助。不过她的受害者也迟早会求助于“老师”，我们留意她，尽量避免她做得太过分。

2033年12月11日
星期日

更多新人被送到这里——衣衫褴褛、愁容满面的陌生人。本周每天都有一辆蛆车到这里，送来三到五个不等的新囚犯。我们用“老师”拉来的木材修了长长的棚户，完成了学校的扩建。新建的四间空房只有高低铺位，每间预计安排三十人。每面墙上都布满三层床铺和一两架上床的梯子。每个铺位都又长又窄，计划分给两个人住，不是脚对脚就是头对头。每个新人都得到跟我们一样的物品：一条毯子、一个塑料碗、一本《圣经》和一个睡觉及存放物品的铺位。我们还睡在自己房间的地板上，但是其他一切都没有差别。

跟我们一样，新人用水桶方便。我们有些人被抓去挖污水坑。我指出污水坑的位置不合适，却因此遭到几下电击。污水坑可能污染我们井里的地下水，让包括“老师”在内的所有人都生病。

可是我们的“老师”什么都知道，不需要一个女人的建议，更别说是一个异端女人的。几天后，他们独立决定在山下远离水井的地方重新选址挖坑。

有人在伐木路的门口立了块牌子，上面写：“基督营再教育机构”。十字军已经用丝刃围栏围住这里，所以除了大门没有安全的出入口。丝刃由一股股极细的金属丝组成，几乎让人难以察觉，贸然闯入的野生动物都会被它们割到。

我问过几名陌生人外面发生了什么。人们是否知道改造营怎么回事？还有其他的改造营吗？有没有人反抗？杰瑞特在干什么？形势怎么样？

大多数新人不愿意跟我谈论，他们疲倦，害怕，还挨过打。那些愿意跟我交谈的人只知道自己因为强占房屋、到处流浪或坑蒙拐骗被逮捕或被骗来。

新人中有不少是超共感者，“如果真有坏种，那他们就是，”我们的“老师”们说，“瘾君子的异端后代。”他们把确认的超共感者当作怀疑、蔑视和低级娱乐的对象，因为超共感使他们更容易受折磨，不费吹灰之力。

我们地球之种的超共感者一直在努力隐藏，还没有暴露自己。需要承认的是，我们很走运，还没有人在“老师”可能注意到的时候，被别人的痛苦折磨得受不了。我们所有超共感者都曾在大庭广众下隐藏多年，这些经验帮助了我们，就连十四五岁的莫拉姐妹都设法隐藏了身份。

我持续寻找能讲讲外界情况的人，起初没有收获，但是他最后找到了我。那是个年轻的黑人男子，骨瘦如柴、伤痕累累、谨小慎微，但没有一蹶不振。他名叫戴维·特纳。

“戴。”他说话时，我们正肩并肩挖那个因为愚蠢和危险后来被放弃的污水坑。现在我知道，他跟我搭话只是因为我们被禁止交谈。

我一边把土铲到坑外，一边疑惑地看着他。

“戴维的昵称，”他说，“叫我戴。”

“奥拉米纳。”我毫不迟疑地说。

“是吗？”他说。

“是。”

“不常见的名字。”

我叹了口气，瞥了他一眼，他顽固不认输的表情让我喜欢。我说：“劳伦。”

他简短一笑：“大家叫你劳莉吗？”

“叫我也不答应。”我说。

我猜我们有点不谨慎，一位“老师”在坑外边狠狠地电击了我一下，我抽搐着摔倒。以前我就注意到，如果戴着项圈的一对男女交谈，往往是女人受到电击。你懂的，女人都是诱惑，我们让无辜的男人陷入麻烦，从亚当和夏娃时代起，女人就在给男人找麻烦。不管怎么样，我受到严重的电击，但是只有一次。在那之后我就更加小心了。

遭到几次严重的电击就足以引起暂时的协调丧失和记忆受损。戴后来告诉我，他看过一个人被电击得记不起自己的名字。我相信他说的，看见班克尔的尸体并怒视留胡子的看守时，我就知道自己这辈子从没有像当时那样想杀死另一个人。一次狠狠的电击让我摔倒在脚下，然后我又遭到几次。艾莉告诉我，当时我在地上猛烈抽搐和翻滚的样子让她以为我会骨折。醒来时我浑身酸疼得厉害，满是瘀伤、扭伤、擦伤和还在流血的石头割伤，但那还不是最严重的。

最严重的是后来的感觉。我指的不是肉体的疼痛，这个地方什么样的疼痛都有，我指的是以前写到过的，那次电击随后的几天我成了行尸走肉，起初我甚至记不起班克尔已经死了，纳蒂维达和艾莉不得不一遍遍重新告诉我。我还记不起橡子社区发生了什么，我们为什么被关在自己学校的一个房间里，男人们在哪儿，孩子们在哪儿……

直到现在我才写起这些，等我弄明白时，自己被吓得要死，被吓得像一个害怕的三岁孩子在角落里哭泣。

逃过了罗夫莱多的一劫，我知道陌生人可能随时出现并盗走或毁掉我爱的任何事物和每一个人。人员和财物都能被夺走，可是不知为何，我没想到……没想到自己意识的片段也会被剥夺。

我知道自己可能会被杀死，但是从没想象过；还可能伤残，这我也知道。然而我从没想过另一个人只要按下一个小按钮，然后笑着不断再按……

那位留胡子的“老师”，他确实笑来着。我后来回想，一切都变得清晰，就在那时……话说就在那时，我退到角落，呜咽呻吟。那个王八蛋笑着不断按下按钮，就好像他在强奸我，他一边看我呻吟和挣扎，一边微笑。

我弟弟说项圈会让你羡慕死人。听起来那么严重，但我也没有——没能——领悟项圈会让你憎恨到什么程度。它教会你把绝对的痛恨提升到全新的等级。被这东西扣住脖子之前，我几乎不懂得憎恨。如今有时候，我不得不阻止自己再次尝试杀死他们的一员并像埃默里那样自杀。

我时不时跟戴维·特纳交谈。我们找一切机会，相互经过或者被分配到大致同一片区域工作时，就会交谈。我鼓励特拉维斯、哈里或其他男性跟他对话，认为他能告诉我们的任何事都会有帮助。总结起来，目前他跟我们说了这些：

戴离开上一份没有前途的低薪工作，从内华达州里诺出发，经过塞拉斯向西北部游荡，希望无论如何找到一份能让他摆脱贫穷的工作。他没有家人，但是为了安全，他跟两个朋友一起走，到达尤里卡之前一切都很顺利。在尤里卡，他们听说一家教堂向有意向的男人提供过夜住所、餐食和临时工作。不出意外，那家教堂属于美国基督教教会。

工作是帮助修葺和粉刷教堂打算用作孤儿之家的几栋旧房子。工作现场没有孤儿——或者说戴没看到，否则我觉得我们都会询问自己的孩子，把他烦死。你会认为这个肮脏世界上已经有太多真正的孤儿，一家自称教堂的机构怎么还敢用蛆车和项圈制造新的孤儿?

不管怎么说，戴和他的朋友喜欢为孩子做些事情，再挣点钱和食宿。可是他们不走运，睡在教堂男宿舍的第一晚，一小撮人试图抢劫那里。戴说他跟劫匪没有关系，根本不在乎我们信不信他，但是除了吃的他没偷过别的，而且这辈子也没偷过教会的东西。他被极其虔诚的叔叔婶婶养大，如今他们已经过世，因为他们的早期教育，有些事情戴根本不会做。但是据说劫匪是黑人，戴和他的朋友也是黑人，所以被认为有罪。

我觉得自己相信他，也许是我自己在犯傻，但我喜欢他，他给我的印象也不像是骗子或抢劫教堂的劫匪。

他说教堂保安冲进他们的宿舍，大家醒过来后四散奔逃。他们都是自由的穷人，遇到麻烦时如果没法真正挣到钱，大部分人就只会想到逃跑——特别是有人开始射击时。

戴没有枪，他的一位朋友有，但是他们三个走散后又都被抓住。

他和另外十八或二十个男人一起被抓，所有的黑人都被投入监狱。有人的罪名是暴力犯罪，其他的因为流浪被起诉——这个罪名要比它以前严重得多。流浪者被判有罪，并按规定受美国基督教教会管束。戴的两个朋友属于前者，因为他们俩在一起，而且其中一人有枪。戴属于流浪者，要作为契约工为教会工作三十天。他已经被安排到各处，强制劳动了两个多月，每当抱怨自己刑期已满，他就会遭到电击。起初他们说如果能证明在外面有工作，他就可以自由离开。当然，因为他是外地人，也没有自由的时间去找工作，所以不可能出狱后就有工作。与他不同，本地流浪汉被承诺提供工作或食宿，让他们不再流浪的亲戚和朋友一一解救。

戴干过建筑、刷漆、园丁和保洁，他进行了彻底的体检，随后被要求献血两次，甚至有人鼓励他主动捐献一颗肾或眼角膜，等到痊愈就可以自由离开。这把他吓得要死，他虽拒绝，但已经不由自主地了解到自己的器官甚至生命都可能随时被剥夺。谁会知道？谁会在乎？他甚至想知道他们为什么还没杀他。

后来他们把他送到基督营进行改造。他被告知自己还是有希望的——如果愿意，他可以学着成为上帝及其真正教会的仆人和世界上最伟大国家的忠实公民。他说他已经是一名基督徒，他们反而要求他“证明一下”。他们说，他被认定真正悔过并受教于《圣经》的真理时，才会被接受为基督徒。

然后戴引用了《出埃及记》第二十一章第十六节：“拐带人口，或是把人卖了，或是留在他手下，必要把他治死。”当然，他因为引用这段经文而受到电击。他们对他说，美国基督徒十分清楚魔鬼也能引述经文。

戴说，大多数人不知道改造营。他跟其他戴项圈的奴隶交谈，了解到跟基督营一样的小型营地有几座，比基督营大得多的大型营地至少有两座，其中之一就在北边德尔诺特郡一座废弃监狱，另一座在南边的弗雷爱斯诺郡。人们不知道自由但贫穷的流浪者被如何对待，可是他担心即使他们了解也不会在乎。合法居民可能会乐于看见教会处理小偷小摸、吸毒贩毒、传播疾病、无家可归且自由游荡的穷人。

“还在家的时候，我叔叔婶婶就会那样想，”戴说，“我和朋友沿着公路乞讨拾荒，寻找工作。这些行为都让人意识到，我们的遭遇可能会发生在他们身上，他们不愿想那种事情，所以就对我们生气，让警察逮捕我们或把我们赶出城。他们辱骂我们，希望有人能采取措施让我们消失。结果，现在就有人在这么做！”

他说得对，有不少人会认为教会做了一项慷慨而必要的工作——教无业游民通过工作成为优秀的基督徒。等到营地大肆扩张，里面的人不仅仅是流浪汉和无家可归者，才会有人发现问题。就我们地球之种而言，这种情况已经发生，可我们是谁？只不过是举行离奇仪式的怪异邪教徒，所以无疑也会有善良的普通人乐于看见我们受到改造。

让我奇怪的是，有多少人被关押折磨——接受再教育——才会开始让大多数美国人在意？其他国家怎么看这种囚禁行为？他们知道吗？在乎吗？我知道，美国和其他国家都发生了更严重的事情，比如说战争。

其实我国正在开战，美国对抗阿拉斯加和加拿大，人们称之为阿拉斯加-加拿大战争。我知道杰瑞特想要战争，曾经努力挑起。可是戴告诉我之后，我才知道战争已经开始。双方已经互相发射导弹，掀起几场恶意的边境战斗。后来我把这些告诉艾莉，她思考了一下。

“哪方要赢？”她问。

我摇摇头：“戴没告诉我，该死，我忘了问。”

她耸耸肩：“好吧，跟我们也没什么关系，是不是？”

“不知道。”我说。

根据最近一次统计，我们大约有二百五十名犯人，二十名守卫。试想一下：假如我们全都能同时行动，十或十二个人对付一名守卫，我们也许能……能……

我们也许会像特雷莎一样死掉，一名“老师”只用一根手指，就能让我们倒在地上翻滚，我们也许会死，我们一起，最多能让守卫受点惊吓。

2033年12月18日
星期日

我也遭到了强奸。

一共两次，周一一次，昨天一次。这是美国基督教给我的圣诞礼物。

2033年12月25日
星期日

我需要写一写自己经历了什么，虽然不想，但我必须得写。

作为超共感者就是感受别人的快乐和痛苦——表面的快乐和表面的痛苦。有几次，当我们的“老师”电击别人时，我感受到他的快乐。第一次发生这种状况——更确切地说，第一次明白怎么回事，我呕吐了。

有人痛苦地哭喊时，我小心地不去观看。如果碰巧看见有人痛得直不起腰，我总是能靠住墙壁、工具、同伴或树干。可是不知为什么我从没想到要保护自己免受“老师”的快感侵袭。

不过这里有一些男人——几名“老师”——通过电击我们获得性高潮一般的快感。这些男人需要我们的尖叫、抽搐、祈求和啜泣来感到性满足。我就知道有三个人似乎需要电击别人来获得性快感，大多数情况下，他们电击一名妇女，然后强奸她，有时候只要电击就能让他们满足。我不想了解得这么清楚，可又不由自主。这些男人大肆享受我们的痛苦，居然还说我们是寄生虫。

强奸以秘密的借口实施，毕竟这些男人是来营地执行任务的，那么至少有些一定会回到家中的妻儿身边。除了乔尔·洛克牧师和他的三个首席助理在此全职工作，来这里的男人仍然在正常的世界生活。他们强奸，但是假装没有。他们声称自己笃信宗教，但是就连其中最好的人也被权力腐化。我不愿意承认，但奇怪的是，他们有些是正派的普通人。我的意思是他们相信自己的所作所为，他们不全是虐待狂或变态，其中一些人真的相信：出于国家利益，在基督营这种地方关押轻罪犯是正确和必需的。他们不赞成强奸和不必要的电击，但是的确相信我们犯人在某种程度上是国家的敌人。他们的上司告诉他们，我们这种寄生虫和异端有损于“强大的美国”。美国是世界上最强大的国家，但是我们这种人卖身给外来宗教，拒绝承担公民责任，我们女性不知廉耻，抛头露面，本该控制我们的男人们成了我们的皮条客。

简言之，我们就是这么邪恶，所有戴上奴隶项圈的人都是罪有应得。这幅图景的另一面就是不辞辛劳和历尽艰辛的“老师”在努力“帮助”我们。

其中一个男人怀着奇怪的自怜态度追求豪尔赫的妹妹克里斯蒂娜。他跟她谈论自己坐轮椅的妻子、不懂礼貌的孩子和家庭的贫穷。克里斯蒂娜求他放过自己，但还是被他摔倒和强奸。男人说他是忠诚刻苦的美国基督徒，有资格在生活中获得一些乐趣。可是强奸结束后，他求克里斯蒂娜原谅自己。

精神分裂。

我是在一个非常寒冷的雨天结束时遭到强奸的。我被分配到做饭的工作，这意味着终于能清洁个人卫生，保持暖和干爽，并借此机会得以吃饱。我虽感激，却也因为自己的感激而羞耻。我跟纳蒂维达和两个伽马家的女人——卡特里娜和琼——一起工作，当天结束时，我们都被带进小屋遭到强奸。

我们四个人里，只有我是超共感者，只有我不仅忍受自己的痛苦和耻辱，还要忍受强奸犯疯狂强烈的快感。没有言语能解释这种扭曲分裂的丑恶感觉。

我不能经常洗澡，如果得不到厨房工作就没有热水和足够的肥皂。如果我们请求洗澡，就会被说成虚荣，可是如果身上有臭味，他们又觉得我们恶心并轻视我们，会形容我们“坏得冒臭气”。

那就这样吧。

我已经决定变得像尸体一样臭，宁可因为不干净而染病也不愿继续吸引这些男人的注意。我要保持肮脏和恶臭，不顾自己的头发和衣服。

我必须这样，否则就会杀了我自己。

自我存在。

自我是身体和身体的感知，是思维、记忆、信仰。自我创造，自我毁灭。自我学习、发现、变化。自我塑造、适应、创造自己存在的理由。要塑造上帝，就得塑造自我。

《地球之种：生命之书》

劳伦·欧雅·奥拉米纳

第十四章

获取慰藉

取得目标的每段进展

达成使命的每项成就

必定意味着新的开始

新的世界

一颗重生的地球之种

作为个体

我们都必有一死

然而通过地球之种

凭借使命

我们联结在一起

我们是目标明确

永垂不朽的生命

《地球之种：生命之书》

劳伦·欧雅·奥拉米纳

我母亲设法在基督营忍受了一年多的奴隶生涯，她如何做到、如何生存，我只能从她2033年和2035年的文字中窥见，2034年的记录已经遗失，但她确实写过，对此我毫不怀疑。她不可能一整年不写作，我还偶尔发现她提及当时的记录。显然到那时，她在自己能找到的任何一种纸片上书写。

她当然喜欢尽量保留自己的文字，不过我怀疑不管能否保存，她都能从中得到帮助。书写这种行为本身就是一种治疗。

一起未遂的大逃亡造成了最重大的损失，当然逃亡可能不止一次。橡子社区的人没有参与，但后来他们自然也跟基督营的其他人一起因此受罚。逃亡的领导者是母亲在2033年遇见并喜欢的戴维·特纳。我了解这些是因为跟亲历者谈过，他们活过了那次逃亡，还记得当时的惩罚。

我的最佳信息提供者是个名叫科迪·史密斯的直率女人，她于2034年12月因为流浪罪在加伯维尔被捕，并被转移到基督营。她是起义的生还者之一，不过后果是她受到严重的神经损伤，最终失明，她经受踢打和电击，下面就是她给我讲述的亲身经历：

“戴维·特纳的人深信他们能利用人数三比一甚至更大的优势制服守卫，他们相信自己被项圈击倒之前能够杀死守卫。劳伦·奥拉米纳予以否认，她说守卫从不待在一起，从不同时待在外边。她说只要一个守卫没死，他动动手指就能把我们全杀死。戴喜欢她，我不清楚原因，她像男人一样高大，也不漂亮，可戴就是喜欢她。戴不信奥拉米纳说的，认为她被吓怕了，但是原谅她，因为她是个女人。这让奥拉米纳生气，她越想劝戴罢手，戴就越坚定决心行动。后来戴问奥拉米纳会不会去揭发，奥拉米纳变得非常沉静，戴甚至被她的愤怒吓得后退一步。她有这个能力，生气时她不会大吵，而是变得很安静，让人感到害怕。

“她问戴把自己看成什么人，戴说自己也开始不太确定了。在那之后两人心生嫌隙，奥拉米纳不再跟他讲话，开始跟自己人交谈。交谈违反规定，非常困难和危险。大家不得不低语或小声嘀咕，不动嘴唇发声，不直视交谈对象，如果被抓住就会受到电击。消息在人与人之间传递，有时会被改变或混淆，让你无法理解别人要告诉你什么。偶尔还会有人向守卫告密，从路上被抓进来的新人会这么做——吐露他们无权透露的内容，因此而得到多一些食物或一件暖和的内衣之类的奖励。可是如果我们抓住谁告密，就会确保她不会再犯。不过这种人一直是少数，不是为了奖赏就是因为害怕，抑或因为我们累得要死却还要被迫倾听的布道、《圣经》课或祈祷会让他们开始完全相信。我认为一些女人这么做是为了让守卫在床上对她们好点，有些守卫喜欢伤害你。所以对我们来说，即使没被守卫看见，谈话也是危险的。

“不管怎么样，似乎没人出卖戴。奥拉米纳只是告诉她的人，应该在暴动时趴在地上，双手放在脑后。有人不愿意，他们认为戴的做法正确，但是她坚持己见，说服他们，问他们所见的电击是什么样——一个守卫用一根手指就能同时电击八九个人……因为努力劝说大家——特别是自己一伙的男人，她自己一次又一次受到电击惩罚。我认为戴在晚上男女分别关押的时候进行劝说，你知道男人防止别的男人被女人说服时相互谈论的那些废话。我听说是特拉维斯·道格拉斯保证了奥拉米纳的人没有参加暴动。他体型不大，但是有一股劲头，人们信任他、喜欢他，出于某种原因，特拉维斯信任奥拉米纳。他不喜欢奥拉米纳在这件事上对他们的指引，但是他……就好像他信仰奥拉米纳，你知道吧。

“暴动开始后，奥拉米纳的人都按她的要求去做，结果没有遭到枪杀，也没有像我这种没及时趴在地上的人一样遭到毒打。追随戴的人开始去抓守卫，橡子社区的人倒在地上一动不动，疼痛袭来的时候他们已经趴在地上，除了一个名叫金——杰夫·金，英俊、金发、大块头——的家伙和三个女人，其中两个姓斯科拉里——大概是姐妹——另一个名叫钱纳·瑞恩。我认识钱纳·瑞恩，她只是无法继续忍受。她已经怀孕，但是还没显露出来，她觉得拉上一个守卫和一个守卫的孩子跟她一起死划得来。守卫里有一个特别的家伙——大概每周洗一次澡的丑犊子，他常常强迫钱纳·瑞恩每周去他的小屋两三次，拿她取乐。钱纳·瑞恩想杀死他，但是没能如愿。

“戴的人杀死了一名守卫，只有一名，得手的还是个女人——那个狠婆娘克里斯通·布莱尔。她为此献身，但也杀死了守卫。我不明白她为什么非常痛恨守卫，他们没有强奸她，不怎么注意她。我猜就是因为他们夺走了她的自由吧。她活着时是个大麻烦精，但是死后大家有点敬重她。她用牙齿撕开了那名守卫的喉咙。

“戴的拥护者伤了另外几名守卫，但是自己也死了十五个。然而这只是开始，后来还有些人被电击致死或者离死不远，有些人受到电击的同时还被他们又踢又踩。我受惩罚的原因是克里斯通·布莱尔杀死守卫时，我离她太近。戴也被杀，但那是在后来，他们绞死了他，可他早已经被打得不成人样，我怀疑他都不知道自己会被绞死。我们余下的人都受到伤害，但是不严重。走得动的人第二天还得出去工作，头疼、牙被踢掉、严重的伤口或被靴子踢出的瘀青都不是事儿。守卫说毒打不能让我们摆脱恶魔，那就干活试试。走不动的人都消失了，我不知道他们会遭遇什么——也许被杀，也许被带走接受治疗，我们没有再见到他们。其他所有人连续工作十六个小时，如果你停下来撒尿，他们就电击你，你只能尿在裤子里，不停地干活。这样一连过了三天，我们每天工作十六小时——挖坑，填满，砍树，劈柴，再挖坑，再填满，给小屋刷漆，从山上运石头，把石头砸碎成砾，再挖坑，再填满。

“有几个人发疯了，一个女人直接倒在地上开始大哭大叫，停不下来，另一个大块头的男人，脸上满是伤疤，开始尖叫着奔跑——没有目标，只是绕圈。他们也都不见了。三天里，我们都吃不饱，除非去厨房当差，否则你永远吃不饱。每个晚上他们祈祷我们被投入地狱受烈火折磨，强迫我们至少背一个小时《圣经》内容才允许睡觉。然后我们根本没怎么睡，就被叫起来把这一切全都再做一遍。那就跟下地狱一样，一点没差，没有比他们更折磨人的魔鬼了。”

我遇见科迪·史密斯时她已经是个老女人了——贫穷、不识字、有不少伤疤，如果她说的暴动及其后果是真的，我母亲在被俘后从没写那段过往也就不奇怪了，我也没发现任何人听她详细谈过。

不过她至少让大部分自己人在那次造反中躲过一劫，失去的仅仅有三个人，还有两个人——莫拉姐妹——暴露了超共感者的身份。让我感到奇怪的是，居然不是所有的超共感者都暴露了自己。不过话又说回来，如果每个人都在尖叫，我猜超共感者的尖叫也就不会吸引特别的注意了。我不知道莫拉姐妹是如何暴露的，但是科迪·史密斯和其他的消息源主都告诉我同样的结果。这也许就是在暴动后她俩比别的女人遭到更多次强奸的原因，不过她们一直没有供出别的超共感者。

这就是我母亲在2034年的经历，我不愿让她遭受这些苦难，不愿让任何人遭受。

我母亲和当时其他很多囚犯的遭遇几乎是完全违法的。给非罪犯戴上项圈、没收他们财产、让夫妻分离或强迫双方无偿劳动从来都不是合法行为，不过从父母身边夺走孩子，也许已经被促成是近乎合法的行为。

流浪法律被大幅拓展，带孩子流浪的成人如果无法在规定期限内安定下来，就可能失去监护权。在一些郡，教会和本地企业提供就业安置帮助，即使没有薪水，至少也要为家庭成员提供食宿，流浪妇女经常会成为没有薪水的家庭用人或报酬可怜的代孕母亲。在另外一些郡，流浪者根本得不到任何帮助。他们必须为了孩子找到住所，否则就会因为无法胜任家长职责而让别人把孩子救走。

不出所料，以这种方式被“救”走的孩子更多来自被认为

“异端”的流浪家庭，而非被认可的基督徒家庭。“异端”只是穷人，但不是真正无家可归的流浪者。他们也许会发现，自己被重新归类为流浪者是为了让自己的孩子能被安置到善良的美国基督教家庭，初衷当然是要把孩子们转变为善良的美国基督徒，不管他们的亲生父母犯下什么罪恶，往最轻说也是做了错事。

很难相信在21世纪的美国发生那种事，然而实际情况就是如此。虽然之前有各种各样的混乱，可是他们不应该夺走孩子。境况正在好转，我母亲那类人在被俘前已经开始小本经营，简单生活，过得越来越好。发生在诺伊尔家和马克舅舅身上的事虽然让人难受，但是犯罪在减少，母亲都说情况在改善。可安德鲁·斯蒂尔·杰瑞特还是能恐吓、分化和欺负民众，先是让他们选他当总统，然后让他为他们治理国家。他没有机会完全做到自己想做的一切，有能力掀起更大的法西斯主义浪潮，他最热心的追随者也是一样。

对于我母亲这类人，杰瑞特的狂热追随者是更大的威胁。杰瑞特就任的头一年，他最投入的信徒就开始胡作非为，建立改造营。众多吓坏的普通民众只想要秩序和稳定，狂热分子充满了正义的优越感，在他们之间很受欢迎。同时杰瑞特自己忙于荒谬愚蠢且令人发指的阿拉斯加-加拿大战争。如果杰瑞特的暴徒不用项圈锁住穷人，杰瑞特本人就会诱使他们参军，把他们投入最终被证明是无用且愚蠢的毁灭行为。已经被削弱的国家几乎就要崩溃，有不少美国人不管是否属于加拿大或阿拉斯加，都有家人和朋友在那边。人们背井离乡或离开国家，避免被征召入伍——最终确实有过一次征兵——有种说法是，战争期间，美国出口最多的就是健康的年轻人。

加拿大边境两侧死了不少人，对阿拉斯加的海岸城市也有空中和海上打击。这场战争仿佛是基督营中未遂暴动的升级版，更多人流血牺牲，但是没什么成果。我们的国家在衰退的同时他国在崛起，这场战争就始于我们的国家对那些国家的愤怒、怨恨和嫉妒。

后来战争干脆就逐渐平息。起初有不少战斗、打击和摇旗呐喊，然后经过2034年，一种难熬又痛苦的厌倦感似乎在民众间逐渐蔓延。贫困家庭看着他们的孩子被征召并丧命后说：“白白送死！”购买像样的食品也是难上加难，毕竟过去几年，由于气候变化和局势混乱，我们的谷物都从加拿大进口。最终在2034年年末，和谈开始。在那之后，除了还有很深的积怨和偶尔发生的严重意外，战争结束了。加拿大和美国的边境保持不变，阿拉斯加仍然是一个独立的国家，这是正式、彻底、成功退出合众国的第一个州，人们都说杰瑞特的家乡得克萨斯州将是下一个。

不到一年时间，杰瑞特从我们的救世主、某些人眼中复临的基督变为白白浪费我们物资的废物。我不是说每个人都改变了对他的态度，很多人一直都没改变，我的养父母就是，尽管杰瑞特让他们失去了一个漂亮、聪明、可爱的女儿。我在长大的过程中不断地听说那个女儿，她叫卡玛里亚，是个完美的人。我了解这些是因为养母在我童年的每一天至少给我讲一遍。我永远无法做到跟卡玛里亚一样好，整理房间，研究学业，甚至清洁厕所——不过很难相信那个高贵的小婊子会亲自清洁厕所，或者上厕所——我都比不上她。

我居然不知道自己还在耿耿于怀，能写下这样的话，真不应该。怨恨一个你从未谋面也从未伤害过你的人是愚蠢的。现在我相信，曾经把自己的怨恨安全地转移到不在身边的卡玛里亚身上，这样至少在青春期之前，我就能喜欢凯丝·亚历山大，毕竟她是我认识的唯一的母亲。

卡玛里亚·亚历山大十一岁时在西雅图的一次导弹袭击中丧生，我的养父母在失去女儿的哀痛中从没停止责怪和憎恨加拿大，可他们从不怪杰瑞特——那个“善人”“好人”“上帝的代言人”，这都是凯丝的说法，等她搬回西雅图虽然受损但仍然屹立的社区和教堂时，她的朋友也那么说。麦迪逊·亚历山大根本不怎么说话，不管凯丝说什么，他都咕哝着表示同意。他还经常对我动手动脚，但是除此之外生活都挺安稳。我对他最深刻的记忆，是在四五岁时，他把我抱起来放在大腿上，用手在我身上摸索。我不知道自己为什么不喜欢那样，只是早早学会了尽量躲开。

以下选自劳伦·欧雅·奥拉米纳的日记

2035年2月25日
星期日

我已经感到非常寒冷、痛苦和虚弱，没法写太多内容。我们都得了流感，可还是被迫去工作。上周有四个人在一场漫长的冻雨中死去，其中一个是孕妇，她一个人在泥地上生产，没有人得到允许去帮她，她和孩子都死了。两个人在工作中倒下，“老师”就骂他们是懒惰的寄生虫，还电击他们。他们——两个男人死于晚间，他们都是陌生人，公路上的穷人——被抓到这里的“流浪者”，过来时就已经身患疾病，饿得要死。因为寒冷潮湿的天气、没有供暖的囚房和糟糕的饮食，我们都患上了来自公路或城镇的传染病，就连我们的“老师”也在经受伤风和流感的折磨。而且他们难受时，就会把痛苦发泄在我们身上。

所有这一切和另外一件事让我们决定，也应该发起暴动——

或者说殊死一搏了。

我得到信息——有些是我们从强奸犯那里了解到的，其他是我们凭借机警获得的。此外，我们还有二十三把刀，确切地说是地球之种、沙利文家和伽马家有二十三把刀，这比守卫的人数还多，有些是我们在“老师”用来警告我们铺张浪费和马虎大意的垃圾堆里偷来的，其他一些只是锋利的小块金属，我们用胶带或布条包起来，防止把手割伤，它们虽然很粗糙，但是可以割断人的喉咙。等我们一关掉项圈，就会用到这些刀。如果我们像计划的那样迅速地同时行动，就应该能出其不意，甚至让一些守卫都来不及想到用蛆车对付我们。

我们知道有些人会在这次暴动中丧命，也许全都会死。但是按照形势发展，无论怎样都是死，没人知道我们还会戴多久项圈，关在这里的人没有一个获释，就连为数不多的主动讨好“老师”的家伙也仍然被关在这里，仍然戴着项圈。没有任何人了解我们的孩子发生了什么，大多数人都生了病，自从戴发起反抗以来，没有地球之种的人丧命，可是我们都病了。而且艾莉……艾莉也许会死，或者也许受到了永久性脑损伤。她是我们决定尽快冒险越狱的原因之一。

上周日艾莉和她的爱人玛丽·沙利文被发现了。

不，我收回这话，她们没有被发现，而是遭到背叛，贝丝·费尔克洛思和杰西卡·费尔克洛思出卖了她们。最糟的是，出卖她们的是我们地球之种的自己人，是曾经一无所有，深陷饥饿和奴役时我们出手解救的人。我们接纳她们，当她们全家决定加入地球之种并度过一年观察期后，我们欢迎她们。

我目睹背叛，无法阻止，无能为力，如今我百无一用、一无是处。

上周日，我们跟往常一样参加六小时布道，这次的主题是性罪的邪恶之处。首先我们听掌管这里的洛克牧师宣讲，然后是来自尤里卡的钱德勒·本顿牧师，他偶尔驱车到来。本顿布道的内容异常淫邪，讲的是罪恶堕落的兽交、乱伦、恋童癖、同性恋、色情文学、自渎、召妓和通奸。当下新闻，《圣经》故事，包括石刑在内的《旧约》律令和刑罚，索多玛和蛾摩拉的毁灭，淫妇耶洗别的生与死，疾病，地狱之火等——他讲个没完没了。

可是他完全没提到强奸，尊敬的本顿牧师本人在以前的来访中会让阿德拉·奥尔迪斯和克里斯蒂娜·赵一起服侍他。他会进入如今为贵宾准备的小屋——曾经的巴尔特家——让人把选中的女人带过去。

我们忍受这些布道，它们给了我们不在雨中挨浇的机会，我们获准坐下来不工作，室内也不冷。因为“老师”们不想挨冻，他们每周在学校的火炉生一次火，所以每周日我们都会暖和、干燥甚至舒适地排好坐在地上，度过几个小时。我们饥肠辘辘，但是知道很快就会有饭吃，处在一直昏沉消极的状态。我可以确定，没有周日这场休息，我们还会多死好几个人。不过，我们在昏沉消极的状态中接受布道，我有时打盹，但要是被抓住就会受到电击。我坐直身体，靠在一堵墙上，任凭自己瞌睡。

我之前没察觉，可是费尔克洛思家两位女性似乎开始听讲，更糟的是她们开始相信、开始害怕、开始皈依。也许不是，也许她们有别的动机。

我们总是被叫起来自白，虽然不值得挽救，但我们还是得到上帝的仁慈和宽容，对此得公开表示感谢。我们必须承认自己不值得挽救，公开表示悔悟并祈求上帝宽恕。我们每人都被要求做过好多次，你越屈服，他们就越得寸进尺。我们的“老师”知道我们不是出于真心，知道我们是因为害怕痛苦而假装，我们完全按照他们的要求去做，他们为此痛恨我们，怀着明确无误的憎恨、厌恶和蔑视看着我们，却坚称心怀爱意。毕竟，他们的上帝要求他们爱我们，只有爱让他们拼命努力帮我们看见光明。他们说我们被罪恶的固执蒙蔽了双眼，看不见他们给予的爱意和帮助。“不打不成器。”他们对我们说，就道德层面而言，我们充其量还是儿童水平。

真知灼见。

总之本顿牧师号召我们自白，三个人被点名，我是其中之一。我不清楚自己因何被选中，但是一位瘦成皮包骨而且牙齿坏掉的“老师”在布道开始前把手放在我肩上，要求我自白，另外两个人是艾德·伽马和一个从公路上刚来到这里的红发独臂女人。后者名叫提尔，跟我们在一起还不到一周，总是担惊受怕。我和艾德以前都经历过，所以我们先上台给新来的做样子，内容跟往常一样，我感谢获得的众多恩赐，然后忏悔罪恶的思想，忏悔愤怒，忏悔对试图帮助我们的“老师”表现抗拒。我向上帝和在场所有人一遍又一遍忏悔自己的罪恶，祈求原谅，祈求获得践行上帝意志的力量和智慧。

就是这么做，我已经进行了一年多。

我发言结束后，艾德差不多也说了同样的内容。他罗列自己的罪行并道歉，提尔也足够聪明地依葫芦画瓢，但是她很害怕，声音颤抖，音量低得好像在窃窃私语。

本顿牧师用他嘈杂难听的声音说：“大声点，姐妹，让教堂里的人听见你的自白。”

提尔掉下眼泪，但还是提高音量忏悔并祈求宽恕“她的所有错误”。她肯定忘了布道仪式建议她忏悔的内容，然后跪在地上，失去控制地开始哭泣，在惊恐中恳求：“别伤害我，请别伤害我，我做什么都行。”

如果我试图走过去帮她起来，扶她回到地板上坐的地方，就会遭到电击。人的尊严在这里也是一种罪过。艾德和我相互看了下对方，但是谁都不敢过去碰她。我猜不会有哪位“老师”帮她回到自己的位置，用电击的方法把她驱赶回自己的位置不太符合眼下的情况。

可是有人插了一腿，贝丝·费尔克洛思和杰西卡·费尔克洛思站起来，小心地从众人之间走向讲台，尽量不踩到别人。一到了上边，她们就跪在地上。人们有时会像这样主动忏悔，拍“老师”的马屁。这没有什么害处——或者说以前一直没有什么害处，随后也许会让你获得一块面包或苹果。实际上，费尔克洛思姐妹总这样做，我们有些人因此看不起她们，可我从来不觉得有什么要紧。我可真傻。

“我们也犯下罪过。”贝丝哭道，“我们也不想，但是不知道该怎么办，明知道是错的，可我们害怕。”

她们没有受到电击，我看到本顿牧师伸出手，显然是在告诉“老师”们别打断她们。“说吧，姐妹们。”他说，“坦白你们的罪行，上帝爱你们，还会原谅你们。”

她们没有按照这一次的形式进行，而是按照自己害怕时的方法，她俩知道自己的做法别人也许不喜欢，因为是在一起对抗别人。其实她们不是双胞胎，而是一对十八岁和十九岁的姐妹，然而在压力下，她们表现得更不成熟，仿佛一对双胞胎，互相补充、异口同声或相互重复。她们的告白就是这样。

“我们看见她们那样了。”贝丝说。

“她们已经做了很久，”杰西卡补充，“我们都看见了。”

“在夜里，”贝丝继续说，“我们知道那不对。”

“淫秽、下流、变态！”杰西卡说。

“你能听见她们接吻和发出声音，”贝丝摆出表示厌恶的苦相说，“变态！”

“我从来不知道艾莉喜欢那样，不过早在你们来教导我们之前，她就跟别的女人一起生活。”杰西卡说，“我以为她没问题，因为她有一个儿子，可现在我知道她不对劲儿。”

“她肯定是一直跟女人搞在一起。”贝丝附和。

“现在她跟玛丽·沙利文胡搞，”杰西卡哭起来，“那种行为不对，但是以前我们害怕讲出来。”

“她像男人一样强壮，而且很残忍，”贝丝说，“我们害怕她。”

我心想，噢不，该死，不！我们的“老师”每天虐待我们，羞辱我们，斥责我们，可是不幸已经持续了很久，布道也开展了很久，我们团结起来一致对外……

不过我觉得这种事肯定迟早都要发生，只希望叛徒是外来的陌生人。以前发生过的没这么严重，可是一两天后，我们都会教外来者对囚犯间发生的事闭嘴。没有地球之种的成员以任何方式背叛我们——直到今天。

艾莉被拖到屋前惩罚时对贝丝和杰西卡喊道：“他们还是会强奸你们，还是会电击你们，然后还是会杀死你们。”

我也对她俩大喊：“你们挨饿时她给过你们吃的！”

然后，“老师”们也电击了我。

然而他们对艾莉和玛丽·沙利文的折磨持续不停。玛丽的父亲亚瑟求他们住手，居然还打倒了一位“老师”，所以自然也受到电击，可是他没帮女儿获得一丝怜悯。玛丽可怕地抽搐，可他们还是不停地电击她。他们折磨两个女人，直到她们不再尖叫才停下来。他们逼我们观看，我没有看，为了挨过去，我低下头，半闭上眼。我曾经时不时地被别人的电刑折磨，但是今天没有。今天我全部的注意力都集中在两个“罪人”身上。

他们不停地电击艾莉和玛丽，直到把玛丽电死。

他们电击她俩，直到艾莉在内心深处失去了自我，从此以后，她再没有说出一句完整的话。

因为我为艾莉出头，所以他们罚我去挖玛丽的坟墓。我比玛丽的父亲更适合。被迫看自己的女儿被折磨致死，他的思维也变得不太正常。他只是到处游荡，目光呆滞。我们的“老师”电击他，他也痛得尖叫，可是结束后没有任何改变。他们似乎觉得可以通过折磨让他忘记沉重的伤痛和强烈的仇恨。

我无法忍受这些，忍受不了。我不在乎他们是否会杀了我，要么摆脱这一切，要么去死。

费尔克洛思姐妹在原来金家的房子里有了一个房间，完全属于自己的房间，她们不用再跟另外三十个女人住在一起，虽然还戴着项圈，但是永久性地获得了做饭的差事。她们不用砍柴、务农、建房、洗刷、挖井、挖坟，我们这些人做的任何苦活儿、脏活儿、累活儿她们都不用干，而且她们不会做饭。不知为什么，她们从没学会如何做出一顿好饭，所以她们不用给“老师”做饭，只给我们做。当然，她们遭到痛恨，没人跟她们说话，但也没人报复她们。我们受到警告不要去惹她们，她们也被赋予了凌驾我们之上的一些权力。她们能在我们的食物里吐口水、放泥土或粪便，我们也明白。也许她们就在这么做，所以食物才难吃得要命，我认为吃的已经糟糕到了极点，费尔克洛思姐妹成功毁掉了我们本来就很垃圾的伙食。沙利文家的兄弟姐妹有机会的话，也许会杀了费尔克洛思姐妹，老亚瑟·沙利文已经被送走，他失去理智，我们的“老师”们也没法用电疗让他恢复正常，所以就把他处理掉了。

我们已经了解到，驱动和控制基督营所有项圈的主控单元在我原来的小屋里。有几个月它被放在一辆蛆车上——听说是这样。我们必须拼凑线索和流言，偷听谈话，任何内容都有可能被误解或是假的。但是漫长的侦查给出了回报，我相信我们获得了主控单元的正确位置。

洛克牧师的两名助手住在我的小屋。我们中的某些人不时被送到那里陪他们过夜，下次再有这种事发生，我们就会发动越狱。

最频繁被送到那里的女人是法子、克里斯蒂娜·赵和莫拉姐妹。

“他们说喜欢小巧的淑女。”法子极度痛苦地说，“那些肥胖丑陋的男人，他们喜欢我们是因为轻易就能伤害我们，喜欢用手给我们留下瘀青，让我们求他们住手。”

她、克里斯蒂娜和莫拉姐妹都说宁愿冒丢掉性命的危险也不愿继续像那样忍辱。下次不管是谁被带到我的小屋，她们都会在夜里割断强奸者的喉咙。如今她们能够做到，要是在几个月前我还不敢相信。随后她们会毁掉主控单元，问题是我们不知道主控单元什么样，谁都没有见过。

我们了解的全部——或者说自以为了解的全部——内容都来自我们之中以前戴过项圈的人。他们说一旦毁掉主控单元，次级控制单元就会失去作用。我只能这样理解，它的机制类似很久前在罗夫莱多时巴尔特家的一台电话机。那是一台较大的旧式无绳电话，你得把主机接上电源和电话线，然后就可以在房子或院子各处手持分机打电话。但是拔掉主机上的电源线和电话线，分机也就没法再用。我听说这类似项圈组成的网络。

我不确定任何事，只是勉强相信可以做到自以为能做到的一切并存活下去。摆弄主控单元也许会让参与的女人丢掉性命，也许会让我们所有人丢掉性命。可事实是，无论怎样我们都无法继续忍受。如今我们只不过勉强做人——大多数人都是。我对值得信任的人——帮我搜集点滴的所需信息的人——说过这个，我问过他们每个人是否愿意冒险。

他们愿意，我们都愿意。

2035年2月28日
星期三

前天我们遭遇了严重的风暴——非常严重。不过那也是件好事：风雨、寒冷……山体滑坡。原本我们墓地所在的山上曾经生长着不同年龄的树木，那座山塌进了我们的山谷。“老师”为了柴火、木材和上帝，逼我们砍伐比较古老的树木，我一直都没明白他们缘何相信我们会向树木祈祷，可是他们没有改变看法，我们求他们别折腾那座山，告诉他们那里是我们的墓地，却遭到他们的电击。因为他们强迫我们砍伐，山坡崩塌，涌向我们，埋葬了一辆蛆车和三间小屋，包括班克尔和我建造并一起短暂生活了六年的那一间。

山体滑坡还埋葬了各自睡在小屋的男人。很遗憾地说，另外两间里各睡着一个女人，她们来自贫民窟，纳蒂维达跟其中一个很要好，但是我完全不认识她们。不管怎么样，她们死了，被埋在底下死去。六名“老师”和四名女囚，以及所有的项圈，全都死掉了。

上周日我们决心越狱，不成功便成仁。结果还没动手，天气和“老师”们的愚蠢便让我们重获自由。

事情的经过如下所述。

周一下午，劲风甩着冻雨拉开了暴风雨的序幕。有一阵子我们还被迫在风雨中劳动，不过最后，更愿意强加痛苦而不善于忍受痛苦的“老师”把我们赶回囚室，让我们在潮湿寒冷中坐下，而他们回到小屋，享受温暖的炉火、照明和食物。

过了一阵，最底层的“老师”押着贝丝·费尔克洛思和杰西卡·费尔克洛思送来我们恶心的餐食——大量没有煮熟和部分腐坏的卷心菜和马铃薯。

我们把艾莉放在费尔克洛思姐妹无法避开的地方，让她们进来时跟艾莉面对。她有点好转，我一直尽自己努力照顾她。她走路像驼背的老太太，一个音节一个音节地吐字，我们跟她说话时她似乎也不是总能明白。我认为她甚至不记得费尔克洛思姐妹如何出卖她，不过她似乎信任我。我让她看着她们——一刻不停地看。

她做到了。

费尔克洛思姐妹浑身颤抖，磕磕绊绊，放下几锅差劲的食物便退了出去。我们都默默地盯着她们，可是我猜她们眼中只有艾莉。

吃完饭，我们尽量休息，裹着脏兮兮的毯子倒在裸露的木地板上，我们感到寒冷、僵硬、潮湿和悲苦。有些人睡着了。可是风暴越来越大，把房屋摇晃得吱吱作响，雨水击打着窗户，暴风掀开屋顶，吹落树枝，从“老师”让我们堆起的垃圾堆中吹跑垃圾。以前我们没有垃圾堆，只有一个拾荒的废物堆和一座堆肥——哪座都不是垃圾，我们浪费不起。整个社区的垃圾都是“老师”们产生的。

有时电闪雷鸣，有时只下大雨，暴风雨持续了一整夜，撕开了外边的世界。后来在黎明前的某个时候，我刚刚睡着不久，就被一个可怕的声音吵醒。不是雷声——不像我听过的任何声音，只是一种不可思议的隆隆声，仿佛有什么在破碎和开裂。

我没思考就做出了反应，我的位置靠近窗户，我跳起来向外看，靠在窗台上只看见一片黑暗，片刻之后出现一道闪电，在我的小屋原本所在的地方，我看见石头和泥土。

我花了一点时间理解，然后发觉自己正靠在窗台上，半个身子探出了窗外。我没有抽搐，没有倒在地上，也没有痛苦。没有那种被用来奴役我们所有人的扭曲难忍的痛苦。

我碰了碰项圈，它还在脖子上，仍有可能传递痛苦。可是出于某种原因，它不再管我探出窗户。在黑暗的房间里，我伸手去够纳蒂维达，她睡在我一侧，艾莉睡在我另一侧。纳蒂维达信任我，知道如何保持安静。

“自由了！”我低声说，“项圈坏了！失去作用！”

她让我领她出门，前往男人的住处，我们成功地到达那里，一路上边走边叫醒人们，低声告诉她们，但是摸索着前进，不去踩到她们。在门口，纳蒂维达往后退了一下，然后让我领她出去。门从来不锁，项圈足以保证没人靠近它，然而这一次没有。

没有疼痛。

我们叫醒男人们——还在睡觉的那些。我们看不清楚，没法只叫醒我们信任的男人，所以人人都醒过来。没办法悄无声息地秘密行动，虽然我们很谨慎，可他们还是在迷惑和混乱中醒来。有些已经睡醒，不知所以，抓住我之后发现我是女人。我打了一个不松手的家伙——他是来自公路的陌生人。

“自由了！”我对着他的脸低声说，“项圈坏了，我们可以离开！”

他放开我，夺路冲向门口。我回去集合女人，等我把她们领进男人的房间，男人们已经涌到屋外，我们随着他们穿过外屋大门。特拉维斯和纳蒂维达、迈克和法子、其他地球之种成员、伽马一家和沙利文一家都设法团聚，我们都聚拢在一起，家庭成员中的男男女女相互问好、哭泣、拥抱。在漫长的囚禁期间，他们甚至都无法相互触碰。为奴十七个月，仿佛永世一般漫长。

我拥抱了哈里，因为我们俩身边没有别的亲人，然后我和他站在一起观看别人，可能也同样感受到混合在一起的宽慰和痛苦。扎赫拉不在了，班克尔也不在了。我们的孩子在哪儿?

然而没有时间高兴或悲伤。

“眼下我们得去小屋了，”我说着，几乎是在驱赶眼前的人，“得阻止他们修复项圈，必须在他们弄清状况之前拿到枪支。他们会浪费时间尝试电击我们，四个或更多的人一组前往一间小屋，行动吧！”

我们都知道如何协同行动，因为已经花了好几年在一起工作，我们分散开奔向各间屋子。就在外边开始传出尖叫声时，特拉维斯、纳蒂维达和我拉上莫拉姐妹，撞进了卡多斯家曾经的小屋。

我们有几位“老师”冲出他们的小屋了解情况，结果被他们曾经肆意折磨的人撕成了碎片。

一些囚犯趁着自由拼命地逃跑，想在黑暗中寻找穿过丝刃的方法，结果撞上去的时候直接被丝刃割伤骨头。

地球之种的人没犯这种致命的错误，我们进入小屋，武装自己，消灭我们的“老师”，剪开该死的项圈。

我们这组人按住屋里两名正在起床的“老师”，一名穿着裤子和衬衫，另一名穿着长内衣。他们本来可以朝我们开枪，可是因为过于依赖项圈自保，所以他们先伸手去够的是控制项圈的腰带。

一个人站起来说：“怎么回事？”另一个人朝我和纳蒂维达无意义地大吼了一声。

我们抓住并拽倒他们，然后把他们活活掐死。就这么简单，甚至对我来说都算简单，他们打我的时候很疼，我打他们的时候也很疼，可我一点都不在乎！等我用手掐住其中一个，就闭上眼睛用力。我完全没感受到他们的死亡，也从没有如此急于和乐于杀死一个人。

尽管在屋里无法看得非常清楚，但是我们确保他们都死掉了，他们死透了我们才撒手，我们拼凑的刀还在囚室的墙壁和地板中，但是我们徒手消灭了他们。

接下来我们拿到枪。我们用一把椅子，然后是一个床头柜砸开了一个枪柜。

更重要的是，我们有了一把切线钳。

托莉在法子·卡多斯曾经的银器抽屉里发现，现在那里装满了小手工工具。我们轮流互相剪掉项圈，只要还戴着它们，我们就处在极度的危险中。每一分钟我都害怕，以为抽搐的痛苦会结束我们的自由，开启我们最后的痛苦折磨。“老师”们如果重获对我们的控制权就会杀死我们，非常缓慢地杀死我们。我们试图剪断项圈并扯下来的时候，如果他们设法重新启动，线圈本身也会杀死我们。几个月来我已经了解到没有什么比一个起效的项圈更能防止俘虏瞎摆弄。

我剪下莫拉姐妹的项圈，托莉剪断了我的，特拉维斯和纳蒂维达互相帮忙。然后我们重获自由，真正获得自由。我们再次相互拥抱，虽然还有危险存在，还有工作要做，但我们自由了，允许自己短暂享受无比放松的心情。

然后我们出去寻找同伴，其他一些人也完成了任务，所有的“老师”都被杀死。我看见一些囚犯还戴着项圈，便回到卡多斯家的小屋取出切线钳。等人们一发现我要剪掉项圈的意图，不管是地球之种成员还是外来者，都在我面前站成参差的一排，我用接下来的几分钟剪掉了他们的项圈。天气寒冷，风还在吹，不过还好雨已经停住。随着黎明到来，东方的天空开始泛白，我们都恢复了自由，我们所有人。

现在该怎么办?

我们不得不尽可能清空小屋。外来者跑得到处都是，撕毁或砸坏任何他们不想要的东西，尖叫，欢呼，扯下窗帘，打坏窗户，拿走食物和酒。“老师”们私藏的酒多到让我们吃惊。

我们先取了枪，没有试图阻止外来者毁坏的狂欢，但确实守住了我们搜集的物品：枪支、弹药、衣服和鞋。外来者理解，我们跟他们一样，拿自己想要的东西并守护好。他们有些人也找到枪，但是我们之间存在一种礼貌性的戒备，即便是醉得发疯的人也没来招惹我们。

有人射落了门锁，大家开始离开。

有人想用枪打开唯一没有烧毁的蛆车，可是它上了锁，不管我们怎么努力都打不开它。说实话，哪怕有一位“老师”睡在车里，他都能阻止我们逃亡，甚至把我们全杀死。

我们自己的卡车早已不见，其中一辆在格雷森最后一次对奴隶制度说不的时候被毁，另一辆被他们抢走，我们不知道它被开到了哪里。

天亮以后我数了一下，七个人死于丝刃，我猜大多数是流血而亡。不过有两人在不顾一切奔向自由的过程中被割开了肚子，甚至被切坏了肠子。丝刃在雨夜中不可能被看得见，就连最底层的穷人都知道它们的厉害。准备离开时，我接上了艾莉。她待在学校里边，就站在一扇窗户旁，凝视着外面的我们。我剪下她的项圈，然后想起费尔克洛思姐妹。我没剪她们的项圈，她们没来找我。当然，费尔克洛思家的两名男孩已经跟我们其他的孩子一起被送走。贝丝和杰西卡的父亲艾伦·费尔克洛思一定是带上他的女儿溜走了，也许是沙利文家发现了她们，完成了复仇。

我叹了口气，两个女孩儿要么死了要么随父亲离开。最好什么都别说，杀戮已经够多了。

我把地球之种剩下的人召集到身边。太阳被云遮住，但是风已经停住，天空一片灰白，虽然很冷，但是这一次衣着单薄的我们也感到相当温暖。

“我们不能留在这里，”我对自己人说，“得尽可能多带东西离开，教会迟早派人来这里。”

“我们的家。”法子·卡多斯沉吟着说。

我点点头："我知道，可是它们已经不在了，很久以前就不在了。"一首特别的地球之种诗文映入我脑海。

要在自己的灰烬中重生
凤凰必先浴火

这是首恰当的地球之种诗文，但不会抚慰心灵。地球之种的问题一直都在于，它不是一个颇能给人慰藉的信仰体系。

"我们最后检查一遍房子，"我说，"需要寻找他们送走我们孩子的证据。这是我们接下来要做的最重要的事情：找到孩子。"

我留下迈克尔和特拉维斯守住我们收集的物资，其余的人分组搜索房子的废墟，可是我们没找到任何与孩子相关的东西。

小屋里的一些地方藏着钱——到处劫掠的十字军没有发现——还有成堆的宗教宣传册、《圣经》，来自加伯维尔、尤里卡、阿克塔、特立尼达和附近城镇的犯人清单、春季种植计划、几本杰瑞特总统或他的枪手写的书和一些个人文件。然而没有任何关于我们孩子的东西，没有地址，什么都没有。这只能是故意的，他们害怕孩子们被我们找到。他们害怕的是我们还是别的什么人?

我们一直搜索到中午，然后明白该离开了。路上积满泥水，今天任何人都不可能尝试驾车过来，但是我们得有个好的开始，特别是我想去我们的秘密据点，那里不仅有必备品，还有备份的记录和日志，有两个地方还存放着我们一些孩子的手印和脚印，班克尔对自己接生的每个孩子都做了记录。他做好标记，给每对父母一份，然后自己留一份。我把这些记录分别放在两个据点——只有我们少数人知道的两个，我不知道手印和脚印是否会帮我们找回孩子。有机会思考时，我不得不承认自己甚至不知道我们的孩子是否还活着。我只知道现在得去那两个据点，它们就在海边方向的群山里，与大陆的方向相反。我们可以消失在那个郡，找地方躲避，再决定下一步怎么办。嘴里说要找到孩子是一回事，想明白该怎么做和如何开始是另一回事。有谁可以信任呢？

我们烧毁了橡子社区，不，不，烧毁的是基督营，我们为了让基督营不再投入使用而烧毁了它。如果美国基督教还想要从我们这里偷走的土地，那他们的重建任务还很艰巨。我们把灯油和柴油燃料洒在小屋里，当初为了建造它们，我们砍伐树木，拖来石头和混凝土。我们把灯油洒在学校，那里曾是格雷森的设计，我们都曾非常努力地建造和装饰。我们把灯油洒在“老师”的尸体上，带不走的一切，以及别的犯人没有带走和毁坏的一切，我们都烧毁。建筑也许不会被烧得一点不剩，因为雨水打湿了一切，但是它们会被烧空，变得不安全，打造和捡来的家具会烧着，遭人痛恨的尸体会烧着。

所以我们再次目睹家园被焚，我走进山里，跟最后一批外来的囚犯分开，他们自己回到公路或其他目的地。我们从山上观察了一会儿，大多数人以前都看过自己的家园着火，但我们不曾是放火的人。然而这一次，迟来的火焰不是我们记忆中的毁灭元素。我们创造和深爱的一切早都已经被毁，这一次，火焰只是在涤荡。

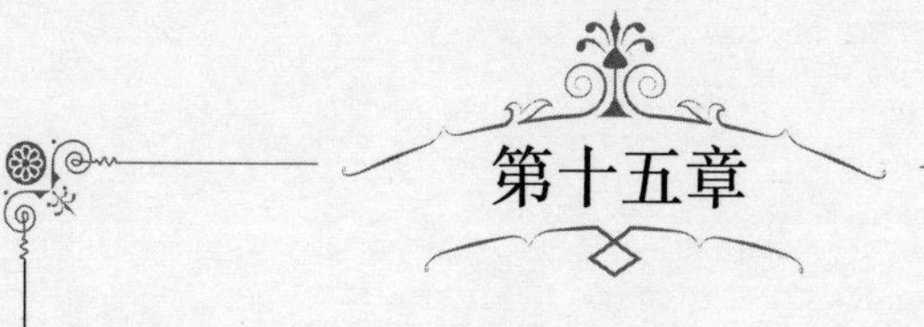

第十五章

我们以前曾活过

我们会再次活过来

我们是蚕丝

石头

意识

星星

我们会被分散

被聚合

被塑造

被探索

我们会生存下去

我们会服务生命

我们会塑造上帝

上帝会塑造我们

一次又一次

生生不息

《地球之种：生命之书》

劳伦·欧雅·奥拉米纳

十字军故意分开兄弟姐妹，因为如果他们在一起，也许会秘密地在异端的实践和信仰中相互支持。但是如果每个孩子都被孤立并塞进一个虔诚的美国基督教家庭，那每个孩子都会被改变。父母的压力、同辈人的压力和时间会把他们改造成杰出的美国基督徒。

有时候这样做会起效，甚至在橡子社区的大孩子身上也是。瞧瞧费尔克洛思家的男孩们，一个成了美国基督教牧师，另一个完全拒绝美国基督教。有时候对孩子的孤立完全是毁灭性的，我们有些人丧命于此。雷蒙·菲格罗阿·卡斯特罗自杀而死，按照他寄养家庭的一名兄弟的说法，是因为“他太固执，不尝试融入，也不忘记过去的罪孽”。起初，美国基督教与它应有的作用相比，更像是愚昧无知和心胸狭窄之人的避难所。即便是从不行凶作恶的人，也会用冷酷和自以为是的残忍对待突然失去双亲或被拐的孩子。

“让步，”我母亲对橡子社区的成年人说，“按吩咐去做，别跟人交流。别给他们伤害你的借口，等待时机，观察你的守卫，听他们的话，搜集信息，集中使用来对付他们。”但是我们这些孩子从没听过这些，我们被掳走，各自被送到一些人手里，他们相信瓦解并按照美国基督徒的形象改造我们是他们的责任。当然了，瓦解一个人比再拼凑起来要容易得多。

他们以上帝之名造成了太多痛苦，行使了太多罪恶。

然而在试图改变别人信仰的同时，美国基督教亦通过尝试帮助和疗伤起家。早在杰瑞特被选为总统之前很久，他的教会就开始解救儿童，不过在早期，他们只解救真正需要帮助的儿童。在杰瑞特起家的墨西哥湾沿岸，到2032年已有数座超过十年历史的儿童之家。这些儿童之家接收街头孤儿，抚养他们，照顾他们，培养他们成为“美国基督教的中坚力量”。只是后来儿童之家被狂热分子接管，他们才开始偷走“异端”的孩子，犯下可怕的罪行。

为了准备这本书，我跟几位在美国基督教儿童之家长大或者被美国基督徒从儿童之家收养过的人交流。他们讲述的内容让我想起自己在亚历山大家的生活，儿童之家和收养家庭的初衷并非让人受苦。就连在儿童之家，也只有在警告和轻微处罚无效之后，才会用项圈惩罚大孩子。维持儿童之家运转的并非虐待狂或变态狂，而是坚信自己做法的人——或者至少是很想取悦雇主并保住工作的员工。美国基督徒想让“他们”的孩子绝对信仰上帝和杰瑞特，立志成为优秀的美国基督徒战士，时刻准备同任何反美异端斗争。儿童之家的雇员更容易取悦，他们不希望任何一名儿童在自己当班时受伤或丧命，只想让孩子学习必学的课程，通过规定的考试。他们希望相安无事。

亚历山大一家人更像是教徒和雇员的结合，他们希望我皈依，即便不爱我，他们至少还在照顾我。等到了上学——当然是美国基督教的学校——的年纪，我已经学会了保持安静和不惹他们。当我做到这些，凯丝和麦迪逊会用安宁来奖励我。凯丝暂时不再讲述跟卡玛里亚相比我有多么差劲，麦迪逊不再试图把汗湿的双手伸进我的衣服。我会拿一本书到房子或院子的安静角落去阅读。我最早读过的书不是《圣经》故事，就是美国基督教英雄坚持信仰的伟大事迹，比如艾莎·维尔。这些内容影响了我，我怎么能不受影响呢？我自己也梦想成就伟业，梦想让凯丝以我为傲，让她像爱卡玛里亚一样爱我。我的亲生父母都高大强壮，因为他们我也总是比同龄人高大——这对我来说又是一种打击，因为卡玛里亚“娇小秀丽”。我梦想做出了不起的英雄事迹，然而实际只想尽力隐藏、消失，让自己不被别人看见。

对于一个大一号的孩子来说，像那样隐藏本不容易，其实并非如此。如果我完成杂务和作业，就会被鼓励躲起来——确切地说，他们不鼓励我做任何其他的事。在我的社区只有几个孩子，他们都比我大。在他们眼中我不是个讨厌鬼就是个小人物，我不是被他们忽视就是被他们欺负。凯丝和她的朋友们不喜欢我尝试加入他们成人间的谈话，即便一个人，凯丝对我要说的话也不怎么感兴趣。她要么不顾我的意愿大讲特讲卡玛里亚，要么因为我询问别的问题而惩罚我。

保持安静好，提出问题不好。孩子让大人看见就好，不应该发出声音，他们应该听大人的话，满足于大人的言论就是他们需要知道的全部。要是说我在被拉扯大的过程中受到什么虐待，那就只有这一点。愚蠢的信仰正确，思考和提问错误，我就像是杰瑞特的羊群中的一员，应该低调温顺。一旦理解了这一点，我的童年就没有了肉体上的烦恼。

以下选自劳伦·欧雅·奥拉米纳的日记

2035年3月4日
星期日

发生了太多事……

不，这话不对。事情不仅仅发生，还是我引起它们发生。由我引导事情的时候，我必须恢复正常，了解并承认，至少寻回我自己。奴隶们总是被告知，是自己引起恶果，造成罪孽，犯了愚蠢的错误。好事都是我们的“老师”们或上帝所为，坏事都是我们的过错。不是我们犯了某个特定的错误，就是上帝对我们普遍感到非常不满，所以他惩罚改造营的所有囚犯。

如果在足够长的时间里经常听到这种胡扯，你就开始相信。因为你自己承担造成全世界痛苦的责任，或者觉得自己是无辜的受害者，有错的是你的主人或者上帝或者撒旦——或者事情都是自发的。奴隶用各种各样的方式保护自己。

可我们已经不是奴隶。

把自己人送走，我曾这样做过。我们一起在奴役中生存，我认为我们无法在自由中生存。我拆散地球之种群体，把每个部分送往各处。我虽然相信这么做是正确的，但无法承受这样思考。我一写下这些，也许就能开始疗伤。我不清楚，现在只知道自己在身上撕开一个巨大的伤口，我已经送走对我至关重要的那些人，他们是我剩下的全部，我明白自己也许永远不会再见到他们。

这周二我们逃离基督营，走时烧掉了营地和看守的尸体，抛下了死去伙伴的尸骨和把橡子社区建成第一个地球之种社区的梦想。沙利文一家和伽马一家都各奔前途，我们不会要求他们离开，但是他们的离开让我感到高兴。我们自己只有藏在秘密据点的现金和从“老师”那里拿走的钱财。既然我们都已经无家可归，没有工作，徒步行走，那笔钱也就不会维持多久。

我倒是要求投奔亲戚朋友的两个家庭尽量获取一切关于孩子、改造营合法性和是否存在其他营地的信息。我们都必须尽力寻找，我让他们把消息留给霍利家。霍利家是邻居，比沙利文家和伽马家更远一些，但还是邻居。他们是沙利文家的好朋友，我没听到流言说他们也被奴役。我们必须小心别给他们惹上麻烦，不过如果小心谨慎，不时跟他们联系，我们就能交流信息。

问题是我们不敢拿走基督营的任何一部电话。外来者拿走了一些，可是我们担心如果使用电话，就会被他们以某种方式追踪。我们不能冒再被套上项圈的风险，也许会因为杀死善良的美国基督徒公民而被终身监禁或处以死刑。事实是，那些公民盗取我们的家园、土地、自由，如果他们有足够的影响力，我们的孩子也许就会被忽视。我们相信那有可能发生，看看已经发生了什么吧！我们都感到害怕。

我们同意设立一个自己——仅限地球之种——可用的消息投递点，就在洪堡郡州立红杉公园附近。我们任何人可以在那里留下信息让别人阅读、抄写或行动。那是个好地方，因为我们都知道它在哪儿，而且那里与外界隔绝，不容易前往，我们不敢在公路和支路附近更方便的地方留下信息或集体碰面，但又需要一种不依靠霍利家就能相互联系的方法。我们会去霍利家查看消息，可谁知道他们如今对我们有什么看法。我们会通过在自己的秘密地点留言——也许是会面——来进行内部通信。

可是我们进行得太快，离开基督营后，我们共同度过了一些时光。

我深入群山，远离铺平的道路，去西南方最大的秘密据点，我们知道那里有座小山洞可以作为我们寒冷的庇护所。在山洞里，我们休息并分享从基督营拿走的食物。然后，我们挖出用厚重的热封塑料袋包好后存放在那里的补给，大家都得到小袋分装的干制食品——果脯、坚果、蛋类和奶粉——以及毯子和弹药。最重要的是，我给在场的父母分发了特别存放在这个据点的婴儿手脚印，我把莫拉姐妹的弟弟们的给了她俩。她俩坐在那里，每人拿着一份，盯着它们看。她们的父母都已经去世，只有彼此和弟弟们还活着。希望她俩能找到他们。

“他们应该跟我们在一起！”小豆低声说，“没人有权夺走他们。”

阿德拉·奥尔蒂斯折好儿子的手脚印塞进衬衫里，然后她把双臂拢在胸前，仿佛抱着一个婴儿。拉金的手脚印以及特拉维斯与纳蒂维达的孩子的都在另一个地方，不过我找到了哈里的孩子塔比亚和拉塞尔的，我把它们交给哈里。他只是坐下来观看，对着它们皱眉和摇头，仿佛从中为自己经历的一切读出一个解释，或者他看见了早已不见的孩子的面容和扎赫拉的面容。

我们最终鼓起勇气生火，在旁取暖。白日将尽，我们才到外边搜集柴火，但是等到天黑才试着把它们点燃。木头很潮湿，一开始不好点燃，等我们终于生起一把小火，它产生的烟雾似乎多过热量。我们希望没人看见冒出洞外并升起的烟雾，如果真有人看见，希望他们认为这来自山里众多的贫民窟之一。在冬季这些山区又冷又潮，没有现代社会的便利设施，生活起来既不舒服又颇为艰难，但是这里也是敏感的人处理个人事务的地方。

我跟哈里坐在一起，他继续盯着手印和脚印并摇头，然后开始前后摇晃，他的表情在火光中似乎开裂、崩溃，似乎无法保持在一起。

我把他拉向我紧紧抱住，而他用紧绷沙哑的低音来诅咒和哭泣。不知不觉，我发现自己也哭起来，我觉得我们俩都在内心深处嘶吼，可是不知为什么，声音一直都是保持着低沉粗哑。我能感觉嘶吼的声音要奋力冲出喉咙，实际发出的声音却细碎沙哑，他跟我一样。不知过了多久，我们相互抱着坐在一起，在内心深处疯狂发泄，为死去和丢失的亲人痛哭和哀悼，十七个月的屈辱和痛苦我们无法再多忍受一分钟。

如同疲惫的孩子，我们在哭泣中睡去。第二天，纳蒂维达告诉我她跟特拉维斯差不多也是一样。其他人单独或合伙，都找到自己的慰藉，有的在哭泣中发泄，有的陷入深眠，有的在山洞里边的隐秘地点疯狂做爱。最后我们来到一起，相互安慰。然而我还是认为，我们每个人都感到孤独，渴望别人的陪伴，我们自身的某些部分仍被基督营的恐怖、不确定性、痛苦和孤绝所困。我们渴望获得某种释放、某种人类的接触、某种回归正常的方法和我们被拒绝很久的有尊严的哀悼。让我吃惊的是，我们的举止居然还正常。

第二天早晨，卢西奥·菲格罗阿和阿德拉·奥尔蒂斯在山洞深处纠缠在一起醒来，他们先是害怕和不解地盯着对方，然后又陷入深深的窘迫之中，最后只能听之任之。卢西奥抱住阿德拉，拉过我们捡来的一条毯子盖住她，她也随之靠在卢西奥身上。

豪尔赫和戴蒙德在类似的纠缠中醒来，不过他们似乎没有感到惊讶和尴尬。

迈克尔和法子一起醒来，仍旧相互依偎着躺了很久，什么也不说，什么也不做。终于能在对方的怀抱里醒来对他俩来说似乎足够了。

莫拉姐妹一同醒来，脸上还挂着前一晚留下的泪痕。

虽然奥布里·达夫特瑞和妮娜以前从未相互注意，但是不知为何，两人在夜里走到一起。她们一醒来便在明显的不安中相互躲开。

只有艾莉在毯子里团成胎儿的姿态独自醒来。我已经忘了她，她不是比我们这些人失去得更多吗?

我和哈里把她夹在中间，开始用前一晚剩下的木头为早饭生火。我们七拼八凑地做好早餐，哈里和我让艾莉吃下一些。我向戴蒙德借来梳子，那是她为了保持整洁在离开基督营的时候设法找到的。我用它先后给艾莉和自己梳头，不知不觉，这样的事情开始重要起来，我们都开始把自己整理得像个体面的人类。长久以来，为了避免被强奸或电击，我们都养成肮脏的习惯，穿肮脏的破布，做肮脏的奴隶。我发觉自己渴望在一池干净的热水中泡澡，就因为我们的“老师”，肮脏和落魄变得如此正常，以至于有时候我们都忘了自己衣衫褴褛、臭气熏天。在疲劳、恐惧和痛苦中，我们变得珍视那些可以躺下来遗忘、没有人伤害和有东西可吃的时光。我们只能担负得起这种动物性的舒适，回忆并不安全，在回忆中，你可能会失去理智。

根据法律，我在这个半球的祖先曾是奴隶，在美国，他们做了两个半世纪的奴隶——至少十代人。我过去常常以为自己知道那意味着什么，现在才发现，根本无法想象他们经受了那么多可怕的遭遇。他们是如何生存下来又守住人性的？当然，他们从没觉得会守住，这跟我们完全一样。

“今天和明天，我们必须得分开，”我说，“我们必须以小组的形式离开这里。”早餐过后，我们都把自己收拾得更体面一些。我能看见别人开始面面相觑，开始好奇接下来该怎么办。我知道我们得怎么办，几乎是从戴上项圈的那一刻起，我就知道，如果成功获得自由，我们就不能再在一起生活。

“地球之种会继续，”我打破沉默，“但是橡子社区已死。我们人数太多，很容易被发现，很容易被再抓到或杀死。”

“我们能怎么办？”奥布里·达夫特瑞问。

哈里用死气沉沉的声音说：“我们得分道扬镳，各走各的路，找到我们的孩子。”

“不，”妮娜先是声音低沉，然后又更大声地说，“不！每个人都不在了，现在你又让我自己一个人离开？不！”最后她的声音变成了呐喊。

“是的，”我对她说，只对她一个人，声音极尽温柔，“妮娜，你跟着我，我的家人也都离开了。跟我来吧，我们一起寻找你的妹妹、我的女儿和艾莉的儿子。”

“我想让大家都待在一起。”她低声说着便开始哭泣。

“要是还待在一起，我们很快就会被套上项圈或杀死。”哈里边说边看着我，“我也跟你走，你会需要帮助，而且……我想找回我的孩子们。对于他们也许会经历的一切，我害怕得要死。此刻我只能想到这些，只关心这些。”

艾莉把手放在哈里肩上，尽量给他安慰。

“没人应该独自离开，”我说，“那样过于危险，但是一伙人别超过五个。”

“我们俩呢？”小豆拉着她姐姐的手说，当时很难让人想起她们俩不是亲姐妹。两个曾经的奴隶，孤单，害怕，相遇又相爱，结为夫妇，他们的女儿小豆和托莉成了姐妹，现在还是，只不过成了无依无靠的孤儿。我羡慕她们的亲密无间，也为她们感到害怕。她们还是孩子，在基督营受到的虐待几乎让人难以承受，现在看起来饥饿而又担忧，而且以一种我无法描述的样子显得苍老。当初戴发起反抗的时候，我们的“老师”察觉她们俩是超共感者，因此愈加虐待她们，但她们从没供出别人。虽然勇气可嘉，但她们最终还是轻易就会被戴上项圈，或者可能沦为妓女——就为混口饭吃。

“你俩跟着我们，”纳蒂维达说，“我们打算找到自己的孩子，如果能够的话，我们也会找到你们的弟弟。”

小豆咬住嘴唇，“我怀孕了，”她说，“托莉没有，但是我怀孕了。”

“我们没有全都怀孕就已经是个奇迹，”我说，“我们曾是奴隶，现在获得了自由。”我看着她，她是个瘦削高挑、面容精致的女孩，眼睛大得正应了她的名字[1]，“你想怎么办，小豆？”

她咽了下唾液：“我不知道。”

“我们会照顾她。”特拉维斯说，“无论她怎么决定，我们都会帮她。她父亲是个好人，也是我的朋友。我们会照顾她。”

我放心地点点头，特拉维斯和纳蒂维达是我认识的人中最有能力和最值得依靠的两个。他们会活下去，如果跟着他们，两个女孩也会活下去。

其他人开始自发组织，阿德拉·奥尔蒂斯开始想加入特拉维斯、纳蒂维达和莫拉姐妹，最后又决定跟着卢西奥·菲格罗阿和他妹妹。我不确定她跟卢西奥在前一晚是如何走到一起的，不过现在觉得阿德拉也许想跟卢西奥把关系固定下来。男方比女方大不少，我认为阿德拉希望卢西奥想跟她在一起，想要照顾她自己。然而阿德拉也怀孕了，虽然还没显露，但是据她所说，已经

[1] 小豆的名字有鹿的含义。

至少怀孕两个月了。

而且，卢西奥还没忘记特蕾莎·林 ，她的死法让卢西奥变得非常非常沉寂——礼貌，但是疏远，以前在橡子社区时，他不这样。在遇见我们之前，他自己的妻儿已经去世，他用自己所有时间和精力帮助妹妹抚养孩子，特蕾莎加入我们时，他才开始再次敞开心扉。如今……如今他也许认为，开始在乎一个人再失去她的感觉太过痛苦。

的确痛苦，非常难受，我清楚得很。可我也了解阿德拉，她需要被别人需要。我记得她当初痛恨怀孕，痛恨轮奸她的男人，可她喜欢照顾孩子，是个慈爱周到的母亲，以前也很快乐，如今她会怎样我不知道。

尽管我为朋友和伙伴们害怕，尽管我渴望打造的这个团体必须分开，但这一切比我想象的更容易——比我想象的可能容易得多。六年来我们在一起工作顺利，作为奴隶也忍受了不少，如今我们要分崩离析，决定各走各的路，我不是说这很轻松——只是没有我以为的困难。上帝即改变，我已经讲授六年，这话不假，我猜它已经为我们做好了铺垫。地球之种让你做好准备活在现实的世界，塑造你想要的世界，但是没有哪一项是真正轻松的任务。

我们用当天余下的时间前往其他秘密据点，分配留在各处的补给，取出另一组孩子的手印和脚印，然后我们又一起过了一夜。去过所有据点之后——有一座被人打劫，其他都完好无损——我们在另一座浅山洞过夜。天又开始下雨和变冷，这是好事，因为基本上消除了我们被追踪的可能。在最后一晚，吃过饭后我们很快睡去。一整天我们都在翻山越岭，背的包裹每到一个据点就会变得越发沉重，所以我们都疲惫不堪。不过第二天分别之前，我们举行了一次集会，按照格雷森和特拉维斯谱的曲，我们吟唱地球之种的诗文，怀念逝者，包括被毁的橡子社区。我们每个人都发言纪念。

“你们是地球之种，”最后我对他们说，“永远都是，我爱你们，爱你们所有人。”我停了一会儿，努力保持仅剩的一点自控。

然后我得以继续，“这个国家不是所有人都站在安德鲁·杰瑞特一边，”我说，“我们知道，杰瑞特会成为过去，我们会存留下来，我们比大部分人更了解如何生存，证据就是我们已经活下来。我们有别人没有和需要的工具，我们能分享各自知识的时代还会再次到来。”我停下来，咽了下唾液。“保重，”我对他们说，“要相互照应。”

我们同意，每隔一两个月去一次新指定的洪堡郡红杉公园信息投放点，至少持续一年；每个小组最好不了解其他小组去哪儿，这样如果一个小组被俘，他们也没法被迫出卖别人。我们一致认为最好别生活在尤里卡和阿克塔地区，因为我们大多数狱友曾经生活在那里，不论是死去的还是还活着的逃亡者。每座城市都驻扎着一个大型美国基督教教会和隶属于它的组织，我们也许得去这些城市寻找孩子，不过一旦找回他们，我们应该去别处生活。

“改掉你们的名字，”我告诉他们，“尽快买到新身份，然后就可以放心，你们都是老实人，要是有人说别的，就攻击他们的可信度，指责他们是秘密邪教徒、女巫、撒旦教徒、窃贼。想到什么能最大程度打击你们的指控者，就说什么！别只为自己辩护，攻击，持续攻击，直到吓坏你的指控者。注视他们，注意他们的身体语言。他们自身的反应会告诉你，如何最有效地摧毁和吓跑他们。

“我认为这种事你们不用多做，我们碰上基督营熟人的概率很小，只不过需要在精神上做好准备。上帝即改变，你们自己保重。”

我们分道扬镳，特拉维斯说我们最好别走公路，除非能隐藏在人群之中。“如果没有人群，”他说，“我们应该从山里走，虽然会更困难，但是更安全。”我同意他的看法。

我们相互拥抱，拥抱了很多次。有一天我们可能会在其他州、其他国家或杰瑞特卸任的美国再相见，我们流泪、担忧、憧憬，最后的分别让人难受。决定比我想得容易做，然而真正分别要难得多，是我曾做过的最难的事。

然后我就只剩下艾莉、哈里和妮娜。我们四个在泥泞中向北跋涉，穿过熟悉的山冈，走向尤里卡的郊区，最终走向乔治敦。是我建议跟别人分别后前往乔治敦的。

“为什么？”哈里用不属于自己的冰冷声音问。

“因为那里是个获取信息的好地方，”我说，“还因为我认识德洛丽丝·拉莫斯·乔治，她也许帮不了我们，但我们去那里她不会乱说。”

哈里点点头。

“乔治敦是哪儿？”妮娜问。

“一座贫民窟，”我告诉她，“规模很大，又脏又差，寻找你和你妹妹时我们去过那里。你能隐藏在那儿，人们不多管闲事，乔治一家也还过得去。”

“他们没问题，”艾莉赞同我的看法，“不出卖别人。”这是她受到电刑以来说出的第一个完整句子。我看着她，她重复道：“他们没问题，我们可以从乔治敦开始寻找贾斯汀。”

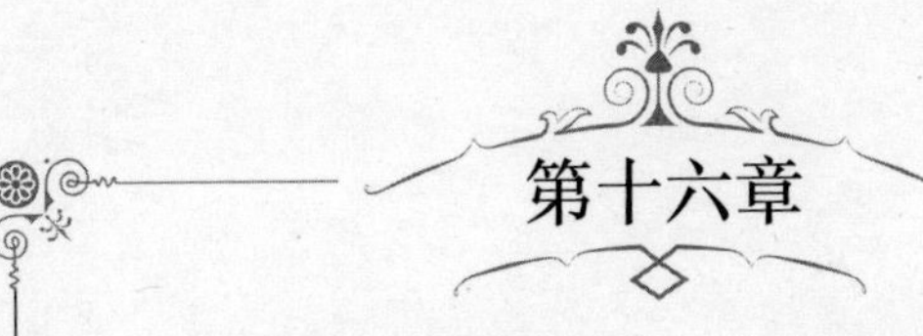

第十六章

地球之种的使命
是扎根星际
是在新的地球上
生生不息
是成为新的物种
考虑新的问题
是一次又一次
跃入天堂
探索天堂的浩渺
探索自身的广博

《地球之种：生命之书》

劳伦·欧雅·奥拉米纳

我最初的清晰记忆是关于一个娃娃，当时我三岁，也许四岁。我不知道娃娃来自哪儿，现在仍不知道，之前我从没见过娃娃，从没有人告诉我娃娃是有罪和受到禁止的，我甚至不知道它们的存在。现在我怀疑那个娃娃是被别人抛弃后扔进我家围栏的，我在后院一棵大松树底下发现了它。

娃娃的形象是一个金发蓝眼少女，我记得它非常简洁和瘦削，身上穿着一块粉色的布，在后背上那块布的三端兜过肩膀和腰身被打成一个结。那个结在娃娃硬塑料的身躯上形成一个多余的柔软凸起，一被我的手指感受到，我就开始解开它，然后我咬它，查看粗糙的黄头发——看起来像头发，可是摸上去感觉不对。而且双腿不能动令我感到困扰，它们只是僵硬地伸出去，双脚一成不变地踮起脚尖。我不知道如何玩娃娃，但是知道如何看它、摸它、品尝它，把它像一个进入我领域的新奇事物归入我的记忆里。

然后凯丝出现，从我手中抢走娃娃。当我伸手想要回来时，她扇了我一巴掌。她出现在我身后，看我手中的娃娃，突然暴怒起来，失去控制。她是个严苛的戒律主义者，但是很少打我。公平地说，我记得这是她唯一一次如此愤怒地打我，也许这正是我记忆犹新的原因。

曾在鹈鹕湾美国基督教儿童之家长大的人告诉我，一位女看守在类似的愤怒中杀死了一个孩子。

她的受害者是一个患有抽动秽语综合征的七岁男孩。我的消息源告诉我："我们这些孩子一点都不了解抽动秽语综合征，但是都知道这个特殊的男孩不由自主地喊出脏话和制造噪声，他不是出于本意。我们有些人不喜欢他，有些人觉得他疯了，但是都知道他喊出的话不是真心的，我们知道他控制不住自己。女看守说男孩身体内有一个恶魔，她总是朝男孩怒吼——一天不落。

"然后有一天女看守打了男孩，把他撞在一个橱柜的边缘上，他撞到脑袋，所以死了。

"我认为女看守没有被判刑或戴上项圈，但是她被开除了。我只希望她再也找不到专业工作，不得不协议卖身。不管怎么样，她那种人最终应该戴上项圈。"

关于美国基督徒——做了最多坏事的那些——存在一种无意识的刻板。就像是中世纪的宗教审判官，为了拯救你的灵魂而杀死你，甚至折磨死你，他们笃定这些行为的正确性。凯丝没有那样坏，但是跟任何智商正常的人相比，她的头脑更加僵化死板，这让我吃了不少苦头。

不管怎么样，她抢走我的娃娃，开始扇我耳光，整个过程中一直对我大喊大叫。我吓坏了，也号啕大哭，甚至不知道她在说什么。现在回想那时，我知道肯定跟崇拜、异端或偶像有关。美国基督教创造新的罪恶，拓展旧的罪恶，我们被禁止照相，禁止看电影和电视，但是不知为何梦幻面具没有被禁止——只有宗教主题可用。后来我上学时，大孩子们传看含有冒险战争和性内容的非宗教梦幻面具，我用故意标错的梦幻面具获得了第一次愉悦的性体验，标签上写着《摩西的故事》，实际内容是一个女孩跟她的牧师、执事和其他受她引诱的人进行狂野性爱的故事。发现那个面具的时候我十一岁。如果凯丝知道面具的实际内容，她也许就不止扇我耳光了，不过我把那个情色面具隐藏得很好。

可是三岁的我还不明白娃娃需要藏起来，只有凯丝的表情告诉我它有多么可怕。她在我们后院挖坑，把娃娃放进去，倒上食用油，填上废纸，最后点燃，她逼我观看整个过程，还说如果我继续违抗上帝、效忠撒旦的话，就会落得同样下场，会下地狱，魔鬼会像她烧掉娃娃一样焚烧我。我记得她逼我观看烧黑变形的塑料疙瘩，逼我拿在手里，我因为被热塑料烫到手而哭了起来。

"如果你觉得那很痛，"她说，"等到下地狱你再感受一下。"

多年以后我长大成人，一个朋友的女儿给我看她的娃娃，结果我一下子站起来，跑出了屋子。我没有尖叫或用力推开，只是逃跑。一见到小女孩的娃娃我就感到恐慌——真正的恐慌，明白原因之前我不得不思考和回忆很久。

美国基督教的目的是正本清源，把美国建成伟大的基督教国家，以后努力成为强大、稳定和领导世界的国家，争取让人民永驻天堂。可是现在有些时候，一想起美国基督教和对很多人施加强权的所作所为，我不会感受到秩序、稳定或伟大，也不会回忆起基督营或鹈鹕湾。我想到的是另外的极端——构成美国基督徒生活的众多微小、悲伤、愚蠢的极端行为，我想到的是一个小女孩的娃娃和自己试图摆脱恐慌的阴影，到现在见到一个娃娃，我仍然会有不由自主的反应。

以下选自劳伦·欧雅·奥拉米纳的日记

2035年3月28日
星期三

我们找到了贾斯汀·吉尔克里斯特——或者说，他找到了我们。在来到乔治敦的几周里，这是发生在我们身上最幸福的事。

我们恢复健康，努力寻找孩子们的下落，了解新闻，努力想办法适应当下的世界，与此同时一直通过为乔治家工作换取食宿。因为有了工作保证逗留期间的吃住，我们仍然还有到达时带着的大部分钱财，我甚至通过帮人读写又多挣了一些。乔治敦的多半人口都是文盲，我已经开始为少数想学习的人教授读写，这也换回一些硬通货。我出售成人和孩子的铅笔素描，最后这点我必须小心，一些更疯狂的美国基督徒似乎觉得给孩子画一张画像就等同于偶像崇拜，这似乎在杰瑞特广受爱戴的乔治敦都极端得无法让大多数人理解。这里很多人的儿子、兄弟、丈夫或其他男性亲属在阿拉斯加-加拿大战争中受伤或丧命，可他们还是爱戴杰瑞特。

事实上，杰瑞特在这里既受爱戴又受鄙视。信教的穷人无知、害怕，拼命想改善自身状况，所以乐于看见一个“上帝的男人”入主白宫。那就是他对他们的意义：上帝的男人。

就连一些不怎么虔诚的教徒也支持他，他们说这个国家需要一个铁腕人物来恢复稳定秩序，良好就业、正义执法和义务教育，他得有充分的时间和自由才能恢复一切。

可是那些献身其他宗教和根本不信教的人对杰瑞特嗤之以鼻，称他是伪君子。他们鄙视、痛恨他，但也害怕他，他的所作所为让人视他为“独裁者”，暴徒把他视作同伙，他们羡慕他，他是最大最成功的窃贼、凶手和奴隶主。

喜欢杰瑞特的穷人劳动者希望被蒙蔽，需要被蒙蔽，他们长时间、辛苦地干危险的脏活儿，艰难谋生，他们需要一个救世主。特别是贫穷的妇女，她们往往深陷宗教之中，心甘情愿把杰瑞特视作再临的基督。宗教是她们的全部，她们受雇主和男人的虐待，生育超出抚养能力的孩子，承受每个人的轻视。

可是，不管杰瑞特的极端支持者是否认为给自己的孩子照相是一种罪过，人们都需要。我会作画，比当地的摄影师要价更低，也比摄影师更平易近人，从不画出孩子身上的污迹、伤痛和褴褛的衣衫。没有必要。为了他们的爱人或父母，我把普通大男孩画得更英俊，把普通女孩画得更漂亮。甚至在多次尝试之后，借由亲戚朋友爱的记忆引导，我得以描绘逝者。我当然不知道那些画有多准确，但是它们让人喜欢。

我觉得只要待在贫民窟和城镇的贫困区，就能依靠给人画画、上课、阅读和写字谋生。跟这些地方的人混熟还有个额外的好处，贫民窟的许多人在城镇中的庭院和家庭工作，雇主是条件稍好的人。园丁、清洁、油漆、木工、育儿，甚至一些水暖和电气方面的工作，他们都做。他们的雇主有房屋或公寓居住，但是连没有薪金的住家仆人都用不起。这种人花少量钱或提供衣食雇人工作，做这种工作的贫民有机会看见和听见很多有用的信息。比如新的孩子如果出现在一位雇主或附近的家庭中，日常的劳工就会知道。如果价格合理，他们会知无不言。跟其他任何物品一样，消息也用于出售。

然而尽管我努力收集信息，找到贾斯汀却不是通过这种方式，而是因为他逃离了自己的新家来寻找我们。他已经十一岁，能够分辨是非，能够分辨自己叫了八年的母亲是否有罪，是不是在崇拜魔鬼。

我刚刚坐在一座用木头和塑料搭的窝棚外，给一个女人和她最小的两个孩子画完一张钢笔素描，正返回自己在宾馆的住处。乔治敦的街道都是土路或塞满垃圾的沟渠——露天下水道——一脚下去你什么都有可能踩中。乔治一家足够理智，把他们的全部业务都建立在远离最混乱地区的一座山坡上，但我只能去下边人最多的地方做自己的工作。自打来到这里我就没买过多少东西，但是一双手艺不错的防水靴是我的投资之一。

我边走边考虑自己刚刚画过的女人以及她三个月大和十八个月大的孩子。母亲还不足三十岁，可是看上去已经五十岁，她有九个孩子，稀疏的头发正在变灰，牙齿几乎没有了。我觉得自己好像在向过去穿越，我的意思是更久远的过去。在橡子社区时我们回到19世纪，我奇怪现在相当于什么年代，18世纪？然而不对劲的是，我发现自己满腹嫉妒。

有时候我看着这些贫穷悲苦的妇女，几乎嫉妒得受不了。至少她们带着自己的孩子，就算什么都没有，她们也没丢了孩子。我看着孩子，描绘他们，几乎无法忍受。

我朝着乔治家旅馆里自己的房间向山上行走，看见一个小男孩手抱着脑袋蹲在路边，他只不过是一个衣衫褴褛、骨瘦如柴的小孩子。我觉得他也许在流鼻血，这让我想快点经过。超共感有时会把我变成懦夫，但有时也会让我抗拒成为懦夫。

我停下来问："你没事吧，亲爱的？"

他被我的声音吓了一跳，然后抬头盯着我看。他没流鼻血，但是嘴唇肿胀破裂，面颊上有一道旧伤，额头左侧有一个青紫的大包。遇到意想不到的疼痛，我学会了静止不动。孩子嘟囔了一句，我没有听清，因为他的嘴唇肿得厉害。然后他直接冲向我。

一开始我认为他在攻击，以为他可能有一把刀或者老式剃刀，甚至含有毒药或迷药的皮肤贴片。偷窃或杀人的孩子没什么新把戏，在乔治敦这种大型贫民窟，为非作歹的孩子不少，不过他们往往只能追弱小或残疾的人，而且成群结队地行动。随后在男孩够到我之前，我不知怎么认出了他，虽然让我也感到疼痛，但我认出了他受伤扭曲的脸。

贾斯汀！尽管他挨打又受了刀伤，但是还活着。我不顾周围一边盯着看一边嘀咕的人们，把他抱在怀里。贾斯汀瘦小但结实，我猜他还要长很多。他是白人，长着红发和雀斑，换句话说不像是应该拥抱我的人。不过在乔治敦，人们虽然会围观，但不会干预，不会多管闲事，他们不需要别人的麻烦。

我把他从我身上移开，上下打量一番。他浑身沾满污垢和血迹，看起来最近没怎么吃东西。除了脸和嘴上的伤口以及额头的瘀青，他还有别的伤，一活动就能看出来。

“妈妈也在这儿吗？”他问。

“她在这儿呢。”我说。

“在哪儿？”

“我这就带你去找她。”我们一起朝山上的乔治家大院走去。

“医生也在吗？”

我停下来，盯着上边的大院，然后低下头，等待自己能稳定地发出声音：“不，贾斯汀，他不在这里。”

被关进基督营之前我了解的贾斯汀，会接受这句话的字面意思，会问班克尔在哪儿，但是这个年龄更大、受过伤害、变得聪明的孩子不会那么说。

“塑造者？”

这个称呼我好久没有听过，其实我连自己的名字都好久没听过了。在乔治敦，我说自己叫科里·杜兰，这是我继母的娘家名，用它是希望我弟弟刚好在附近的话能吸引他的注意。假名在这里被接受，是因为橡子社区被毁前我虽然去过几次乔治敦，但是常驻居民里只有德洛丽丝·乔治和她丈夫知道我的真名，而且乔治一家不八卦。

至于这个称呼，在橡子社区，所有孩子都叫我“塑造者”，它似乎很适合一个讲授地球之种的人，特拉维斯和纳蒂维达也被称作“塑造者”。

“塑造者。”

“嗯，贾斯汀。”

“医生死了吗？”

“嗯，他死了。”

“哦。”他哭起来。他受伤没有哭，反而为班克尔哭起来。我拉起他的手向山上的乔治家继续走。

跟我们大家一样，艾莉一直为德洛丽丝·乔治打工，我从不担心自己挣钱讨生活的能力，我担心哈里的消沉，但不担心他的机智，他不会有多少麻烦。妮娜还没给我多少时间担心她，几乎一来到乔治敦她就跟乔治家一个年轻的儿子相爱，虽然她丢了两个妹妹，虽然德洛丽丝不赞成，妮娜和那个男孩还是相爱得热情而投入，德洛丽丝也只好通过疏远儿子来表示反对，希望突现的激情能够退去。我不确定。

但是我担心艾莉，她在康复，现在说的话跟以前一样多——也就是说不怎么多。她能思考分析，但是没有恢复全部记忆，因此我把她的一些经历告诉德洛丽丝，明确希望能给她找份永久的工作。德洛丽丝开始让她干些杂活儿，清洁地板、修理楼梯、粉刷栏杆……发现艾莉工作认真而且不惹麻烦后，她说艾莉想留多久都行。没有薪水，只供食宿。

上山的路途走了一半，我在一个树墩上坐下，抓住贾斯汀的双手。他脸上的伤似乎很重，让我难以观看，但是我强迫自己看着他："贾斯汀，他们伤害过你母亲。"

他开始害怕："怎么伤害的？"

"他们给她戴上项圈，给我们每个人都戴上项圈。我不知道你看没看过——"

"看过。我在尤里卡看见成群戴着项圈的人在公路上劳动，做补路拔草之类的活儿。我见过项圈如何伤人，让人倒在地上抽搐和尖叫。"

我点点头："项圈还有更厉害的坏处。有人对你母亲非常生气，用项圈使劲伤害她。她现在几乎痊愈，但记忆方面仍有些问题。"

"健忘？"

"嗯，她忘记的大都是她受伤前那一段时间发生的事。那段时间我们都很受煎熬，她记不起来也许算是幸运。但是如果你问她的事情她记不起来，你别感到吃惊，她不由自主。"

他想了一会儿，然后几乎用耳语一样的声音问："她会记得我吗？"

"当然会。我们一直接触各种人，尝试找到你和别的孩子们。"然后我情不自已，不得不为自己问几个问题，"贾斯汀，你跟别的孩子在一起吗？你跟拉金在一起吗？"

他摇摇头："他们把我们都带到阿克塔的教会，强迫我们分开，说我们会有新的美国基督教家庭。他们说……说你们都死了。我一开始相信，不知道该怎么办。可是后来我看他们谎话连篇，对我们和橡子社区的描述都是谎言，然后我就不知道该相信什么了。"

“你知道他们把拉金——或其他孩子——送到哪里了吗？”

他再次摇摇头：“他们让一对有儿女的夫妇把我带走，我差不多是第一个离开的，没看见谁带走了其他孩子。我猜他们去了别的家庭，带走我的夫妇里，男人是一位执事，他说带走我是他的责任，我猜揍我也是他的责任吧！”

“你的脸就是他伤的？”

贾斯汀点点头：“他和他儿子卡尔干的。卡尔说我母亲是魔鬼的崇拜者和女巫，总是说个不停。他十二岁，以为自己知道一切。然后在几天前，他说我母亲是……妓女，我揍了他，我们大打出手，他父亲出来说我是忘恩负义、崇拜恶魔的小杂种，然后他俩狠揍了我一顿，把我锁在屋里，我从窗户逃了出去。接下去我不知去哪儿，所以就一直朝南走，出了城，奔向橡子社区。执事说橡子社区已经不复存在，可我得眼见为实。后来一个女人见我在路上就把我带到这里。她给我吃的，为我上药，她有不少孩子，让我跟他们待了几天。我猜她愿意让我住在那里，可我想回家。”

我听他说完，然后叹了口气，“橡子社区的确不存在了，”我说，“最后获得自由时，我们烧毁了剩下的一切。”

“你们烧了橡子社区？”

“没错，我们不能留在那儿，否则会被再次抓住并戴上项圈，或者被杀。我们拿走可以带上的东西，烧了剩下的一切。为什么要让他们偷走和使用呢？我们都烧掉了！”

他往身后稍微退了一下，我害怕自己吓到他。他是个坚强的小孩，但也经受了太多。过多地展露自己的情感让我觉得羞愧。

然后他靠过来小声说：“你们杀了他们？”看来我没吓到他，他消瘦而且受伤的脸上现出强烈的愤慨，表情中充满了一个小孩远不应有的憎恨。

我只是点点头。

“伤害我母亲的人——你也杀死了？”

“是的。”

“好！”

我们起身，我带他找到艾莉，看着他们相见，看见艾莉幸福的泪水，听见他们的哭声。我几乎无法忍受，但还是看着。

后来哈里对于自己孩子的下落有了新想法。他已经得到一份驾驶乔治家卡车或坐在副驾驶位押运的新工作——他在橡子社区就积攒了丰富的经验，甚至跟排外的乔治家男人打成一片，虽然成不了他们中的一员，但是他们喜欢他。通过发现并制止一场抢劫，哈里证明了自己，获得了他们的信任。这份工作让他比徒步行走见识了更多的州，可也让他受到束缚，大部分时间都得跟卡车在一起。他没法一个人寻找自己的孩子——没法走过那些小镇，查看干活儿或玩耍的孩子。不管怎么样，那样做可能会让他陷入麻烦。

贾斯汀给了我们两点令人伤心但有用的信息。第一，所有的孩子都改了名字。贾斯汀被叫作马修·兰迪斯，成为兰迪斯执事的另一个儿子。像贾斯汀一样的大孩子会记得自己叫什么，家长是谁。可是小孩子、婴儿、我的拉金……

第二，兄弟姐妹总是被分开。即使对美国基督教而言，这种不必要的行为也似乎有点像虐待。贾斯汀不知道原因，也没见过如何操作，但他听兰迪斯执事对另一个男人提过。所以失去家庭、父母或监护人的孩子，也会失去他们的兄弟姐妹和名字。

如此看来我如何才能找到拉金?

要怎么做才能找到我的孩子?我已经请所有认识的零工寻找一个黑人女孩，深色皮肤，不足两岁，不过相对年龄可能体型偏人，突然出现在没人怀孕的家庭，也许不是黑人家庭，或者是寄养家庭。我自己也曾假扮零工，代替两名清洁女工，以便能够查看别人报告给我的两个可能是我女儿的孩子，可她们没有一个像我的拉金。

然而拉金还是我记忆中的样子吗?怎么可能?婴儿长得飞快，她被带走时只有两个月大。我害怕自己会不认识她，可我还留着手印和脚印，复制了几份，以便总能带在身边。我甚至还去找了警察——洪堡郡治安官——我用的假名，编造了在公路行走时女儿被偷的经历。我给他们留了一份手印和脚印，交了“警察服务费”，除非有紧急情况，这笔钱是少不了的。我不知道这样做是否明智或有用，但还是着手去做，采取能够想到的一切措施。

所以我也没有因为哈里的做法而怪他。我当然希望他不那么做，但是没有怪他。绝望的时候，你就会不顾一切。

两天前，哈里来看我。

他刚刚结束接连前往俄勒冈州和塔霍的三天旅程。这样的旅程结束后，他通常会吃点东西再去睡觉。

可是他却来到我的房间见我。我在一张摇晃的小桌子上工作，它是换来的。我给一位母亲和她的三个孩子画了素描，以此交换他们这张桌子。我的房间像橱柜一样狭小，有一扇窗户，一块楔形木头撑开窗户防止它关上，屋里还有一张架床、不少尘土及几只虫子。我买了用来简单洗漱的水罐、水盆和几块肥皂，还有用来工作的椅子和刚刚提到的桌子，饮水用的水壶和市面上最好的净水器，以及驱虫喷雾。

“奢侈，”德洛丽丝来看过后说，“究竟为什么不升级一个像样的房间？你担负得起啊。”

“等找到女儿后也许可以考虑，”我说，“我不知道找她要花多大代价，也许要赎身。我不知道还有什么能做。”没说出口的是，也许我需要抢走她然后逃跑，也许要花钱雇乔治家帮我快速穿过一两条州界，任何情况都有可能，我不能乱花钱。

“好吧，”她说，“我还没打听到什么，但是我的人在打听。”

他们还在打听，我付了一点钱并承诺还会给很多，所以自由职业者也在打听——比如豹哥，我很遗憾这样说——只可惜他们还买卖更小的孩子。每次跟他们中的一个交谈我都感到恶心，如果说有谁应该被戴上项圈进行劳改，那就是他们。然而没有任何美国基督徒专门去打击他们。

对杰瑞特的美国来说，显然我们代表更大的危险。顺便说，我们遭到的打击是非法的，我们了解到很多，没有出台新法律说那种行为没问题。然而就像戴维·特纳很久以前说的，很多人确信大力打击贫民和异己是个好主意。如今有不少法律案件——关于印度人、犹太人、穆斯林和十字军冲过来时免于被抓的人，可是就连这些人被抓走的小孩子通常都不会归还给他们。父母或监护人一个接一个地因为忽视和虐待罪而遭到指控，实际上，他们最后会因为对孩子犯下莫须有的罪名被“依法”戴上项圈。有时候对孩子洗脑或恐吓，能让他们对几月或几年未见的亲生父母提出不利证词。我不确定最后这点如何实现，贾斯汀不管被告知什么，都没有跟艾莉反目。怎样洗脑会让孩子反对自己的父母?

所以找回被拐孩子的司法途径行不通——或者说目前不行，违法的劳改营都还继续存在。网络和光盘上提及劳改营都说是严格用于轻罪犯——流浪汉、盗窃犯、瘾君子和娼妓——的改造和再教育，仅限于此，没问题。

我们一如既往地只能依靠自己。

“我今天辞了工作，”哈里对我说，他坐在我床上，倾身靠着桌子，令人不安地盯着我看，“我要离开。”

我把为一名学生编写的课本放在一边，这名妇女想学会阅读后教自己的孩子。我的学生现在和以后都买不起课本，我就在他们从乔治家给我买来的纸张上编写。我已经教他们在铺平的土地上先练习字母后练习单词，接着让他们用食指感觉字母和单词的形状，然后我让他们用尖细木棍习惯用笔的感觉。

似乎我一直在教别人，以前有四个弟弟，我觉得天生就得教书，当然也很喜欢。我不确定这样做有多大用。现在什么事能有点用呢?

“你听说了什么?”我问哈里。

他转向一旁，凝视窗外。

我越过桌子抓住他的手：“告诉我，哈里。”

他看向我，我猜是想挤出一点笑容，“我听说美国基督教在马林郡掌管一座大型儿童之家，”他说，“文图拉郡还有一座。我没有地址，但是会找到它们。其实我听说美国基督教控制很多儿童之家，但是在加州我只知道这两座。”他停下来又看窗外，“我不清楚他们是否把我们的孩子送到其中之一，贾斯汀说他没听说任何儿童之家或孤儿院，只听说他和别的孩子要去新的家庭，被抚养成爱国的美国基督徒。”

“不过你要去文图拉和马林查清楚？”

“我必须去。”

我考虑了一下，然后摇摇头：“我不信他们把你我那样小的孩子送到那里，他们在这附近寄养或收养，最差也是小规模的儿童之家。整个加州南部的孩子都会涌向文图拉的儿童之家，马林的儿童之家则会挤满湾区和萨克拉门托的孩子。”

“所以你继续在这儿寻找，”他说，“我希望你留下。如果你找到我们的孩子，就跟我找到一样。他们不会落入疯子——杀死他们母亲的凶手——手中。”

“在这里寻找才合理啊！”我说，“假如美国基督教在转移孩子，很可能是从南向北转移，南边人口密集——除了本地居民全都是拉丁美洲移民和亚利桑那州和内华达州过去的人口。”

“我得去那里，”他说，“我知道你没错，可是没关系，在这里我不知道去哪儿寻找。收养家庭、寄养家庭，甚至小型集体之家不怎么引人注意，我们一直在一个接一个调查它们，可能得需要几年时间。可是如果孩子们在南方，我也许能先后在两座儿童之家找工作，在那里寻找。”

我靠向后方，想了一下，“我认为你的看法不对，”我说，

“不过如果你坚持要去——”

“我要去。”

“你不应该一个人去，得有人照应。”

“我不希望你跟着我，我想你在这里继续寻找。”他从外套兜里掏出两个手掌大小的预付费手机，推到我这边一个。我们过去在橡子社区用过预付费而且可续存的卫星电话，这俩是更便宜的版本。“昨天我买的，”他说，“交了五小时的国内通话费用，它们便宜、简单、匿名，只能用于接打语音电话，没有屏幕、网络连接和信息存储，但是我们至少能跟对方说上话。”

“可是你一人上路的生存希望——”

他站起来走向门口。

“哈里！”我也站起来说。

“我累了，”他说，“得睡会儿。我都半死不活了。”

我任凭他离开。他已经够消沉了，再加上疲惫，肯定没法抵抗。自从扎赫拉去世，他就变了个人。我会让他休息，然后再尝试跟他讲道理。我不想逼他留下，可是一个人走等于自杀，他也知道。等他休息好，就能认识到吧。

可是第二天——今天——哈里离开了。

今天一大早他离开乔治家，花钱搭乘一辆前往圣芭芭拉的卡车。早晨看见德洛丽丝我才知道，她把哈里留的字条交给了我。

“我必须走，劳伦，”上边写着，“带好手机，按兵不动。我会回来。如果在南边找不到孩子们，我会回来和你继续在这儿寻找。别担心，照顾好自己。”

他这辈子都是个温和、有趣、快乐的人，骨子里有股认真的劲头。我们自小相识，像兄妹一样毫无拘束地相处。他和扎赫拉是我最好的朋友，我已经记不起有多少次我们相互救过性命。

现在一切都结束了，真正地结束了。扎赫拉去世，哈里离开，所有人都离开了。艾莉打算跟贾斯汀住在乔治敦，她有自己珍视的儿子。妮娜只想跟能照顾和保护她的人结婚并安顿下来。我不怪她，可我发现自己不怎么喜欢她。她的妹妹此刻也许戴着项圈，或者跟着以上帝的名义虐待和恐吓她们的人一起生活。如果贾斯汀说的没错，她们也许生活在一个儿童之家的庞大宿舍里，但是相互分开——失去了所有曾经关爱她们的人。

不是妮娜不在乎，她只是觉得自己无能为力。“我不是丹，”她不止一次告诉我，“也许这意味着我不够强大，可这不受我控制，我做不到丹所做的一切。我就是不能！指望我去做也不公平，他是个男孩——几乎是男人啦！我只想结婚和获得幸福！”

她十六岁，她哥哥救她回来时只有十五岁。不过正如她所说，她不是她哥哥。

第十七章

所有祈祷都是说给自己

无论如何

所有祈祷都会得到回应

祈祷吧

但要小心

你的欲望

不管实现与否

会决定你的转变

《地球之种：生命之书》

劳伦·欧雅·奥拉米纳

我好奇如果母亲找到我，我的人生会是什么样。我不怀疑她会从亚历山大家把我偷走——或者拼死一搏，可是然后呢？需要多久她就会为了她的“长子”地球之种把我抛在一边？地球之种从没有长久地离开她的思维，就算在她被俘期间没有给她带去慰藉—— 我怀疑不是这样——至少也支撑了她，让她能够活下去，没有放弃或者没有真正屈服于俘虏她的人。我就没有可能帮助她，我是她的弱点，地球之种是她的力量，难怪那是她的最爱。

以下选自劳伦·欧雅·奥拉米纳的日记

2035年4月8日
星期日

我只剩下自己。

我离开乔治敦，离开年长和年轻的学生，离开用废旧物做家具的房间。我把一些钱和一把枪留在艾莉那里，以便遭劫的时候还有所依靠。我先来到信息投放点——走了两天——看是否有人留下信息。现在我已到达，住在一棵活生生的海岸红杉里，长久腐蚀掏空的树干足以容下一人。我发现了没有签名的消息，来自特拉维斯和纳蒂维达、迈克尔和法子。他们都通过援引任何成员都记得和理解的社区事件来表明身份，陌生人根本无法理解。我也在自己的消息里使用了同样的方法。

两对夫妇都没找到他们的孩子，都留下了电话号码。他们买了新手机——只能接打电话的便宜手机，跟我和哈里的一样需要预付费。我留下三个号码，我的、哈里的和一个能找到艾莉的，然后我为以后可能会来的人写消息。

"贾斯汀又回到我们身边啦！他很好，希望尚存，上帝即改变。"

上帝即改变，我写下这几个字，然后坐下来思考。我发现自己过去几个月没怎么考虑地球之种。我发现它的教义帮助我，帮助我们所有人在基督营活下来。上帝即改变，我没有失去任何信仰，很久——两年——以前我跟班克尔说的一切仍然正确无误。

被毁掉的东西很多，但是我的信仰仍然正确，地球之种仍是真理，使命作为人类的目标一直都意义深远。只不过橡子社区没有了。橡子社区虽然宝贵，但不是必不可少。

此刻我坐在这里，努力思考、计划。我必须找到女儿，必须传授地球之种，尽我一切努力让地球之种打动更多人，再让他们去教别人。

事实是，我教授阅读时使用一些简单的诗文，在橡子社区我就这么做，在乔治敦也就自然而然了。奇怪的是没人反对，人们有时看起来不解，有时候热忱地反对或认同内容，但是没人抱怨，甚至有人好像觉得我读的内容来自《圣经》，我无法允许自己让他们再那样想。

“不，”我告诉他们，“它引自《地球之种：生命之书》。”我给他们看了仅存的几本之一——是我从秘密据点拿来的。因为我一直称自己是科里·杜兰，所以没人把我跟劳伦·欧雅·奥拉米纳这个奇怪的作者姓名联系起来。

阅读的都是熟悉的内容：

你接触的一切

都被你改变

……

与上帝相处

要三思而后行

……

信仰引领行动

否则一事无成

……

善，缓和改变

人们似乎喜欢简单的诗文片段或者有韵律的完整诗文，因为韵律诗更容易记住，记住诗文令识别单词和学会辨认书写体变得更容易。用这样的方法，我猜自己从未停止教授地球之种。但是没有使命，没有对信仰体系更完整的理解，我所讲授的只不过是一些零散的诗文和警句，它们没法统一起来。

我至少得找到几个愿意学习更多内容的人，愿意教授自己所学的人，这次我必须建立……非实体的群体。我猜自己终于明白摧毁一个实际的群体有多容易，我需要创立一个广泛分布而且难以摧毁的共同体，所以我必须教出老师，不仅必须创建虔诚的信徒小群体和曾经想象中的群体组合，而且要引领一场运动。我必须创建信仰的潮流——一种可能进化成全新信仰的潮流，一股新的领导力量，来帮助人类投放他们的巨大能量、竞争力和创造力，进行真正伟大的工作来完成使命。

但是首先，我必须想办法找到孩子。

我孤身一人，而且知道这样很蠢，一个人上路会暴露更多弱点，毫无必要。我希望哈里能跟我相互配合。他把自己置于南加州和湾区的危险之中，纯属浪费时间。我坚信我们的孩子完全没有可能被送到那里。他们在这儿，哈里的孩子和我的孩子都很年幼，肯定被人收养了，我的拉金可能在长大的过程中相信拐走她的人就是父母，哈里的孩子是四岁和两岁，所以我猜也会有同样的遭遇——如果我们就此罢手的话。

明天我将走向尤里卡，我带着枪，从罗夫莱多一路随我来到这里的点四五口径手枪就在我身上。我曾把它藏在一个据点，以为自己不会用到，而且我还采用一切看似合理的方法让自己显得贫穷而且像个男人。我身材高大，相貌普通，至少这是很好的伪装，虽然不是真正的保护，但已是能做到的最好程度。如果有人朝我开枪，没人支援我，我很可能会死。可我不是外面唯一的独行者，或许劫匪和疯子们会去袭击身材更瘦弱的人，那样我会少些麻烦。劫匪和疯子现在少些，或者说以前很多，在乔治敦和来这里的路上，我看见越来越多的人穿着军装——或者部分军装。他们曾帮助杰瑞特打那场愚蠢的阿拉斯加-加拿大战争，如今谋生都很艰难，但是通常都武器精良。

既然杰瑞特的十字军已经加入豹哥和他朋友们的行当，给人套上项圈，抢走他们的孩子，奴隶贩子也就越来越多。我希望对他们隐身，隐姓埋名，进行自己的工作，只要看起来疯狂得让人别惹我就行。不过作为“男人”，跟随几条线索，寻找突然出现在没人怀孕的家庭中的黑人孩子，我必须非常小心，不想被误认为潜藏的恋童癖或绑匪。

我希望在尤里卡和阿克塔用工作换吃的——整理庭院、粉刷、做简单木工、砍柴……如果我远离比较富裕的社区，就应该没事，反正富人不需要雇我。他们会保留几个仆人——为了食宿打工的人。我会为剩下的中产阶级工作，充其量不过是一个为下顿饭努力的零工。

在南方或者湾区，劳动者的生活会更艰难。人们相互之间过于怀疑，如果盖得起墙还会过于隔绝。可是在这里，男人们受到雇用，至少吃得不错，甚至获准住进工棚、车库或谷仓。他们也许能经常见到家中的孩子，也许能经常听到后来被证实有用的谈话。对于大多数打工者来说，有用意味着他们也许被指派别的工作、远离麻烦，或者知道别人在哪儿保存值钱物品。对我而言，有用也许意味着收养、寄养和儿童之家的传言。

我会尽可能长久地在尤里卡-阿克塔一带及周围城镇游荡。艾莉答应继续为我搜集信息，她说需要在真正的床上休息时，我可以去她在乔治敦的房间。而且，假如我被抓后戴上项圈，德洛丽丝会为我担保——当然要付钱给她。她知道我在干什么，觉得我毫无可能成功，但是她也有子孙，所以明白我必须这样做。

“我同样也会去找，”她跟我交谈时说，“尽一切可能。这些所谓的教徒真该死，窃贼和杀人犯才是他们的真实身份。他们应该戴上项圈，应该下地狱受苦！”

有时候我希望自己相信地狱——当然不是我们相互制造的地狱。

2035年4月15日
星期日

这是我给别人做杂务的第一周，奇怪的是那些工作多么熟悉——帮助打理菜园或花园、除草、修剪灌木或小树、清理积累一冬的垃圾、修补篱笆等。这些都是我在橡子社区做过的，那里每个人什么活儿都干。人们看到我活儿干得不错，似乎感到高兴，还有点吃惊。对于额外愿意做的有偿服务，我还主动询问，甚至因此挣了些钱。大多数时候人们警告他们的孩子远离我，但是我的确得以看到孩子，从母亲怀中的婴儿到蹒跚学步的小孩，到再大些的孩子或者是邻居家的。我还没有看见任何熟悉的面孔，不过当然了，这才刚刚开始。我尽可能多去黑人社区或混合族裔社区，虽然不知道该去探查什么样的人，但是似乎最好从这些人开始。假如他们看起来的确很友好，我就问他们有没有朋友可能雇用我，目前我以这样的方式也找到几份工作。

结果找地方睡觉成了我的问题，头一晚有个男人提出，如果我愿意和他做爱，他就让我睡在他的车库。

我不确定他以为我是男人还是发现我是女人，也不在乎。当晚我在一座破旧得仅有几棵红杉幸存的公园打铺过夜。在一小群流浪者中间，我睡得很安全，早早醒来避免碰到警察。乔治敦的人们曾警告我，警察需要证明自己没白拿薪水的时候就用项圈逮捕流浪汉，一些更卑鄙的警察感到无聊时也会那样取乐。

天气挺冷，但我有轻便保暖的衣物和一条破旧舒适的睡袋，从罗夫莱多过来的路上我就在使用它。从不平整的地上醒来我身上有点疼，但是没有别的问题。我需要洗澡，但是相比在基督营期间身上积累的脏污，还算像样。我已经决定只要有机会就睡室内和勤洗漱，我没精力操心那些事。

星期二，我得以睡在一间工具房，这很好，因为外边下着大雨。

星期三，虽然雇我的女人说我应该去第四大街美国基督教接待中心的收容所，可我还是回到公园。

想想就吓人，那个地方的存在我已经知道了几个星期，但一直都远离那里，乔治敦的零工们说他们也都会避开，大家知道一直有人从那里消失，不过我恐怕自己总有一天得去，因为需要多打听美国基督教的人如何处理孤儿。问题是我不知道该如何忍受，那些混蛋我恨得要死，有时候只想杀死他们。我恨他们。

我也害怕他们，有人认出我怎么办？那不可能，可是如果呢？我还不能去美国基督教接待中心，我会尽快去，但是现在不行。我宁可照脑袋开一枪也不愿再次戴上项圈。

星期四，我住在公园，但是星期五和星期六我住在一位老太太的车库，她雇我修理和粉刷围栏、打磨和粉刷窗台。她的邻居不断过来“交谈”，我理解邻居只是在确认我没有谋杀她的朋友，而且我也不介意。最后的结果还不错，邻居也雇我割草，准备土壤，运到她的菜园和花园。这个局面喜人，因为她是我过来的原因。她和丈夫都是白人，可我从联络人那里听说，她有两个黑发、黑皮肤的漂亮小孩。

原来这个女人也不富裕，可是除了几顿好饭，她还为我的工作支付了几美元。我喜欢她，看见她收养的孩子我不认识的时候，也感到高兴。此刻我在她的车库写作，这里有电灯和床铺，冷是冷，可我裹着被子，除了双手身上还算暖和。此刻我最需要写作，因为没人可以说话，不过在这样的夜里写作就是让人感到寒冷的工作。

2035年5月13日
星期日

我去过了美国基督教接待中心，终于逼自己去了那里，感觉就如同强迫自己走进一大窝响尾蛇之间，不过我做到了。我不能睡在那里，即使没有戴维·特纳的前车之鉴，也不能睡在响尾蛇窝。不过我在那里吃了三顿饭，尽量收听一切信息。我记得戴维·特纳告诉我，如果帮助粉刷和修理几栋属于美国基督教孤儿之家的房屋，他们就为他提供床铺、餐食和一点美元。他不知道房屋的地址，也没对尤里卡了解到可以告诉我那些房子可能在哪儿，这可真让人遗憾。即使他们曾经在那里，现在可能已经离开，不过我也许可以从那个地方了解到信息，那里也许有可以偷走的记录，或者可以了解的留言、记忆或故事。如果我们的多名孩子被送去，那我也许能发现一两个还留在那儿。

最后的想法让我有点害怕，如果我真发现一两个我们的孩子，就不能把他们留在美国基督教手中。无论如何，我都得解救他们，并努力让他们跟家人团聚。那会让我备受关注，我不得不离开这里，我猜也是离开拉金。前提是我能离开而不是落得再次戴上项圈的下场。

美国基督教接待中心的食物尚可——几片面包和牛肉调味的炖蔬菜，不过我从没吃到肉。我周围的人抱怨这一点，但我不介意。过去几个月，我学会了有什么吃什么，并庆幸于此。如果我能咽得下，就有足够的食物填饱肚子，我把这个当成幸运。不过让我吃惊的是，在美国基督教接待中心如此接近敌人，我居然还能吃得下。

第一次去的感觉最糟，我的记忆不如正常情况下清晰。我知道自己去了那里，跟几十个无家可归的人坐在一起吃饭，有人开始向我们布道的时候，我忍住了没有发疯。我知道自己经历了那些，知道后来回到公园需要走很长时间才能让我的头脑恢复正常。跟写作一样，行走也有帮助。

我在盲目的恐惧中做了这一切，不知道别人如何看我，只是觉得自己看起来一定是出了严重的精神问题而没法交谈。虽然有些人愿意相互交谈，但是没人打算跟我搭话。我排进队伍，然后自动前移，别人怎么做我就怎么做。拿到食物一坐下来，我就发现自己伏在上面护住食物，像抓住鸽子的老鹰一样狼吞虎咽。我曾在基督营看见别人这样做，在那里你有时饿得受不了，就会变得有点疯狂。不过这一次我在乎的不是吃的，我没那么饿。如果我想要的话，可以换身衣服，走进一家不错的饭馆，吃一顿真正的饭菜。只是不知为什么，如果我把注意力放在食物上，用它们填饱肚子的同时也占满思维，我就能坚持待在那里，而不是站起来尖叫着逃离。

在自由的状态下，我从没有如此害怕过。人们渐渐远离我，我是说疯子、瘾君子、妓女和窃贼渐渐远离我。当时我没有考虑到，什么都没有考虑，我惊异于现在还能够记起，当时在一团茫然的恐怖中穿行，绝对可以说时刻准备着杀人。

我把枪用换洗衣服包好，放在了背包底部。我故意这样做，为的就是没法快速掏枪。我不想被诱惑那样做，如果在美国基督教接待中心需要用枪，那我就死定了。我没法把它放在任何地方，但是我可以卸下子弹。当晚早些时候我花了很长时间卸下子弹再把它包好，注视着自己包起子弹，这样即使在最严重的恐慌中我也清楚自己拿不到枪。

方法奏效了，它很有必要，也很有效果。

多年以前，当我所在的罗夫莱多的社区被焚，我的那么多家人被烧死，我不得不回去。当晚我得以逃脱，第二天我得回去，我必须取回被毁掉的生活中能够取回的部分，必须得去告别，我没有选择。从那一时刻开始，一直到后来，回到罗夫莱多的社区都是我做过的最艰难的事情。可是这一次更糟。

几天后等我第二次前往美国基督教接待中心，情况就没有那么严重了，我能够观察、思考和倾听。第一次去我没记住任何话语，我试着倾听，但是什么也听不进去。可是在第二次期间，我听见人们谈论食物、铁公鸡雇主、女人——我坐在男人堆里——有工作的地方、疼痛的关节、战争……我边听边看，过了一会儿，看见一个跟自己一样的人，伏在自己的食物上，怀着紧张和可怕的专注度把饭舀进嘴里。抬头的时候，他的眼睛扫过四周，充满了茫然和恐惧。排队时他拖着脚走，而不是迈开步子。如果有人靠近他，他就会精神错乱一般死死看着他们，可以说不像人类，人们躲着他，也许他吸过毒。他块头很大，也许非常危险，我也躲得远远的。可他跟几天前的我一样，我一直没弄清他有什么特别的问题，但我知道他的跟我的一样严重。

我几乎没听说任何跟孤儿和杰瑞特的十字军有关的内容。几个男人提到自己曾有孩子，大多数人不怎么多说，但有些人说个不停：他们早就失去的家园、女人、钱财、战争中的英勇事迹和痛苦创伤……都没什么用。

尽管如此，昨晚我又去了——第三次。同样的餐食，他们放了不同的蔬菜——我猜有什么用什么，炖菜里唯一不变的配料是土豆，但每一顿都是炖菜和面包。每次吃完总有至少一个小时的布道要忍受，大门关闭，我们吃饭，接着听讲，然后才能离开或者尝试得到一个床铺。

就算性命攸关，我也记不清自己接受的第一次布道了；第二次是关于基督治好病人，只要我们提出请求，他也愿意治好我们；第三次是关于耶稣·基督，昨天、今天和以后永远都是。

我第三次去时，进行布道的编外牧师是马克。

就是他，我的弟弟，美国基督教教会的编外牧师。

在恐惧和惊讶中，我低下头，想知道他是否看到了我。在男性用餐的餐厅大约有二百人——种族和心智健全的程度多种多样。我坐在餐厅后部，在讲台、讲坛或随便叫它什么的左边。过了一会儿，我低着头向上看，马克的身体语言没有表现出他看见了我。不过随着演讲渐入佳境，他确实提到自己有一个姐姐充满罪恶，虽然按照上帝的方式被养大，但是放任自己被撒旦拉下水。他说受到撒旦的影响，这位姐姐给他带去了很大的伤害。但是他已经原谅她，他爱他的姐姐，姐姐不从罪恶中回头令他很受伤，他跟姐姐分道扬镳令他很受伤。他摇着头，掉了几颗眼泪，最后说道：“基督·耶稣昨天是你们的救世主，今天是你们的救世主，永远是你们的救世主。你的姐妹也许抛弃你，你的兄弟也许抛弃你，你的朋友也许把你拖向罪恶，但是耶稣永远在你身边。所以要紧随上帝！坚持到底！坚定信仰，坚强勇敢，成为基督的战士，他会帮助你、保护你、激励你，永远永远不会让你失望！”

布道结束后，我开始随着人群溜走，需要思考，我得想办法在美国基督教接待中心接触马克。最后一刻，我通过一位服务人员给马克留了条信息，上面写：“听了你今晚的布道，不知道你在这里。需要见你，明晚在外面排队就餐的地方。”然后我签上班尼特·O。

我们一个弟弟名叫班尼特·奥拉米纳。奥拉米纳不是个常见的姓氏，美国基督教的某个人也许会注意到它，从基督营的囚犯记录中记起它。而且，我突然觉得签上我正使用的名字科里·杜兰也许过于残忍。毕竟科里是马克的亲生母亲，不是我的。我不愿让他想起失去母亲的痛苦或暗示他母亲也许还活着。如果写下劳伦·O，我觉得马克也许会决定不来见我，毕竟我们分开时闹得不愉快。或许暗示他我们的两个弟弟之一可能还活着也是一件残忍的事，或许他会知道或猜出是我写的字条，可我必须得用一个能引起他注意的名字。我必须见他，即使别的什么都不做，他肯定会帮我寻找拉金。他不可能知道我们都经历了什么，我相信如果知道美国基督教由窃贼、绑匪、奴隶贩子和凶手组成，他不会加入。他想振臂一呼，应者云集，想受人尊敬，可他也曾是一名性奴。不管有多生我的气，他都不会希望我被戴上项圈、被俘虏，至少，我相信他不会。

其实，我不知道该相信什么。

一个老头今晚让我睡在他的车库，白天我为他割草和清理垃圾，现在我很满足。我在水泥地面铺上薄木板，再铺上旧衣服，然后套着睡袋躺在上边，我感到相当舒服。这里甚至有个脏兮兮的冲水马桶和一个水槽——真正的奢华。我洗漱了一下，现在想要睡觉，可是能做的只是思考马克在那个地方，跟那些人在一起。也许我第一次去的时候他就在，我们也许见过对方而不自知。我奇怪的是，如果他认出我来会怎么样。

第十八章

要小心

我们总是

人云亦云

缺乏主见

受制于人

更糟的是

耳软心活

重复和自满是问题所在

即便是明显的谎言

一遍遍听见和看见

也许就会下意识重复

然后因为我们说过

就为之辩护

最后因为我们辩护过

就接受谎言

因为我们无法承认

曾接受明显的谎言

并为之辩护

所以我们只会

不假思索

不由自主

像传声筒——

人云亦云

《地球之种：生命之书》

劳伦·欧雅·奥拉米纳

以下选自马科斯·杜兰的《勇士》

我一直信仰上帝的力量，重大而深远。可是更直白地说，作为民众的大力推动者，我信仰宗教本身的力量。一个浸礼会牧师之子这样想是否显得古怪，我感到好奇。我认为父亲老实地相信，信仰上帝就足够了。他似乎活在对上帝的信仰中，可上帝也救不了他。

还是个男孩的时候我就开始布道，我为病人祈祷，看着他们在我手中痊愈。从食不果腹的人那里，我获得捐赠的钱财食物。年长得足够做我父母的人来向我寻求建议、安抚和慰藉。我了解《圣经》，有能力帮助他们，父亲深沉、关爱和自信的举止我也有自己的演绎。我只有十几岁，可是发现人们很有趣，喜欢他们，明白如何深入人心。我一直都善于模仿，比面对的大多数人都受过更多教育。有些个周日，在罗夫莱多的贫民版教堂，有多达二百人听我布道、授课、祈祷、募捐。

然而城市当局认定我们只不过是被自己家庭扫地出门的垃圾，我的祈祷无力阻止他们。城市当局更强大，更有钱。

他们有更多更好的枪，有能力、有知识、有纪律来埋葬我们。

政府、城市、郡、州和联邦，再加上富有的大公司，是金钱、信息和武器——即真正实力——的来源。但是在时代瘟疫过后的美国，成功的教会才是影响力之源，它们给人提供安全的情感宣泄、群体意识，以及将欲望、希望和恐惧编织成道德体系的方法。这些东西既重要又必不可少，可它们不是权力，如果这个国家实现了伟大复兴，那肯定不是微不足道的牧师的功劳。

安德鲁·斯蒂尔·杰瑞特深知这一点，当他创立美国基督教，随后从神职跨入政治，当他将政教合一，用富商的钱将二者紧密结合，他就创造了本就无法阻挡的驱动力来复兴美国。他成了我的老师。

我喜欢马克舅舅，有时候几乎完全爱上他。他外表俊美，而一个漂亮的人，不论男女，用话语和行动毁掉一个相貌平平的人，都能逃脱惩罚。我从未停止爱他，甚至觉得就连母亲都不由自主地爱他。

我确信，马克舅舅成为奴隶的经历影响着他，但我不知道这影响有多深远。如果一个人在成长过程中受到恐怖的影响，你怎么能知道他会变成什么样？我母亲挨打、遭劫、受到强奸的经历对她产生了什么影响？母亲总是迷恋自己的目标，血气方刚，总是愿意为了自己相信的正义牺牲别人，她在马克舅舅身上发现了这一点，可我相信，她从没在自己身上看清过。

以下选自劳伦·欧雅·奥拉米纳的日记

2035年5月14日
星期一

今晚早些时候我见到了弟弟。

白天我帮助最近的雇主干活儿，他是一个可爱的老头儿，有不少20世纪70年代年轻时候的冒险故事。他曾是一位乐队里的歌手和吉他手，他们环游世界，演出喧闹的音乐，跟数百甚至数千饥渴的年轻女孩疯狂做爱。我猜他在撒谎。

我们打理一座菜园，从他的果树上剪掉一些死去的枝干。我指的当然不是“我们”。他说“话说，我们这么做如何”或者“你觉得我们能那样做吗”，他想要帮忙，那没有关系，他需要觉得自己有用，就跟他需要有人听他讲离谱的故事一样。他告诉我他八十八岁了，两个儿子都已去世，孙女已经人到中年，跟几个曾孙和曾孙女住在加拿大阿尔伯塔省埃德蒙顿，除了一个七十四岁的女邻居偶尔过来拜访，他就一个人住。

他说我如果给他帮忙修缮下屋里屋外，就可以想待多久就待多久。房子年久失修，状态不算好，即使他能提供所需的材料，我也根本不能完成所有的修复工作。但是我决定逗留几天，做好力所能及的维修。我不敢久留，担心他开始依赖我，但是几天没问题。

我认为随着我开始再次了解弟弟，这个住处让我有了一个开展工作的基础。

我在想该如何谈谈跟马克的见面。今晚走回老头的房子帮我放松了一点，冷静了一点，但是还不够。

我到达接待中心时，马克正等在排号吃饭的长队附近。他身着干净时髦的便装，看起来特别英俊和自在。昨晚布道时，他穿着深蓝色西服，即使他对几百名小偷和酒鬼说我有多么糟糕，他也设法让自己看起来惊艳全场。

“马克。”我说。

他吓了一跳，然后转身盯着我。他之前朝我这边看过，但是显然直到我跟他说话才认出我。他一直在鼓励队伍中站在我前方的一个人接受耶稣作为其拯救者，帮助其解决酗酒的问题，似乎美国基督教接待中心有一套严格的戒酒方案，马克一直在努力推销。

“我们去拐角那边谈谈。”我说着，在他反应过来或回答之前，转身离开，确信他会跟来。他确实跟过来了，赶上我的时候已经远离了队伍和任何能听到我们说话的人。

“劳伦！”他说，“上帝啊，劳伦，是你吗？你究竟——”

我领他转过拐角，离开排队的众人的视线，来到一条通向海湾的肮脏小巷。我沿着小巷继续走了几步，然后停下来转身看他。

他皱着眉头站住，一边盯着我，一边展露出迟疑、惊讶、甚至愤怒的表情。他没觉得羞愧或要为自己昨天的说法辩解，这样挺好。我可以肯定，要是知道他在基督营的朋友们对我做过什么，他看见我的反应就会大相径庭。

“我需要你帮我，”我说，“我需要你帮我找到女儿。”

他完全不清楚这是怎么回事，但是的确脱离了愤怒，这正是我的目的。

“什么？”他说。

“她在你们的人手里，他们把她抓走了，我相信……他们没有杀她。我不知道他们对她做过什么，但是我猜有人收养了她，现在需要你帮助我找到她。”

“劳伦，你在说什么？你在这里干什么？为什么打扮得像个男人？你是怎么找到我的？”

“我昨晚听见你布道。”

他再一次只能问出一句：“什么？”这回他看起来有点窘迫和惶恐。

“我一直来这里，希望查明美国基督教对抢走的孩子做了什么。”

“可是这些人不抢孩子！我是说，他们从街头救助孤儿，但是不——”

“他们拯救‘异端’的孩子，是不是？结果他们‘救走’我的女儿拉金和橡子社区其他全部幼童！他们杀了我的班克尔和扎赫拉！从罗夫莱多出来的扎赫拉·莫斯·巴尔特！他们给我戴上项圈，给我的人戴上项圈，这都是美国基督教干的！然后那些神圣的基督徒每个白天让我们像奴隶一样劳动，每个晚上把我们当妓女对待！这都是他们的暴行，也体现了他们的本质。现在我需要你帮我找回女儿！”所有这些遭遇我一股脑儿地用粗粝难听的低语说出来，我的脸贴近他的脸，情绪几乎失去控制。本来我没打算这样向他吐露所有情况，我需要他，打算告诉他全部，但不是像这样。

他盯着我，就好像我跟他说的是外语。他把手放在我的肩上：“劳伦，进来，吃点东西，洗个澡，在干净的床上睡一觉。来吧，我们需要谈谈。”

我站住没动，没让他动摇我半分，“听着，”我用更加正常的声音说，“听着，我知道一下子跟你说了太多，马克，抱歉。”我深吸一口气，“可是我觉得只有你能让我这样倾诉。我都绝望了，需要你的帮助。”

“跟我来吧。”他不完全是在哄我，似乎不认可我，但是没有说出来，所以想转移我的注意力，用无意义的安慰引诱我。

“马克，如果可能我绝不会再次踏足那个恶毒的地方。既然我已经找到你，就不必再去。”

“可是这些人会帮你，劳伦。你可能是误会了，我不明白，可你一定误会了。我们宁愿接待整个家庭也不愿拆散他们。在我们翻新的房子里，我曾帮助人们不再露宿街头。我知道——”

这下他在哄我了。“你听说过一个叫作基督营的地方吗？”

我又恢复了声音里的粗粝感，他沉默了一会儿，但是不等他说话我就知道答案是肯定的。

“我不会那样称呼，”他说，“那是个改造营——接收和处理最恶劣之人的几个地方之一。如果我们不接收，他们就会进监狱，大部分都是轻罪犯——窃贼、瘾君子和妓女之类。我们试图劝诫，教他们技术和自律，阻止他们逐渐走向真正的监狱。”

我一边听一边摇头，他要么是个了不起的演员，要么真的相信自己所言。“基督营是一座监狱，”我说，“一座持续了十七个月之久的监狱，在那之前，它是橡子社区。我和我的人用双手建立了橡子社区，然后你们美国基督教夺走了它，从我们手中将它据为己有，把它变成一座监狱。”

他就站在那里盯着我，似乎不知道该相信什么或该怎么做。

“9月份，”我尽量用低沉平稳的声音说，“2033年的9月份，他们开着七辆蛆车攻打过来，撞碎我们的荆棘围墙，干掉我们的岗哨，我知道我们无法同那样的力量抗衡，便给大家发信号拼命逃跑，分头行动。你知道我们有演习——战斗演习和逃进山里的演习。都不管用，他们对我们使用毒气，有三个人也许逃脱了，名叫阿梅的哑女和诺伊尔家的两个小姑娘。我不清楚，只有她们我们再没有听说过相关的消息，余下的人被俘虏、被套上项圈、被当作苦力和性奴隶。我们的幼童被他们带走，没人告诉我们他们在哪儿。我的班克尔、扎赫拉、特蕾莎·林和其他一些人被杀了。谁要是提问就会被他们用项圈惩罚，要是相互交谈被他们抓住，下场也是一样。我们睡在学校的地板或架子上，你们的‘圣徒’占据了我们的房子，当他们需要时，也会占有我们的身体。你听着！”

他已经不再看我，而是开始越过我的右肩，望向我身后。

“他们送来路人、旅行者、轻罪犯和山里生活的其他家庭成员，也给他们戴上项圈。”我说，“马克，你听见我说的没有？”

“我不相信你，”他最后说，“我一点都不相信！”

“去看看橡子社区都剩下什么，你自己去看看。去一座其他所谓的改造营，我打赌他们都一样穷凶极恶，去看个明白吧！”

他开始摇头：“这不是真的！我了解这些人！他们不会做出你指控的那些行为。”

“也许他们有些人不会，但是有些人会做。我们建立的一切都被他们夺走了。”

“我不相信你。”他虽然这样说，但还是相信了，“你误会了。”

“你自己去看看。”我重复道，“问问题要小心，我不希望你惹麻烦，这些人危险恶毒。去看看吧。”

有几秒钟，他一言不发，皱起眉头，又不看我，这让我感到不安。“你戴过项圈？”他终于问。

“戴了十七个月，无休无止。”

“你怎么脱身的？服刑结束了？”

“什么？服什么刑？”

“我是说他们放你走了？”

“他们从不放走任何人。他们杀死我们不少人，但从不放走一个。他们对我们即使有长期计划，我也不知道，不过我看不出他们对我们做出那些暴行之后还怎么敢放我们走。”

“你如何获得自由？一旦戴上项圈，你逃不了。项圈会阻止你逃跑。”

除非有人跟魔鬼交易，换取你的自由，我心想，但是没有说出口。“发生了山体滑坡，”我说，“控制单元所在的小屋——我原来住的小屋——被毁。控制单元以某种方式管理所有个人使用的控制腰带。不管怎么样，一旦它被砸坏和埋住，项圈就失去作用。我们走进自己的家，杀死了还活着的守卫，就是那些没死于滑坡的守卫。然后我们烧掉小屋和里边的尸体。我们烧掉了橡子社区的房屋，它们曾属于我们！我们亲手建造了每一座房屋。”

“你杀人了？”

“他们也是豹哥，马克，每个人都跟豹哥一样！”

他转过身——扭着身躯，仿佛要把自己拔起来离开——开始向着拐角那里往回走。

“马克！”

他没停下。

“马克！”我抓住他的胳膊，拉他转身面对我，“我这么说不是为了伤害你。我知道自己伤害了你，所以对不起，可是这些混蛋抓走了我的孩子！我需要你帮助我找回来，求你了，马克。”

他打了我。

我完全没想到会是这样，一点都没有，就连在孩提时代，我们都没打过对方。

我向后踉跄，更多是因为吃惊而非受伤。等我来到拐角时，他已经消失在美国基督教的接待中心。

我不敢追进去，以现在的心情，他也许会把我交给教会？我怎么才能再见他一面？就算他决定帮我，我该如何联系他？一有时间想清楚，他必然会决定帮我，他一定会。

2035年6月3日
星期日

我已经离开了尤里卡-阿克塔地区。

我回到消息树过夜，还带了手电，这样需要照明的话就不用冒生火的风险。此刻我遮住光，正在阅读留言。豪尔赫和戴蒙德留下一个电话号码，豪尔赫说他找到了弟弟马特奥。其实跟贾斯汀一样，是他弟弟找到了他们。在加伯维尔的北部边界仍有大片红杉，马特奥发现豪尔赫一群人睡在地上，几个月来他一直在寻找他们，他也跟贾斯汀一样，逃离了虐待，不过他受到的是性虐待。如今他受到创伤，感到痛苦，但是重新回到了哥哥身边。

没有哈里的消息，我猜他没这么快回来，我给他打过不少次电话，但是他都没有应答。我很担心他。

我留下一条信息，警告别人避开尤里卡的美国基督教接待中心。我写了马克待在那里，但不值得信任。

他还是不值得信任。

上周三我又强迫自己回到美国基督教接待中心——像个正

常人一样回去，但外表是个衣着破旧的女人，不是肮脏疯狂的男人。我花了太长时间才鼓起勇气那么做——鼓起勇气去那里。我担心马克警告他的朋友我会去，我无法真的相信，但他也许会那么做。我做噩梦梦到自己一出现就被他们抓住，还能感受到他们给我戴上项圈。醒来后，我浑身湿寒，害怕得要死。

最后我去了一家二手服装店，买到一条黑色的旧裙子和一件蓝上衣。在一家便宜的小商店，我买了些化妆品和一条头巾。我穿衣打扮，然后又弄脏了一些，就像是我跟某人在地上滚过一样。

在美国基督教接待中心，我跟其他女人一起排队，在一小片隔开的女士专区吃饭。虽然只跟女性待在一起时，我的身高更显眼，但是似乎没人注意我。站立时，我会缩着身体低下头，努力显得邋遢疲惫，避免鬼鬼祟祟。不过我发现鬼鬼祟祟的样子也并非完全例外，跟多数男人一样，大部分女人冷淡、漠然、坚忍，但是有些人像疯子一样喋喋不休，不停哭诉或者像小兔子一样受到惊吓。还有一个独眼胖女人在屋里潜行，连你正在吃的面包都会抢走。她当然是疯了，可是特别的疯狂行径令她变得令人讨厌，甚至可能危险。她没有惹我，但骚扰了几位体形稍小的女人，最后一个好斗的小个子朝她亮出一把刀。

然后服务人员从里屋喊来保安，他们从后边抓住了那两个女人。

让我感到非常不安的是，他们把两个女人都带走了。发疯的胖女人闹事他们不管，直到有人反抗，然后受害者和加害者同样被当作过错方。

更令我不安的是两个女人没有被赶到外边而是被带走了。去哪儿了？她们没回来，我搭话的任何人都不知道她们怎么样了。

最让人担忧的是，我认出一名保安，他曾去过橡子社区，曾是我们的一名“老师”。我见过他把阿德拉·奥尔蒂斯带走强奸，一闭上眼睛就能想起他把阿德拉拖进他居住的小屋。肯定还有很多这种男人自由地活在世上——我们夺回自由并复仇时，他们没在基督营，但这是我见到的第一个。

我的恐惧和憎恨全部复现，几乎要令我窒息。我也竭尽全力才控制住自己不动，继续坐着吃饭，继续充当行尸走肉。戴维·特纳在一场他否认参与的争斗中被戴上项圈。美国基督教的神职人员自封为法官和陪审，并且愿意的话还会成为行刑者。他们不想为了显得公平而浪费力气。在之前一次去的时候，我听说全员都是男性的美国基督教接待中心安保部队，由退休和休班的警察组成，如果这是真的，那可太吓人了。我更加确信，不去警察局讲述我和橡子社区的真正遭遇是正确的选择。该死，我连自己的弟弟都没法说服，如果某些警察为美国基督教工作，我有什么机会说服他们呢?

吃过饭，听完布道，我设法接近一名服务员——前额有一道红色伤疤的金发女人。为数不多的服务员盛炖菜和递面包时跟我们有说有笑，她算其中一个。我让她帮忙把我的字条交给编外牧师马科斯·杜兰，结果，她竟然认识。

“他离开这里了，”她说，“被调往波特兰。”

“俄勒冈州？”我问完就觉得愚蠢，她当然指的是俄勒冈州波特兰。

“没错，”服务员回答，“几天前离开的。他得到机会在我们波特兰新开的接待中心进行更多布道，他一直都想要的。多好的一个人，很遗憾他不在这里工作了。你听过他布道？”

“有几次。”我说，“你确定他离开了？”

“当然，我们为他举办过欢送聚会。有一天他会成为伟大的牧师，一位伟大的牧师，他是那么神圣。”她叹了口气。

也许在她的圈子里“神圣”是惊艳的另一种说法。不管怎么样，马克离开了。没有帮我寻找拉金，甚至没再见我一面，他就离开了。

我感谢完服务员就投入夜色，奔向我还在留宿的地方——那位八十八岁老者的家。我已经把换洗衣服和睡袋放在了他的车库，头一次我轻装上路，背包轻了一半，我下意识地行走，不考虑要去哪里。我不知道自己能否再联系上马克、联系上他有没有帮助。我出现在波特兰他会怎么办？跑到西雅图？他究竟为什么逃跑？我不会伤害他——不会用语言或行动损害他编外牧师的声誉。他逃跑是因为我提到豹哥？也许告诉他我们和橡子社区的遭遇是一个错误，也许我应该把对警察说的话告诉他：“是这样，我在101国道向北走，去往尤里卡，这些家伙……”

不顾美国基督教的恶行，甚至不顾美国基督教如何伤害他唯一的亲人，是他在美国基督教升迁的必备条件？

这时一个人出现在我前方——一个大块头，又高又壮，穿着美国基督教接待中心保安的制服。差点撞到他身上我才停下来，往后一跳，第一反应是赶紧逃跑。这家伙看起来足以把任何人吓跑，可实际上，我被吓得呆住，无法动弹，只是呆呆地看着他。

他把一只大手伸进制服口袋，掏出一把手枪的念头在我脑海一闪而过——他是一个巨人，不用手枪就能杀死我。

可他的手从外套里掏出一个信封——一个白纸信封，就像以前收到的那种邮件。在罗夫莱多生活时，父亲经常从学校带回装在这种信封里的纸质邮件。

“杜兰牧师说把这交给指名找他的高个黑人。”大块头的声音轻柔沉静，使得他的外表又没那么吓人。“看起来你符合条件。”他最后说。

我尽力伸手接过信封。

大块头盯着我看了一会儿，然后说：“他告诉我你是她姐姐。”

我点点头。

“他说你可能会女扮男装。”

因为还说不出话，我没有回答。

“他说他感到抱歉，让我告诉你，如果有需要你可以在接待中心住宿。我会守在周围，他是我的朋友，我会照应你。”

“不，”我终于能发出声音，“不过谢谢。”我直挺挺站着，完全不知道何时会屈服于恐惧。我伸出手，他接住后我们握手，“谢谢。”我又说了一遍之后他就离开了，大步走回接待中心。

我没有停下来思考，而是把马克的信封塞进衬衫继续往前走。在城里的这片地区，你不能站在黑暗的街道上打开什么。当时我支起耳朵，注意周围的形势。大块头追上我，超过我，来到我前方，而我什么都没听见，像这样心不在焉真是愚蠢至极，无异于自杀。

不过，来到距离老者的小房只有三个街区远的地方，我也差不多放松下来。虽然浑身疲惫，但我已经填饱了肚子，渴望回到温暖的铺板上，也急于看看弟弟的信。

然后，我无比警觉地听见了脚步声，及时转回身，面对从后边鬼鬼祟祟跟上来的两个人，把他们吓了一跳。我的枪在背包里，不方便拿出来，但是我的刀在口袋里。趁着他们还没反应过来并抓住我离开街道，我掏出刀展开。他们身材并不高大，但是有两个人，我背靠着某户人家的红杉栅栏，等他们决定有多么想要拿下已经盯上的目标。其实我不仅带着枪，还有足够他们快活几天的现金，以及马克给我的信，然而我还不急于放弃其中任何一项。

“快把背包放下，丫头。”一个人说，“放下背包然后往后退，我们就放你走。”

我没有动，要摘下背包我就得把刀放低并相信他俩不会攻击我，这我不敢。我没有回答他们，没兴趣跟他们交涉。我讨厌那个家伙叫我“丫头”，班克尔曾经充满爱意地用这称呼过我，现在别人却怀着蔑视的态度说出来。

我不知道是不是在犯傻，只知道自己吓得要死，也很气愤，而且在努力变得更加愤怒。

我看见其中一人也拿着刀，那是一把旧餐刀，但也是用来切肉的刀。

拿刀的家伙向我冲过来，另一个也紧随其后——一个拿刀划，一个用手抓。

我倒地向上扎入挥刀者的腹部，但是没有看，也不想看我攻击的结果，拔出刀的同时，我用身体向后撞击另一个家伙的双腿——或者说撞向他双腿所在的位置。我只撞到他一条腿，但是足以绊到他。他似乎要恢复平衡，但还是像被砍伐的树木一样倒下去，与此同时我挣扎着站起来。

他俩都倒在地上，一个弯腰捂着腹部的伤口呻吟，另一个除了沉重的呼吸没发出任何声音，餐刀就从他胸部下方伸出来。

糟糕!

我跪倒在地上，因为另一个人的刀伤，体内燃起巨大的痛苦。我手脚并用，匍匐着离开他们俩，巨大得难以忍受的痛苦让我落下了泪水。我拖着身体转过街角，在破碎的混凝土上坐了很久，疼得一边喘气，一边颤抖，直到最后痛感开始减轻。还没等它完全消失，我就站起来，尽快走向老头家的车库。到达时，我已经不再疼痛，不再愤怒，剩下的感觉只有恐惧。我抓紧时间收拾东西塞进背包，然后便向城外出发。也许我不必离开，也许住在老头车库里的流浪汉永远不会跟附近街头的两名死者或将死之人联系起来。也许。

然而戴上项圈的风险不值得冒。

所以我逃跑了。

所以我还在逃亡。前往波特兰之前我还得来消息树查看一下，接着我会去乔治敦，然后取道内陆，避开尤里卡。这会儿，说下我弟弟留给我的信:

“劳伦，抱歉我打了你——真的抱歉，希望没有把你伤得太重，只是我受不了再次失去一切，我就是不能。这种事一直在我身上发生，爸爸妈妈、杜兰夫妇，甚至橡子社区，我以为自己能留在那里。我看不出任何与美国基督教有关的人能做出你说的那些行径，听你描述几乎都让我受不了，我知道你说的就是不对，必定是这样。

“我猜得没错，你讲的那些罪行是由一小撮人犯下的，杰瑞特已经否认跟他们有任何关系。他们自称“杰瑞特的十字军”，但其实是在撒谎。他们是极端分子，相信对成年异教徒进行再教育和把他们的孩子放在美国基督教家庭，是重获秩序和繁荣的唯一方法。如果橡子社区受到袭击，可能的始作俑者就是他们。我已经跟美国基督教的朋友谈过，他们说深入调查十字军的做法过于危险。十字军是一个秘密组织，绝对虔诚和残忍，他们无所畏惧，虽然误入歧途，但是什么都不怕。我听说他们确实为拯救的孩子寻找杰出的美国基督教家庭。他们的说法就是这样——拯救孩子。如果有必要，他们把孩子带到自己家像亲骨肉一样抚养，或者他们寻找别的家庭。问题在于他们是全国性的组织，会把孩子送出家乡——通常离开他们自己所在的州。他们真心想把这些孩子抚养成优秀的美国基督徒，相信让孩子跟异端父母团聚是违抗上帝的罪过和反对美国的罪行。

“我至少从好几个人那里听过这种二手或三手的信息，不知道有多少内容是真的，不知道拉金在哪里，也不知道如何找到她，对此我感到抱歉。很遗憾班克尔也去世了，我对所发生的一切都感到遗憾。

“你可能不喜欢这样，劳伦，可是我觉得如果你真想找到女儿，就应该加入我们——加入美国基督教。你的邪教已经失败，你的改变之神也救不了你，为什么不回到你的归属呢？假如爸爸妈妈还活着，他们就会加入，会希望你加入一个努力复兴国家的优秀基督教组织。我知道你聪明强壮，总是固执地从自己的角度考虑。如果你也能耐心一点，加入我们的大业，就会获得可能了解你女儿信息的唯一机会。

“不过，我必须警告你，组织不会让你布道，他们同意圣保罗的观点：‘女人要沉静学道，一味地顺服。我不许女人讲道，也不许她管辖男人，只要沉静。’但是不用担心，组织里还有其他不少适合女性承担的服务工作。

“我们有些人的亲戚朋友是十字军。加入我们，努力工作，睁大眼睛，竖起耳朵，你也许就会了解到帮你找回女儿的信息——还会帮你成为女性美国基督徒，过上体面美好的生活。

“我不知道还能跟你说些什么，附上几百元钱的硬通货，真希望我能给你更多、帮你更多。无论你如何决定，我都祝你顺利。再次向你致歉。马克。”

就这样，没有一句提到他要去波特兰——没有解释、没有告别、没有地址。他真的去了波特兰？我想了一下，然后认为他是去了——至少给我消息的服务员相信自己说的话。

可为什么我弟弟在信里不提他去了哪儿，甚至不提他离开了？他觉得我不会发现？抑或他在冷酷谨慎地暗示不想跟我有进一步的接触，还是实际在说：“你是我姐姐，我有责任帮你，所以给你些建议和钱财。抱歉你遇到麻烦，可我不能提供更多帮助。我得继续过自己的生活。”

好吧，钱我倒是能用得上，至于他提的建议，我的头一个念头是咒骂，咒骂我弟弟提出的那个建议。然后，过了一会儿，我想知道自己能否加入敌人，寻找我的孩子。也许我能。

接着我想起在接待中心见到的那个男人——上次见他，他还在橡子社区扮演我们的“老师”并强奸阿德拉·奥尔蒂斯，也许阿德拉即将降生的孩子就是他的。马克也许能说服自己，十字军都是极端的亡命徒，可是我清楚得很，不管美国基督教承认与否，他们和十字军都有共同的成员。有多少呢？真正的联系是怎样的？杰瑞特究竟怎样看十字军？他操控他们吗？如果不喜欢他们的做法，他应该出点力阻止，他应该不希望他们的疯狂行径玷污他的政治形象。

另外，让民众害怕你的一种方法，就是用疯狂的一面——你或你的组织展现出危险和不可预知的一面——来实施任何恶行。

如今形势如此吗？我不知道，而我弟弟不想知道。

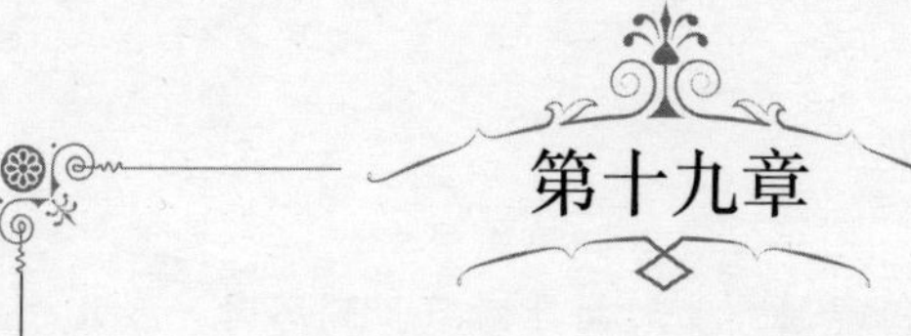

第十九章

所有宗教从根本上讲都是货物崇拜，信徒举行所需的仪式，遵守特定的规则，期待以超自然的形式被赋予向往的回报——长寿、荣誉、智慧、子嗣、财富、克敌制胜、死后永生，以及任何渴望的回报。地球之种也带来自己的回报——给一些小群体提供空间，让他们用成长、学习和决定如何发展的新机遇、新财富、新财富概念和新挑战，开启新生活。地球之种是人类种族曙光初现的成年时期，带来真正的永生，把地球的种子变成新地球上的新生命、新群体的种子。地球之种的使命是扎根星际，人类在那里再次生长、学习、翱翔。

《地球之种：生命之书》

劳伦·欧雅·奥拉米纳

十二岁，我开始秘密创作梦幻面具情节，到那时，我几乎完全成为凯丝·亚历山大和麦迪逊·亚历山大谨小慎微的女儿。我知道，即使获准使用梦幻面具中严格受限的美国基督教内容——比如古老的“艾莎·维尔”故事——也没有人会准许我创作未经审核的新情节。明白这一点是因为九岁时我开始编写线性叙述的直白故事连载，供自己和美国基督教学校不多的朋友消遣。那很有趣，在我们陷入麻烦之前，我的朋友都很喜欢。然后某位老师偷听到我们谈话，发现我的行为，因为撒谎而惩罚我，因为我的朋友没有举报而惩罚他们。我们得记住《出埃及记》《诗篇》《箴言》《耶利米书》和《以西结书》的所有章节。我们背诵并被测试了每一章之前，没有自由活动时间，没有下课或午间休息，每天留堂一小时，甚至上厕所都受到监视，以确保我们没有沉溺于更多恶行——比如“从上帝那儿”偷来一两分钟。

我一开始就说我的故事是编造的，但是没有用，我从来没有试图让人相信它们是真事。我们所有人获准体验的梦幻面具情节也同样是想象出来的，但也是于事无补，就好像我的老师相信所有可能的故事都已被创造出来，再多创造就是犯罪——或者至少由我来创造就是犯罪。

可是等我进入青春期，除了我想办法找到的色情内容，允许我们体验的大多数情节都陈腐、枯燥和无聊，人物总是得以知晓自身的错误，因为罪过而痛苦，然后回归上帝，男孩们为美国基督教战斗，跟异端开战或在危险邪恶的异乡丛林和沙漠传教。女孩们与之相反，总是在做饭、清洁、缝纫、哭泣、祈祷、照顾婴儿或老人，以及去教堂。艾莎·维尔是个例外，因为她做让人关注的事，她拯救别人，让他们回归上帝。她这种人为数不多，实际上，作为黑人女性，她是唯一的一个。

一位年纪很大的老太太——九十多岁，住在美国基督教为老年教徒设立的养老院里——曾对我说艾莎·维尔是我们这代人的南希·德鲁[1]，几年后我才知道南希·德鲁是谁。

不管怎么样，我写了一些剧情——不得不用触控笔在笔记本电脑上书写，因为即使在美国基督教以外也没有人放心让一个孩子使用情节记录仪。至少我们的笔记本电脑有很多存储空间，而且如果别人试图侵入，我就可以编程删除剧情，或者自以为可以。

我描写自己拥有不同的父母——关心我，不会一直希望我就是圣·卡玛里亚。当时我还不知道自己是被人收养的，只是有些孩子常有的怀疑，觉得自己也许是被人收养的，奇怪地认为英俊漂亮、有权有势的“亲生”父母在某个地方，有一天会来找我。

我描写自己拥有四个兄弟和三个姐妹，一个家庭有八个孩子的想法吸引着我，在这样的大家庭里我认为我不会孤单。节日或生日，我和兄弟姐妹们举行聚会，我们总是去冒险，我有疯狂爱我的英俊男友，学校的女孩都感到嫉妒。

受到导弹袭击的西雅图破败陈旧、满目疮痍，与此不同的是在剧情中我们生活在一座大型公司城镇，有很高的地位和大笔的

---

[1]　南希·德鲁是一位虚构的人物，在爱德华·斯特拉特迈耶创作的美国悬疑系列小说中，她是一名侦探，是《哈迪男孩》系列小说中的女主人公。这个角色首次出现在20世纪30年代。

财富，我们花大把时间乘快车兜风、在实验室制造光鲜的科学发现或者抓捕间谍、贪污犯和颠覆组织。因为这是梦幻面具式的情节，所以我可以作为兄弟姐妹或父母中的任何一位体验冒险，也就意味着我可以“体验”男孩或成人。可是既然那不是真正的梦幻面具体验，我也就没有超出调查研究和自身想象的感官指引。我看着别人，努力让自己体会驾车和开枪的感受，扮演南太平洋深海矿工哥哥、南极建筑师姐姐、大公司CEO（首席执行官）父亲或分子生物学家母亲的角色。爸爸是神一样的大男人，富有而且聪明……大部分时间不出场。扮演他我觉得最难，调研也没什么帮助，他比别人更像一个符号，父亲的内心什么样、有什么想法和感受，我不确定。他肯定不同于麦迪逊。类似我偶尔结交的朋友的父亲？我时不时看到，但不认识他们。他也许像牧师一样刻板、自信，周围通常有很多恭敬的男人和微笑的女人，还有谣言说，尽管都有家室，但其中一些女人会跟他上床。可他有何感受？相信什么？想要什么？害怕什么？

我阅读了很多，观察并偷听人们的谈话。从父母允许拥有非宗教面具和书籍——我们称之为“坏书”——的孩子那里，我得到不少想法。简言之，我的做法正是亲生母亲所痛恨的，但是我忍不住。我尝试感受别人的感受并了解他们——真正地了解。

当然剧情都是无稽之谈，无害的无稽之谈，可我被抓现行的时候，那几乎突然间就成了犯罪。

美国基督教历史这门课上出了一个小偷。有人偷了老师留在桌子上的一部小型个人电话，我们都被搜身，个人物品被集中起来仔细检查。有人特别细致地检查我的笔记本电脑，虽然我编写了自毁代码，但是创作的剧情还是被人发现了。

我因为犯错而被迫参加一个特别宗教课程并进行心理咨询，不得不在当地教众面前坦白罪行，不得不多背十几章《圣经》。完成惩罚性劳动期间，开始听到流言蜚语说我其实是被收养的，我的父母不富有、没地位、也不漂亮，而是最恶劣的异端魔鬼——上帝所谓的凶手、小偷和变态。谣传始于孩子，附近有着收养名声的孩子不少，所以嘲弄他们并编造他们父母有多邪恶的谣言也挺常见，即使你不是被收养的，有人对你生气，也有可能不顾事实叫你“异端杂种”。

所以开始是孩子们针对我，后来是成年人，一些知道我被收养的人开始谈论，“其实说到底，想一想她生母是什么样的女人，那肯定对她有影响”，或者“等着瞧吧，那个女孩不是好东西，我奶奶常说上梁不正下梁歪”，或者“话说你还能指望什么呢？‘维尔’就表示真相，对不对？可真相是，如果说敌意确实存在，那么她身上就有”。

我记得在教堂里曾转身对峙一位恶毒的老太太，最后那句傻话就是她跟同样上年纪的同伴故意大声嚼舌头。在周日晚礼拜期间，她俩坐在凯丝、麦迪逊和我的正后方。我看着她，她也盯着我，就好像我是误入教堂的一只动物。

“‘上帝就是爱，’”我用极尽甜美的声音引述，紧接着又说，“‘所以爱就成全了律法。’”我努力确保自己的话跟她丑陋的闲话一样充满弦外之音。居然说我有敌意，老天啊。凯丝告诉我，人们说那种话是因为无知，可是即使无知我也得因为他们上了年纪而表示尊重。

就在那个晚上，凯丝用手肘尖撞了我一下，我看见无知的老太太，嘴角向下摆了个厌恶和不满的脸色。

这件事发生时我刚满十三岁。记得礼拜结束后，凯丝和我大吵一架，因为她说我对老年人无礼，我说我不在乎，还说想知道自己究竟是不是被领养，如果是，我的亲生父母是谁。

凯丝说她和麦迪逊是我唯一需要放在心上的父母，如果不对拥有的一切表示感激，我就是个忘恩负义的“小异端”。

结果就是这样。

十五岁时，学校里的一个对头跟我说，我的生母不仅是个异端，还是妓女和杀人犯。我想都没想就揍了她，结果我发现低估了自己的力量，打破了她的下巴。她流着血哭号起来，我也吓坏了——吓得要死。我被学校开除，几乎就要被当成少年犯戴上项圈，只不过麦迪逊和我们的牧师一起努力才保住我。这开启了我青春期最糟糕的一段时光。我感激麦迪逊，没想到他会为我抗争，还以为他不会为任何事抗争。我长大以后他变得更像一个影子。他为贫穷的劳动人民修理有年头的计算机，相比于我，他似乎更亲近他的工具，当然，他抚摩我的时候例外。

后来到了星期六，我的麻烦已经被摆平，凯丝去教堂参加某个女性聚会。麦迪逊跟我说明，我应该对他多么感激。他已经救我免受项圈之苦，当时他给我读了一篇有关项圈的文章——它们能产生多大痛苦，就连最暴力的犯罪分子都能镇压，甚至能让他们投身有用的劳动。对于罪犯而言，拿着项圈控制单元的人是“真正的玩偶操纵者”。尽管项圈带来的痛苦非常剧烈，但是不管多么频繁地使用，它们都不会留下伤痕，也不会造成永久性的伤害。

麦迪逊又给我阅读别的文章，我接过来的时候，他伸出一双汗津津的小手抚摩我的胸部。

“表示一下感激，你又不会有什么损失，”我躲开后他对我说，“我救你免受酷刑，不知道为什么，你这么忘恩负义。也许下次我救不了你。”他停了一下，“你知道吧，你妈妈不想管你，让你戴上项圈。她觉得你伤害那个女孩是故意的。”再次停顿，“你得对我好点，艾莎，我是你唯一的依靠。”

他一直缠着我，有几次我想应该让他得逞，让他别再烦我。可当时我已经回到学校，大部分时间都不在家。他真是个叽叽歪歪的讨厌男人，我唯一的幸运便是他瘦小的体格，过了一阵我还发现他有点怕我，这可让我颇为震惊。从小到大我都胆小害羞，几乎害怕所有人——怨恨，但也害怕。只有受到突然而且严重的刺激，我才会反应得比争吵更出格，所以打破女孩的下巴我也很沮丧。我不仅不知道自己能那样重创别人，甚至根本就不是那种伤害别人的人。

可是不知为什么，麦迪逊不了解这些。

他不会对我停止骚扰，但是至少不会强迫我。他总是用汗湿的小手揩油，总是恳求我，一直关注我。我走到哪儿他的目光跟到哪儿，我害怕凯丝会注意到并责怪我。他试图偷看我洗澡——被我逮到两次——试图偷看我在卧室换衣服。

十五岁时，我迫不及待地离开了那栋房子，一劳永逸地离开了他们。

以下选自劳伦·欧雅·奥拉米纳的日记

2035年6月7日
星期四

回到乔治敦。我需要休息一下，跟艾莉报平安，收拾一下个人卫生，取些我留给艾莉的物品，再尽可能地收集信息。然后我会前往俄勒冈，我需要离开这里一段时间，去找马克似乎是不错的选择。他不想看见我，即使知道美国基督教双手沾满罪恶，他也需要成为美国基督教的一员。如果他不希望我在旁边提醒他跟什么人混在一起，那他就得帮助我。一旦找回我的孩子，他就不必再见我——除非他想见。

现在就连乔治敦的舒适生活我都没法接受，似乎只能忍受奔波、忙碌和寻找拉金的自己。我得离开这里。

艾莉说，我应该待到下周，而且我看起来糟透了。我猜自己刚到时的状态的确很糟，毕竟是在假扮流浪者。现在我已经洗净，恢复成普通人。不过就算已经干净，她说我看起来也老了，“老了很多。”她说。

“你找回了贾斯汀。”我对她说，她移开目光，看向正在跟其他乔治敦的孩子打篮球的贾斯汀。他们把一个没有底的真正的篮子钉在了一间小木屋的墙上。乔治敦早期的小屋都是用带有榫卯的原木、石头和泥巴建成，都是厚重结实的材料——重到地震时倒塌的房子都砸死了人，钉上篮子和刚偷来的篮球的撞击对它们完全没有影响。一个在尤里卡的办公楼干保洁的男人前一天把篮球带回家，说是在街上捡的。

“贾斯汀怎么样？”我问艾莉。她在旅馆后边建立了工作区，制作或修理家具，打磨或修理工具，替别人阅读或书写。她不像我那样教别人读写，说自己没有教学工作所需的耐心——不过愿意向孩子们展示如何做木工，还会免费为他们修理坏掉的玩具。她继续为乔治家的各项业务提供修理服务，但是不再打扫、跑腿或搬运。德洛丽丝·乔治一看见艾莉的木工手艺，就允许她做喜欢的事，为自己和贾斯汀讨生活。如今她给别人做的维修工作能挣到额外的现金来给贾斯汀购买衣服和书籍。

“我希望你留下来教他，”她对我说，“我害怕他跟已经开始入室抢劫的孩子交往太多。如果说有什么事能逼我离开乔治敦，那就只剩这件了。”

我点点头，想象着我的拉金在学什么。这个毫无意义的问题有时会闯入我的思绪，她究竟还活着学习些什么吗？我转身背对艾莉，向外凝视乔治敦这一大片由棚户、小屋、帐篷和披屋构成的混乱丛林。

“劳伦？”艾莉用温柔得无法让人相信的声音说。

我转头看她，可她正在手工打磨一条椅子腿，没有看我。我等着她抬起头。

“你知道……在贾斯汀之前我有个孩子。”她说。

“我知道。”她父亲逼她和她姐姐吉尔卖淫，又在酒后的愤怒中杀死了她的幼子，所以她和吉尔离开家。她们等到父亲睡着，然后放火烧了小屋和里边的父亲就逃跑了。又是火，肃清障碍的朋友、罪大恶极的敌人！

“我甚至从不知道第一个儿子的父亲是谁，”她说，“但是我爱他——我的小宝贝儿，你不会知道我有多爱他。他从我身上降生，熟悉我，属于我。”她叹了口气，从椅子腿上抬起头，“整整八个月，他都是我的孩子。”

我再次望向贾斯汀，知道她的话题引向了何处，但不是特别想听，我在自己脑海里播放时就已经受不了了。

“父亲杀死我的孩子时我就想死，希望他把我也杀了，”她停了一下，“吉尔支撑我活下去——有点像在基督营时你对我的帮助。”再次停顿，“劳伦，你也许永远找不到她。”

我一言不发，一动不动。

“她也许死了。”

过了一会儿我转身看她，她正一脸悲伤地盯着我。

“抱歉，”她说，“可我说的是实话。就算她活着，你也许永远都找不到她。”

“你了解自己的孩子，”我说，“你知道他死了，不是在某个地方受苦，没有被自认为是基督徒的疯子虐待，我什么都不知道。但是贾斯汀回来了，如今豪尔赫的弟弟马特奥也回来了。”

“我知道。可你清楚那不一样，两个男孩都成熟得知道自己是谁，而且……足够在虐待和忽视中活下来。”

我想了一下，明白其中的含义，然后避而不谈。

“你还有自己的生活。”她说。

“我不能放弃她。”

“你现在不能，然而那一刻也许会到来……”

我什么也没说，过了一会儿，我发现一个我去尤里卡工作前给我提供信息的男人，便走过去跟他交谈，看他是否打听到什么。结果什么都没有。

2035年6月10日
星期日

似乎我的北上之旅有了同伴。我不知道自己感觉如何，是艾莉把她送到我身边。她本该跟家人待在门多西诺郡，过安全富裕的生活。可是按她的说法，她家人不想要她，他们想要她弟弟，但是从来都不想要她。她由一位受雇的代孕母亲所生，当时这种事还不同寻常，虽然她看起来很像生物学母亲而不是代孕母亲，可她父母从来没有完全接受她——特别是在她母亲用正常方式生下弟弟以后。十八岁那年，她被绑架索要赎金，可是父母没有支付。她知道他们有钱，但就是不付。她弟弟是王子，可不知为何她从来都不是公主。绑匪为了强奸她就没有把她放走，后来她想办法让自己看起来生病了。只要绑匪不看她，她就把手指伸进喉咙，然后呕吐得到处都是。最后因为恶心和害怕，绑匪在净湖附近抛下她。等设法回到家，她发现就在阿拉斯加-加拿大战争开始前，她全家都搬去了阿拉斯加。如今距她被绑架已经超过一年，她又上路去阿拉斯加找他们。虽然战争没有正式结束，但是她并不担忧。除了家人，她一无所有，而且正在走向北方。艾莉告诉她跟我同行，至少可以走到波特兰。“相互照应，”介绍我们认识时，艾莉说，“也许你们都能多活一阵。”

女孩名叫贝伦·罗斯，她给我讲了发音并让我称她“伦”。她看着我——看着我廉价但干净的男装、短发和靴子。

“你不需要我。”她说。她瘦高苍白、高鼻梁、黑头发，看起来不强壮，但是莫名让人印象深刻。虽受过很多苦，但她没屈服，仍然充满自尊。

“会用枪吗？”我问。

她点点头：“我是个绝佳的枪手。”

“那我们谈谈。”

我俩走向艾莉的房间，坐在艾莉自制的松木桌旁。桌子简单大方，我用手在上边轻轻抚过。“艾莉不该沦落至此，”我说，“她手艺精湛，应该在某座城里有自己的店面。”

“没人属于这种地方，”伦说，“如果孩子在此长大，他们有什么机会？”

“你有什么机会？”我问她。

她看向一旁，“只谈我们一起前往波特兰吧。”她说。

我点点头：“艾莉说得没错，我们一起走成功的机会更大，独行者更容易成为目标。”

“我以前自己走过。”她说。

“我也是，而且我知道一个人的话，你得击退袭击者，而那些袭击在你结伴而行、有武器的情况下根本不会发生。”

她叹了口气又点了点头：“你说得对，我不是非常介意跟你同行，毕竟时间不长。”

我摇摇头：“没错，你不用忍受我多久。”

她对我皱起眉：“那你还想怎么样？我们会去波特兰，到那里分开，再不相见。”

“不过目前，我想知道，我可以把性命托付给你，我需要知道你是谁，你也需要知道我是谁。”

“艾莉告诉我你来自南方的封闭社区。”

“没错，罗夫莱多。”

“在哪儿不重要。你的社区被摧毁，你北上来到这里又建立了一所社区，结果它又被摧毁，你沦落至此。”这听起来像是艾莉说的，只给出我人生的主要脉络。

“我丈夫被杀，孩子被抢，社区被毁，”我说，“我在寻找自己的孩子和我之前的社区里被抢走的孩子，到目前为止只找到两个——最大的两个，我女儿还是个婴儿。”

“好吧，”伦掉转目光，“艾莉说过你在寻找女儿，太不幸了，希望你能找到。”

就要对这个女人生气的时候，我突然觉得她在表演。一想到这一点，其他的想法就接踵而至，到目前为止她展现给我的多数都不真实。她没有靠言语撒谎，而是态度——布满了种种不当。她想假装无聊冷漠，但实际上不是那种人，她只是在努力保持距离。陌生人在她看来也许既危险又残忍，最好拉开距离。

问题在于即便这个女孩曾被残忍对待，她也不冷漠。她刚才的表现并不自然，让她一直都有一点点不舒服——就好像有点痒。她用身体语言把不适传达给我。看着她，我觉得还有什么事不对劲儿。

“那我们要一起走吗？”我问，“顺便说一下，我通常女扮男装上路。我身材够大，而且中性外表也不会让人生疑。”

“我不介意。”

我看着她，继续等待。

她耸耸肩：“所以我们一起上路，没问题。”

我继续看着她。

她坐在硬木椅子上扭来扭去：“怎么？有什么问题吗？”

我伸出手，趁她没来得及反应抓住了她的手。

“我是个超共感者，”我说，“你也是。”

她猛地把手抽走，瞪着我说：“老天在上！我们只是一起赶路，也许连那都不能成行。把你的指控留给自己吧！”

“正是这种秘密让结伴的旅行者被杀，要是你还活着，很明显你能应付突然和意外的疼痛。但是相信我，两个超共感者结伴旅行需要知道如何互相帮助。”

她站起来跑出房间。

我去找她，想知道她是否还会回来。我不在乎她是否回来，但是这么大的反应让我惊讶。在橡子社区的时候，投奔我们的超共感者总是在被认出来的时候感到吃惊。可是他们的身份一旦暴露，而且又没受到伤害，他们就会没事。我从来没有在不表明自己超共感者身份的情况下揭露别人。我辨别出的超共感者大多都认识到，超共感者的确需要学会做到不相互影响。男性超共感者都过分敏感——似乎比女性超共感者更加憎恨自己额外的弱点。但是不论男女，他们没有一个转身就跑的。

不过贝伦·罗斯曾经是有钱人，就算没人爱她，她也比我在罗夫莱多时被保护得好。她已经明白，父亲大院里的人属于一类，外边的人属于另一类；她已经明白必须保护自己不受另一类人的伤害。一个人绝对不能让别人发现自己的弱点，也许原因就在于此。如果我猜得没错，她会收拾东西尽快离开这里，她不会留在有人知道她危险秘密的地方。

所有这一切发生在星期五，直到昨天——星期六——我才再次见到伦。我见了几个以前为我提供有用信息的男人——特别是去过波特兰的几个。我请他们喝酒，听他们谈论，然后离开他们，购买了北加州和俄勒冈的地图，以及豆子、燕麦、杏仁、葵花籽等干果，急救包补给，步枪和手枪弹药。尽管价格高于尤里卡大多数商店，我还是在乔治家购买这些物品。我不会很快再来尤里卡，而是要向内陆的5号州际公路行走。到了5号州际公路了解情况后，如果那显然是明智的选择，我甚至也许会沿着它行进。在加州的某些地段，5号州际公路已经变得既吓人又危险，或者至少可以说已经回到2027年我在那上边走过几公里时的状态。不管怎样，沿5号州际公路我会直达波特兰。假如我绕回海岸边，沿101国道行走，就得走更远。而且101国道看起来更荒凉，经过的城镇更少、更小。

“大城镇还好，”从俄勒冈州塞勒姆来的一个男人曾告诉我，“你可以隐姓埋名。当陌生人出现，小镇居民可能变得残忍多疑。假如那里刚好发生一起劫案之类的事情，他们也许会把你抓起来戴上项圈，或者关起来，甚至枪杀。大城市也挺讨厌，它们把你嚼碎了吐出来。你是无名之辈，假如死在排水沟，除了卫生部门没人会在乎，甚至连他们都不管。”

“你得考虑战争还在继续，”一个从加州贝克斯菲尔德来的男人说过，“不管他们如何谈论和平，战争随时有可能再次升级。没人知道进一步的战争对于在公路上行走的人意味着什么。有更多枪支，我猜，更多疯子，更多只会杀人的家伙。”

他可能说得没错，按照他的说法，他一直“游荡了二十多年”。仅此一点，就让他的意见有点价值。他告诉我，即使在战争的最后一年，他也曾毫无困难地进出波特兰，这是好消息。路上的人口比21世纪20年代更少，但是比战争前夕要多。我记得自己曾希望，更少的行人标志着形势在好转，我猜形势对某些人变好了吧。

我刚刚在乔治家买好东西，伦就来找我。她一言不发，帮我把东西搬回艾莉的房间，然后继续一言不发地看我打包，这项工作她没法完全帮上忙。

“你收拾好了？”我问她。

她摇摇头。

“去准备好。”

她抓住我的手臂等待，直到我把注意力完全放在她身上。“先告诉我你怎么知道，”她说，“从没有人那样看破我。”

我深吸一口气：“你多大？十九岁吗？”

“没错。”

“你从没辨别出任何人？”

她又摇摇头：“我几乎以为没有别人了，认为暴露自己的超共感者身份后不是被戴上项圈，就是丢掉性命。我曾害怕有人会注意到，然后你就做到了，我差一点就一个人离开了。”

“我也以为你可能会，不过似乎我对你说什么都会让你更加不安。”

“你真是……你真的……也有超共感？”

“是的，我也是超共感者。”我朝她身后凝视了一会儿，“我生命中最好的时光之一，就是发现女儿可能没有超共感那些天。你没法百分之百对婴儿确认，但我相信她不是。我有个朋友，他的四个孩子都有超共感，他也觉得我女儿没有。”格雷森的孩子们此刻在哪儿？丢失的小男孩们都经历了什么？还有谁比任凭男人和其他男孩摆布的男性超共感幼童更脆弱呢？

“四个超共感孩子？”伦问道，“四个？”

我点点头。

“我觉得……如果我弟弟也有超共感，而不是个正常完美的个体，我觉得我的生活会完全不一样。”伦说，“实际上就好像我得了麻风病而他没得，你明白我的意思吗？曾经有一种观点，人们认为麻风病人肮脏，上帝不怎么喜欢他们。”

我点点头：“你家谁使用帕拉西科上瘾？”

“他们俩——我的父母都上瘾。”

“唉，你是他俩恶劣行径的证明，一直提醒着他们。我猜他们因此无法原谅你。”

她考虑了一会儿我的话说：“你说得对，人们确实会因为他们对你做的事怪罪你。绑架我的男人因为带着我而多出不少麻烦，后来也没得到赎金，所以就归咎于我。我记不起有多少次他们因此打我——就好像都是我的错。”

“如今，向别人问责已经成了一种艺术形式。”

“你还是没告诉我如何发现我有超共感。”

“你的身体语言，关于你的一切。如果有机会遇见其他同类，你会开始认出他们，只是需要练习。”

“有人觉得超共感是一种能力——类似某种超级感知能力。”

我耸耸肩：“你我都知道不是。”

她看起来高兴了一点：“我们什么时候出发？”

“周一破晓之前，别告诉任何人。”

“当然不会！”

“你的补给充足吗？”

她换了个语气说：“当然不足了。不过我会处理好，我能照顾自己。”

“我们会一起赶路接近一个月的时间，”我说，“正确的想法是，我们应该照顾自己并且相互照顾。你都需要什么？”

我们安静地坐了一会儿，她跟自己的骄傲和脾气默默抗争。

“有时候最好避开城镇，”我说，“有些城镇人惧怕和憎恨旅行者，就算不逮捕或殴打，也会赶走他们。有时候赶一天的路，也到不了一座城镇。饿肚子和徒步走可不是很好的搭配，现在我们去给你买些补给，我猜眼下你拥有的东西都是偷来的。”

“谢谢，”她说，“谢谢你能这么想。”

我笑了，也听出自己笑声中的苦涩：“为了生存我们身不由己，但是跟我在一起就不用偷。”我让自己的声音硬气了一点，“更不要偷我的东西。”

“我说不会你相信吗？”

“你向我保证吗？”

她仰头顺着又长又窄的鼻子看着我：“你喜欢指挥别人，是不是？”

我耸耸肩，“我喜欢活着，喜欢自由，而且你我需要相互信赖。”我此刻看着她，需要看清她要展现出来的一切。

“我明白，”她说，“只是……我过去一直衣食无忧，曾经总是把衣服、鞋子和食物送给仆人们在克里斯默斯的家人。大约五年前，我母亲不再见家庭成员以外的任何人，我父亲也习惯于让家中仆人照顾我。如今我比我们家的仆人还穷，没错，我的一切都是偷来的。在家时我是极度理想主义者，不会偷任何东西，如今我觉得自己有道德是因为我只偷东西不卖身。”

“我们在一起，你既不用偷窃，也不用卖身。”

“好吧。”

我得以稍微放松，她似乎是真心的：“那我们去买你的必需品吧。”

2035年6月13日
星期三

我们已经上路，没有遇到麻烦。昨晚停止赶路时，伦问我有没有什么可以阅读。我递给她一本《地球之种：生命之书》第一卷，我也只剩下两本。我们不着急赶路，白天很长，所以不必抓紧时间走到天黑，导致没法阅读。

我们已经向南走上一条加州公路，顺着它往内陆走，会到达5号州际公路。伦没有反对这个选择，她确实问过："为什么不直接沿着海岸线走？"

"我想避开尤里卡，"我告诉她，"上次我去那儿遭遇了抢劫。"

她摆出可怕的表情，然后点点头："老天，希望我们能避免那种事。"

"避免的最佳方法就是做好准备，"我说，"接受可能会发生的现实，睁大眼睛，竖起耳朵。"

"我明白。"

她是个不错的旅行者，虽然抱怨，但是愿意值班站岗。独自上路的一个可怕之处在于睡觉时没人放哨，你必须睡在自己的财物上，用它们当枕头，至少把它们塞进自己休息的睡袋，否则有人会偷走它们。暴力的窃贼会带来最明显和直接的危险，但是偷偷摸摸的窃贼能伤害到你。其一，他们能迫使你加入他们的行列，如果他们偷走你的钱，或者你没有足够的钱补充他们偷走的必需品，就得偷东西生存。戴项圈的经历已经让我非常不愿做贼——也不是说我以前渴望去偷。

总之，伦是一个挺好的旅行伙伴和思维活跃的热情读者。她说家里最让她怀念的就是能访问全世界图书馆的计算机。她阅读能力极强，一个晚上就一口气读完了《地球之种：生命之书》第一卷，问题是这本书不应该匆匆阅读。

“我知道你写了这本书，”她读完对我说——就在几个小时前，“艾莉告诉我你写过一本关于地球之种的书，这是你的真名？劳伦·欧雅·奥拉米纳？”

我点点头，让她知道也不要紧。我们已经离开道路，在可以有点隐私的两座山冈之间扎营。我们仍然处在我还了解的乡村——山冈、散落的农场、小型社区、片片小树林和开阔地。漂亮的乡村，以前从橡子社区出来，我们途经过很多次，人口比正常水平要少，因为经过21世纪20年代最糟的几年，很多人被烧死、抢劫、诱拐或者直接杀死。小型社区弱不禁风，匪帮像蝗虫一样扫荡，不少幸存者寻找犯罪少些的地方生活——比如加拿大、阿拉斯加和俄罗斯，所以我们搜寻建筑材料、有用的植物和古老工具时发现他们抛弃了很多。可是现在，对这片土地的熟悉并没有让我得到安慰。然后伦问了我一个熟悉的问题，这居然令我感到舒心。

“你为什么写这本书？”

“因为它正确，”我回答。然后一直到她躺下睡觉，我们讨论地球之种及其意义，它可能意味着什么，以及即使有人碰巧听说，他到底怎么才能接受。她没有嗤之以鼻，但也没有理解。我发现自己期待为她讲解。

2035年6月17日
星期日

今天休息。我们来到雷丁——准确来说是雷丁西边一点的公园。雷丁是一座大城市，我们头一次在人们应该扎营的地方扎营，正在吃着从城里购买的大量可口的食物。我们还找到机会洗澡和洗衣服，身上没有了臭味，也不用忍受同伴的体味，所以我心情愉悦。不知为什么，不管自己身上气味多大，我总能闻到别人的。

我们做了滚烫的炖土豆、蔬菜和牛肉干，还撒了好吃的切德干酪。结果我发现伦不会做饭，她说她母亲会但是从来不做，一直都不用，因为有仆人做饭、清洁和修理。家里为伦和她弟弟雇了老师——大部分时间指导他们学习在线课程，确保他们完成作业。他们对世界的了解大部分来自他们的父亲、计算机网络和上了年纪的仆人。类似做饭和缝纫之类的一般生活技巧，从没提上过他们的学习日程。

“你母亲做什么？”我问。

“什么也不做，她住在自己的虚拟现实房间——私人幻想宇宙。那个房间可以带她去任何地方，她为什么要出来呢？她变得越来越胖，身体和精神越来越不健康，可她只在乎自己的虚拟现实房间。”

我皱起眉头：“我听说过，人们沉迷于梦幻面具或虚拟世界的幻想，可我一点都不了解。”

“有什么要了解的？梦幻面具什么都不是——便宜的小孩儿玩具罢了，用途非常有限。在母亲的房间里，她能去任何地方，成为任何人或者跟任何人在一起，那就像是可以幻想的子宫，她可以访问14世纪的中国、现今的阿根廷、想象中的遥远未来的格陵兰岛或者一颗环绕半人马座α星的遥远星球，只要你说得上来，她就能照样子创造出来。或者她可以拜访朋友——现实的和虚拟的。她在现实中的朋友是有钱的闲人——大都是女人和小孩，跟她一样沉迷于虚拟现实房间。假如她的现实朋友满足不了她，她就按照他们的样子创造出想要的版本。等到我被绑架时，我都不知道她是否还在现实中跟人联系，她已经没法忍受拥有真正自我的真正人类了。”

我考虑了一下，这种类型的上瘾是最厉害的。“吃饭怎么办？”我问，“洗澡和上厕所呢？”

“她以前经常出来吃饭，有自己的卫生间——足有我的卧室那么大。后来她开始让人把所有的饭菜都给她送进去，从那以后我有整整好几个月没看见她。她就待在房间的虚拟现实泡泡里，我想看都看不见她。如果我进到泡泡里——可以直接走进去——她就会朝我尖叫，我不属于她完美的幻想生活，可是我弟弟却属于，他得以一周见母亲一两次，分享她的幻想。挺美好，是吧？”

我叹了口气：“你父亲一点都不介意吗？他没有尝试帮助你母亲——或者你？”

“他忙着赚钱和睡家里的女佣及她们的女儿——其中有些也是他的孩子。他没有跟外界切断联系，但他有自己的幻想生活。”她犹豫了一下，“在你看来我正常吗？”

我禁不住想她要表达什么：“我们是生还者，伦。你是，我也是，大多数乔治敦的人都是，橡子社区的所有人也都是。我们受到各种各样沉重的打击，也都受到伤害，正在尽快恢复。所以回答是否定的，我们不正常。正常人不会活过我们历经的一切，如果我们是正常人，那早死了。”

这番话让她哭起来，我只是抱着她。无疑她近几年一直在拼命压抑自己，上次有人抱着她，任凭她哭泣是在什么时候？我抱着她，过了一会儿她躺下去。我以为她要睡着，然后她说：“如果上帝即改变，那么……那么谁爱我们？谁在意我们？谁照顾我们？”

“我们相互照顾，”我说，“我们照顾自己，照顾彼此。”然后我引用诗文：

善，缓和改变

爱，减轻恐惧

听后她对我感到惊讶，“对啊，我喜欢这首。”然后她继续补充完整：

美妙且有效的

积极的迷恋

可缓解疼痛

能转移愤怒

让我们每个人

按照自己的选择

投入最伟大和激烈的斗争

“可我没有迷恋，不管是积极的还是别的，我都没有。”

“阿拉斯加？”我说。

“我不知道还能做什么，还能去哪儿。”

“如果到了那里，你会怎么办？继续做你父母的管家？”

她扫了我一眼，“我不知道他们是否会接受我，而且不管怎样，我也许永远都越不过边境，特别是在战时，边防警卫可能会打死我。”她说这话时完全没有恐惧，没有激情，没有感觉。她在告诉我她要实施某种自杀——不是自己动手，而是安排别人来执行——因为她不知道还要做些什么，因为根本没人爱她或者没人因为什么而需要她。从她的父母到绑匪，都愿意利用她然后抛弃她，可她对谁都没有价值，甚至是对自己也没有。然而历经劫难后她还活着，只是出于习惯她才挣扎求生吗？还是因为她心中的某个部分仍然希望值得为一些东西活下去？

不能让她离开我去恶棍、边防警卫或士兵那里送死，我不能让她那么做，而且我觉得她希望有人阻止她。她不会求人阻止，还会为自我毁灭之路抗争，人们就是这样。可我必须考虑除了死她还能干什么——她应该干什么。我必须考虑她能为地球之种做什么，地球之种又能为她做什么。

第二十章

你是地球之种
你是否相信
信仰不会拯救你
只有行动
被信仰和知识
引导和塑造
才会拯救你
信仰
发起和引导行动——
否则一无是处

《地球之种：生命之书》

劳伦·欧雅·奥拉米纳

十九岁时，我遇见了马克舅舅。

到那时他已经成了马科斯·杜兰牧师，瘦弱但仍然俊美的中年男人，美国基督教教会最著名的英语和西班牙语牧师，甚至有传言说他要竞选总统，不过他似乎对此感到不安。然而那时候的教会只不过是又一个新教罢了，安德鲁·斯蒂尔·杰瑞特去世已有几年，教会从人尽皆知的机构——不是受到爱戴就是遭人痛恨——转变为有些防御性的稍小型组织，有很多问题需要解决，但是真正得到解决的不多。

我已经离开家，尽管未婚离家的女孩几乎被教众看作妓女，我还是一到十八岁就出走了。

“要是你离开，”凯丝说，“就别回来了。这是个敬畏上帝的体面家庭，别把你的垃圾和罪恶带回这里！”

我在一个父亲去世的家庭找到照顾孩子的工作，这是我故意为之，以免自己再次受男人——也许跟麦迪逊一样，甚至比他还坏——摆布。我得到的报酬是食宿和微薄的薪水，相信自己有足够的衣物和书籍熬过几年在那里的打工生活。女主人在一家大型农业综合企业的公关部门工作，我帮助她抚养孩子。我见过孩子——两个女孩和一个男孩——也喜欢他们。我相信自己能胜任这份工作，攒下薪水。这样在离开时，我就有钱开始做自己的小买卖——也许会是一家小咖啡馆。我胸无大志，只想离开越来越难以忍受的亚历山大一家。

亚历山大家的房子里没有爱，只有住在一起的习惯，还有一点我认为是对更加孤独的恐惧。当然还有教会——参加教会活动的习惯，《圣经》课、男女传教小组、慈善工作和唱诗班排练。为了摆脱麦迪逊，我加入了青年唱诗班，结果唱诗班从三个方面让我感到宽慰。第一，我发现自己非常喜欢唱歌，一开始我特别害羞，甚至都无法开口，可是一旦融入歌声我就爱上了演唱；第二，唱诗班练习让我多了一个离开家的借口；第三，在唱诗班唱歌我可以避免在教堂里挨着麦迪逊就座，避开他肮脏潮湿的小手。他曾经常常在教堂里摸我，的的确确那样做过。我会跟他隔着凯丝就座，然后他起身上厕所，回来就坐到我旁边，把大衣或外套放在大腿上，掩盖抚摩我的行为。

我相信凯丝知晓发生的事情，在我离开之前那段日子，她和我——我们成了敌人。我们谁都没提麦迪逊，只是花了不少时间相互憎恨，除非迫不得已我们不说话，任何无法避免的谈话都可能会演变为尖叫着争吵，然后她会叫我小婊子、忘恩负义的小杂种、邪教女巫……十七岁那年，我觉得她和我没有交谈过一次。

总之我加入唱诗班，发现自己有大家喜闻乐见的洪亮中音，甚至发现如果不用坐在凯丝和麦迪逊之间左右为难，教堂也不是很糟糕。

因为唱歌，我在搬出亚历山大家后努力留在教堂，我真的努力了，可是最后实在做不到。

很快谣言四起，说我跟许多男人有染，怀孕，堕胎，诅咒上帝，加入亲生母亲的邪教，散布麦迪逊的谣言……跟我一起长大的人和我当作朋友的人都不再跟我讲话。在我住家时没注意到我的男人开始凑上来，小声引诱或隐蔽地动手动脚，他们当时似乎觉得有资格从我这里得到什么，被我拒绝之后就开始愤怒地指责。

我无法忍受这些。离开家几个月后，我离开了教会，我的雇主倒不介意。她不去教堂，曾被按照一神论者的样子养大，但是如今似乎对宗教没有兴趣。她喜欢周日跟孩子在一起，所以那天我能休息，想做什么就做什么。

让人诧异的是，我居然想念我的养父母，想念教堂，想念从小到大的生活，想念一切。我非常孤独，度日如年，有时候几乎都不想活了。

后来我听说马科斯·杜兰牧师要来城里，会在西雅图美国基督教第一教堂布道。那是一座大教堂，跟我们社区这种小打小闹的不同。知道杜兰牧师要来的瞬间，我就决定去见他。我知道他是一个多么伟大的牧师，有他在墨西哥湾沿岸和华盛顿特区的大教堂向数千人布道的视频光盘。他在纽约有一座自己的大型教堂，虽然如此成功，但是年龄不大。我对他迷恋得不得了，上帝啊，他太俊美。不同于我了解的其他牧师，他没有结婚。这肯定让人难受，每个女人都追求她，其他牧师会逼迫他结婚，接受成年人的责任和家庭责任，男人们会看着他英俊的脸庞，以为他是同性恋。他是吗？我听过谣言，可是话说回来，我也了解谣言。

我整夜在大教堂外扎营，确保能进去参加礼拜活动。周六晚上一下班，我就带上铺盖卷、几块三明治和一瓶水，前往那座教堂外的一个地方。我不是一个人，尽管礼拜会有免费广播，可是我到达时，教堂周围已经有数十人扎营，而且更多的人还在涌来。那晚睡在外边的大都是女性——不是说真有人睡了多久。也有一些男人尝试接近女人，或者看起来像是希望接近杜兰牧师。

但是没有什么无耻的行为，我们唱歌、聊天、欢笑，过得很开心。这些人我都不认识，可是跟他们相处愉快。他们喜欢我的声音，让我给他们独唱。我还是觉得有点困难，可我在教堂唱过，所以就假装自己在教堂里，然后沉浸在歌声中，别人的表情告诉我，他们也很享受。

然后一个女人从教堂附近一栋漂亮的大房子出来，直接走到我跟前。我停止歌唱，因为突然想到自己在扰民。时间已晚，我们在街上和教堂台阶上的活动就像是一场聚会，甚至没人想到我们会吵到别人。一句歌词没有唱完我就停住，人人都盯着我，然后盯着大步走向我的女人。她是个浅肤色的黑人，红头发，有雀斑，穿着绿色长袍，是一位丰满的中年妇女。她径直走向我，仿佛现场只有我一个人。

“你叫艾莎·维尔·亚历山大吗？”她问。

我点点头：“是的，女士。抱歉，我们打扰到你了。”

她把一个信封交到我手里，笑着说：“你没有打扰到我，亲爱的，你的声音很好听。读一下这个消息，我觉得你会回复。”

消息上说：“如果你是艾莎·维尔·亚历山大，我想跟你谈谈。我相信我有关于你亲生父母的消息。马科斯·杜兰。”

我震惊地盯着红发女人的脸，她笑着说：“如果你有兴趣就跟我来。”说完转身走回她的房子。

我不确定应不应该跟上她。

“怎么回事？”我的一个新朋友问。她裹着毯子坐在教堂台阶上，来回看着我和离开的红发女人，他们都来回看着我和她。

“不知道，”我说，“家事。”我向那个女人跑去。

马科斯·杜兰，他就在那栋大房子里。房子是第一教堂牧师的家。红发女人是牧师的妻子。老天啊，杜兰牧师真人甚至比光盘上更好看，美得夺人心魄。

“我一直在观察你和你朋友，听你唱歌，”他说，“我觉得认识你，你的养父母是凯丝·亚历山大和麦迪逊·亚历山大。”这不是个问题，他好像熟人一样看着我，好像真的很高兴见到我。

我点点头。

他笑了——有点悲伤地笑，“如此看来我认为我们也许是亲戚，以后你愿意的话我们可以进行基因检测，不过我相信你母亲是我同父异母的姐姐，她和你父亲都已经去世了。”他顿了一下，露出一个不确定的奇怪表情，“抱歉我得告诉你这些，他们都是好人，如果愿意的话，我认为你应该去了解他们。”

“你确定他们死了？”我问。

他点点头又说道：“我很抱歉。”

我考虑了一下，不知道该有怎样的感觉。我的父母都已去世，其实尽管有各种幻想，我也考虑过他们也许已经去世。可是……可是突然之间，我有了一个舅舅，突然之间，这个国家的一位名人成了我舅舅。

“你想听听你父母的故事吗？”他问。

“想！”我说，“请给我讲讲，我想知道一切。”

于是他给我讲述。按我现在的回忆，他谈到我母亲还是个女孩的时候跟四个弟弟一起骑车，谈到罗夫莱多被毁，谈到橡子社区，然后他才开始撒谎，说橡子社区是一座山里的小型社区——一座真正的社区，不是贫民窟。然而他一点都没提橡子社区的宗教——地球之种——继续说橡子社区跟罗夫莱多一样被毁。我父母曾在那里相遇、相结合，也是在那里被杀，我被人发现在废墟里哭泣。

直到几年以后，他才知道这一切，到那时，我已经有了一个家和新的父母——他相信是虔诚的美国基督徒。他掌握我的行踪，一直打算在我长大后跟我沟通，让我了解自己的历史，让我知道自己的原生家庭还有一名成员在世。

“你看上去像她，”他对我说，“特别像她，我都无法相信，你的嗓音跟她一样，我听你在外边唱歌，忍不住起来观看。”

他好像是不可思议地看着我，然后转身擦掉一滴眼泪。

我想去抚摩他，安慰他。这很奇怪，因为我不喜欢触碰别人。我在生活中一直特别孤单，凯丝不喜欢身体接触——至少她不喜欢跟我有身体接触，总是嫌太热，或者说她太忙之类的，表现得好像抱我或亲我有点恶心。当然了，被麦迪逊潮湿的小手触碰确实让我感到恶心。可是这个男人，我舅舅……我舅舅……令我主动向他伸出双手。我相信他告诉我的一切，绝对没想过他会撒谎。我充满敬畏，受宠若惊，迷惑不解，几乎要流出眼泪。

我求他给我多讲讲父母，因为一无所知，所以对他能够提供给我的任何信息都充满渴望。他花了很多时间跟我在一起，回答我的问题，让我感到安心。牧师和他的红发妻子让我随后在他们家过夜。突然之间，我有了家人。

我母亲一早就知道想要做什么，只是不知道怎么做，只能遇事随机应变，所以在开始的几年磕磕绊绊犯了些错误。她召集了橡子社区的居民，因为她相信，通过建立地球之种社区能够达成她的目标，那里的孩子们可以在成长中学习地球之种的“真理”，并继续根据这些“真理”塑造人类未来。按照她的说法，那是她第一次尝试播种。

然而不幸的是，她几乎跟安德鲁·斯蒂尔·杰瑞特同时开始投身工作，而杰瑞特至少在短期内要比她强大得多，她唯一的幸运之处在于杰瑞特从没注意到她。杰瑞特狂热的十字军在很大程度上像是他的一根手指，完全摧毁了母亲的第一次努力，但是根本没有记录表明她曾受到杰瑞特的注意，她只是一只刚好被杰瑞特踩到的蚂蚁。

假如她超出那个范畴，就不会活下来。

不过有意思的是，看到她似乎在橡子社区之后失去方向，最后又发现了贝伦·罗斯。她写过要寻找我，然后再次开启地球之种的事业。但是如何开启呢？通过再建立另一个橡子社区？更加隐蔽和低调的橡子社区？

新建的橡子社区必然跟头一个一样脆弱，当局把手一挥就能完全除掉它。那怎么办？她需要另辟蹊径，实际上还真有个想法。她知道自己得教出老师，召集家庭不管用，她得召集单身的人，或者至少独立的人——实际上是像门徒一样从她身上学习、然后分散布道和授课的人。然而，她还在本能地寻找我，到贝伦·罗斯加入进来的时候，我不确定除了本能还有多少想法在支撑着她对我的搜寻。我曾好奇艾莉森·吉尔克里斯特——艾莉——是否猜到了这一点，并且为了动摇她才撮合她跟伦走到一起。

以下选自劳伦·欧雅·奥拉米纳的日记

2035年6月19日
星期二

现在我们有了三个人同行，三人走到一起的这段时间很有意思，最终成行的方式让我感到不很适应，跟我期待的不完全一样，但我发现那很有意思。我们在一座名为霍伯特维尔的全新公司城镇北部再次上路，不出意外，霍伯特维尔围墙外有一座贫民窟，我们在那里购买补给，然后绕过城镇继续前进。又走在路上的感觉非常好，我们已经在同一个地方待了三天。

直到三天前，我们一直行走，不逗留在路上跟人接触——这样的行为对我来说不同寻常。2027年我从洛杉矶走到洪堡郡，召集人组成一个小群体，当时觉得地球之种会通过小型合作组织诞生，橡子社区一建立起来，我就邀人加入。这一次我觉得无法邀请伦以外的任何人加入。

毕竟我只是要去波特兰寻找女儿，不管我弟弟愿不愿意，我还要让他帮助我找到女儿。

这个目标比伦走到阿拉斯加与家人团聚的意图更加现实吗？也许少些自毁倾向……但并不更加理智。

阻止我向别人伸出橄榄枝的是我的不安和恐惧，我怕自己猜得没错。遇见一些衣衫褴褛的父母—孩子家庭组合，我会给他们吃的，因为我见不得孩子挨饿，无法做到袖手旁观。然而我能做的也不多，毕竟一顿饭能怎么样？在橡子社区，我已经做了更多，靠地球之种，我曾希望做得更多，还有多得不得了的事情……我现在仍然希望去做。即使是在基督营的那十七个月，我也从没忘掉地球之种，只是有几次我觉得自己也许不会活下去教授地球之种或用它塑造我们的未来。

然而在这趟路程中，我只能在这儿帮助一对母亲和孩子，在那儿帮助一对父亲和孩子，然后再送他们上路，他们不总是愿意离开。

“你怎么知道他们随后不会埋伏好等着抢劫我们？”走在5号州际公路，伦问我。我们刚刚送走一位父亲和两个衣衫破烂的小男孩，让他们吃上了估计是一段时间以来的第一顿美餐。

“我不知道，”我说，“可能性不大，但也有可能。”

“那为什么要冒险？”

我看着她，她跟我对视了一秒，然后移开了目光。“我明白，”她用我几乎听不见的声音说，“可是一顿饭有什么用？他们很快就会再饿。”

“是，”我说，“杰瑞特如果像假装在乎孩子的灵魂一样在乎他们的身体和精神，就更容易让人接受。”

“我父亲给他投票了。”她说。

“我不意外。”

“我父亲说他会带来秩序和稳定，让国家再次回到正轨。我记得那些，他让我母亲也给杰瑞特投票，倒不是说我母亲在乎这些。要是父亲让她给月球上的人投票，她为了自己清静点，也会照做。2032年的大选时我仍在家里，从未去过围墙之外。我以为父亲肯定了解自己谈论的内容，所以我也支持杰瑞特，但是年龄还不够投票，因此也就无所谓了。所有的成年仆人都投了杰瑞特，我父亲站在家里唯一允许仆人使用的电话机旁，看着他们扫描指纹和虹膜，然后监督他们投票。”

“我好奇是不是你被绑架让你父亲放弃了杰瑞特。”

“放弃他？”

“放弃他或放弃美国，毕竟他离开了国家。”

过了一会儿她点点头：“没错，不过我还不习惯把阿拉斯加当作外国，因为有了战争，我猜现在容易了。可是那已经不重要了，一切都不重要了。我的意思是那些人——你刚刚赠予食物的那个人和他的孩子——本身还重要，但是没人在乎他们。如果那些孩子没有饿死，就会成为我们的未来。可是如果他们长大成人，会成为什么样的人呢？”

“那就是地球之种关注的，”我说，“我想让大家明白，我们能变成什么样，能做成什么事。我想给我们一个关注点，一个目标，一件庞大、复杂、困难甚至激进的东西，足以让我们超越曾经的自我。我们不断跌进同一条沟里，你知道吗？对于真实宇宙、自己的身体和科学技术，我们掌握得越来越多，可是不知为什么，在历史进程中，我们不断建立各种各样的帝国，然后用不同的方式摧毁它们。我们继续进行愚蠢的战争，为之开脱，充满热情，可是到最后，战争只会杀死大量人口，造成重伤，产生贫穷，传播疾病和饥荒，为下一次战争创造条件。我们看着历史上所有的战争，只会耸耸肩膀说，其实，事实就是如此，从来都是如此。”

“还真就是。”她说。

“还真就是，”我重复说，“我们现在这个样子似乎有充分的生物学原因，如果没有，毁灭的循环不会重复上演。当然，人类也是一种动物，可是我们能做一些别的动物不曾有机会去做的事情。我们能选择，我们能持续建造和毁灭，最后我们不是毁掉自己就是毁掉世界供养我们的能力。或者我们可以继续发展自我，可以成长，可以离开巢穴，可以实现使命，在星际开创家园，让梦想中的自己与新环境的挑战中成长起来的自己相结合。我们改造新世界的同时，新世界也在改造我们。从这一切涌现的新人类将会发展出应对的新方法，他们别无选择，这会打破古老的循环，即使只是开启一个新的循环，一个不同的循环。

“地球之种就是要准备好实现使命，就是学会在小群体中互相合作生活，同时找到一种跟环境可持续的伙伴关系，把教育和适应性当作真正绝对的要素，是……”我扫了一眼伦，在她脸上捕捉到一丝笑容，然后继续，“地球之种包含的远不止这些，”我说，“但这些是基本。”

“你做了一次奇怪的布道。”

“我知道。”

“你需要像杰瑞特那样做。”

“什么？”我一点都不想学杰瑞特，所以问道。

“聚焦人民的需求，告诉他们你的信仰体系如何帮助他们，给他们讲接地气的故事来阐述你的观点，向他们承诺天上的星星和月亮——正好跟你的实际目标相符。说到底，为什么人们要去星际间？那会花很多金钱和时间，会迫使我们创造新技术，我怀疑开始为此努力时还活着的人不会活着看到结局。一些科学家也许喜欢，那会给他们机会致力于心爱的项目，一些人会认为那是一场大冒险，但是没人愿意为它买单。”

这回我笑了：“一点不假，几年来我一直在说这种事。有人也许愿意为了孩子去努力——给他们机会重新开始并用这次机会把事情做好。可是只有这个想法还不够，它无法集合足够的人力、财力或毅力。实现使命是一个昂贵而且前景不明的长期计划——确切地说是数百个、甚至数千个计划，而且不保证有任何结果。另一方面，政客都是目光短浅的思考者和机会主义者，有时会良心发现，但仍然是机会主义者。不论短期还是长期，商人追逐利益，可实际上为星际旅行做准备，发射载人殖民飞船，注定是长期、徒劳、昂贵和困难的事业，我猜只有宗教才能完成。很多人会想办法从中赚钱，这会让事业起步，但是它需要像宗教一样在本质上既有人性又非理性的组织来凝聚大家和推动进展——如果需要，可以持续几代时间，我认为需要那么久。你看，连时间我都想好了。”伦自己考虑了一会儿，然后说：“如果你相信那些，为什么不告诉人们去群星之间，因为上帝想让他们去——别给我解释你的上帝什么都不想要，我明白，但是大部分人不会明白。”

“橡子社区的人就明白。”

“那他们在哪儿？”

这话像一记拳头打在我脸上。“没有人比我更了解让自己人失望有多么痛苦。”我说。

伦不好意思地看向一旁，“我不是那个意思，”她说，“抱歉，我只想表达你所说的内容根本不是人们会理解和热衷的——至少短时间内不会。人们加入橡子社区是因为地球之种，还是希望让孩子有饭吃？”

我叹口气，并点点头：“他们是为了让孩子有饭吃，为了住在一个不会因为他们贫穷就瞧不起他们或因为他们弱小就奴役他们的社区。一些成年人花了好几年才接受地球之种，不过小孩立即就投身其中，我以为孩子会是传教的老师。”

“如果有机会，他们也许会是。可是那种方法没起作用，你现在打算怎么办？”

“在杰瑞特的十字军仍然没人管束的情况下，我不知道。”这不是完全真实的回答，我的确有些想法，但我想听听她怎么说，到现在她一直很感兴趣，也在深入思考。

“你善于跟人交谈，”她说，“他们喜欢你，甚至更厉害的是，他们信任你。你为什么就不能像其他牧师那样对他们传道呢？像杰瑞特那样，你听过他的讲演吗？大部分都是在布道。记者难以反对他想要做的任何事，因为他总是站在上帝一方，这不就是把反对者推向了魔鬼一方吗？”

“你觉得我应该传道？”

“如果你相信自己所说的，当然应该那样做。”

“我不是个煽动者。”

“那可太糟糕了，把战场都让给了煽动者——全世界的杰瑞特那种人，而且那种人总是出现，很可能会一直存续。”

我们安静地走了一会儿，然后我说：“你呢？”

“什么意思？你知道我要去哪儿。”

“跟我在一起，去别的地方。”

“你要去俄勒冈见弟弟，找孩子。”

“没错，我还要按照应有的方式打造地球之种——以此最终实现我们人类的成长。”

“你打算再试一次？”

“我真的没什么选择，地球之种不仅是我的信仰，它就是我本身，是我存在的原因。”

“你的书里说我们不具使命，但是深藏潜能。”

我笑了，她有过目不忘的记忆力，或者接近于此，但没有不公平地用它来赢得争论。

我背诵出来：

我们生来不具使命
但是深藏潜能

“我们选择自己的使命，”我说，“还没长大、弄明白的时候，我就选择了自己的使命——或者说它选择了我，使命就是根本，没有它，我们漂泊不定。”

“使命，”她似乎炫耀着开始引述：

使命

统一我们

聚焦梦想

引导计划

强化努力

使命

定义我们

塑造我们

用伟大成就我们

她叹口气："听起来很了不起，可话说回来，听起来了不起的东西有不少，你要做什么呢？"

"我不是杰瑞特，"我说，"可是关于需要简化和调整我的要旨，你可能说得对。你可以帮我实现。"

"我为什么要做？"

"因为那会让你活下去。"她再次看向一旁。漫长的沉默过后，她怀着深深的痛苦说："你凭什么认为我想活着？"

"我知道你想，不过如果跟我在一起，你得证明一下。"

"什么？"

"说实话，如果跟我在一起，你得尽全力活下去，地球之种的这些观念短时间不会流行起来，杰瑞特了解之后也不会喜欢。"

"还有理智的话，你就不会吸引注意力，现在不行。"

"我没打算吸引大群人口或者在网上炒作，至少在杰瑞特的受欢迎度耗光之前我没那种打算。实际上我打算再次向别人抛出橄榄枝。"

“具体怎么做？”

我知道怎么做。我们谈论时我就一直在思考，拼凑出想法。伦的评论帮我聚焦思维，我自己最近的经历也起了同样的作用，“我到人们家里联系，”我说，“比如在类似尤里卡的小城镇挨家挨户传教的并不少见。在洛杉矶，你不可能做到，在波特兰我们也许同样不可能，波特兰已经发展起来，可是在去那里的路上，在波特兰周围的城镇，这种方法也许管用，我说的是小城市和大城镇。住在特大城市和小乡镇的人可能——将会——非常多疑和恶毒。”

“我猜只能去自由城镇。”她说。

“当然了，要是我真进了公司城镇，也许就因为流浪被套上项圈了，可能会被终身监禁。相比劳动收入，他们会对你收取更多的生活费，你永远摆脱不了债务。”

“我也这么听说。你打算直接敲门给人讲地球之种？我听说耶和华见证会就那么做，或者说以前那么做，我不确定现在他们什么情况。”

“现在变得更危险，”我说，“但也有别人那么做，摩门教和一些别的不知名组织。”

“基督教团体。”

“我知道，”我考虑了一下说，“你知道我开始召集人建立橡子社区的时候只有十八岁吗？十八岁，比你现在还年轻一岁。”

“我知道，艾莉告诉过我。”

“可人们还是追随我，”我继续说，“他们那样做不仅是因为相信我能帮助他们获得想要的东西。他们追随我是因为我似乎有目标，除了生存他们没有目标。找工作，吃饭，有地方住，生存。可我自己想要的和想为自己人争取的不只有这些，而且发自内心，可他们认为自己不能拥有，甚至不确定想要拥有的是什么。”

“那你岂不是很了不起？”伦小声说。

“别犯傻了，”我说，“那些人愿意追随一个十八岁女孩是因为她看起来有目的地，似乎知道自己要去向何方。人们选择杰瑞特也是因为他看上去知道自己的方向，就连像你父亲一样的富人都不顾一切地支持表面上有目标的人。”

“爸爸希望有人保护他的投资，别让穷人乱跑。”

“等意识到杰瑞特既不能也不会那么做的时候，他就离开了国家，别人也会以不同的方式背弃杰瑞特，可他们还是想追随看似明确自己方向的人。”

“你？”

我叹了口气：“也许吧，不过更有可能是我教出来的人，我真不具备所需的技能，也不知道多久才能把地球之种变成一种生活方式，把使命变成众多人类努力实现的目标。我害怕做到这些可能就会耗去你我的一生。不会很快，但我们将是播下第一批种子的人，你和我。”

伦撩开脸上的黑发：“我不相信地球之种，一点都不相信，那只是很多简单的胡扯。敲陌生人的门你会被杀，然后一切就结束了。”

“有那种可能。”

“我不想参与。”

“不，你想。如果活下去，你会比自己认识的任何人取得更多优异和重要的成就；如果你死了，也是在努力奋斗中牺牲。”

“我说我不想参与，那很荒谬，不可能实现。”

“你有更重要的事情要做？”

沉默。

来到一条通往山区的路之前我们没再说什么，我不顾伦的疑问，转向这条路。要去哪儿？我根本不知道，也许只是想看看路尽头有什么，然后再回到公路。也许不是。

山冈里远离道路的地方藏着一栋很大的木质结构二层农舍，油漆已经需要重新粉刷，曾经的白色已经变成灰色。在农舍旁边，一个女人正在给她的大菜园除草。没把意图告诉伦，我离开道路，走向那个女人，问她我们能不能替她除草，换一顿饭。

“我们会好好干，”我说，“保证让你满意，否则就不用给我们吃的。”

她害怕和不解地盯着我们俩，似乎孤身一人，但也可能不是。我们明显都带着武器，但是没有表露出任何威胁。“几个三明治我们就非常满足，”我笑着说，“我们会非常努力争取的。”我像个男人一样穿着宽松的衣衫，头发也剪得很短，伦说我不像一个难看的男人，我们都相对比较干净。

女人不由自主地笑起来——试探性的微笑，“你们觉得你们能区分杂草和蔬菜吗？”她问。

我笑着说：“能，女士。”睡着了都能区分，我心想。可伦就不一定了，她根本就没干过农活儿，她父亲雇人在他们的菜园和果园工作，她的双手纤柔娇嫩，自己也不了解植物。我让她先观察我一会儿，为她指明胡萝卜、各种绿色蔬菜和香草，然后安排她跪在地上用双手给香草除草，用这个姿势她会更好控制要拔的那些草。我指望她优异的记忆力和良好的判断力，要是她跟我生气，随后会让我知道，在公开场合跟人发怒，不是她的风格。实际上，我们的背包里有不少食物，身上的钱也还充足，可是我想立即开始跟人接触，那为什么不在去波特兰的路上停留一天，在这座灰色的旧农舍后边留下几句话呢？即使没有别的收获也算是不错的练习。

我们努力清理菜园，伦低声抱怨，但是我不认为她真觉得受苦。实际上，她似乎对自己的活计感兴趣，也愿意动手去做，不过她抱怨的是各种虫子、杂草的气味、湿泥土的气味和弄脏了自己……

伦谈到家庭经历、与仆人的经历、与绑匪的经历、依靠捡破烂和偷东西来生存的经历时，我发觉她从没提到工作。她肯定为了吃的做过一些杂活儿，可工作对她来说似乎仍很新鲜。我得负责让她获得更多经验，以便她即使决定单飞，也最好能够照顾自己。

当天晚些时候，我们完成除草工作，那个女人——她告诉我们自己名叫妮娅·科尔特斯——给我们用一个盘子盛了三种三明治，有鸡蛋、烤奶酪和火腿，还有一碗草莓、一碗橙子和一罐蜂蜜柠檬水。妮娅跟我们一起坐在她家侧廊，我感觉她寂寞害羞，还有点害怕我们。隐没在一片长满草的山冈间，这座旧房子太过孤单。

“真是一片乡间美景，”我说，“我会一点画画，这里起伏的群山、金色的草地和绿色的树林让我想坐下来画一整天。”

“你会画画？”妮娅微笑着问我。

我从包里掏出写生簿开始画，画的不是起伏的群山，而是妮娅自己丰满可爱的脸庞。她大约五十岁左右，深棕色头发里夹杂着灰色，向后梳成又粗又长的一条马尾，长度快要及腰。她的丰满减少了脸上的皱纹，光滑的皮肤被均匀地晒成好看的棕色——容貌既简单又漂亮。她的眼睛如婴儿般清澈，呈现出跟大多数头发一样的深棕色。画人物肖像给了我绝佳的借口去研究他们，让我感受他们呈现给我的感觉，归根结底这也是一种感觉的分享。不管我想不想要，它都会呈现在我面前，我也许也会用到吧。用一种粗略而且不完全准确的方式描绘一个人，会帮助我成为那个人，而且说实话，还会帮我操纵那个人。一切皆可为师。

妮娅很孤独，而且对装扮成男人的我有一种不自然的情愫。为了遏制她的情愫，我转向伦，她正在机智敏锐地关注着一切。

“帮我包几个三明治好吗？”我问她，“我想乘光线合适把画画完。”

伦侧目瞅了我一眼，用纸巾包起两个三明治，另一边，妮娅看着伦，似乎才记起她的存在。然后在一阵困惑中，妮娅低头看向自己的双手——已成为她劳动工具的双手。再次看我的时候，她似乎更加克制和内敛。

我没有急于作画，虽然可以更快完成，但在上边花时间增加细节给了我一个机会，在不用显得要去改变别人信仰的情况下谈谈地球之种。像背诵任何一首诗歌一样，我向她引述地球之种的诗文，最后有一首引起了她的兴趣，她无法向我隐藏。要说明一下，她喜欢的是：

用智慧和远见
去塑造上帝
来造福你的世界
你的人民
你的生活
考虑结果
降低危害
提出问题
寻找答案
学习
传授

她曾经是旧金山一所公立学校的老师，工作十五年之后学校关闭。那是20年代初期，全国众多公立教育系统放弃了名存实亡的教学活动，关门大吉，就连提高受教育程度的托词也不再提。政客们摇着头伤心地说全民教育的试验失败，一些公司开始教育他们员工的孩子，至少保证让他们成为公司的下一代员工。公司城镇开始重新流行，保障安全、就业和教育。这都非常好，但是你属于为你提供教育的公司，除非还清欠他们的债务。你受契约约束，如果他们用不上你，还可以把你交换到公司的其他部门——或另一家公司。跟你所受的教育一样，你成为可供买卖的商品。

国家还有一些公立教育系统蹒跚前行，尽力而为，可是跟最普通的私立公司、宗教公司或公司型学校相比，这些公立学校更像城市监狱。结果负责任的家长都自己教育子女，让别人教育的都是不好的家长。舆论希望社会、法律和宗教压力迟早会迫使不负责任的家长担负起教育后代的职责。

“所以，”妮娅说，“穷人、半文盲和文盲要在经济上为他们孩子的基础教育负责。如果家长是酒鬼、瘾君子或妓女，如果他们只保证孩子有吃有住，那可就太糟啦！没人考虑我们正在按照这种愚蠢决定建设什么样的社会。负担得起子女进私立学校受教育的人乐于看见政府最终不再浪费税收教育别人的孩子，他们似乎觉得自己生活在火星，幻想一个满是穷人、文盲和失业者的国家不会伤及自己！”

伦叹了口气说：“这话听起来像我父亲的思维方式，我就是被派去惩罚他的，我猜——当然他根本不在乎！”

妮娅怀着冷冰冰的兴趣看了她一眼：“什么？你父亲？”

伦解释了一下，我几乎是违背妮娅意愿地注视着她把态度缓和下来，“我明白了，”妮娅叹了一口气，“我以为自己可能会无家可归，不过我的阿姨和姨夫完全拥有这栋农舍和周围的土地。这里就像我母亲的娘家，丢掉工作后我来这里生活并照顾他们。他们上了年纪，身体不好，当时他们还向附近农民出租农田。他们去世后把房子、土地和剩余财产都留给我，我打理一座菜园，养了几只鸡、山羊和兔子，出租土地，就这样生存。”

嫉妒和乡愁仿佛一柄利剑刺入我的胸膛，我想努力摆脱这种感觉。

伦说：“我喜欢你的菜园。”她盯着一排排整齐的蔬菜、水果和香草延伸到很远。

“是吗？”妮娅问，“我听你干活儿时抱怨来着。”

伦脸一红，然后看着双手说：“我以前从没干过那种活儿，挺喜欢，但是太累了。”

我笑着说：“撇开别的不谈，她倒是愿意尝试。我一生都在干那种活儿。”

“你是一名园丁？”妮娅问。

“不，只是得填饱肚子。我做过不少工作，包括教书——虽然在学术上没有资格，但我接受过良好教育。不让孩子们念书的想法简直就是犯罪。”

听到跟她观点一致的想法，她笑得特别灿烂，与此同时我把画递给她，在右下角我写上了第一首地球之种的诗文：“你接触的一切，都被你改变……”在另一侧我写了她喜欢的“去塑造上帝”这一首。

她读过诗文，长久地看着画像。画上细节丰富，并不是简单的速写，我自己几乎都为这幅作品感到高兴。然后她看着我，用一个温柔得几乎听不见的声音对我说：“谢谢。”

她邀请我们留下过夜，提出让我们睡在她的谷仓，这说明她没有完全摆脱对我们的害怕。我们留下来，第二天我又在房子周围为她做了些零碎的修理工作。要是愿意，我可以偷来她的感情，可是我觉得，自己从她那里所需的东西是不能偷的，她必须得主动献出。

当晚我告诉她我是个女人，不过我先给她讲到拉金。我们待在她的厨房，她在做饭，让我坐下跟她聊天，说我干活儿辛苦，值得休息一下。

我告诉她的时候目光一直没离开她，重要的是她理解的过程中没能感到愚蠢、害怕或生气，一点困惑和些许窘迫在所难免，但是这些就足够了。

听我说到拉金时，她看上去就要哭了，但没关系，伦在客厅里高兴地阅读真正的纸书，无法看见妮娅流下眼泪——避免了妮娅对这种事敏感。你永远无法完全确定一个人对丢脸或侵犯隐私可能会有怎样的感觉。

“孩子母亲……发生了什么？”妮娅问。

直到她转过身我才回答，“路上很危险，”我说，“你知道的，人们在外边消失。2027年，我从洛杉矶地区走到洪堡郡，所以我知道，非常清楚。”

“她在路上不见了？她被杀了？”

“为了避免被杀，她在路上隐身，”我停了一下，“她就是我，妮娅。”

沉默，困惑，“可是……”

“你信任了我们，现在我也信任你。路上的我装扮成男人，迫不得已。两个女人在外边会成为所有人的目标。”就这样，我没有纠正她，没有嘲笑她被我开过的玩笑，只是暴露自己的弱点，让她理解并保守我的秘密。希望我的做法完全正确，我感觉没问题。

她眨眨眼睛，然后盯着我，离开她的锅碗瓢盆，过来仔细看我。“我几乎都没法相信你了。”她小声说。

我笑了，“你还是可以相信的，我希望你明白，”我深吸了一口气，“一个男人在外边也不安全，夺走我孩子的人也杀死了我的丈夫，摧毁了我的社区——当然都是以上帝的名义。”

她跟我一起坐在桌子旁，“十字军，我当然听说过他们——拯救无家可归的孤儿……以上帝的名义烧死女巫。可我从没听说过他们……杀人……偷走他们的孩子。”可是十字军的所作所为似乎无法让她完全抛开我的行为，“不过你……”她说，“我想不明白，还是觉得……觉得你像一个男人。我是说……”

“没事的。”

她叹着气仰起头，看着我悲伤地一笑：“不，不会没事。”

确实，不会没事。可我过去抱住她，跟伦一样，她一个人度过了太长时间，需要被人抱在怀里哭泣。让我吃惊的是，如果在其他情况下，我觉得自己也许就带她上床了。我已经在基督营经历十七个月不想跟任何人在一起的日子，想念班克尔——有时甚至会想念得感到疼痛。我从没有受到诱惑产生跟女人做爱的想法。现在我发现自己几乎就要那么做，她也几乎想要我那么做，可那不是我需要跟她产生的关系。

这个善良孤独的女人，住在又大又空的旧房子里，我打算以后还要见她，我需要像她这种人。直到遇见她我才认识到自己有多需要他们。关于我应该做什么，伦一直都说得没错，不过应该怎么做，她不比我更清楚。我现在知道的也还不够，不过这种事没有说明书，我猜自己会活到老学到老。

晚饭时候我们仨又聊起地球之种，大多数时候我们是从教育的角度出发，等到分开去睡觉的时候，我说起地球之种已经毫不担心妮娅觉得厌烦或是我在劝她皈依。我们又逗留了一天，我给她讲了更多橡子社区和橡子社区的孩子们的情况。她哭起来的时候我又抱住她，亲吻了她寂寞的双唇，然后把她从我身上挪开。

我又画了两幅画，每幅都写上诗文。我让她主动照顾我能找到的橡子社区的孩子，直到联系上他们的父母。我从没有提出建议，但是尽一切可能启发她主动提出。她害怕路上的孩子，他们偷盗成性、常用暴力，但是至少在理论上，她不怕橡子社区的孩子，因为他们与我有关，而且经过三天，她完全不再怕我。不知为何，那种完全的接受和信任非常引人入胜，就连离开她都变得困难。

等我们真要离开的时候，她已经和伦一样了解我，诗文、画像和回忆会让她追随我一段时间。我得很快再回来看她——比如说一年之内——好留住她，这就是我的打算。我希望很快带来一两个孩子让她保护和教育——不管是不是橡子社区的孩子。她需要目标，我也刚好需要给她一个目标。

“真是让人着迷，”今天早晨我们再次启程时伦对我说，“我喜欢观察你工作。”

我看了她一眼：“谢谢你跟我一起。”

她笑了，然后又止住笑容：“你诱惑别人。老天爷，你一直在这么做，对不对？”

“人们让我着迷，”我说，“我在乎他们。如果不在乎，地球之种对我就完全没有任何意义。”

“你真要送去孩子让那个可怜的女人照顾？”

“我希望是。”

“她几乎都没法照顾自己，那栋房子看起来就好像要被下一场风暴吹垮。”

“没错，我还得看看怎么解决。”

“你有那么多钱吗？”

“没有，当然没有，可是有人有。我不知道自己如何做到，伦，不过世界上到处都是有需要的人，他们不都需要同一种东西，但他们需要目标，即便是很富有的人也需要目标。”

“拉金怎么办？”

“我会找到她，如果她还活着，我会找到她。我发过誓。”

我们在沉默中走了一会儿，路上还有成群的其他行人经过我们，远在前方或落在后边。宽阔的公路残旧不堪，一直向我们前方延伸，可是不知为何，它并不凶险，眼下并不凶险。

过了一会儿，伦拽住我的胳膊，我转身看她。有人陪你一起赶路的感觉真好，多了一双手和一对眼睛，能听见别人的声音，能听到他说出我的名字，有另一副大脑质疑、提问甚至嘲讽，这感觉可真好。

“你想从我身上得到什么？”她问，“你想要我做什么？你必须告诉我。”

“帮我拉拢别人，”我说，“继续跟我工作，帮助我。还有太多事情要做。”

2035年6月21日 星期四

我父亲曾经常常引述他那本古老的钦定版《圣经》，“骄傲在败坏以先，狂心在跌倒之前。”他喜欢准确无误地引用。

骄傲让我遍体鳞伤，但是我至少没有被毁灭。

昨天我决定，既然在妮娅身上如此顺利，那么在走去波特兰的路上我就能继续招募人员。我们穿过一座路边城镇，似乎规模很大，居民不会警惕出现的陌生人。我停下来问一个正在打扫前廊的女人，我们能否干点整理庭院的杂活儿换口饭吃。她毫无征兆地打开前门，唤出两条大狗，让它们咬我们。我们差点没逃出她的庭院而被狗咬到，有趣的是我们俩谁都没有掏枪或发出声音，原来伦跟我一样怕狗。昨晚她让我看了几处狗咬伤的疤痕，是当年奴役她的匪徒让一条狗太接近她导致的。

总之，有两条狗的女人辱骂我们，称我们是“窃贼、杀人犯、异端和女巫”。她说她一定会报警抓我们。

“那都是因为你找工作。”伦说，“谢天谢地你没尝试给她讲地球之种！”她在清理手臂上一条又长又深的划伤，是被女人家木门上伸出的钉子刮的。我及时发现了狗，把她推出大门后自己也俯身出去，然后抓住底部的门板猛地一拽，重重关上大门。还好我及时松手，才避开狗嘴里长长的利齿，要不是它因为没有逮到我而沮丧地去咬篱笆上的木板，我就遭殃了。我双手擦破了皮，臀部撞出瘀青，伦被划破了很长的伤口——让她感到疼痛的同时也流了很多血，把我也吓得够呛。后来我俩都贴上破伤风皮肤贴，这东西贵得离谱，可是我们俩的免疫接种都已经过去了好久，最好还是别冒不必要的风险。

“我好奇那个女人经历了什么才要那样对付我们。”今天早晨我们边走，我边跟她说。

“她失去理智了，”伦说，“就是这样。”

“远不止如此。”我说。

然后今天早些时候，一位农妇用步枪把我们赶走，我决定接下来一两天先不再尝试。一位店主告诉我们，杰瑞特的十字军在当地很活跃，他们一直围捕流浪者，挑出女巫和异端，通过警告居民陌生路人有多危险和邪恶，基本上就把他们吓得要死。

有趣的是，我们看见了这位店主有多么气愤，他说十字军对生意不利，他们给来自公路的顾客戴上项圈或把他们吓跑，还恐吓本地顾客，所以他失去不少老客户——住在离他店铺很远的那些。他们已经学会就近购物，不在乎质量或价格。

“杰瑞特说他无法控制十字军，”店主说，“下次谁把那些罪有应得的混蛋投进监狱，我就投票给谁！”

第二十一章

为了生存

就让过去

成为老师

过去的习惯

奋斗

领导者和思想者

让这些帮你

让它们激励你

警醒你

给你力量

但要小心

上帝即改变

过去已过去

无法再回来

为了生存

得了解过去

让它触动你

然后放手过去

《地球之种：生命之书》

劳伦·欧雅·奥拉米纳

我知道马克舅舅不会告诉我关于母亲的真相，我不相信他有这种打算。他坚持我母亲已经去世的说法不动摇，我也从没怀疑他在撒谎。我爱他，相信他，完全信任他。他发现我如何生活后，邀请我跟他同住并恢复我的学业。“你是个聪明的女孩，”他说，“你是我的家人——唯一的家人。我没法帮你母亲，就让我帮帮你吧。”

想都没想我就同意了。我辞掉工作，住进他在纽约州的一栋房子里。他雇了一位管家和几名家庭教师，购买电脑课程确保我获得大学教育，这是亚历山大一家即使有能力也不愿意为我负担的。凯丝以前说过，“你是个女孩！懂得如何收拾打扫房屋和崇拜上帝就足够了！”

我甚至因为马克舅舅回到了教堂，至少表面上回归美国基督教教会。我住在他纽约州北部的第二个家中，周日参加礼拜，因为他希望我参加，因为我也特别习惯于参加。那样做让我感到惬意。我又加入唱诗班，做些日常的慈善工作，在一家教会养老院帮忙照顾老人。再次参与这些事情给我的感觉就像是穿上一双舒适的旧鞋。

然而实际情况是，我已经失去了曾经拥有的任何信仰。我从小到大都在去的教堂已经背弃我，就因为我离开了那个甚至从来没学会喜欢我的家庭。忘掉爱，作为虔诚的美国基督徒好好表现，构建统一强大的国家。

更好的是，对历史进行大量思考和阅读后，我决定体面生活、善待他人，最好别去担心美国基督教、天主教、路德会或随便什么组织。每种宗教似乎都觉得自己掌握唯一的真理，自己的信徒将在天堂享福，而其他所有人永受地狱折磨。

可是教会不仅仅是一种宗教，它还是一个群体——我的群体，我不想脱离它。那将会——已经——让我感到难以想象的孤独。每个人都需要一个归属。

等到获得了历史学硕士学位，我发现自己对字面意思上的天堂或地狱，无论如何都不能唤起任何信仰。我觉得我们最好的做法只能是相互照顾，清理我们在地球上留下的各种烂摊子。在我看来，这对任何人和组织来说都是一项足够重要的工作，也是美国基督教努力推动的善事之一。

我继续住在马克舅舅纽约州北部的房子。一获得硕士学位，我就开始攻读博士学位。此外我还开始创作梦幻面具剧情，梦幻面具国际公司因为我的创作雇用了我，我负责为他们进行一些推测和猜想性工作。

如今多亏马克舅舅，我有了从小就梦寐以求的梦幻面具记录仪，也有了几乎可以随心所欲创作的自由。我不想跟亚历山大一家扯上关系，也不愿利用我跟马克舅舅的关系冠姓杜兰，于是就用艾莎·维尔这个名字创作。当时我相信杜兰是我母亲的娘家姓氏。因为马克舅舅没跟我讲过多少父亲泰勒·富兰克林·班克尔的事——只说过他是医生，我出生时他已经上了年纪——所以他的姓氏“班克尔”对我没有意义。用艾莎·维尔做我的名字足够了，它彰显出我是一个特定的早期梦幻面具流行时期出生的孩子。可是这没关系，梦幻面具用户还有点喜欢这个名字。

我在家创作和攻读学位，对学业漫不经心，直到三十二岁才完成。我享受工作，马克舅舅摆脱公共事务来找我体验一些家的感觉时，我也享受他的陪伴。我感到幸福，但是从没觉得自己想嫁给谁。说实话我从没见过哪段婚姻是我愿意拥有的。美妙的婚姻肯定存在于某处，可是婚姻让我觉得双方是在相互容忍和坚持，因为他们害怕孤独，抑或因为每个人都是对方无法完全打破的习惯。我明白不是每个人的婚姻都像凯丝和麦迪逊的一样贫瘠和丑陋，理智上我明白这一点，但是情感上我似乎无法摆脱对冷漠尖刻的不满和麦迪逊汗湿的小手。

另外，马克舅舅隐晦地表达过自己喜欢男性，但是他的教会教他同性恋是一种罪，他选择遵守教条。所以他没有伴侣，或者至少可以说我从来不知道他有。表面看这有些凄凉，但是我们俩都做出了自己的选择，我们是一家人，还有彼此相伴。这似乎就足够了。

与此同时，我母亲正在关注她的另一个孩子，她最喜爱的长子——地球之种。

不知为何，我们——或者至少是我——从未关注过不断壮大的地球之种运动，它正在开展。尽管美国基督教和其他宗教在努力，也总是有异教存在。大家公认，地球之种是一个不同寻常的异教，它资助科学探索研究和技术创新，先设立小学，最后又设立大学，并向有天赋但贫穷的学生提供全额奖学金，接受奖学金的学生需要同意用七年时间教学、行医或用其他技能改善众多地球之种群体的生活。终极目标是帮助地球之种群体飞向群星，生活在环绕那些恒星运行的遥远世界里。

“你了解这些人吗？”读到和听说几条关于他们的新闻后，我问马克舅舅，“他们是认真的吗？星际移民？老天在上，如果简单一点的话他们为什么不直接去南极呢？”让我吃惊的是他被我问得张口结舌，不跟我对视。我本以为他会笑。

“他们是认真的，”他说，“他们伤心、荒谬，有民众相信解决人类所有问题的方法是飞向人马座，就受到他们误导。”

我真的笑了出来：“是飞碟来接他们，还是怎样？”

他耸耸肩：“他们挺可悲，别去想了。”

我当然没法不去想。抛开通常的上网兴趣，我开始研究他们。我不是认真的，没打算用了解到的内容做任何事，但是我好奇——也许会得到一个梦幻面具的好创意。我发现地球之种是个有钱的宗教，欢迎每个人，也愿意利用每个人。它拥有土地、学校、农庄、工厂、商店、银行和几座完整的城镇。似乎很多名人都加入了他们——律师、医生、记者、科学家、政客，甚至国会议员。

他们都希望飞向人马座？

当然没那么简单，不过说实话，关于地球之种我读得越多就越鄙视他们。地球上还有这么多问题要解决——太多疾病、饥饿、贫穷和苦难，一个富有的组织却在愚蠢的想法上花费大量金钱、时间和努力。真是胡闹！

然后我发现《地球之种：生命之书》并查阅有关劳伦·欧雅·奥拉米纳的图片和信息。

即使读过我母亲的信息、看过她的样子，我也没注意到什么，从没有看着她的形象心想：“哦，她挺像我。”她的确像我——更确切地说，是我很像她。但我没注意到，只看见一个高大的中年黑人妇女有着引人注意的眼睛和亲切的笑容。她看起来居然像是我容易喜欢和信任的人——这让我感到害怕，令我一下子又不喜欢和不信任她。毕竟，她是一位邪教首领，应该具有诱惑性，但她不会诱惑我。

这些只是我对她照片的反应，难怪她富有，难怪她能吸引那么多追随者加入如此荒谬的宗教。她是危险分子。

以下选自劳伦·欧雅·奥拉米纳的日记

2035年7月29日
星期日

波特兰。

我已经又聚集了几个人，他们不是要跟我旅行或一起住在一个容易被当成目标的村庄，而是有固定家园——或需要家园——的人。

比如伊希斯·杜阿尔特·诺曼住在一座公园，那里位于河流和烧毁的旧旅馆废墟之间。她在那儿有座小棚子——木头搭着塑料布，每天晚上都睡在那里，白天工作，打扫别的女人的房子。这让她有饭吃，可以保持个人卫生和二手衣物的清洁。她生活艰难，但是尽可能过得有尊严。她四十三岁，二十三岁时的结婚对象在六年前为了一个十四岁的女孩抛弃了她，那是他一个仆人的女儿。

“她特别漂亮，”伊希斯说，“我知道他不会不碰她，我无法比保护自己还更严格地保护女孩，但我从没想到他会留下她抛弃我。”

他就是那么做的，六年来伊希斯一直无家可归，几乎失去了希望。她说考虑过自杀，只是因为害怕才没实施——害怕自杀不成功，害怕重伤自己，害怕在缓慢持续的痛楚和饥饿中死去，那有可能发生。波特兰是一座人口密集的庞大城市，不像洛杉矶或湾区，但是也很大。人们在自我防范中相互忽视，我觉得这既有用又吓人。遇见伊希斯是因为我去了一家门口，她在那儿打工，否则她永远不敢跟我交谈。结果我清理完后院，主人安排她做一顿饭并端给我。

端来食物的时候她非常警惕，然后她看了看后院，说我活儿干得很好。我们谈了一会儿，我陪她走到她的窝棚——这让她感到紧张。我又扮成了男人，因为觉得无家可归的女性出现在街头非常危险和不便。别人设法处理得很好，不知为什么我就不行。

我没看到她窝棚的内部就离开伊希斯。最好别强迫别人，像伦说的，最好诱惑他们。自那以后我见过伊希斯几次，我跟她交谈，给她读诗文，引起她的兴趣。她有两个半大孩子——跟他们的奶奶在一起，所以不管自己怎样，她关心未来会带来什么。我打算通过帮她找一个住家保姆的工作来让她获得一个真正的家。那也许需要时间，但是我打算那么做。

另外，我遇到并招募了乔尔·埃尔福德和艾尔玛·埃尔福德。我第一次到波特兰，他们雇用我给车库和围栏刷漆，做些庭院工作。伦和我先是一起割掉院子里的杂草，然后收获成排的作物，再耙平土地，清理房产后边野草已经开始生长的院落。后来，当尘埃落定，我们粉刷车库，得等到第二天，才会粉刷篱笆。我们从这份工作挣得硬通货，所以心情美好。伦是一个可爱的劳动伙伴，她学得快，虽然抱怨不停但是不论花多久时间，总会把工作完成得特别漂亮。大部分时间她享受其中，抱怨只是她的一种怪癖。

乔尔和艾尔玛邀请我们跟他们一同就餐。我已经为艾尔玛画了一张速写来引起她的注意，然后又在画上补充一首诗文，旨在根据我听她表达的环境权益来打动她：

自然并不陌生
自然是存在的一切
是土地
和土地上的一切
是宇宙
和宇宙中的一切
是上帝

永不停歇
是你
我
我们
他们
要么力争上游
要么随波逐流

而且也许是因为母亲去年才过世，艾尔玛似乎也被葬礼演说的这个片段所打动：

我们将逝者
交给果园
交给树林
我们将逝者
交给生命

我们俩的奇特之处出人意料，埃尔福德夫妇对我们感到好奇。他们让我们在房子后边的浴室洗澡并更换行囊中的干净衣服，然后让我们就座，请我们吃了一顿大餐，并开始提出问题。我们要去哪儿？有没有家？家人？没有？好吧，我们流浪多久了？天气不好时怎么住宿？我们不害怕“外边”吗？

因为伦似乎不愿意说话，所以起初我替两人作答，而且回答中引用的地球之种诗文跟普通的对话一样多。没过多久，艾尔玛问，“你引用的是什么？”然后说，“我能看看吗？我从没听说过。”还有，“这是佛教的吗？不，我看不是。年轻时我差点就成为佛教徒。”她三十七岁，“非常短小简洁的诗文，非常直接，但是有些非常可爱。”

“我想要被理解，”我说，“想让人们理解起来更容易。虽然不总是管用，但是我对自己的付出是认真的。”

艾尔玛是我能够希望的全部：“你写了这些？你，真的吗？那么请告诉我，第四十七页……”

他们是安静、没有孩子的中年夫妇，即使能够负担得起单独住进围墙庭院，也会选择住在普通的中产阶级社区。他们对周围的世界感兴趣，担心国家的发展道路。从他们家中各处漂亮昂贵的小物件就能看出他们的富有，比如银质和水晶古董、皮革装订的纸质古书、画作，以及富有现代气息的全覆盖电话网络系统，根据伦所说，还包括最新式的虚拟现实房间。他们能使用全部视角和外部感官访问地球任何地方或设计出来的虚拟空间，完全不用离开家半步。尽管如此，他们居然有兴趣跟我们交谈。

不过我们必须小心，埃尔福德一家也许是感到无聊，渴望获得新奇感和目标，但他们不傻。相比伊希斯那类人，我必须对他们更开放。我给他们讲了更多亲身经历并告诉他们我要做什么。他们觉得我勇敢、天真、荒谬……有趣。出于怜悯和好奇，他们让我们睡在后边舒适的小客房。

第二天，该我们粉刷篱笆的时候，他们给我们找了更多杂活儿，时不时地跟我们交谈，也让我们跟他们交谈。他们一直没有失去兴趣。

“你要让他们干什么？”当晚我们再次睡在客房时，伦对我说，“你知道自己掌控了他们，尽管他们都还没意识到。”

我点点头，“他们渴望有事可做，”我说，“对于某种真正的目标如饥似渴。我觉得他们自己会有些建议，他们先提出自己的建议会感觉好些，觉得尽在掌握。随后，我想让他们接收艾莉，他们的客房绝对适合艾莉和贾斯汀居住。等他们看见艾莉用简单工具和几根木头能做出什么，就会很高兴收留她。我想我会介绍艾莉认识伊希斯，我觉得她们会很合得来。”

“埃尔福德夫妇几乎是主动陷入你的诱惑。”伦说。

我点点头：“想想遇见我们但只给我们带来麻烦的其他所有人，我真高兴能不时地碰到充满渴望和热情洋溢的人。”

当然，我再次找到弟弟，但是觉得自己不愿谈这件事。

马克一直在波特兰的一座大避难所布道，帮助维持避难所的运转并在美国基督教一家神学院进修，他想成为委任牧师。见到我时他并不高兴，我一直去听他布道，还留下消息想要见面，过了两周他才答应。

“我猜要是我搬到密歇根，你也会在那里出现。”他以这样的方式问候我。

我们在他的公寓大楼里见面——那里更像是一座大型宿舍。因为他的公寓不允许访客进入，我们就在大厅旁边宽敞的餐厅里见面。餐厅里干净、暗淡、简朴，摆满了不配套的木质桌椅，其他什么也没有，墙壁刷成暗灰绿色，地上铺的灰色瓷砖有的已经磨损，露出下面的木板。餐厅里没有别人，我们喝着所谓的肉桂苹果茶，刚从机器里买到一杯的时候，我发现茶水尝起来像温热寡淡的糖水，屋里的电灯昏暗稀少，间距很大。整个地方努力设计得易于管理，但也显得沉寂阴郁。

“重要的是服务上帝。”我弟弟说。我认识到自己一直在四处观望，让自己内心的批评溢于言表。

“对不起，”我说，“如果你想来这里就应该来这里。不过我希望……希望你能稍微关心一下你的外甥女。”

“不用这么卑躬屈膝！我已经告诉你如何才能找到她！”

加入美国基督教，我浑身一颤，“我做不到，根本做不到。要是豹哥在这儿，你会再次跟他走到一起吗？只是工作，你明白的。你能成为他的一个帮手吗？”

“这不一样！”

“对我来说一样，豹哥对你做过的一切，就是美国基督教十字军对我的折磨，唯一的区别就是我遭受的时间更久。别跟我说十字军只是背叛了信仰，他们没有，他们跟避难所一样，是美国基督教的一部分。我发现了一个在橡子社区强奸和电击我们的男人，他在尤里卡的接待中心充当武装警卫。”

马克站起来，因为急于摆脱我几乎撞翻了他的椅子。“我终于有机会得到自己想要的东西，”他说，“不能让你给我毁了！”

“这事不是针对你，”我仍然坐着说，“我希望你有个孩子，马克，如果你有，也许能明白不知道她在哪里、有没有被善待，甚至……甚至她是否还活着的感觉。真希望我能知道！”

他在我身旁站了好久，仿佛怀着恨意低头看我，“我不相信你有任何感觉。”他说。

我吃惊地盯着他：“马克，我女儿——”

“你以为自己应该担心，所以就假装在乎，尽管你也许想要那样，但是根本不在乎。”

我觉得自己更喜欢他打我，除了坐在那里瞪着他看，我无法做出任何反应。眼泪涌出来，可是我当时没有察觉。我只是纹丝不动地坐着、凝视。

过了一会儿，我弟弟转身走开，脸上也有泪水闪现。

事已至此，我想要记恨他，却又没法完全做到，可我真的想。

“兄弟们啊！”我把事情经过告诉伦的时候，她在嘴里嘀咕。之前她在埃尔福德家的客房等我，听了我的叙述，我猜她是根据自己的经历进行理解。

“他需要把一切都归罪于我，”我说，“仍然不允许自己承认美国基督教对我的所作所为。如果承认他就无法跟他们在一起，所以他认定他们是无辜的，结果一切就都成了我的错。”

“你为什么在帮他找借口？”伦问。

“没有，我认为那是他真正的感受。从我身边走开时，他的脸上挂着泪水，他不想让我看见，可我还是看见了。他不得不把我赶走，否则就无法实现自己的梦想。美国基督教正在教他成为一名牧师——我认为那是他唯一的志向，像我们的父亲一样。”

她叹了口气又摇摇头：“那你要怎么办？”

“我……不知道。也许埃尔福德夫妇能给些建议。”

“他们，没错……你离开时艾尔问我，你是否会愿意给她的朋友们讲讲，她打算办一场聚会，我猜是要展示你。”

“你开玩笑！”

“我说我觉得你会愿意。”

我站起身去看窗外的一棵梨树，夜空显得它更加暗沉，“你知道，只要能找到我女儿，我就会觉得自己过上了美好生活。”

2035年9月16日
星期日

我终于设法再次见到了马克。

他也许是我在世的唯一亲人，我不希望他变成敌人。

“告诉我，你如果找到我的拉金就会帮助她。”我说。

“我怎么能做得比这更差？”他问，声音里仍有明显的冷酷。

“我希望你好，马克。你是我弟弟，我爱你。即使有发生过的一切，我也没法不爱你。”

他叹了口气。我们又坐在他公寓大楼里宽敞单调的餐厅里，这次周围零零散散有些人在吃着推迟的午餐或提前的晚餐，他们有的年轻，有的年老，有的独自一人，有的三三两两，其中大部分是男人，有些用看似非难的眼神盯着我。“你无法明白美国基督教对我意味着什么。”他说，他的声音变得温柔，表情少了几分冷漠。

“我当然能，”我告诉他，“来这里就是因为我真正理解。你会成为一位美国基督教牧师，我会成为你的异教徒姐姐。我受得了这个，觉得难以忍受的是成为你的敌人，我从未那样打算。”

过了一会儿，他说：“我们不是敌人，你是我姐姐，我也爱你。”

我们握了握手，我认为以前从没有跟弟弟握过手。不过我有一种感觉，这是他能够忍受的跟我最大限度的身体接触，至少眼下如此。

艾莉和贾斯汀已经来到波特兰生活。我给艾莉打电话，让她用我留下的钱支付乔治家送她来波特兰的车费，埃尔福德同意让他俩住在他们家客房。另一位支持者——埃尔福德的朋友——让我和伦住在他家车库上的房间。

这是我对这些人的认识——支持者。我们在他们家对人群演讲，主持讨论，讲授地球之种的真理。我说“我们”是因为伦已经更积极地参与进来，有一天她会独立授课，也许还会训练某个人帮助她。写下这些内容的同时我就在想念她，仿佛她已经自己离开，仿佛我已经在培训新的怀疑者。

通过埃尔福德、他们的朋友和他们朋友的朋友，我们收到在全城各处家庭和小场地演讲的邀请。我发现每一群听众都有一个或两个严肃的人，从地球之种听出一些可以、想要和需要接受的内容，我们第一座潜在的学校将由这些人造就。

在橡子社区，教堂和学校不分彼此并非偶然，它们不仅是同一座建筑，还是同一个机构。如果地球之种的使命有任何超越神话中遥远天堂的意义，地球之种一定不仅是一个信仰体系，还要是一种生活方式，孩子应该在其中培养，大人应该时常想到它、重新聚焦它、渴望奔向它。不管大人还是小孩都应该明白，他们当下的行为因何对达成使命做出或没有做出贡献。等到我们能把地球之种的孩子送进大学，他们不仅应该专注于学习过程，而且要致力于完成使命。如果他们潜心于此，那么他们选择的任何课程都能成为完成使命的手段。

2035年9月30日
星期日

我为特拉维斯和纳蒂维达找到了潜在的家庭，联系他们数次，但没有人应答。我担心他们，直到昨晚才联系上。他们一直住在距离萨克拉门托数公里远的一座贫民窟。之前听到传言说有人在那儿看见了橡子社区的孩子，他们便去了那里。传言是假的，但是他们用光了钱，不得不停下来干些农活儿。那样的生活很苦，因为工作能提供的比简陋窝棚里的食宿强不了多少。

他们会带着莫拉姐妹和莫拉家的新生儿来这里。我没法找回他们家丢失的孩子，但是能确保他们得到谋生的工作和体面的住处。他们将住在以后会成为我们学校的大房子里，房子属于我的一位支持者——他对我说了这样的魔咒：“我能做什么？你们需要什么？”

我们什么不需要呢？

房子虽大，但是里边什么都没有，道格拉斯一家和莫拉一家还得辛苦打理才行，它需要粉刷、维修、造景、围栏……一切的一切，但是楼上空间可供一个大家庭居住，楼下空间可供教学和工作。这将是一个有众多发展方向的新开端，房主在市政府和州政府都有亲戚，他们都是杰瑞特的十字军避之不及的那种人。

此外，我和伦获得邀请，下周去西雅图地区的几个家庭讲学。

2035年11月13日
星期二

我终于说服哈里北上，他偶遇菲格罗阿一家，跟他们一起赶来。很遗憾，他没有找到塔比亚和拉斯，但是收留了三名孤儿。他在紧挨圣路易斯-奥比斯波北部的路上发现了他们，他们的母亲被卡车撞死，哈里亲眼看见了，然后直接奔向了孩子们。如今白天路上的车越来越多，步行变得越来越危险。

虽然肇事逃逸让人难受，但我觉得车祸给了哈里所需——需要保护的孩子、需要他的孩子、害怕时跑向他并握住他手的孩子。他和扎赫拉总说他们想要一个大家庭。他是特别好的爸爸，我在西雅图给他找了个教学的工作，我相信他如果能释放自我就能胜任。

豪尔赫和他的家人也要过来，我为豪尔赫和戴蒙德在波特兰找到了工作。

眼下我得帮助菲格罗阿一家寻找住处。

我相信自己终于走上正轨，相信自己的人生终于教会我，让我真正开始播撒地球之种。也许现在说还太早，可是感觉没错，我相信是这样。

我已经允许埃尔福德夫妇把《地球之种：生命之书》放在网上免费下载，我从没指望靠这本书赚钱，只是害怕有人拿去篡改，把它当成其他神学的工具或用它散布新的谣言蛊惑众人。乔尔·埃尔福德说，避免那样的最佳方式就是把书注明作者，放在每一个可能的网站上。当然，假使真有人开始大肆滥用，我有合法撤回的权利。

“我认为你不清楚自己拥有什么。”乔尔告诉我。

我吃惊地看着他，发现他坚信自己所言。

“你没有认识到，还有多少人想要你所拥有的东西，”他继续说，“我已经把这本书重点投放到一些网站，它们旨在吸引美国大学和众多大学所在的小型自由城市的兴趣。这本书会走向世界，但是将从这些地方吸引更多关注。”

他在笑，所以我问他：“你指望会发生什么？”

“你将开始听到人们的声音，”他说，“不久将收获多得难以承受的关注。”他冷静下来，“你实际如何处理这些关注至关重要，所以要谨慎。”艾尔玛比乔尔更信任我，乔尔还在注视我——怀着极大兴趣注视着我，他说那就像是观看分娩。

2035年12月30日
星期日

我一直在旅行。

那并不新鲜，但是这次有些不同。因为《地球之种：生命之书》，大学团体和其他组织出钱和路费请我去演讲——有点锦上添花的感觉。

而且我一直在坐飞机，飞行！我已经徒步走过西海岸大部分道路，如今又飞过了美国内陆和东海岸很多地方，我飞到过特拉华州的纽瓦克和宾夕法尼亚州的克拉里恩，北上去过纽约州雪城。接下来，我将前往俄亥俄州的托莱多、密歇根州的安娜堡、威斯康星州的麦迪逊和艾奥瓦州的爱荷华城。

“不算糟的首次旅行，”乔尔在我出发前对我说，“我以为你会焕发兴趣，人们对充满希望的新鲜事物做好了准备。”

我吓得要死，担心飞行，担心对着众多陌生人演讲。要是我吸引了错误的关注怎么办？伦如何应付这种经历？我也担心伦，她似乎比我还害怕，特别是对于飞行。我奢侈了一回，给我们俩置办了体面的衣服。

然后乔尔和艾尔玛用他们的大轿车把我们送到机场。他们纵容自己的一个方法就是保有一辆最新型号的武装装甲轿车——可以说是民用版蛆车，它跟优质社区的一栋漂亮房子同等价位，吓人的外观足以对打算犯傻劫车的家伙产生威慑。

“我们从没用过这些武器，”艾尔玛向我展示的时候告诉我，“我不喜欢它们，它们让我害怕，但是没有它们更让我害怕。”

所以如今我和伦四处讲学，领导地球之种研讨会。他们支付硬通货，好吃好喝招待我们，请我们住进安全高档的酒店。我们受到欢迎，拥有听众，甚至被人认真对待，这些人渴望获得信仰，渴望参与实现某个困难但是值得的目标。

我们也遭受过嘲笑、质问、嘘声和地狱之火——或枪火——的威胁。然而杰瑞特的宗教和杰瑞特本人如今越来越失去人心，似乎这二者都不利于商业，不利于美国宪法，不利于美国大多数人。其实原来一直都是，可是现在越来越多的人愿意公开说出来。十字军吓得一些人失声，但是又令其他人非常愤怒。

我发现越来越多的人如今有了闲暇担心美国一直以来的严重下滑。在21世纪20年代，这些人在生病、饥饿、努力保暖的时候，没有时间和精力操心他们自己绝望处境以外的东西。可是现在随着他们更能够满足自己当下的需求，便开始环顾四周，对迟缓的改革和杰瑞特感到不满，后者发动的战争和对十字军的支持更加延缓了变革。我猜如果我们赢得战争，情况会大相径庭。

不管怎么样，其中一些不满的人在地球之种找到了他们想要和需要的东西。他们到我这儿问：“我能做什么？我相信，现在我如何贡献一份力？”

于是我开始招募人员，从尤里卡到西雅图再到雪城，我征集了无数人，结果我相信，即使明天死掉，这些人中的一些也会想办法学习和讲授，追寻使命。地球之种会继续，会壮大，会迫使我们变得有目标、能适应、更强大。如果要为了达成使命而发展壮大，我们必须要朝那个方向演变。

我明白时不时还会出问题，宗教不比人类的其他任何团体更完美，但是地球之种会实现其根本目的，让我们专注于从没有地球之种的过去中提升自己。地球之种成功之时，会给我们提供一份全人类的生命保险，我希望能活着看到它成功，希望能成为离开地球扎根星际的人类一员。我只能希望我的拉金——或者她的几个孩子，甚至马克的孩子——会实现这个梦想。

无论发生什么，只要还活着，我就不会停止工作、布道或推动人们实现使命。我一直都明白，分享地球之种是我唯一的真正目标。

尾声

地球之种就是长大成人
就是初试羽翼
离开父母
成为男人女人
我们一直都是孩子
争夺丰盈的乳房
保护的臂膀
温柔的怀抱
孩子就是这样
可地球之种是成年
成年既甜蜜又悲伤
让人害怕
给人力量
我们变成男人女人

我们是地球之种

地球之种的使命

就是扎根星际

《地球之种：生命之书》

劳伦·欧雅·奥拉米纳

尾　　声

最后，马克舅舅是我唯一的家人。

我一直没有再见凯丝和麦迪逊，他们上了年纪和需要帮助的时候我就寄钱给他们，我雇人照看他们，但从没回到他们身边，他们对我尽了责任，我也对他们尽了责任。

我终于见到母亲时，她仍然四处漂泊。她极其富有——或者至少可以说地球之种极其富有，但她没有自己的家，连租赁的公寓都没有。她在众多朋友和支持者的家中漂泊，在她建立或支持建立的位于美国、加拿大、阿拉斯加、墨西哥和巴西的不少地球之种社区间漂泊。她继续授课、布道、筹款和扩大政治影响力。她到访位于阿迪朗达克的纽约州地球之种社区时我见到了她，社区名叫红杉。

其实她去红杉社区是为了休息。几个月来，她一直旅行和演讲，需要一个可以安静思考的地方。我知道这些是因为尝试联系她的时候，人们不断提示我。一段时间以来，社区充分保护她的隐私，我怕自己也许永远见不到她。我了解到她通常只带一两个助手旅行，有时会多带一名保镖，可是现在，似乎社区的每一个人都决定保卫她。

当时我已经三十四岁，非常想见到她。我朋友和马克舅舅的管家说过，我跟这个有魅力而且危险的邪教首领有多相像。直到我研究劳伦·奥拉米纳生平时才开始关注，我发现她有一个孩子，一个女儿，那个女儿从地球之种早期的橡子社区被拐走。

根据奥拉米纳的官方传记，那座社区在21世纪30年代被杰瑞特的十字军毁灭，那里的男人女人被十字军奴役超过一年，所有未成年人都被拐走，大多数从没有被亲生父母再见到过。

美国基督教教会予以否认，并在21世纪40年代第一次注意到奥拉米纳的指控时对其提起诉讼。当时虽然杰瑞特已经去世，但是教会势力仍然强大，传言说担当了一任总统的杰瑞特生生酗酒而死。愤怒的商人、反对阿拉斯加-加拿大战争的抵抗者和第一修正案的拥护者联合起来，在他2036年的再次竞选中奋力击败了他，他们通过揭露美国基督教最早期的猎巫行为而取得胜利，似乎在当上总统之前，杰瑞特本人参与了挑人出来活活烧死的恶行，当时时代瘟疫如食物腐坏般扩大，成了杰瑞特犯罪的借口和掩护。杰瑞特及其同伙烧死受到指控的妓女、毒贩和瘾君子，而且在狂热中，他们还烧死了一些无辜者——与性交易或毒品交易无关的人。那些事情发生时，杰瑞特的人通过否认、威胁、更多的恐怖行为，以及偶尔对失去亲人的家庭进行赔偿来掩盖他们的“错误”。马克舅舅多年前亲自研究这些内容，他说那都是真的——真实、悲哀和错误，最后也变得无关紧要。他说虽然杰瑞特的行为不对，但他的教诲正确。

总而言之，美国基督教教会控告奥拉米纳的“不实”指责，她提出反诉。然后突然之间，没有任何解释，美国基督教撤诉，跟她和解，付给她的赔偿款虽没有报道，但是据说数额巨大。这一切发生的时候，我还是亚历山大夫妇抚养的孩子，没有听说一点消息。多年以后，我开始研究地球之种和奥拉米纳，却不知道该如何去看待这件事。

我给马克舅舅打电话直截了当地问他，这个女人有没有可能是我母亲。

在我电话狭小的显示屏上，马克舅舅一下子怔住，然后似乎又变得消沉，他突然变得比五十四岁的年龄苍老了许多。他说："我回家后会跟你谈这件事。"然后他切断联系，再也不接我电话。以前他从未拒绝过我的电话，从来没有。

不知道还能做些什么或求助于谁，我就到网络上查找奥拉米纳可能演讲或组织工作的地点。让人吃惊的是，我了解到她正在红杉社区"休息"，那里离我住的地方不到一百公里。

突然之间，我想我得去看看她。

我没有尝试给她打电话，没有靠马克舅舅的广泛人脉或我自己作为梦幻面具流行作者的名气联系她。我只是出现在红杉社区，租下一间客房，开始努力寻找她。地球之种不拘泥很多形式，任何人都能造访他们的社区并租住客房。来访者探望作为成员的亲戚，参加集会或其他仪式，甚至加入地球之种，开始一年试用期。

我告诉客房经理，我觉得自己也许是奥拉米纳的一位亲戚，并问他能否预约跟奥拉米纳交谈。我询问他是因为听见有人称他"塑造者"，根据我的阅读，我认出那是类似"教士"或"牧师"的敬称。如果是社区的牧师，也许他本人就能把我引荐给奥拉米纳。

也许他能，但是我被拒绝了。"塑造者奥拉米纳非常劳累，不能受打扰。"他告诉我。如果想见她，我应该参加一次她的集会或给她在加利福尼亚州尤里卡的总部打电话进行预约。

我被迫在社区到处游荡了三天，才找到愿意帮我带消息给她的人。我没有看见奥拉米纳，甚至没人告诉我她在社区里的什么地方，他们礼貌坚定地保护她不被我打扰。然后她周围的“墙”突然坍塌，我碰见她的一个随从，得以把消息传达给她。

我的信使是一个瘦削的棕发年轻人，他说他叫爱迪生·巴尔特。一天早晨我在客房餐厅见到他，我俩当时都单独而坐，吃着面包圈，喝着苹果酒。我把他当作还没骚扰过的人来突袭，当时还不知道巴尔特这个姓氏对我母亲来说意味着什么，也不知道这个人是我母亲的一位好友的养子。我只是感到放松，因为总算有人听从我的请求，而不是当面拒绝。

“我是她这趟行程的助理，”他告诉我，“她说我很快就可以准备好单飞了，这个想法把我吓得够呛。我给她报什么名字？”

“艾莎·维尔。”

“哦？你是创作梦幻面具剧情的艾莎·维尔？”

我点点头。

“了不起，我会告诉她。你想把她加入你的梦幻面具情节吗？你知道自己很像她吗？像一个更温柔的她。”说完他离开了。他说得快，动得也快，可是居然不显得着急，他自己看起来一点也不像奥拉米纳，但是又有点相似的感觉。我发现自己立即就喜欢上他，就像我一开始发现自己喜欢奥拉米纳，他是另一个可爱的异教徒。我有种感觉，红杉社区这里干净漂亮，地处山区，聚集了一窝色彩诱人的蛇——是一个有毒的地方。

后来爱迪生·巴尔特回来告诉我他会带我去见奥拉米纳。奥拉米纳五十几岁——五十八岁，我记得自己读到过。她生于久远的2009年——时代瘟疫开始之前。我的天，她年纪大，但是尽管黑发中夹杂白发，却看起来不老。她高大强壮，虽然表情愉悦友好，但是有点吓人。她比我高一点，也许瘦一点，看起来……并不冷酷，不过好像只需表情稍微一改，就可以变得冷酷无情。她看起来像是我不想招惹的人。而且没错，就连我都能看出来，我们俩很像。

她和我就站着相互对视了很长很长时间。然后，她走近我，拉起我的左手，翻过来看就在指关节下方的两颗小痣。我差点冲动地抽走，但还是忍住了。

她盯着痣看了一会儿，然后说：“你有另一块胎记吗？参差不齐的深色的一块，就在这里。”她触碰到我左肩衬衫下靠近脖子的一个地方。

这一次，我从她手下躲开。我不是故意的，但就是不喜欢被触摸，即使对方可能是我久别重逢的母亲。我说：“我有一块那样的胎记，没错。”

“没错。”她低声说完便继续看我，过了一会儿她说，“坐下，跟我坐在一起。你是我的孩子，我的女儿。我知道你是。”

我坐在一把椅子上，没有跟她一同坐进沙发。她坦诚而且热情，不知为什么，这让我更想退缩。

“你刚刚才发现吗？”她问。

我点点头，想要说话，却发现自己张口结舌：“我来这里是因为我觉得……也许……因为我查了你的信息，感到好奇。我是说，我了解过地球之种，而且人们说我看起来像你……既然我是被收养的，所以我就感到好奇。”

“所以你有养父母，他们对你好吗？你过得怎么样？

你……”她停下来深吸一口气，用双手捂了一会儿脸，又摇摇头，然后短暂地一笑，“我想知道一切！我无法相信是你，我……”眼泪开始流下她深色的宽脸庞。她向我倾身，我知道她想抱我。她拥抱别人，触摸别人，她没有被亚历山大一家养大。

我从她身上移开目光，左右移动，想在椅子上、皮囊里和新的身份下更舒适一点。“我们能测下基因图谱吗？”我问。

“可以，今天，现在就测。”她从口袋里掏出一部电话打给某人。不出一分钟，一个蓝衣女人拎着一个小塑料盒子走进来。她从我们每人身上抽一点血，用盒子里的一个便携式诊断设备查验。设备比奥拉米纳的电话没大多少，不过不到一分钟，它打印出两张基因图谱，它们既粗略又不完整，可是就连我都能看出其中众多不同之处和显而易见的相同点。

“你们是近亲，”蓝衣女人说，“任何人看一看你们都会猜得出，但是测试证实了这一点。”

“我们是母女。”奥拉米纳说。

“是的。”蓝衣女人说。她跟我母亲同龄或更年长一些——听口音是波多黎各裔人。她的黑发里没有一丝白色，但是脸上的皱纹显得苍老。“塑造者，我听说你丢过一个女儿。现在你找到她了。”

“是她找到了我。”我母亲说。

“上帝即改变，”蓝衣女人说完收起设备，拥抱了一下我母亲，她只是看看我，但没有抱我，“欢迎，”她用温柔的西班牙语对我说，然后再次重复，“上帝即改变。”说完便离开了。

“塑造上帝。”母亲本能地低声应答，充满了宗教意味。

然后我们交谈。

“我有养父母，”我说，“凯丝·亚历山大和麦迪逊·亚历山大。我……我们相处不好，十八岁后我就没见过他们，他们说‘如果你结婚前离开，那就别回来’！所以我就没回去。后来我找到马克舅舅，终于——”

她站起来，低头盯着我，一种特别封闭的表情凝固在她脸上，把我关在外边。我好奇那个表情是不是她真正的样子——冷酷、淡漠、没有感觉。她只有欺骗公众时才假装热情和坦诚吗？

“什么时候？”她问，语气跟表情一样冰冷，“你什么时候找到了马克？什么时候知道他是你舅舅？你是如何发现的？告诉我！”

我盯着她，她也盯着我，过了一会儿她开始踱步，走到一扇窗前，面对着它，朝外边的群山凝视了几秒，然后又回来低头看着我，在我看来眼神只可能是变得更加平静。

“请给我讲讲你的一生，”她说，“你可能知道关于我的一些情况，因为很多已经被记录下来。可我对你一无所知，请给我讲讲。”

我居然毫无缘由地不想讲给她听，而是想离开她。她这种人会把你完全吸引住，让你还不了解她就喜欢上她，只有在那之后她才可能会让你看清她的真面目。她让数百万人相信他们将飞向群星，他们等待飞向人马座的飞船时，她从他们手中拿了多少钱？老天，我不想喜欢上她，希望我瞥见的丑陋的人格伪装就是她真正的自己，我想鄙视她。

然而，我还是给她讲了我的生活经历。

然后我们一起吃饭，只有她和我。一个女人——可能是仆人、保镖或房子的女主人——负责给我们上菜。

然后我母亲给我讲了我父亲和我出生以及被拐的经过。听她讲这些不像是阅读一段没有人情味的描述。我情不自禁地边听边哭。

“马克怎么告诉你的？”她问。

我犹豫了一下，不知道该怎么说。最后因为无法编造一个像样的谎言，我只好说了实话：“他说你去世了——我的父亲母亲都去世了。”

她发出一声呻吟。

“他……他照顾我，”我说，“确保我进入大学、有好地方居住，他和我……过得挺好，我们是一家人，找到对方之前我们都是孤身一人。”

她只是看着我。

“我不知道他为什么告诉我你去世了，也许他只是……孤独，我不知道。他和我，我们从一开始就挺合得来，我还住在他的一栋房子里。现在我自己也能负担住房，可是像我说的，我们是一家人。”我停下来，然后说出以前从未坦承过的内容，“你知道吗？遇见他之前我从没觉得有人爱我，我猜在他爱我之前我也没有爱过谁。他把爱他变得……安全。”

“我和你父亲都爱过你，”她说，“为了生孩子我们努力了两年，我们担心他的年龄，担心一片混乱的世界局势，可我们特别想要孩子，你都无法想象你出生的时候我们有多爱你。当你被夺走，你父亲被杀……我觉得自己死了一段时间。我非常努力地找了你很久。”

我不知道对此该说些什么，只好不安地耸耸肩。她没找到我，马克舅舅找到我，我好奇她看起来究竟有多努力。

“我甚至不知道你是否还活着，”她说，“我想要相信你还活着，但是不知道。21世纪40年代，我跟美国基督教打了一场官司，试图逼他们告诉我在你身上发生了什么。他们声称，任何可能与你有关的记录多年前在鹈鹕湾儿童之家的一场大火中毁掉了。”

他们那样说过？我猜他们可能说过，为了避免提供他们诱拐儿童的证据——以及避免把美国基督教儿童还给“邪教异端”领袖——他们什么都会说。可是尽管如此，“马克舅舅说他在我两三岁时找到了我，”我说，“不过他见我有虔诚的美国基督徒父母，就觉得最好别干扰我跟他们在一起。”不应该说这些，我不确定为什么要说。

她又站起来开始踱步——生气地踩着迅疾的步伐在屋里来回行走，“我从没想过他会那样对我，”她说，“从没想过他会恨我恨到做出那种事，从没想过他会那样恨一个人。我把他从奴役中解救出来！我救了他的贱命，该死！”

“他不恨你，”我说，“我确定他不恨，我从来都不觉得他恨任何人。他以为自己做得对。”

“别为他辩护，”她小声说，“我知道你爱他，但别向我为他辩护，我也是爱他的。看看他对我做了什么，对你做了什么。”

“你是一名异教领袖，”我说，“他是美国基督徒，他相信——”

“我不管！自从他找到你，我就跟他交谈过几百次，他什么都没说，只字未提！”

“他没有孩子，”我说，“我认为他以后也不会有。可我就像他女儿，他就像我父亲。”

她停止踱步，怀着几乎是可怕的强烈情感，站在那里低头看着我。她好像恨我一样对我报以凝视。

我站起来寻找我的外套，找到后又穿在身上。

“不！”她说，“不，别走。”全部的顽强和愤怒从她身上喷薄而出，“请别离开，先不要走。”

可我需要离开，她是一个极其强势的人，我需要远远离开她。

“好吧，”我走向门口的时候，她说，“但你随时可以来，明天再来，想来就来，我们有太多时间需要弥补，我的大门为你敞开，拉金，永远都是。”

我停下来回头看她，发觉她用很久以前我婴儿时她给我取的名字叫我。“艾莎，”我回头看着她说，“我叫艾莎·维尔。”

她显得疑惑不解，然后跟马克舅舅接到我询问母亲的电话时一样，她的脸松垂下来。她看起来特别痛苦和伤心，我都无法停止为她感到遗憾。“艾莎，”她低声说，“我的大门为你敞开，艾莎，永远敞开。”

第二天，马克舅舅怀着满满的恐惧和绝望来到红杉社区。

“抱歉，”他一看见我就对我说，“你离开父母后，找到你让我感到特别幸福。我非常高兴能帮助你接受教育。我猜……是我孤身一人太久，结果无法忍受跟别人分享你的陪伴。”

我母亲不见他，他来找我时几乎流出眼泪，因为他想见我母亲却被拒绝。他又试了多次，母亲一遍又一遍地派人告诉他，让他离开。

我跟他回家，也对他感到生气，但是在某种程度上对母亲更生气。不管马克舅舅做了什么，我爱他都胜过任何人，可是母亲在伤害他，我不知道自己以后是否还会见她，是否应该见她，我甚至不知道自己是否想要见她。

我母亲活到八十一岁。

她信守诺言，不停地教学。为了地球之种，她多次在演讲、训练、指导、写作和为寄宿孤儿及有家有父母的孩子建立学校时筋疲力尽。她找到资金来源，投入进一步实现地球之种使命的研究领域，她把有前景的青年学生送入大学，帮助他们发挥个人潜力。

她所做的一切都是为了地球之种。我确实偶尔会再见到她，可地球之种才是她第一个“孩子”，在某种意义上是她唯一的“孩子”。

八十一岁生日刚过，她的心脏停止跳动前，她正策划一次巡回演讲。她看见第一艘穿梭飞船飞向分别在月球和地球轨道组装的星际飞船。我当然没有登上任何一艘，马克舅舅也没有，我们两人谁都没有孩子。

不过贾斯汀·吉尔克里斯特登上了那艘星际飞船，当然，以他的年龄本不应该，可他还是在上边。讽刺的是杰西卡·费尔克洛思的儿子也在上边，他是一名生物学家。莫拉姐妹、她们的孩子，以及全部在世的道格拉斯一家也都去了，特别是他们，作为母亲的家人，整个地球之种都是她的家人。我们——我和马克舅舅——实际上从来都不是。她从来没有真正需要过我们，所以我们也不让自己需要她。下面是她最后一篇日记，似乎适用于她漫长但有限的一生。

以下选自劳伦·欧雅·奥拉米纳的日记

2090年7月20日
星期四

我知道我的工作已完成。

我没有给他们天堂，但是帮他们自己踏上通往天堂之路。我没法给他们个人的永生，但是我帮他们给人类带来了永生的唯一机会，帮他们进入了成长的下一个阶段。他们已经离开巢穴，成为年轻的成年人。出去后他们会遇到艰险，年轻人离开母亲的保护总会遇到艰险，需要付出学费——甚至沉重的代价。我不喜欢往那个方向考虑，但是知道那样没错。不过，到了遥远的群星之间，我们在已经了解的生存世界和尚未梦想过的其他世界，有些人会生存、改变、茁壮成长，有些人会受苦、死去。

地球之种总是正确的，我已经把它实现，赋予它实质，在这个问题上我别无选择。假如你想要什么——真的想要，如同需要呼吸空气一样无比想要一个东西，那么除非你死了，否则你会得到。为什么不能？它掌控了你，你无法摆脱。如果摆脱是可能的，那它会是多么残酷和可怕。

穿梭飞船是庞大、敦实、丑陋、外观陈旧的太空卡车，看起来仿佛有百年历史，当然在船壳之下它们跟早期飞船大相径庭，就连船壳本身也有本质的不同。不过除了更大，如今的太空穿梭飞船看起来跟一百年前的没有太大不同，我看过以前的照片。

今天的穿梭飞船装满了已经在滞育舱深眠的人类，我们使用的生命暂缓技术似乎是当下最好的。人类带着一起上路的是冷冻的人类胚胎和动物胚胎、植物种子、工具、设备、存储器、梦想和希望。星际旅行所需要的全部资料，穿梭飞船承载不了，光是存储单元就超过了穿梭飞船的负荷。他们带上了全地球的图书馆，所有这些都被装入地球的第一艘星际飞船克里斯托弗·哥伦布号。

我反对这个名字，这艘飞船不是成为暴发户和建立帝国的捷径，也无关于抢夺奴隶和黄金并呈送给某位欧洲统治者。可是一个人没法赢得每一场战役，他必须明白要赢得哪些战役。飞船的名字无关紧要。

我不能在屏幕、虚拟房间或梦幻面具的某个私人定制画面中观看这次首航，即使只能徒步前往，我也会亲自穿越世界去观看。那是我的生命随着这些丑陋的卡车飞走，那是我的永生，我有权看一看现场，听一听轰鸣，闻一闻气息。

我会随自己死后的第一艘飞船离开，要是不觉得自己会成为负担苟活，我会活着登上这艘飞船。没关系，让他们以后用我的骨灰滋养他们的庄稼，让他们那样做，都已经安排好。我会离开，他们会把我交给他们的果园和树林。

此刻我跟朋友们以及朋友的孩子观看，有露西·菲格罗阿、迈拉·赵、爱迪生·巴尔特及其女儿詹·巴尔特，还有弯腰驼背、头发灰白但是笑容绽放的哈里。失去扎赫拉和孩子的哈里花了好久才又学会微笑，他应该笑一笑。一手搂着孙女，一手搂着我，他站立在中间。跟我一样，他也八十一岁。难以置信，八十一岁！上帝即改变。

我的拉金不会来，我求过她，但是她拒绝了。马克刚刚又完成一次心脏移植，她在照顾马克。马克偷走了我的孩子，多么彻底，毫无余地！我甚至从没试过原谅他。

此刻，我注视着飞船一艘接一艘地载着货物飞离地球，这些思绪让我感到孤独，直到我伸手拥抱每一位朋友，审视他们让人喜爱的面容。这个人严肃，那个人喜悦，所有人都流下泪水。除了哈里，他们很快都会随着同一批飞船离开，也许有一天我和哈里的骨灰会陪伴他们。毕竟地球之种的使命就是扎根星际，我们不该追随时下复兴的流行趋势，被注满防腐剂，装在昂贵的盒子，徒然地被埋进某座墓地。

我知道自己取得了什么成就。

引自《马太福音》第二十五章第十四至二十九节

天国又好比一个人要往外国去，就叫了仆人来，把他的家业交给他们。按着各人的才干，给他们银子。一个给了五千，一个给了二千，一个给了一千。就往外国去了。

那领五千的，随即拿去做买卖，另外赚了五千。那领二千的，也照样另赚了二千。但那领一千的，去掘开地，把主人的银子埋藏了。

过了许久，那些仆人的主人来了，和他们算账。那领五千银子的，又带着那另外的五千来，说："主阿，你交给我五千银子，请看，我又赚了五千。"

主人说："好，你这又良善又忠心的仆人。你在不多的事上有忠心，我要把许多事派你管理。可以进来享受你主人的快乐。"

那领二千的也来说："主阿，你交给我二千银子，请看，我又赚了二千。"

主人说："好，你这又良善又忠心的仆人。你在不多的事上有忠心，我要把许多事派你管理。可以进来享受你主人的快乐。"

那领一千的，也来说：“主阿，我知道你是忍心的人，没有种的地方要收割，没有散的地方要聚敛。我就害怕，去把你的一千银子埋藏在地里。请看，你的原银子在这里。”

主人回答说：“你这又恶又懒的仆人，你既知道我没有种的地方要收割，没有散的地方要聚敛。就当把我的银子放给兑换银钱的人，到我来的时候，可以连本带利收回。”

夺过他这一千来，给那有一万的。因为凡有的，还要加给他，叫他有余。没有的，连他所有的，也要夺过来。